ハヤカワ・ミステリ文庫
〈HM㉔-1〉

罰 と 罪

〔上〕

チャン・ガンミョン
オ・ファスン訳／カン・バンファ監訳

早川書房
9132

재수사
REINVESTIGATION
by
Chang Kang-myoung

Japanese edition translated by
Oh Hwasun
Translated and supervised by
Kang Banghwa
First published 2025 in Japan by
HAYAKAWA PUBLISHING, INC.
This book is published in Japan by
direct arrangement with
EUNHAENG NAMU PUBLISHING CO., LTD.
through ERIC YANG AGENCY INC.

This book is published with the support of
the Literature Translation Institute of Korea (LTI Korea).

罰と罪

〔上〕

登場人物

〈ソウル警察庁・強行犯捜査隊・強行犯捜査一係・強行一チーム・一班〉

ヨン・ジヘ………………新米刑事

チョン・チョルヒ………一班班長

オ・ジソプ………………班のナンバー2

パク・テウン……………ジヘの先輩

チェ・ウィジュン………ジヘの指導役

〈22年前の事件関係者〉

ミン・ソリム……………被害者の女子大生

チェ・ウノ………………ソウル大法医学教室教授

ユン・ジュヨン…………ソリムの大学の先輩

カン・イェイン…………同友人

イ・ギオン………………同元サークル仲間

ク・ヒョンスン…………同サークル仲間。映画監督

ユ・ジェジン……………同サークル仲間

チュ・ミドゥム…………同サークル仲間。木工工房オーナー

キム・サンウン…………同サークル仲間。国際機構勤務

ペ・デヒョン……………特殊強盗の前科持ち

死を目前にして、わたしはこんなことを考えていた。一生涯にわたって
わたしを迫害し、わたしが恨み続けた部類の者たちを、そのうちの一人
でも世間の笑い者に仕立てられたなら、わたしは心置きなく穏やかに天
国に旅立てるだろうと。ところで、その一人というのは、あなたが尊敬
してやまない、あなたの……

——フョードル・ドストエフスキー『白痴』

1

「ぼくは病んだ人間だ……ぼくは意地の悪い人間だ。まったく人好きのしない男だ」

ドストエフスキーの小説『地下室の手記』の書き出しだ。わたしの告白を始めるにもってつけの文章である。

わたしは二十二年前に人を殺めた。ナイフで胸を二度刺した。

事後処理はそれなりにうまくやったつもりだが、殺人自体が計画的ではなかったため、いくつもミスを犯しているはずだ。わたしの知識といえば、ミステリ小説や映画で得たものがすべてだった。指紋と血を拭きとり、髪の毛を拾い、死体の温度測定を攪乱《かくらん》させるためにエアコンをつけ、腐敗を早まらせることができるのではないかと、死体に雨合羽《あまがっぱ》を被せ、その上にさらに布団をかけ……。いまになってみると、エアコンをつけておいたことと雨合羽を被せておいたことで、その効果は相殺されたかもしれない。

どうすれば建物から悠然と立ち去ることができるのか、へたり込んで考えあぐねたことも覚えている。

当時はすぐに捕まるものと思っていた。自首も自殺も考えた。刑事が訪ねてきた際の対応も考えてみた。

単なる聞き込みで訪ねてきたのか、容疑者と目して逮捕しに来たのか、相手の表情から即座に判断できるのだろうか。

疑われていると感じたときは、トイレに行くふりをして、苦しまずに死ねる方法はあるのだろうか。

薬局を何軒も回って睡眠薬を買い集めたこともあった。処方箋のいらない一般用医薬品扱いの睡眠導入剤は毒性が弱いことをのちに知った。そんな薬をいくら飲んでも、胃が破裂して死ぬことはあっても薬の成分によって死ぬことはないという。

切れにくいというミシン糸を巻いた小さなボビンを持ち歩いていたこともある。警察の事情聴取の途中でトイレに立って、そこでナイロンの糸を首に巻きつけたら窒息死できるのではないかと。いま思うとはなはだ馬鹿馬鹿しい。

わたしは、事件の捜査線上に浮かばなかった。

プラトンの『国家』のなかでグラウコンは、ソクラテスにギュゲースの指輪という伝説上の指輪の話をする。その指輪は持ち主を透明人間にしてくれる。そのため罪を犯しても罰せられることはない。わたしは自分が指輪の持ち主にでもなったような気分だった。

良心の呵責？

もちろん当初は苦しんだ。夜も眠れず、警察署の前を通るだけでもびくびくしたものだった。制服の警察官とすれ違うたびに怯え、遠くにサイレン音が聞こえただけで、自分を追ってきたのではないかと怖気《おぞけ》立った。

だが、いつしかサイレンの音の違いがわかるようになっていた。

消防車のサイレン：音が小さく長い。

救急車のサイレン：電子音に近い。

パトカーのサイレン：リズムは救急車に、音色は消防車に近い。

その区別がつくようになってからは、消防車や救急車のサイレンは気にならなくなった。

パトカーに関しても知れば知るほど恐怖は薄れていった。そもそもサイレンを鳴らしているパトカーは、わたしには関係がない。文字通りパトロールのための車だが、通報を受けて交番から出動する際の、あるいは交通違反の取り締まりのための車で、サイレンは急いでいるからどけという合図のようなものだ。

事件を捜査する刑事たちはそんな車は使わない。刑事たちがサイレンを鳴らしてやってきたとしたら、犯人に逃げろと警告しているも同然になる。

わたしを捕まえに来るとしたら、平然と、ただの参考人だから心配はいらないとこちらを油断させて、署まで同行してほしいと言うに違いない。あるいは不意打ちを食らわすか。

そこまで思い及ぶと、それからは少なくともサイレン音には動じなくなった。それだけでも大きな発見だった。

初めはサイレンが聞こえるたびに不安と後悔に駆られたが、そんな激しい感情はサイレンが遠のくと同時に薄れていった。恐るるに足らないことを知ると、サイレンを聞いてもすでに犯したことへの後悔が深まることはなくなった。

つまり、良心の呵責で怯えていたのではなかったのだ。わたしが恐れていたのは、逮捕されたのちに科される処罰だった。

2

「エネルギー管理院の職員とは前からのお知り合いだったんですか？　なんだか班長とは知り合いのような口ぶりでしたけど……。合同捜査でもされたんですか？」ヨン・ジヘが訊く。

ひどい渋滞だ。二人は漢南《ハンナム》大橋の上で渋滞に巻き込まれている。事故でもあったようだ。ヨン・ジヘはこのような状況が性に合わない。身動きが取れない状況。じっと待つこと。エレベーターがなかなか来ないと小さな子どものように苛立ち、車道を渡るときは横断歩道で信号待ちをするよりも、たとえ遠回りになっても地下道や陸橋を選ぶ。

人前では本性がバレないように常に気を遣っている。悪態をつきたくなると「はぁあ《アイゴ》」という感嘆詞でごまかした。彼女はけっしてスラングを口にしない。話し方はあえてゆっくりと、笑顔を浮かべてやさしい口調にするよう努めていた。たいていの人間は騙されているようだった。ヨン・ジヘのことを、いつも冷静でかえって怖いという知人までいた。

けど、この人はどうも読めない。

ヨン・ジヘは助手席を一瞥してそう思う。

ソウル警察庁・強行犯捜査隊・強行犯捜査一係・強行一チーム・一班所属刑事であるヨン・ジヘ警査（巡査部長に相当）は、ハンドルを握っていた。ブラックジーンズに黒のTシャツ、黒のジャケットという出で立ちで、肌まで浅黒い。見方によっては個性的でスタイリッシュと言えなくもないだろうが、どれもネットショッピングで即買いした激安アイテムばかりだった。

ヨン・ジへは中学を卒業する頃、ひょっとすると将来、美人になれるかもしれないという希望を捨てた。それでも、時には街なかや酒の席で流し目を送ってくる男がいないでもない。もともとスタイルが良く、筋トレを欠かしていないおかげで贅肉はほとんどなく、頭のてっぺんから爪先まで引き締まっているからだ。目鼻立ちがはっきりしていてエキゾチックな雰囲気もあるため、学生時代のあだ名は決まって東南アジア、マレー、タイなどだった。そんなあだ名が人種差別にもつながるとは、誰も思いも及ばなかった時代の話だ。

助手席には同じく強行犯捜査隊・強行犯捜査一係・強行一チーム・一班班長のチョン・チョルヒ警衛（警部補に相当。警衛から幹部とされる）が座っている。チョン・チョルヒはシワだらけの綿パンにシワくちゃの白いワイシャツ、やはりシワくちゃのくたびれた背広を着ていた。それでもいつもと違って無精ひげはなかった。

彼もやはり服装にはまったく無頓着な人間だ。ここ十年、自分で服を買ったことなど一度もない。キャリア二十年のベテラン刑事なだけあり、やはり体はがっしりしているが、容貌はさえなかった。酒の席であろうと街なかであろうと、見知らぬ女に色目を使われる可能性は皆無に等しい。地下鉄のプラットホームで何十回顔を合わせようと記憶に残る顔ではなく、ニックネームのつけようのない風体だった。

ヨン・ジヘとチョン・チョルヒは盆唐《ブンダン》（京畿道の都市）にある韓国エネルギー管理院本社での会議を終え、鍾路《チョンノ》のソウル警察庁に戻るところだった。

「いや、まあ、合同捜査というより、捜査したことあるんだよ、俺が」

エネルギー管理院と合同捜査をしたことがあるのかというヨン・ジヘの問いに、チョン・チョルヒは気のない返事をした。始めや途中に「まあ」と入れるのが口癖で、それで間合をとっているようだ。

「エネルギー管理院を捜査したんですか？」

「職員のなかに、偽《イカモノ》の油を売ってるスタンドに取り締まりの情報を漏らして、袖の下をもらってたやつがいてな。もう数年経つか。それを俺らが捜査した」

「それであの人たち、顔が引きつってたんですね」

「まあ、うん、そうだったか？」

チョン・チョルヒの気のない返事は変わらない。この男は興奮や熱気といった言葉とは縁遠い。冷たいとか鋭いというのとも違い、だるそう、あるいは無気力に近い。常に高みの見物をしているような雰囲気がある。

だから無表情でいても、どこか相手を小馬鹿にしているような印象を与える。肩の力を抜いてよたよた歩き、声も小さいほうだった。会話をしているときは、相手の話に耳を傾けているのか、聞き流しているのかどっちともつかない。猛者《もさ》揃いと言われる強行犯捜査隊のなかでもベテランに入るとはとても思えない風貌だ。体格もけっしていいとは言えない。

がしかし、この顔に最もふさわしい職業は何かと問われれば、「強行犯捜査隊の刑事」と真っ先に出てきそうではある。オフィスワークには向いておらず、営業マンにも見えない。それに強行犯罪を扱う刑事なら、つかみどころのない表情は好都合でもある。チンピラですらひるみ、犯人は尻尾をつかまれたのではないかと不安になる。

同じ刑事の立場でもどう接していいか迷う。ヨン・ジヘは強捜隊に配属されて二カ月以上になるが、チョン・チョルヒと仕事の話以外に長話をしたことはない。

下っ端刑事だから班長に近寄りがたいだとか、反対にチョン・チョルヒが彼女を甘やかさないように意図的に突き放しているというのでもない。彼は他の部下に対しても無愛想だった。叱ることはほとんどないが、褒めることもない。この二カ月の間、一班の刑事が全員揃って酒を飲んだのは一回きりだった。仕事以外ではなるべくエコモードでいるタイプのようだ。自分について語るところを見たことがない。部下のプライベートにも興味はなさそうだ。

だが、強行一チームの刑事たちがチョン・チョルヒの陰口を叩いているのを聞いたことはない。警察庁（国家警察）庁長（長官に相当）に始まり、ソウル警察庁（自治体警察。警視庁に相当）庁長、強行犯捜査隊隊長、係長、チーム長に関しては遠慮なく悪たれ口を叩いても、チョン・チョルヒ班長についてはなぜか素通りしてその他の先輩や同僚の悪口へと続く。部下たちはチョン・チョルヒを尊敬しているようであり、畏怖しているようでもあった。

「なんでこんな混んでんだ。ったく、警察はいったい何やってんだ」

ヨン・ジへの気持ちを知ってか知らずか、助手席でおかしくもないジョークを飛ばす。

「パトカーでサイレン鳴らしてぶっ飛ばしたいですね」

ヨン・ジへもつまらないジョークで応酬した。先輩刑事によると、実際に渋滞にはまると昔はよくそうしていたという。先輩たちは「いまじゃ考えられねえよな」と言いつつ、どこか優越感に浸っているようでもあった。何が言いたいのか、あえて聞く必要もなかった。

あの頃は良かったよな。ま、おまえらにゃ、わかんねえだろうけど。

ヨン・ジへとチョン・チョルヒは、来週予定されているエネルギー管理院での記者会見について打ち合わせをしてきたところだった。五十億ウォン分（約五億円）の偽油を流通させた暴力団がらみの事件についてだ。

　捜査は事実上終了していた。新手の手口であり、さらに雇われ社長を二段構えで据えていたために検挙に苦労した。だが、すでに主犯格は送検済みだ。あとは運び屋を呼んで供述を取るだけだった。手間はかかるがたいしたことではない。大半は同じ作業の繰り返しだ。首謀者は挙がっており、全貌も明らかになった。軽犯《ケイハン》罪で穏便に済ませてやると言うと、みんなあっという間に落ちた。なかには頭が悪いのか生きる気力がないのか、自分のやったことすらまともに供述できない輩もいるが。

　京畿道《キョンギド》に切れ者の暴力団組長がいた。その男が近所の廃棄物処理業者と共謀して東南アジアから五百万リットルの軽油を持ち込んだ。輸入する際、その軽油に黒い染料を混ぜて暖房用の廃油と偽った。免税されるからだ。その質の悪い軽油を国産の軽油と混ぜて正規の油に仕立てた。それを自分たちのスタンドで売り、別のスタンドにも売りさばいた。

　暴力団が経営していたスタンドのA社長は二日間、白《しら》を切りとおしたが、刑事には通用しなかった。二日目の夜、その男は煙草がほしいと言うと、うまそうに紫煙をくゆらせ、背後にBがいることを白状した。やつらの「お礼参り」で自分はおしまいだとアカデミー賞級の芝居まで打って。

ソウル警察庁にしょっ引《ぴ》かれたBは、Aにはドスをきかせて牙を剝いたが、容疑については拍子抜けするほどあっさり認めた。実はBも舎弟に過ぎなかった。はじめからAが捕まればぎりぎりまでねばり、Bをうたう計画が練られていた。Bは身代わりになって捕まることを条件に、あらかじめ四千万ウォンの報酬を受け取っていた。Bは金目当てではなく、自分も脅されてしかたがなかったと主張した。供述を聞いていたヨン・ジへは「アイゴ、アイゴ」と合いの手を入れた。

雇われ社長のAと黒幕を演じたB、暴力団の若くて切れ者の組長と舎弟たち、施設を提供していた廃棄物処理業者、粗悪な軽油を仕入れた輸入業者、書類の偽造に加担した税関職員、廃油保管業者社長と社員ら、偽軽油製造担当、偽軽油を仕入れていたスタンド経営者ら、取り締まりに備えてスタンドに二重の貯蔵タンクと二重のバルブを設置した設備士ら、流通担当やタンクローリーの運転手まで検挙すると、ざっと三十人を超えた。

不正軽油事件は通常、情報をつかむとエネルギー管理院が調査に入り、強制捜査が必要になったところで警察にバトンを渡す。こんどの一件は捜査の初動から解決まで複雑で、管理院と警察は、双方とも自分たちの功績が大きいと自負していた。そのため、記者会見を前に互いに張り合うような空気が生まれた。

エネルギー管理院との打ち合わせにチョン・チョルヒが出向くと聞いたとき、ヨン・ジへはこういうことか、と納得した。後輩たちの代わりに厄介事を引き受けたのだと。裏方の仕事を先頭に立って行うから後輩に慕われるのだとすら思った。

ところが、蓋を開けてみると、チョン・チョルヒは先方の担当者と交渉などまるでしなかった。マスコミに経緯を発表する者、雛壇に登る順序など、どれもエネルギー管理院の言いなりで、首を縦に振るばかりだった。たいした問題ではないということか。あるいはほかに切り札でもあるのだろうか。懇意にしている記者たちとはすでに、警察の捜査結果にフォーカスを当てることになっているとか？

「会見にマスコミは大勢来ますかね。三十人もの検挙だから、いい記事になりそうですが」

「さあな、まあ、ブンヤ好みの事件《ヤマ》かどうかだな。まあ、そういうのはヨンのほうが詳しいんじゃないのか」

「私がですか？」

「ニュースになったろ。自転車で逃走する犯人を、走って追いかけて取り押さえた美貌の女性刑事、ってな」

「ああ、そのことですか……」

ヨン・ジへの頰が朱《あか》く染まる。からかわれているのかもしれないとも思う。

彼女が所轄署の強行犯チームの刑事になって初めて任された事件のことだ。人前では極力話さないようにしていたが、ことに先輩刑事の前ではけっして口にしなかった。ましてや強行犯捜査隊に配属されてからはおくびにも出さなかった。チョン班長があの事件のことを覚えているとは意外だった。

「たしか窃盗《ウカンムリ》だったろ」

「ただの雑魚《ざこ》ですよ。被害額は三百万ウォンそこそこだったはずです」

三百六十一万九千ウォンだった。ヨン・ジヘは金額を正確に記憶していた。ただ、それは犯人が懐に入れた額で、被害総額はそれ以上になる。破損した金庫やガラス窓もあったからだ。犯人の名前はチョン・ジュヨン。現代《ヒョンデ》グループの創業者であるチョン・ジュヨンはアジアの長者番付十位にランクインしたが、窃盗の常習犯であるチョン・ジュヨンは自転車一台が全財産のホームレスだった。

「たった三百万の窃盗犯をパクっただけなのに、刑事が若くてきれいだからってマスコミが飛びついただろ。まあ、そんなもんさ」

〝若くてきれい〟が癪に障るが、そんなことをいちいち気にしていたら刑事なんて務まらない。交番勤務のときは、酔っ払いにセクハラまがいのことをされたり、口汚く罵られることなど日常茶飯事だった。ヨン・ジヘは「そうですね」と相槌を打った。

「会見当日、どこで何が起きるかわからないだろ。未明に大きな事故でも起きてみろ。マスコミは当然そっちに飛びつくさ」

「そんなもんですかね」

「何事にも執着しないことだ。まあ、そうすりゃ気が楽ってもんよ。大々的に報道されると思ってたのが、見向きもされなかったとなるとがっくりだろ。はじめから期待してなけりゃ、マスコミに取り上げられただけでもありがたいってもんさ」

チョン・チョルヒは落ち着き払った顔でどうでもいいようなことを口にした。ヨン・ジへは思わず嫌味な質問をぶつけていた。

「捜査のときもそう思っているわけじゃないですよね。はじめから犯人を挙げるのはムリだって思ってたら痛手は少ないとか……」

チョン・チョルヒはしばし口をつぐんだままだった。ヨン・ジへはできるだけ顔を正面に据えたまま、横目で助手席の上司の顔色をうかがった。

「なにも俺の顔色うかがうことない。運転してるときはまっすぐ前を見ろ。危ないだろ」

「あ、はい！」

「言われてみりゃ、たしかにそうかもしれん。まあ、図星だな。俺は捜査のときもそんな感じだからな。まあ、犯人を逃《のが》すこともあんだろ、ってな」

「ええっ？」

言われたばかりの小言も忘れてジヘは顔ごと助手席に向けた。チョン班長の顔は冗談を言っているようには見えなかった。言うなれば、軍人が平然と「戦争で負けることもあるだろ」、消防隊員がおどけて「火事の現場で人を救えないこともあるよな」と言っているようなものだった。ましてや、強行犯捜査隊の刑事はただの警察官ではない。軍隊でいう特殊部隊員のようなものだ。

「俺が刑事を始めたのは二十二年前、西大門《ソデムン》警察署だった。当時、殺人事件が起きてな。被害者《マルガイ》は二十歳になったばかりの女子大生で、ワンルームの自室で、刃物で刺されて死んでいた。すぐに捜査本部《ソウホン》が立った。俺は一番下っ端刑事でな」

チョン・チョルヒは藪から棒に昔のことを語りはじめた。

3

わたしが恐れているのは良心ではなく、逮捕されることであることに気づくと、自分に問うた。

もしも絶対に逮捕されないのであれば、処罰される可能性がないのであれば、はたして人生を楽しめるのかと。おまえはそこまで図太い人間だったのか。それほどまでに卑劣な人間だったのか。

あるいは、それほどまでに強靭だったのか。

これはソクラテスがグラウコンに投げた（あるいはプラトンが『国家』の読者に投げかけた）質問でもある。

はじめは深淵な恐怖、逮捕されて人間の罰を受けること以上の恐怖心があった。時には自分の存在が奈落の底に突き落とされたような感覚に陥った。額に人殺しの烙印を押され、世の中から永遠に追放《パージ》されたような気分。そんな漠然とした恐怖もたしかにあった。

それを別のことばで表現すると、つまり、神の罰を恐れる気持ちではなかっただろうか。「天罰が下される」とはどういうことか。「たとえ生きている間は罰を受けずにすんだとしても、あの世で地獄という場所に堕《お》ちて、猛火に包まれるような苦痛を味わう」という意味だ。

だが、わたしは神を信じていない。地獄も信じない。

カルマや因果応報などは、どれも地獄の別の表現である。大人が子どもを脅すためにでっちあげたでまかせである。善行と悪行が絡み合い、あらゆる人間に巡り巡ってくるというおかしな摂理はまやかしである。たぎる硫黄の温度に細心の注意を払う悪魔ほどにナンセンスである。

そしてわたしは悟った。わたしが心の底から恐れるべきものなど何もない。わたしを怯えさせるものは、サイレンのように少しずつ遠のいて消えていくということを。その悟りを得たときは、霧の中から抜け出たような気分だった。

逮捕されないという確信さえあれば、わたしは悠然と生きていける。それはわたしが厚かましい、あるいは卑劣な人間だからではない。強い人間だからでもない。

わたしは自由だからだ。「人殺しをしてはならない」という人間と神、どちらの法の前にも跪《ひざまず》くことなどないからである。


自分が超人なのか知りたがっていた『罪と罰』のラスコーリニコフは、金貸しの老婆に斧を振りかざして以来、臆病者になった。

彼は、自分は非凡人であると信じ、殺人を計画する。それを実行に移すと、自分はやはり凡人であったことを悟る。『カラマーゾフの兄弟』のイヴァン・カラマーゾフはラスコーリニコフより愚かだ。直接手を下してもいない殺人に苦しむ。

おそらくドストエフスキーは人を殺したことがなかったために、そんな物語になったのであろう。大文豪とはいえ、殺人者にも日常が訪れるという理《ことわり》を知らなかったはずだから。

「アラビアのロレンス」と呼ばれたT・E・ロレンスは、イギリスのギリシア語の教授らより自分のほうがよっぽど『オデュッセイア』を理解し、巧《うま》く訳せると豪語した。ギリシア語の教授たちは、人殺しなどしたことがないはずだから。

ひょっとするとドストエフスキーは、あの手の物語を書くのにもっとも適さない人物だったのかもしれない。彼は銃殺刑執行間際に皇帝の特赦によって生き残り、その後はキリスト教にのめり込んだ。彼は救世を体験したことになる。そんな人間に神が存在しないことを受け入れられるべくもない。

わたしはラスコーリニコフの鏡像だ。自分はふつうの人間だと思っていた。そして、計画になかった殺人を犯し、ラスコーリニコフが切望した非凡人になった。望まずして、着実に。

そして、自分が何を相手にしているのか、はっきりと認識した。それは神や良心、あるいは内なる声などといったものではない。ましてや遠のくサイレン音や警察からのマーク、あるいは刑事の一人や二人などでもない。

わたしが対峙すべきは、この社会の刑事司法システムだった。

4

「……すぐに捜査本部《ソウホン》が立った。俺は一番下っ端刑事でな」

チョン・チョルヒ班長が言った。車は渋滞のなか、動いては止まりをくり返していた。やっと漢南《ハンナム》大橋の北端に差しかかった。

「それで？」

「被害者の大学の先輩というのが事情聴取に呼ばれてな。右手に包帯巻いてきた。プロじゃない限り、人を刺し殺そうとすると自分も負傷することがあるだろ。そいつにその包帯はどうしたって訊いたんだが、答えないんだ。怪しいだろ。まあ、おまけにクソ生意気でやけに反抗的でな。何を訊いても答えたくないって。緊急逮捕《キンタイ》ものじゃないかってところに、その野郎、兄貴が弁護士だとかで、いますぐ帰さないとおまえら全員、告訴するだのってほざき出してな。それ聞いた瞬間、キレて殴っちまった、まあ、俺がな」

「ええっ？　で、どうなったんですか？」

「そりゃ大騒ぎだろ。そいつの兄貴、でまかせだと思ってたら本当に弁護士だった。俺が尊敬してたチーム長がいたんだが、そのチーム長と一緒にそいつんちに出向いて、両親に三日三晩、平謝りしてどうにか収めたさ」

「アイゴ、アイゴ」ヨン・ジヘは深い息を吐いた。

「まあ、そいつの親から告訴はしないって約束を取り付けて、署に戻る途中でチーム長に言われた。チョルヒ、おまえはひとりで犯人を挙げるつもりかって」

「……」

「チーム長が言うには、そうじゃないって。犯人は警察組織全体で挙げるもので、刑事ひとりの個人プレーじゃないってな。事件が起きたら通報を受ける者がいて、臨場《リンジョウ》して証拠《ブツ》を採取する者、その証拠を分析する者、目撃証言を収集する者がいる。被疑者《マルヒ》のモンタージュを作成して、指名手配のポスターを全国に貼る人間もいる。そうやって力を合わせて挙げるもんだって、そう言われた。

まあ、つまりシステムってやつだ、捜査システム。そのシステムはそれ以上に大きなシステムの一部でもある。警察は捜査して、検察は起訴、裁判所は裁判をする。刑務所は犯人を収容して罰を与える。まあ、刑事司法システムとでもいうのか。そんなデカいシステムを想像してみろ。刑事は犯人を捕まえて懲らしめる正義の味方なんかじゃない。そんな人間なんてどこにもいないさ。その役割を担うのは巨大なシステムであって、人間はそのなかでそれぞれ与えられた役目を果たすまでだ。刑事もそのうちのひとりにすぎない」

「でも……」

「その巨大システムのなかで刑事ひとりの役割は大きいといえば大きいが、小さいといえば小さくもある。おかしなことに、いい刑事の影響力は微々たるもんさ。無能な刑事の影響力もたいしたこたあない。ところがだ、悪い刑事はそうはいかない」

「えっ?」

「ある刑事が自分の役目を果たしてそのチームが犯人を検挙する、すると検事が起訴して裁判官が有罪判決を下し、犯人はあえなく刑務所《ムシヨ》行きとなり、それで一件落着だ。それぞれの部品がうまく機能したってことだ。ある刑事がずぼらで、あるいは無能で自分の役目を果たせないとするだろ、だがそれはそのシステムにとってそれほど大きな痛手じゃあない。まあ、システムには、いくらでも替わりがあるからな。ひとりの刑事が証拠や目撃証言をうまくつかめなくても、別の人間が代わりにやれば済む。そんなのはたかだかネジが一本はずれたか、ベルトが緩んだくらいのもんだ。

だがな、ある刑事が証拠を偽造し、証人を脅迫したらどうなると思う。バレたら他の証拠も丸ごとオジャンだ。へたすりゃ、真犯人を挙げておいて釈放《パイ》せざるをえなくなる。ボルトが折れて歯車のなかに落ちでもしたら機械全体がストップしかねないってことだ。他の部品まで使い物にならなくなる恐れもある。要するに、刑事司法システムってのは、悪質な刑事に脆《もろ》い。つまりこのシステムに取り込まれた人間は、粗悪な部品にならないことを第一に考えろってことだ。ずぼらでうだつの上がらない人間のほうがよっぽどましなんだよ」

単なる屁理屈のようにも聞こえるが、これまで考えたこともなかった見解だったので、ジヘはしばし黙り込んだ。

ジヘは不正軽油事件を捜査していて耳にした、また別の詭弁について考える。

捜査能力というのは多岐にわたる。ある刑事は犯人の心理を読むのが得意であり、またある刑事は物証をつかむのに長《た》けている。また別の刑事は張り込みが得意であり、あるいは窃盗事件に強い刑事、少年犯罪を犯す少年たちに慕われる刑事もいる。

ジヘの強みはコミュニケーション能力だった。参考人や被疑者がジヘの前ではペラペラと口を割る様子を見て、先輩たちが驚くこともある。相手がなぜあけすけに話してくれるのか、自分ではよくわからない。男刑事より女刑事のほうが話しやすいだけかもしれない。ジヘは被疑者を口汚く罵ることなく、心の底から同情するような切ない微笑を見せることもあるからかもしれない。

不正軽油を販売していたガソリンスタンドの社長は、いかにも軽薄そうな男だった。二日もジヘ相手に言い訳ばかりを並べ立て、挙げ句の果てには「不正油のどこが悪い」と開き直った。

「そりゃ、たしかに、東南アジアの軽油を密輸して国産と混ぜて売りはしましたよ。ですがね、あっちじゃその軽油は立派な売り物なんですよ。あっちの車はみんなそれ使ってるんですから。それを韓国で売ってどこが悪い。脱税した罰は受けますよ、ただ、誰も被害に遭ってないって言ってるんですよ」というのがその社長の言い分だった。

「質の悪いディーゼル燃料を使ったら車は故障しやすくなって、寿命も縮まるでしょ。市民にも危害が及ぶかもしれませんよ」ジヘはそう切り返した。

「だったら東南アジアではどうして許可されてるんです。あっちの車のほうがエンコしにくいってわけですか。それともあっちの人間は怪我してもかまわないってんですか。刑事さん、そんなこと言うならまずは車の製造業者からブチ込んでくれないと。車なんて走ってるから事故が起きるんだ。市民の安全を考えるなら車の製造を禁止するべきだね」

返事はしなかったものの、ジヘはあながち間違ってはいない理屈だと思った。韓国の交通事故による死者数は年間三千名に及び、毎日七人以上が死んでいることになる。ジヘが刑事になりたての頃、年間の交通事故死者数は六千名以上だった。かりに交通事故が病気で車が感染源だとしたら、政府は国民に、車に近づかせないよう措置を講ずるはずだ。たしかに不正軽油の弊害は車の弊害より小さい。

なるほど、人間の生命が何にも増して尊いものであり、何物にも代えがたいものであるのなら、自動車の使用を禁じるべきだ。これまでも、アスベストが使用された建物を撤去し、ラドンを含んだベッドを廃棄してきた。人体に影響を及ぼす可能性があるというだけで数十、数百もの化学物質を厳格に規制している。だが、自動車に関しては寛大だ。自動車がもたらす利便性と年間数千人規模の人命のうち、現代社会は前者を選んだのだ。

それこそがこの社会が求める価値であり、刑事司法システムによってその価値は護《まも》られている。現代社会が追求する価値はおおむね正しく、人の命を大切にしてはいるが、正義と人命だけがすべてではなく、それらが常に最優先されているわけではないということだ。

不正軽油を製造販売した犯罪の被害者は、それを買って使った消費者ではなく、国家なのだとジヘは思った。製油所とガソリンスタンドが不正を行わなかった場合に得られる税金を取りこぼしたことこそ、国家が被った被害だった。税金をきちんと納めないこと、不正軽油を売ることが犯罪と見なされるのは、国家がそれを犯罪と定めたからだった。それ以外の理由は付随的なものだ。

強行犯捜査隊に配属されたら、もっと凶悪な犯罪者を相手にするものと思っていた。

車は這うように前進している。

「班長が殴った相手は犯人じゃなかったんですか？」

「DNA鑑定したが、一致しなかった。アリバイもあったしな。手の傷は果物をむいていて怪我したって言ってたが、それ以上は追及できなかった」

「犯人、捕まったんですか？　その事件」

「いや、捕まってない。死体《ホトケ》から精液が検出されてるし、防犯カメラに映った被疑者の写真もある。テレビでも顔写真が公開されたんだが、犯人は挙がってない」

「DNAも写真もあるのにですか？」

「ああ、話にならんだろ。いまなら数日もあれば解決するのにな。当時はかなり話題になったぞ。まあ、新村《シンチョン》女子大生殺害事件で検索したら当時のニュース記事がどっさり出てくるはずだ」

5

自首は卑屈でネガティブな妥協である。

わたしは犯罪に関するニュースや実際にあった事件を再現するテレビ番組をよく観る。最近の警察はどんな捜査をするのか知るためだ。テレビ画面のなかの犯人たちは警察署や法廷で過ちを認め、涙を流す。記者やナレーションではそれを「遅まきの懺悔《ざんげ》」と表現する。

はたして彼らは心から悔いているのだろうか。だとしたら、なぜ捕まるまでは何食わぬ顔で暮らし、いよいよ逃げられなくなると心の底から反省しているかのような顔を見せるのか。テレビカメラの前ではぬけぬけと「死んで詫びたい、申し訳ありません」と言うが、なぜ逮捕される前に自ら死を選ばなかったのか。チャンスはいくらでもあったはずなのに。にもかかわらず、裁判官らは、「被告は深く反省している」と減刑することもあれば、逆に「反省の色が見えない」として量刑を重くすることもある。だとしたら、もしも犯罪者が本当に自分の罪を反省しているのであれば、法廷ではまったく反省していない態度に出るべきだ。そうすれば望みどおり、厳罰に処されるはずだから。

わたしは心神耗弱を主張するつもりはない。ナイフをつかんだ際に、そしてそのナイフを相手の胸に突き刺したときも、自分が何をしているのかはっきり認識していた。わたしは心臓を狙った。相手に殺意を抱き、殺さなければ、いや殺すべきなのだと思った。二度目に刺す際も、それがとどめの一撃になることがわかっていた。

おそらくもっと賢明な解決策があったはずだ。それはたしかだが、もう一度あの瞬間に戻り、何もしないのとナイフをつかむのと、ふたつにひとつを選べと言われれば、わたしはためらうことなく後者を選ぶ。

前科がなく偶発的に犯した殺人事件であるが、情状酌量の余地のない殺人の一般的量刑：十〜十六年

わたしが反省していないと言えば量刑は重くなる。無期懲役になるかもしれない。それは不当であり、そんな審判には真っ向から対立すべきだとわたしは考える。

わたしは殺人を犯したことは認める。相手に強い殺意を抱いたことも認め、心神耗弱を主張しない。それでも一、二年の刑罰でじゅうぶんだと考える。この社会の刑事司法システムがそのような見解を容認するはずはないが、そのシステムにこそ大きな誤謬《ごびゅう》が潜んでいるのだ。

この二十二年間、わたしはのうのうと生きてきたわけではない。犯罪が発覚し、逮捕されるのではないかという恐怖は二十二年の間わたしにつきまとい、大きなストレスとなった。

わたしの未来は消えたも同然だった。人に注目される職業に就くことは、はなから考えられなくなった。人殺しの分際でスポットライトを浴びるような華々しい場所に身を置き、あたかも尊敬に値する人間のように立ち振る舞えるほど、わたしはふてぶてしくはなかった。

時折、神からも人間社会からも見捨てられ、追放されたような孤立感に苛《さいな》まれて、たまらなく苦しんだ。いっそのこと自首して聖職者や看守の温かい懐に抱かれたほうがましだと思ったこともあった。犯罪者と後ろ指をさされたほうが、いまの暮らしよりずっとましなようにも思える。

ラスコーリニコフはその考えに屈服した。ドストエフスキーは『罪と罰』のなかで、「出口のない暗鬱な孤独の中に閉じこめられたような気分」、「病的でおぞましい不安感」といった表現によって人殺しの心理を描写した。ラスコーリニコフは煩悶に耐えきれず、ついにはソーニャに打ち明けた。

『罪と罰』の主人公は悔い改めて自首したわけではない。牢獄よりも苦しい緊張状態に耐えきれず、平穏な牢獄を選んだにすぎない。彼は物語の最後までソーニャがくれた福音書を開こうとしない。自分もソーニャと同じ信仰心を持てるかもしれないという思いが、脳裏をかすめるだけだ。

わたしもラスコーリニコフのように煩悶し、幾度となく自首を決意した。だが、今週中には、来週になったら、と先延ばしにし、行動に移すことはなかった。わたしにも娼婦のソーニャや予審判事のポルフィーリーのような知人がいたらどうなっていただろう。

6

「今日はもう取り調べ《シラベ》の予定もないだろ？　まあ、ヨンももう帰っていいぞ」

ソウル警察庁に戻るなりチョン班長がそう言うと、ジヘは驚いた。まだ午後五時にもなっていなかった。チョン班長は部下に徹夜をさせないことで知られてはいるが、強行犯チームの刑事が午後五時前に帰宅を許されるのは異例中の異例である。

「こんな時間に刑事《デカ》部屋にいたところで時間もてあますだけだろ。だったらよそで人にでも会ってこい。来週は事案《アイテム》会議があるの、わかってるな」

「はい！」

思わず声に気合いが入っていた。まったく準備できていなかったからだ。チョン班長はそんなジヘを見ると口の端を上げ、するといつもの嘲《あざけ》るような顔つきになる。

「威勢のいいとこ見ると、デカいの用意しているようだな。楽しみにしてるぞ」

ジヘは「アイゴ、アイゴ」とひとり言のようにつぶやきながら帰り支度を始める。まったく隙を感じさせないチョン班長のような刑事でも、二十二年前には大失態をやらかし、上司に尻ぬぐいをさせていたことに一瞬ほっと……している場合ではない。

強行犯捜査隊に配属されてまだ二カ月余りのヨン・ジヘにとって、捜査事案会議はこれまで経験したことのないプレッシャーだった。所轄署の刑事にとっても事件がないのはストレスになる。ノルマに追われるくらいなら忙しいほうがましだと言う刑事もいる。

ベテラン刑事たちはそんなときに備えて情報《タレコミ》をいくつかプールしておく。暇人扱いされそうになると、刑事部屋を出て、つかんでおいた情報の裏を取りに行く。かつての参考人から「前も同じようなことがありましてね……」と耳打ちされた情報のこともあれば、被害者が口にした「確かではありませんが、どうも怪しくて……」といった類の証言《オミヤゲ》のこともある。水商売の業界関係者や前科者《マエモノ》を情報源にして裏社会の情報を得ている刑事もいる。そんな情報屋のことを韓国の警察界隈では「網員《マンウォン》」と呼んでいる。

ジヘはその手のことに疎い。前科者と焼酎を酌み交わしながら、さりげなく情報を引き出すなんてことは性に合わない。そんな輩に会うこと自体、時間の無駄だと考え、へらへら愛想笑いを浮かべながら話を合わせるなんてまっぴらごめんだった。それが、コミュ力が高いと評判の女刑事の本音でもある。

洗いざらいしゃべった参考人や被害者たちも、その後、彼女と個人的な付き合いを求めることはほとんどない。ジヘ本人は「若い女だからなめられてるに違いない」と不服に感じていた。だが、それだけではないことを彼女自身も薄々勘付いてはいる。相手にもわかるのだ。自分のことを包み隠さず話しても、この刑事は他人にさほど関心はなく、相手に心を開くこともけっしてないことが。それが、仕事がデキる、と言われる秘訣でもあることが。

幸か不幸か、所轄署にいた頃はそんなことに頭を悩ませる暇などなかった。ことにジヘがキャリアを積んできた麻薬チーム（麻薬取締部）では、次の事件の捜査への移り方もシンプルだった。出会い系サイトやSNSでおびき寄せれば済むことだった。

強行犯捜査隊における捜査着手の手順はまったく異なる。ささいな告発や告訴、日常的に寄せられる通報などを相手にすることはなく、凶悪犯罪、なかでも悪質で規模の大きい事件を選んで捜査することくらいジヘにもわかっていた。はじめはそれを「関心のある事案を落ち着いてじっくり追える」という意味だと思い込んでいた。それが勘違いだったことに気づいたのは、配属されてひと月も経たずしてだった。

ソウル警察庁の強行犯捜査隊には、捜査支援課の人員を除き、刑事だけでも九十人ほどが所属している。捜査はふつう、班長を含む五、六人の刑事がひとつの班となって動く。実績を挙げられない班は即解散となり、所属刑事らは所轄署に戻される。関心のある事案を落ち着いてじっくり追えるどころか、いつ追い出されるかと戦々恐々の日々だ。この国の刑事にとっては、強行犯捜査隊に配属されたこと、さらにそこにしがみついていた年数がいわば勲章となる。

犯罪の疑いがあるだけで会議で取り上げるわけにはいかない。ジヘは先輩刑事のパク・テウンに「大きな事件《ヤマ》の基準ってなんですか。どの程度なら会議で採用されるんでしょう」と訊いたことがある。

「さあな、案件ごとに違うから……。たとえば違法ネットカジノは、三千億ウォン規模、じゃボツだな」とパク・テウン。

「ええっ？」ジヘは仰天する。

「三千億ウォンなら所轄署でじゅうぶんだ」

「じゃ、どれくらいの額ならこっちの事案になるんですか」

「一兆ウォン以上で暴力団《スジモン》がらみ、本拠地はタイ、ざっとこんなもんか」

強行犯捜査隊・強行犯捜査一係・強行一チーム・一班の刑事部屋はソウル警察庁一階、裏門にほど近い場所にある。裏門を出て北に十分歩くと新韓《シンハン》銀行孝子洞《ヒョジャドン》支店がある。銀行の角を左折すると住宅街が広がり、そこからさらに十分ほど歩を進めるとジヘの住む戸建ての家がある。刑事部屋のデスクから自宅リビングのソファまで、きっかり徒歩二十分。

家を契約した当初はルームメイトがいた。中央警察学校の同期で、寮のルームメイトでもあった。その友人はソウル警察庁広報担当官室にいた。

警察学校では一部屋に八人がともに寝起きした。一人いた変人を除き、残りの七人はいまでも実の姉妹のように親しくしている。ジヘの配属がいまの部署に決まった際、広報担当官室にいたその同期から、ソウル警察庁の近くに一緒に家を借りないかと誘われた。当時、その友人は新道林《シンドリム》の複合《オフィステル》ビルに住んでいたが、ちょうど賃貸契約が切れるところだった。

悪くない提案だった。職場の近くに家を借り、歩いて通勤できれば飲酒運転をすることもなく、体も楽なはずだと思った。

「狙ってる物件でもあるの？」

ジヘが訊くと、友人は「最近は西村《ソチョン》が人気らしいけど……」とそれとなく言った。あとで聞くと、その友人は数年前から西村の住民になることを心に誓い、通仁洞《トンイン》や玉仁洞《オギン》一帯の住宅街に目をつけていたという。アパートや複合ビルにしか住んだことがなく、「人気エリア」に興味もなかったジへは、はじめは気乗りしなかった。だが、同期に連れられて西村を下見に行くと、いっぺんにその街が気に入った。

おしゃれなカフェや個性的な店が立ち並ぶからではなかった。ソウルのど真ん中にもかかわらず、どこかノスタルジックな趣を残し、閑散としているところに惹《ひ》かれたのだ。一度も訪れたことのなかった街なのに、地元に戻ってきたような気分だった。憑《と》りつかれたように契約書にサインをして引っ越してきた。戸建ての不便さに気づいたのは、その後のことだ。

おまけにその同期はとっととそこを出ていった。京畿南部地方警察庁に女性機動隊が新設されると、そこに異動になったのだ。集会やデモの件数は急増していたが、義務警察（軍隊の代わりに警察庁所属で入営し十八カ月服務する。集会・デモ現場や交通秩序維持、犯罪予防活動など治安業務を補助する役割を果たしてきたが、二〇二三年に完全に廃止された）制度が廃止されると、どの地域の警察庁も人手不足にあえいだ。なかでも京畿南部地域の人口は今やソウルを上回り、どこも警察官の数が足りないと悲鳴をあげていた。

女性警察官にとって、機動隊勤務は義務のようなものだった。集会の現場などで、ポリスラインの最前列に立つ必要があるからだ。ソウルの都心で大規模なデモが行われる際は、全国の女性機動隊が出動する。

同期が出ていくと、毎月の家賃はジヘが全額払うことになった。正直、一人暮らしには広すぎるうえに、家賃も高い。しかし職場の近くに一人で住めることに満足していて、新たなルームメイトは探していない。同期は自分が出した保証金の回収は、次の契約のときまで待ってくれると言った。再契約の時期が来たら引っ越さなければならないことをジヘも覚悟している。

服を着替えてリビングに座るが、とりたててやることもなく、しばらく足を揉むと、携帯電話を手にした。

さて、会議のネタをどこで探すか。

ジヘはソファに寝そべったまま、スマートフォンの電話帳アプリを眺めた。連絡しやすいのはかつての同僚たちだ。

「先輩！　ヨン・ジヘです。忠誠《チュンソン》！　ご無沙汰してます。いま電話だいじょうぶですか？　最後にお会いしたのって、二年前ですかね……」

「イ・ジノさん、私のこと覚えてる？　ジヘ先輩よ。タフな声は相変わらずね。いまちょっといい？　昇進試験？　じつは、聞きたいことがあるんだけど」

「ソヒョン！　元気だった？　いま平気？　チェ先輩は元気なの？　ニュースで見たけど、機動隊時代のこと思い出しちゃった。相変わらずのようね」

かつての同僚たちに電話をしたのは情報収集のためだった。どうもクサいと思いつつも、目の前の捜査に追われて詳しく調べられなかった事件や犯罪者がいたら教えてほしいという内容だった。

相手はジへからの電話を歓迎し、互いの近況を告げ合った。こんど会ってごはんでも食べようと口だけの約束も交わした。だが、使えそうなネタは何ひとつなかった。「たしかこんなことがあったけど……」と情報提供してくれた同僚もいたが、どれもあいまいで粒が小さすぎる。

「煙たがられなかっただけマシか」と自分を慰めて電話を切った。「必要なときだけ連絡よこすんだな」と嫌味のひとつでも言われる覚悟はできていた。「周りにも探り入れてみる」と言ってくれた者もいたが、期待はしていない。

次は前歴のある者たちに電話をかけた。捜査の過程でかかわった被疑者や参考人たちだ。彼らとの電話のやりとりは一段とやりにくく、不快だった。自分は何か疑われているのではないかと警戒する者もいた。足を洗っておとなしく暮らしているというのに、警察がなんの用かと露骨に不快感を示す者もいる。

前者であろうと後者であろうと、ヨン・ジへは連中が更生したとは思っていない。刑事をしていれば誰にでもわかることだ。たとえ凶悪犯でも、一瞬の逆上のために衝動的に罪を犯したのならば、百人に一人は心から反省して更生することもある。だが、計画的犯行に及んだ者、裏社会に身を置く連中が心を入れ替える可能性は、ラクダが針の穴を通る確率より低い。いくらかは社会のせいでもあるかもしれない。頭は悪くない者たちだが、前《マ》科《エ》があるというだけでハンディを背負い、一般社会のなかで彼らが得られる合法的なチャンスはほとんどなく、あってもシケたものだから。

警戒する者であれ、不快感を露わにする者であれ、ジヘの用件が新たな事件の情報収集であることを知ると、即座に声色が変わった。「そんなの知ったこっちゃねえ」というのが声のトーンに表れる。そうなるとジヘは下手《したて》に出るしかない。相手はその瞬間、自分にイニシアチブが移ったことを察知する。

元詐欺師は電話を切る間際、なれなれしくこう言った。

「わかりました、ジヘさん。こんどゆっくり会って話しましょうよ。いくつか小耳にはさんだこともあるにはあるんでね。もうちょっと探ってまた連絡しますよ。じゃ、お元気で」

ジヘさんですって？

ジヘは「アイゴ、アイゴ、お願いします」そう言うと通話を終えた。給料の分だけ働けばいい、仕事でいちいち感情的になるのはよそう、と常々自分に言い聞かせてはいるものの、やっぱりムリだ。

今日はこのくらいにしてビールでも飲むか？

前歴者の次は、さらに気乗りしない相手だった。ジヘは携帯電話を手にしたまま、しばらくためらった。

退職した捜査員たち。

組織を追われた先輩こそ一番の情報提供者だと、先輩刑事から何度も聞かされていた。警備業界であれ、夜の業界であれ、元刑事は犯罪とかかわりのある場所に収まることが多い。事件に対する嗅覚も衰えてはいないはずだ。

ジヘの元同僚の捜査員のなかにもここ数年のうちに馘《くび》になった刑事が三人もいた。飲酒運転で捕まった先輩、地元の老人から知り合いの捜査状況を教えてほしいと頼まれ、情報を流したことがバレた先輩。その先輩は謝礼に酒と食事の接待を受けていた。豚バラ《サムギョプサル》の焼肉二人前と焼酎半瓶。自分が検挙した窃盗犯に、子どもの入院費のためだったと泣きつかれ、代わりに質込み《グニ》（質屋で現金に換えること）しようとして足がついた若い警察官もいた。

十五分以上悩んだ末、交番勤務のときの上司だった先輩に架電した。去年、飲酒運転で事故を起こして懲戒免職になった人物だ。

「先輩、お元気ですか。ヨン・ジヘです……」

「ああ、ヨン……」

ぎこちない会話が五分ほど続いたが、相手はまったく近況を話そうとしない。事件の情報がほしいという話は切り出せもしなかった。電話を切る段になってようやく、相手は職を紹介してもらえるものと勘違いしたのかもしれない、という考えがジへの脳裏をよぎった。

7

事件後、自分の人格が三つに分かれたように感じることがたびたびある。解離性同一障害を発症したわけではなく、あくまでも比喩として。

三つの状態、あるいは役割としてもかまわないが、わたしは人格ということばを好む。三つの心がおのおの独立した生命体のように感じられるからだ。

その人格三者には、誕生した順にそれぞれロージャ、地下人、スタヴローギンと名付けた。

ロージャ：『罪と罰』でのラスコーリニコフの愛称。
地下人：『地下室の手記』に登場する名もなき話者の呼び名。
スタヴローギン：『悪霊』の主人公。

最初に誕生したロージャは困惑している人物だ。彼は、わたしが犯した殺人には多少の正当性があったことを認める。だがその一方で、あの日、相手の家に行きさえしなければ、と胸を叩き、ため息をもらす。

わたしのなかのロージャは不安と緊張に苛まれている。警察への出頭に心揺れるのもこの男だ。彼は夜も眠れない日々を過ごす。真夜中に目を覚まし、身悶えして壁を掻きむしり、自らの頬に平手打ちを食らわす。いつまでも居間をうろつき、殺人を犯していない自分の人生を想像する。

抗うつ薬を十年以上も服用しているのもロージャだ。常に何かに追われているような錯覚に囚《とら》われてはいるが、ふしぎと不安障害の症状はない。精神科では事情を説明せず、ただ薬だけを処方してもらう。「かつて、理不尽な目に遭った」とだけ話す。それは真実だ。（抗うつ薬はレクサプロを飲んでいる。レクサプロの副作用のひとつは分泌物が減ることだ。おかげでわたしはドライアイと口の渇きに悩まされている。そのため常に使い切りタイプの人工涙液を携帯し、しょっちゅう点眼する）

高層マンションに住んでいた頃、ロージャはベランダの窓から飛び下りることを幾度も考えた。道路を渡る際はトラックにひかれることを密かに期待する。周りの人からは、どこか影があると言われるが、それもロージャのせいだ。

彼は臆病ではあるが、最も常識的であるため、わたしが日常生活を送るうえでの仮面の役割を果たしもする。気弱そうに振る舞う彼の芝居のおかげで、わたしはこれまで捕まらずにいるのかもしれない。

わたしのなかの地下人は、生存の欲求と自己弁明により生み出された。彼はふてぶてしく物怖じしない。絶えず自分が犯した殺人を正当化するための理屈を編み出そうとしている。

彼はわたしに、誰に対しても罪悪感など覚える必要はないと強弁する。わたしが懺悔すべき相手は殺された被害者ただ一人だが、彼女はすでにこの世に存在しない。遺族に対しても、彼らが死ぬのを待てばいいと言う。

愛する肉親を病や天変地異で亡くすのと、殺人によって失うのとにはなんの違いもない。

ところが人間の正義感というのはいたく不条理であり、死の背後に別の人間の影がちらつくかどうかによって受け止め方は大きく変わる。だが、わたしが処罰されたからといって、彼らが失ったものを取り戻せるわけではない。怒りが静まることもないだろう。だとしたら、わたしに罰を与えるよりも、彼らの考え方を変えさせるほうが建設的ではないかと地下人は詭弁を弄する。

ロージャと地下人は一見、対峙しているようでもあるが、わたしの心の奥深くに潜む二人は同盟関係にある。地下人が殺人を正当化できる緻密な理論を唱えることをロージャは心から願っている。

地下人は行動する者でもある。彼は自首や自殺に断固反対し、いくつもの逃走計画を練る。地下人が用意した計画のなかには現実味のあるものもある。偽造パスポートの入手、あるいは仮想通貨で隠し金をプールしておくなどだ。

8

「ちょっと小さい気もするが……まあ、みんなどう思う」

チョン・チョルヒ班長はやる気のない声で訊いた。パク・テウン刑事が大砲車《テポチャ》（移転登録をしていない車。犯罪に使われるケースが多い）の売買を行っている組織に関する事案を報告した直後の発言だ。ソウル警察庁・強行犯捜査隊・強行犯捜査一係・強行一チーム・一班の刑事部屋では予定どおり捜査事案会議が行われている。

パク・テウンは体格が良く、髪を短く刈り、どこか無愛想な印象だが、感情を押し殺しているようにも見える。左手の薬指には大振りの紫水晶《アメジスト》が光る。ジヘはその指輪を見るたびに思った。あれで一発食らったらどれだけ痛いだろう。

パクが仕入れてきた情報はこうだ。ある兄弟がレンタカー会社をつくり、開業と廃業を繰り返したが、その際に買い集めた中古車を大砲車にして闇取引を行ってきたという。問題は取引の件数が百件前後にすぎないことだった。レンタカー会社をつくって廃業したのは三回だった。

「うちが動くほどのスケールじゃないっすね。まえにも京畿と釜山で同じような事件ありましたよ」

オ・ジソプ警衛が一刀両断した。いつも明るくムードメーカーでもある実力派で、ここ一班ではチョン班長に次ぐナンバー2だ。熱血漢タイプのパク・テウンは一、二秒瞼《まぶた》を閉じると目を剝いた。上気しているようでもあるが、オ・ジソプは素知らぬ顔だ。

「ネットで検索してみてくれ」

ジヘはチョン班長の指示に従ってすぐにスマホで検索する。オ・ジソプの言ったとおりだった。京畿警察庁強行犯捜査隊と釜山警察庁金融犯捜査隊が大砲車の不正取引を行った犯罪組織を検挙していた。京畿で挙げた組織は二千七百台、釜山の組織は千五百台をさばいていた。

「とりあえず保留だ。ほかに目ぼしいのがなかったら動く。追ってるうちに何か出てくるかもしれんしな。まあ、じゃ、オのほうはどうだ」

チョン班長はオ・ジソプを指す。班長の隣の席から時計回りに、各自が入手した情報を発表している最中だ。パクは言いたいことはあるが腹に納めるといった顔で引き下がる。

「班長、フォンパラッチって聞いたことありますか？」

オは普段からよく見せる得意げな笑みを浮かべて言う。

「フォンパラッチ？　なんだそりゃ。カーパラッチ（車のカーとパパラッチを合わせた造語。二〇〇一年より交通違反などを写真に撮って通報すると報奨金がもらえる制度があるが、現在では有名無実の制度）みたいなもんか？」

チョン班長はいつもの「まったく興味ない」といった体《てい》で訊き返す。

「まあ、似たようなもんですわ。同じ報奨金狙いですから。報奨金の額はケタ違いですがね。交通違反は一件につき三千ウォンかそこいらで、ごみの不法投棄でも数万ウォンです。

それも必死にかき集めてひと月に数百万ウォン稼げればいいほうらしいですが、フォンパラッチはうまくいけば一千万ウォンにもなるって話ですよ」

聞いていた刑事たちの顔色が変わった。

「どういうことですか？」

チェ・ウィジュン警査（巡査部長に相当）が訊いた。この班のナンバー4で、ヨン・ジへの指導役にあたる。ポジティブで冗談もよく飛ばす。多才でとくにビリヤードはプロ並み、班員のなかでは唯一ゴルフをたしなむ。オ・ジソプとは性格が似ていてウマが合う。風貌はまったく違うが、仲のいい兄弟のように見えなくもない。

「携帯電話を買うと通信回線事業者《キャリア》から補助金が出るだろ。補助金の上限は決まってるわけだが、販売代理店ではそれを守らないケースが多い。競争が激しいからだ。それを通報したらキャリアは報奨金を出さなきゃならんらしい。そこで報奨金狙いのプロは客のふりをして、ＩＣレコーダーをオンにして販売員に補助金がいくらか訊く。店側が合法の補助金以上の額を提示したらそれをひとまず買う。その後、通報して報奨金をちょうだいするってわけだ」

「それをうちで捜査するっていうんですか？」とパク・テウン。

「いや、暴力団《マルボー》が絡んでるから、そいつを狙ったらどうかと」とオ・ジソプ。

「暴力団ですか」ジへが訊く。

「どうも、暴力団組織の新手のシノギになってるらしい。若いもんを全国各地の代理店に送り込んで、店にできるだけ補助金を出させてそれを通報することもあれば、もっと質《たち》が悪いのになると、はじめから組織の若い衆を代理店でバイトさせて組織的に動く。代理店は従業員に販売を任せて成果報酬《インセンティブ》で給与を支給することも多い。そのバイトがひと月ほど働いてる間に、グルのやつらが客を装って限度額以上の補助金を出させて通報する、ってやり口だ。親戚から知り合いまで総動員して契約させて、あとから通報して報奨金をもらい、買った携帯は中古で売り飛ばす。この報奨金のうちのほとんどは代理店持ちだ。自分らは報奨金を受け取って店をつぶすんだからな、悪質中の悪質だろ」

「なかなかおもしろいな」チョン班長が言う。

「艶《いろ》っぽいでしょ？　ブンヤも飛びつきますよ」とオ・ジソプ。

「額は大きくないんだな」チョン班長が尋ねる。

「そこはまだちょっと。たいした額じゃないようですが、問題は、これからますます広がる可能性のある手口だってことですよ。ここで抑えたら小火《ぼや》ですむかもしれません。おそらく他の警察庁でもまだ捜査の前例はないはずですよ」

「よし、ひとまず採用だ……。チェはなんかあるか」

チェ・ウィジュンは手帳を見ながら読み上げた。頭を掻く仕草から、自信のなさがうかがえる。ソウル市から助成金を交付されているある社会的企業の協同組合が、寄付された品物に架空の請求書を起こして予算を横領しているというタレコミがあった。チョン班長が「出処が怪しいうえに規模も小さいな」と指摘すると、チェはおとなしく「はい」と引き下がった。

「次はヨンか」

チョン班長に指名されるとジヘは唾を呑み下す。

「えっと、東大門《トンデムン》区を中心に、露天商相手に高利貸しをしている連中がいるようです。清《チョン》涼里《ニャンニ》駅と京東《キョンドン》市場前に屋台が密集していますよね。周辺の地下商店街の店主も対象で、五十万ウォン、百万ウォン単位で貸すらしいんですが、利息を天引きするらしいです。千パーセントの利息なんてのもザラなようで」

「闇金てことか？」

「はい」

「そんなのどこにでも転がってるだろ。まあ、あれだ、臓器売買とか若い娘を風俗に売り飛ばすなんてこともやってるのか？」

「それはまだつかんでません。でも、借金の返せない女性たちを風俗に売り飛ばすとかなら、探れば出てきそうですけど」

「探らんでいい」

あえなく却下されると、ジヘは「はいっ」とうつむく。

「オのフォンパラッチと暴力団の案件でいく。〝フォンボー〟、なかなかいいネーミングだな。チェとヨンは、次はもっとましなの持ってこい。自力で見つけてこないといつまでたっても一丁前になれんぞ。ところで、俺にもひとつ案件があるんだが、みんなの意見を聞かせてほしい。まあ、そのうえで俺のとパクの大砲車の案件のうち、どっちかにしよう」

「班長もネタあるんですか」

オ・ジソプが訊いた。

「二十二年前の事件だ。新村《シンチョン》女子大生殺害事件。誰か聞いたことは？」

チョン班長が訊くと、オ・ジソプの顔には「まさか、あれ？」という表情が浮かんだ。

パク・テウンの眼光が鋭くなり、チェ・ウィジュンは初耳という顔だ。

「まあ、被害者《マルガイ》は延世《ヨンセ》大学人文学部三年、新村のリュミエールというワンルームマンションで一人暮らしをしていた。地元晋州《チンジュ》ではちょっとした金持ちで知られる家の娘だった。

夏休みだったがサマースクールがあるといって実家に帰らず、そのまま新村に残ったらしい。二日間親からの電話を取らず、親が通報している。警察官が部屋に入ると、刃物で胸を刺されてベッドに寝かされていた。西大門《ソデムン》警察署に捜査本部が立って半年以上大々的な捜査が行われた。まあ、取り調べだけでも千人はくだらなかったはずだ。被害者の知人、友人、近所の住民、周辺のチンピラ、その辺をうろついてる前科者《マエモノ》までしらみつぶしにした。ところが、犯人は挙がってない」

「それを再捜査するってことですか？」

チェ・ウィジュンは目を瞬《しばたた》かせて訊いた。

「DNAの鑑定結果はある。まあ、被疑者《マルヒ》の写真もあるし」

チョン班長が言うと、

「DNAってのは、精液のですか」

パク・テウンがしばしば目をつぶって開け、低い声音で訊いた。

「ああ、精液だ。被害者の体内から採取されてる。だから引っぱってきさえすれば犯人に逃げ道はない。たしかな証拠だからな」

「二十二年前っていうと、もう時効じゃないですか？」

オ・ジソプは首をひねる。

「事件は奇しくも二〇〇〇年八月に起きてるから、テワン法（正式名称は殺人罪の公訴時効の廃止にかかわる刑事訴訟法改正案。二〇〇〇年七月二十四日に国会可決。被害者の男児、キム・テワンにちなんでそう呼ばれる）が適用される。二〇〇〇年八月一日以降に起きた殺人事件には公訴時効がなくなった。捜査企画部にも問い合わせたところ、傷害致死の場合は公訴時効が成立するが、殺人なら時効は成立しないそうだ。まあ、被害者は刃物で急所を二カ所も刺されていることから、犯人に殺意があったことを立証するのは難しくはないはずだとも言われた」

「二十二年前に捜査線上に浮かんだ人間が千人以上もいたってことですよね？　単なる参考人の数じゃなくて」とオ・ジソプ。

「ああ」

チョン班長は気のない返事をする。

「当時、なんらかの圧力がかかったわけでもなく、やるだけやったってことですよね？」

「まあな」

「写真の画質はどうなんですか」

オ・ジソプが続ける。オがこの案件に乗り気でないことは、ジへにも察しがついた。かといってオが横槍を入れているという印象ではない。刺身包丁を手にしたヤクザ四人を相手に、ひとりで組み伏せたという武勇伝を持つ先輩だ。首から胸にかけて大きな傷跡もある。現行犯逮捕の際に犯人に切りつけられて手術に六時間もかかったという。

「まあ、まったく識別できないってほどじゃないが、鮮明でもない。エレベーターの防犯カメラに映ってたモノクロ写真だ。もう二十二年も前のだから、今じゃ犯人の顔もその分老けてるだろうしな」

「証拠はそのDNAと写真だけってことですか」

「まあ、そうだ」

「新村というと、いまも昔も人の往来、半端ないっすよ……」

「簡単ではないだろうな。うちの捜査員は五人、〝フォンボー〟の捜査にオとあと一人はいるだろうし。だから訊いてるんだ。みんなどう思うかって。勝算がないようなら大砲車の件でいくつもりだ」

「自分は賛成です。殺人じゃないっすか」

パク・テウンは気炎を吐く。瞼を閉じ、ふたたび開いた眼には炎がメラメラと揺れていた。ジヘはパクの「殺人じゃないっすか」という言葉が気になった。「殺人より凶悪な犯罪はなく、捜査をするのは当たり前」という道徳的な責任感からだろうか、あるいは、たやすくはないが、闘志が燃えるライバルを眼前にしたスポーツ選手やギャンブラーのような心情からだろうか。

国民の体感に反して韓国の治安は抜群に良く、殺人事件もごく少数だ。アメリカとは比べものにならず、イギリスやフランス、カナダよりも殺人事件の発生率は低い。デンマーク、スウェーデン、フィンランドといった北欧よりも低い。さらに、殺人事件の検挙率は世界でもトップレベルだ。二〇一〇年代に入ると殺人事件の検挙率は九十五パーセントを超える。海外の治安に携わる者が聞けば驚愕する数値だ。そのうえ、なかには検挙率百パーセントを超す年もある。前年に起きた事件の犯人を検挙したケースである。

そのため、複雑な殺人事件を捜査した経験のある刑事は意外と少ない。所轄署にいると年に一、二件の殺人事件は起きる。そのほとんどは衝動的な犯行のため、ほぼ現行犯逮捕となる。たとえ犯人が逃走しても周辺の防犯カメラに一部始終が映っている。

犯人が逃走した方角の防犯カメラを確認し、さらにその周辺の防犯カメラを追い、それを繰り返すうちに犯人は捕まっている。韓国は公共、民間合わせて一千万台以上の防犯カメラが設置されている国でもある。新車はそのほとんどにドライブレコーダーが搭載されており、歩く防犯カメラともいえるスマートフォンの普及率も世界最高水準である。

計画的犯行の場合、被害者の周辺人物をしらみつぶしにあたって犯行動機を探り、疑わしい人間のアリバイや金の流れをつかめば事件のほとんどは解決する。全国民の指紋を管理しているため、殺人を含むあらゆる犯罪の検挙率は高く、偽名で暮らすのも難しい。科学捜査の技術も世界レベルだ。窃盗より殺人のほうが捜査しやすいという捜査員もいる。捜査員が増員され、有力な目撃証言も数多く寄せられるからだ。そのせいか、強行犯担当刑事の多くは内心、「重大事件を防犯カメラや科学捜査に頼らず、自らの手で追いたい」とも思っている。

「僕は正直、わかりません。二十二年前のことを覚えている人がいるとは思えないし、どこから手をつけていいのか見えてこないですね」

チェ・ウィジュンがチョン班長の顔色をうかがいながら発言した。

「俺はどうせフォンボーでしょうから……」

オ・ジソプは語尾を濁す。ジヘは「オ先輩はうまいことすり抜けたな」とひとり感心する。あのスキルを身につけないと。

「証拠が残ってるってことは、可能性もあるんじゃないでしょうか。鑑識のレベルも格段に上がってますし。私は賛成です」ジヘが言った。

チョン班長はうなずいた。

わたしに潜む地下人が主張する論理には以下のようなものもある。

エホバの証人の信者は兵役に就くことを拒む。韓国では長い間、彼らは法を犯す者として処罰されてきた。二〇一八年になってようやく、憲法裁判所（現行憲法により一九八八年に違憲法律審判、弾劾審判、政党解散審判、権限争議審判、憲法訴願審判を担当することになった）の判断によって代替役務の道が開けた。その際、良心という言葉が物議を醸した。

信者の兵役拒否は「良心的兵役拒否」と言われるが、「宗教的」とすべきではないか、軍隊に入隊する若者には良心がないというのか、良心とは何か、それらが争点となった。「良心的兵役拒否」という表現を擁護する法律家らは、良心とは主観的問題だと主張する。善悪の基準に関する個人の強い信念が良心であり、その基準を他人がどう評価するかは問題ではないという。憲法裁判所も同じ見解を示している。

良心：「ある事の善悪を判断するうえで、そのように行動しない場合、自らの人格的存在価値が崩壊するという固く、真剣な心の声」

【憲法裁判所決定例96憲カ11、1997．3．27．】

良心上の決定：「善悪の基準によるあらゆる真摯な倫理的決定であり、具体的状況において個人がこのような決定に自身が拘束され、無条件に従うべき事と見なしているため、良心上の深刻な葛藤なくしてそれに反する行動が取れないこと」

【憲法裁判所決定例2002憲カ1、2004．8．26．】

上記に則ると、エホバの証人の信者が輸血を拒むのも良心的拒否といえる。その信念は他人がどうこういうべきものではない。

地下人はわたしが自首しないのは良心的だと唱える。他人が同意するしないは問わない。

スタヴローギンはロージャや地下人とは多少異なり、超然としている。彼はわたしが逮捕されようがされまいが意に介さない。わたしの過去や日常を超越した意識なのだ。

彼は時折、知的遊戯の一環としてロージャや地下人との論争に加わる。彼はそもそも目的意識やゴールを持たず、固定観念に囚われることなく巨大かつ大胆な理論を高唱する。殺人の意味に関してロージャと地下人が論争を繰り広げる際、スタヴローギンはふたたび人を殺めてどちらが正論か検証せよとけしかける。

スタヴローギンがどのようにわたしの内に入り込んだのか、わたしにも謎だ。もしも殺人を犯していなければ、わたしは今頃、哲学科の教授にでもなっていたとも考えられるが、彼はその化身かもしれない。ことによると、事件を起こす前からわたしのなかに巣くっていたカイン（旧約聖書で人類最初の殺人者と記録されている）の表出かもしれない。殺人によってついに芽生えた、批判的精神を宿す自意識といえるかもしれない。

わたしのなかのロージャと地下人は、スタヴローギンの論理に圧倒され、彼を恐れる。二人はスタヴローギンにわたしの魂が乗っ取られてはならないという点で意見の一致を見る。スタヴローギンは突如、見境もなく、衝動的に自殺を図りえる人格だ。

あるいは二度目の殺人を犯すか。

ロージャは地下人よりスタヴローギンに期待を寄せている。地下人の努力は嘉《よみ》すべきだが、彼が成功する可能性は高くなさそうだ。少なくとも形而上学的な領域においては。彼は焦りからかレトリックに終始し、こじつけのジレンマを生み、あらゆる誤謬を犯す。

それに比べてスタヴローギンは器が大きく落ち着いている。彼は不敵にも刑事司法システムの根底にある、より巨大なものを覆そうと企図する。

現代を支えるシステムのシステムを。

リュミエール（啓蒙主義）を。

そして殺人を合理化する理論を確立した暁《あかつき》には、その理論を確信するなら、それを立証するためにも必ず二度目の殺人を犯すべき、とスタヴローギンは再三にわたって主張する。

10

「捜査着手報告書の決裁仰ぐときって、班長自ら隊長に提出しに行くものなんですか？」

ヨン・ジヘは電子煙草を吸いながら尋ねた。

「いや、それは係長の仕事だ。着手報告書を出しにわざわざチョン班長が隊長室に出向くのを見るのは俺も初めてだ。今日はおそらく係長に言われて付き添ったんだろう」

オ・ジソプが返す。警正（警視に相当）である強行犯捜査一係長や総警（警視正に相当）の隊長はただ係長、隊長と呼びながら、同じ階級のチョン・チョルヒのことはチョン班長ときちんと苗字を付けて呼ぶ。

ジヘとオ・ジソプ、チェ・ウィジュンは裏門付近に設けられた喫煙スペースで連れ立って煙草をふかしていた。パク・テウンは、煙草を吸う時間も惜しいと言わんばかりに刑事部屋で過去の記事をあさっていた。

捜査事案会議から丸一週間が経っていた。その間、不正軽油流通組織の捜査の片付けに追われ、新村《シンチョン》女子大生殺害事件に関してはほとんど手つかずだった。処理すべき書類が山積みだった。

ジヘは事件のあった二〇〇〇年当時の新聞記事のうち、いくつかに目を通し、テレビの公開捜査番組で使われた被疑者の写真を探した。エレベーターの防犯カメラにとらえられた画像にはがっかりした。被疑者は野球帽を目深に被り、目鼻立ちはほとんど識別できない。髪は短く背は百七十五センチ以上、痩身だが肩幅が広くスポーツマンタイプだ。片方の肩にバックパックをひっかけている。

パクはすでにその画像をプリントアウトして自分の机の前に貼ってある。時折、写真を見てはしばし目をつぶっていたが、怒りを鎮めているようでもあり、写真の男をしっかり目に焼き付けようとしているようでもあった。

「係長は隊長にあれこれ突っ込まれると思ってるんじゃないですか。二十二年も前の事件を掘り返すっていうんで」とチェ。

「さあな、というか……係長は隊長がこの事件を迷宮《オミャ》チームに回そうとするかもしれないって思ったんじゃないか?」

オが言う。迷宮チームとは未解決事件専従チームのことで、二〇一一年、各地方警察庁に新設された。数年経っても犯人が捕まらない場合、所轄署では事実上捜査を打ち切ることになる。捜査員が入れ替わると捜査の効率も下がる。そこで地方警察庁ごとに専門のチームを置くことになったのだ。

「迷宮チームのほうが犯人を挙げやすいとでも思ってるんすかね」

チェの声には皮肉が込められていた。

「そういうわけじゃないだろうが、隊長の立場としては迷宮チームに任せたほうがいいだろう。迷宮チームは刑事課だ。うちが他の班と張り合うように、隊長と刑事課の課長も実績で勝負してるところ、あるだろ。だからこういう頭の痛い案件は迷宮チームが置かれている刑事課に回して、直属の部下には効率のいい事件《ヤマ》をやらせたいんじゃないか」

オの言うことも一理ある。

「そんなに大変な捜査なんですかね、これって」

ジヘが電子煙草をふかしながら訊く。

「捜査は初動がものをいう。九十五パーセントは事件発生から一週間以内に検挙してるし、一週間を過ぎるとその可能性はぐっと下がる。こんどのは、いまさら証拠を集めるにしても、当時の参考人に聞き込みをするにしても、新しいものが出てくると思うか？　二十二年前だって大々的に捜査したって話じゃないか。当時も不審者や前科者までしらみつぶしにしたはずだろ。しかも手配写真見ろよ。俺にはお手上げだ。肝心の目がないんだぞ。鼻筋と口、あごのラインだけでどうしろってんだ」とオは言う。

「でも迷宮チームが十数年ぶりに解決した事件もけっこうありますよね」ジヘは反論する。

「その内幕知ってるか？　ほとんどが密告《ウリコミ》だ。酔っぱらって自分は人を殺したってゲロする奴らいるだろ。そういうのを迷宮チームが嗅ぎつける。あっちは抱えてる事件が多いからそれで持ってるようなもんだ。うちの捜査期間は六カ月、その間に決定打となる通報があるかってことだ。はっきり言ってうちより『それが知りたい』（韓国の社会問題を取り上げ、未解決事件なども追跡するＳＢＳのテレビ番組）のほうが早いんじゃないか。テレビでハデにやってくれりゃ、こぞって通報してくれるぞ」

「わあ、めちゃくちゃシニカル」

「冷静に判断しないとな。刑事としての使命感とは別の話だ。事案をあえて選ぶってのはそういうことだろ」

「先輩はこの事件の犯人、挙げたくないんですか？」

「そりゃ、挙げたいさ」

　オは訊くまでもないだろうと言いたげに顔をほころばせた。なぜかいつも余裕しゃくしゃくだ。

「けどな、凶悪犯を懲らしめてやるって気持ちが先か、公益が先かってことも考えてみないとな。この事案を追う間は、他の事件の捜査ができないんだ。おまえは二十二年前の殺人事件の犯人を挙げるのと、大砲車を売りさばいてる組織を挙げるのと、どっちが重要だと思う。両方って答えはなしだ。ふたつとも追うのはムリだからな」

「自動車管理法違反よりは殺人のほうが断然、重罪じゃないですか」

「二十二年前だぞ。遺族の恨みを晴らすってのも、俺にはわからねえな。刑事の言うことじゃないかもしれないが、遺族だってもう忘れてんじゃないのか。けど、大砲車は今現在の犯罪に使われる可能性もあるわけだから、その台数分だけ殺人や強盗が起きないとも限らないだろ」

「それはそうですけど……」ジヘは答えに窮した。


煙草を吸い終えた三人が部屋に戻ると、チョン班長が続いて入ってきた。

「もう済んだんですか。隊長、なんて言ってました？」とオ。

「フォンボー、おもしろそうだなって。許可下りたぞ。こっちはオとチェに任せる。チェ、いいな？」

「はい！」とチェ。

「女子大生殺害のほうは、どうなりました」

パクが一度瞼を閉じると、かっと目を剝いた形相で問う。

「一応、通った。だが期限付きだ。三ヵ月。三ヵ月経っても進展がなければ迷宮チームに回せって。あと、マスコミに嗅ぎつかれないように重々気をつけろってな。この事件《ヤマ》を再捜査するとなると、あいつらまた大騒ぎするだろうから。こっちは俺とパク、ヨンの三人で組む。どっちに転ぶかわからないがな」とチョン班長が答えた。

11

被害者は死亡してこの世に存在しないのに、社会はなぜわたしを罰しようとするのか。

社会そのもののためだと地下人は主張する。社会はその方向性や繁栄の方式に反するものを悪と定める。赤信号で道を渡るのは悪いことだと子どもたちに教え、罪の意識を植え付ける。

子どもたちは車が一台も通っていない道路で信号が青になるまで待ち続け、それが時間の無駄とも思わない大人に成長する。

だが、それはけっして正しいことではないというのが地下人の考えだ。そのような社会では人々が正しいことをする機会すら奪われる。地下人は、そんな教育は社会化ではなく〝家畜化〟だと嘲笑する。人は選択権を与えられてこそ善悪の区別をつけて行動することができる。

社会的規範以外に道はないと信じている人間の行動は、いくらルールを守っていようと、正しい行動とは言えない。水が高い所から低い所へと流れ、摂氏百度で沸騰するのを見て、その努力を賞賛する者などいないのと同じ理屈だ。

すなわち、人を殺す自由を持つ者だけが、人を殺さないという善行を行える。

しかも社会は殺人に対して矛盾した態度を取る。韓国社会は兵役に就いている数十万人の若者に四六時中、人を殺害する訓練を施している。彼らが戦闘中に敵国の兵士を銃やナイフで殺害したとしても、起訴されることはない。この点からしても社会が最も重きを置くのは人命や正義ではなく、社会自体の安定と存続であることに疑いの余地はない。

そのうえ、社会はじつにご都合主義でもある。たとえば、公訴時効という制度がある。ある事柄を犯罪と規定しておきながら、一定の時間が経過すると罪を問わない。

法学者らは、何十年も前の犯罪は公正に裁くのが難しく、逃亡していた犯罪者にとって、その期間は処罰されていたも同然と見なせることをその根拠に挙げている。しかし公訴時効の本当の狙いは、犯人検挙の可能性が極めて低い事件のために人的・物的資源を費やさないためだ。ここでもやはり正義より社会の利益が優先されている。

かつては殺人罪にも公訴時効が設けられていた。わたしが人を殺めた当時、殺人罪の公訴時効は十五年だった。わたしは二〇一五年八月に自由の身になるはずだった。ところが、その年の七月に、通称「テワン法」と呼ばれる刑事訴訟法の改正案が国会を通過した。

法改正により二〇〇〇年七月三十一日以前に人を殺した人間は、二〇一五年八月一日から自由の身となった。だが、二〇〇〇年八月一日以降の殺人に関しては、一生涯、捜査機関に追われることになった。もしもわたしが殺人事件をあと数日早く起こしていれば、あるいは二〇一五年七月に国会が政争により、法案の採決をあと数日でも先延ばしにしていれば、わたしは今頃自由でいられたはずだ。

わたしは韓国の刑事司法システムに足元をすくわれたのだ。

わたしの内に潜むロージャは、テワン法の議決過程を目の当たりにして焦慮に駆られた。法案が可決されると、彼はいつもどおり何度もため息をつき、拳で胸を叩いた。

地下人は逸早《いちはや》く見切りをつけ、偽造パスポートの入手とドルに換金する手はずを整えた。近頃はドルだけでなく仮想通貨にもつぎ込んでいる。仮想通貨のなかでもモネロのように秘匿性が高く、追跡されにくいものを好む。

偽造パスポートを手に入れるのは簡単だ。仁川《インチョン》空港では、偽造パスポートで出入国を試みて摘発される数は、一年に二千人強である。無事に通過した人数は少なくともその数倍にはなるはずだ。

ダークウェブを利用するまでもなく、インターネットで白昼堂々と取引している海外サイトも多い。匿名通貨で支払えば海外から配送してくれる。宿泊施設への提示用としてスキャンしただけの安物にはじまり、特殊インキを利用し透かし模様《ウォーターマーク》まで施された精巧な模造品、盗難旅券に写真を貼りかえた変造品に至るまで、その種類もさまざまだ。

バンコクのゲストハウスでは偽造パスポートの売買に関する情報を簡単に入手できる。あからさまに訊くのがためらわれるのなら、まずは、国際学生証があれば博物館の入場料や乗り物を割引してもらえると聞いたが、と切り出してみるといい。

カオサン通りにはその類の偽造団の拠点がそこかしこにある。彼らは東南アジアの人々を偽造パスポートで先進国に送り、各国で就労させて斡旋料を送金させている国際犯罪組織の一味だから、クオリティは間違いない。日本や韓国の若いバックパッカーのなかには、旅の終わりにブローカーに旅券を売り、領事館に紛失届を出して臨時の出入国証明書を発行してもらう者もいる。

最も確かな方法：中国には偽名パスポート専門のブローカーがいる。一部先払いすると中国人が依頼人の写真を持って官庁の旅券窓口に行き、中国人本人の実名で旅券を申請する。残金を支払い、発給された本物のパスポートと交換する。

わたしがその偽名パスポートを手に入れた当時の相場は五万元《ユエン》だった。

12

「昔の広捜隊の建物を思い出すな。あそこも相当古かったから。ヨンは行ったことあるか？」

チョン班長はジヘに訊いた。広捜隊とは広域犯罪捜査隊の略であり、強行犯捜査隊は数年前までそう呼ばれていた。

三人の刑事は警察庁のすぐ隣にある西大門《ソデムン》警察署に入るところだった。重厚な構えの警察庁本館に比べ、小ぶりで古びた五階建ての建物だ。全国にある警察署の建物のなかでも最も古い。

「麻浦《マポ》にあったやつですか？　行ったことはないです」

「あそこもこんな感じの建物だった。四階建て、いや五階だったかな。まあ、雨の日は雨漏りもして、ぶっつぶれるんじゃないかって冷や冷やしたもんさ。パクはそこにいたことあったか？」

「いえ。自分が配属されたのは広捜隊が中浪《チュンナン》にあったときでした」

パク・テウンは堅苦しい語調で答える。

「パクの広捜隊配属はこれで二度目だったな？　最初は三年くらいいて、その後しばらく江原道《カンウォン》の交番《ハコ》にいたんだったな」

「はい。体調を崩しまして……」

「まあ、健康第一だ。みんなくれぐれも気をつけるように。俺たちは体が資本だ。ヨンもいいな」

強捜隊の三人は刑事支援チームを訪れて用向きを告げ、地下の資料室に下りていった。刑事支援チームの職員が、持ってきた鍵で開錠してくれた。

明かりをつけると奥からネズミらしきものが飛び出してきて、ジヘは一瞬、身をすくめた。埃の臭いがした。資料室は図書館のように書架がぎっしり並び、棚は埃で真っ白だ。

書架は統計、捜査終結事件、処分結果通知書、押収品目録と項目別になっており、彼らが必要としている変死記録台帳は資料室中央の書架にあった。西大門区内で穏やかに目をつぶることのできなかった人々の名前と事件の概要が、たった一連の書架に数十年もの間、収まりつづけていると思うと不思議な気持ちにもなった。

ジヘは自分が処理した変死事件の数々を思い出していた。ひと月以上発見されず腐敗した死体を目にしたこともあった。あのときは臨場する前からすでに自分が目撃するであろうものの想像がついた。ビルの地下に営業していないカラオケ店があるが、長い間、店主と連絡がつかず、そこからひどい腐敗臭がするという通報だったからだ。

「腐敗した死体から出るウイルスは猛毒なんですよ」

白い防護服に身を包み、マスクに大きなゴーグルまでつけた鑑識係員は、自分でも大袈裟だと思ったのか、訊いてもいないことを説明した。ジヘは「だったらなんでこっちにもくれないのよ」と言いたいところだったが、ぐっと呑み込んだ。

ジヘは私服のまま、防護服を着込んだ鑑識係員とともに店のドアをこじ開けて中へ踏み込んだ。腐敗してほとんど溶けていた死体が、プロパンガスのボンベにつながったホースをくわえていた。ブタンガスでガスパンしている連中は、ゆくゆくはプロパンガスにまで手を出すというのを話には聞いていたが、実際に目の当たりにしたのは初めてだった。ドロドロになった死体を前に、吐き気をもよおしながら身元の確認ができるものを探して写真を撮った。その日着ていた服はそっくりごみ箱に放り込んだ。

あの事件もこんな台帳に数行で片付けられているはずだ。

「あったぞ。ミン・ソリム。二〇〇〇年八月三日。女性。西大門区新村洞リュミエールビル一三〇五号」

想念に浸っているジヘの隣でチョン班長が声に出す。手にしている黒い台帳から埃の塊が舞うと、チョン班長のジャケットの袖口に落下した。班長は埃を払い、懐からボールペンを取り出して変死事件の事件番号を手帳に書き留めた。

台帳を探したのは事件番号を確認するためだった。事件送致書をもとに、検察に保管してある捜査記録と証拠品を借りてくるには、事件番号が必要だからだ。事件送致書には検察に送った記録の目録と、当時の西大門署刑事課課長が作成した三十ページに及ぶ意見書があった。黄ばんだ書類をコピーすると、西大門署を出て強行犯捜査隊の部屋に戻った。

ジヘは西部《ソブ》地検に捜査記録の閲覧申請書を送り、チョン班長、パクとともに事件送致書の検討に取りかかった。目録は、当時、警察によって作成された捜査資料に関する目次のようなものであり、さまざまな捜査資料のタイトルが記されている。

臨場した際の現場の状況に関する捜査報告、現場の写真、被害者の傷口の写真、被害者の左腕傷の写真、被疑者の供述調書数十件、任意同行報告数十件、事情聴取結果報告数百件、犯罪歴照会結果数百件、通信記録開示請求許可書数百件、遺伝子鑑識結果報告数十件……。

目録の厚みは単行本一冊分にはなる。検察から借りてきて、目を通さねばならない資料の量を思うと気が遠くなる。

本件に関して西大門署が作成した最後の書類のタイトルは「事件処理に関する進捗状況通知（遺族用）」で、日付は二〇〇一年二月三日となっていた。捜査本部が解散したのもその頃だろう。ひとつはっきりした。新村女子大生殺害事件の捜査は手抜き捜査ではなかった。ジヘがそう口にすると、「まあ、手抜きはありえないだろ」とチョン班長は鼻で笑う。

「当時、ソウル警察庁《ホンシャ》の庁長《シャチョウ》が毎朝のように電話を寄こしてきて、犯人はまだかまだかってうちの署長にせっついてたって話だ」

「げっ、庁長がですか？」

「そんなにあおられたら逆効果なのにな。刑事の間ではおかしな噂も立ったもんだ。庁長の娘は当時、延世《ヨンセ》大の歯科学部に通っていたんだが、毎年十月に学部主催の親を招待する行事があったそうだ。その日までには犯人を挙げるようお達しがあったっていうじゃないか。貴賓として紹介されるのに、犯人が挙がってないとなるとメンツまる潰れだろ。まあ、単なる噂だろうがな」

二十二年前の西大門署刑事課課長の意見書は簡素なものだった。被害者の情報、確認できている事件前までの被害者の足取り、現場の分析結果、それに加えて捜査内容が記されていた。

ミン・ソリムの両親は晋州《チンジュ》で大きな薬局を営み、二人とも薬剤師だった。一人娘のソリムは何不自由なく育った。小学校から高校まで晋州で暮らし、一九九八年に延世大学人文学部入学と同時に上京している。

娘をソウルに上京させた夫婦は、大学のそばに十二坪のワンルームマンションを購入した。地下鉄の新村駅にほど近いリュミエールビルという複合ビル《オフィステル》の十三階に。ビルは十八階建てだが、一階と二階は飲食店などの店舗フロア、三階から五階はオフィスフロアになっていた。六階から十八階までは住居で、ワンフロアに十戸あった。なかには旅行代理店やエステサロンなども入居していたが、住居フロアの住人はほとんどが一人暮らしだった。ビルのすぐ隣には新村でも古くからあったシニョン劇場という映画館があった。

ミン・ソリムは人付き合いがよく、相当な美人で人気者だった。大学に入学すると、ほどなく三年生の男子学生と交際したが、一年もせずに別れた。彼氏がいてもかまわず口説いてくる学生も多く、なかにはストーカーまがいの人間もいたという証言が寄せられていた。

ソリムはまじめに学校に通い、成績はどの科目もB以上だった。九九年の二学期に休学し、実家のある晋州で過ごすが、その間、新村の部屋はそのままにしていた。二〇〇〇年の一学期に復学し、夏休みにはサマースクールを受講するが、講習が終わっても実家には戻っていない。

二〇〇〇年八月一日は火曜日だった。ソリムは自宅のあるビル一階のコンビニで二日酔い対策のドリンクを飲み、同じ一階にある粥《かゆ》専門店で粥をテイクアウトしている。エレベーターの防犯カメラに彼女の姿が映っており、コンビニの店員と食堂の社長からも証言を得ている。その日の午後にはふたたびコンビニに行き、牛乳一パックにスイートワインを一本買っている。

同日午後五時、ソリムの携帯電話に何者かが電話を入れている。通話時間は約五分。発信元は追跡できていない。当時流行していた無料インターネット電話サービスのダイヤルパッドからかけてきたからだった。キャリアや基地局にもデータは残されていない。

約四時間後の午後九時、シニョン劇場入口にあった公衆電話からソリムの携帯に電話をかけた者もいる。ダイヤルパッド利用者と同一人物であるかは不明。通話時間は二分十秒だった。

八月二日零時三分、リュミエールビル奇数階専用のエレベーターの防犯カメラにキャップ帽を目深に被った男がとらえられている。男は十三階からエレベーターに乗り、一階で降りた。

八月二日昼頃、ミン・ソリムの母親が携帯電話にメッセージを送信したが返事がなかった。その日の夜まで連絡がつかず、母親は少しずつ不安を覚える。三日の朝も娘が電話に出ないことを受け、母親は警察に通報する。

ソリムはベッドで手足をまっすぐ伸ばし、仰向けで死亡していた。胸にナイフで深く刺された跡が二カ所あり、両腕と手のひらに防御創《ぼうぎょそう》がいくつか見られた。Tシャツを身に着け、ショーツとショートパンツは膝下まで下ろされていた。

死体には雨合羽が被され、さらに布団で覆われていた。そのうえエアコンがついていたため、体温によって死亡時刻を推定するのは困難だった。八月一日午後九時から三日朝の間と推定するしかなかった……。

ジヘは新聞記事以上の情報を期待していたが、内心がっかりした。事件現場に関する記載は記事より詳細ではあったが、「ミン・ソリム」という人物に関する情報は心許ない。

二〇〇〇年の新聞記事を読んでいて、ジヘは二十二年の間にメディアによる報道のあり方もだいぶ変わっていることを感じる。日刊紙はどれも、最近の記事に比べて短く硬い。当時の記事によれば、ミン・ソリムは名門大学に在学中であることを除くと、個性のない善良な被害者だった。記事のなかの被害者ミン・ソリムは、やさしくまじめで非の打ち所のない女子大生といったイメージだ。

時事ネタを扱う週刊誌の記事はいくらか詳細に、よりセンセーショナルに書き立てられていた。被害者は「ワンルームマンションに一人暮らしの二十歳の女子大生」であることと、「強姦殺人」の可能性があることにフォーカスされていた。ソリムが美人であることも強調している。記事には、よく芸能界入りを勧められ、実際に芸能事務所からも何度かスカウトされていた、ともあった。本当か？

「でも、どうして犯人、捕まらなかったんですかね？」

記録目録と意見書に目を通していたパクが不意に顔を上げて訊く。その質問を相手がどう受け取ろうと、意に介さないといった雰囲気だ。チョン班長が答える。

「まあ、初動の段階でちょっともたついてな。顔見知りの犯行とも、そうでないともとれるだろ。外部からドアをこじ開けて侵入した形跡がない。殺害後も犯人は現場に一、二時間、居座り続けたようでもある。それも落ち着き払ってな。死体に雨合羽と布団を被せて、エアコンまでつけてる。指紋と血痕もすっかり拭きとって……。ワイングラスを洗ったのも犯人かもしれん。犯人には居心地が良く、その時間には誰も来ないことを知っていたのかもしれない、そういう見方もあった。かといって、その部屋は外部から侵入しにくいかっていうと、そうでもないんだ。管理室から水漏れの点検に来たとでもいやあ、すぐにドアを開けただろうしな。しかも被害者《マルガイ》は相当な美人だったから、同じマンションに住んでた男で彼女のことを知らない人間は一人もいなかった。エレベーターで乗り合わせたら釘付けになるほどだったって話だ。『十三階に住む芸能人並みにきれいな子』で通ってたらしい。まあ、それでつい、ってこともあるだろうし。そこの住人じゃなくても、彼女の名前や住所を調べるくらいはいくらでもできたしな」

ジヘが訊く。

「どういうことですか」

「ビルの一階にはたいてい集合ポストがあるだろ。部屋に上がる前にみんな自分のポストを確認するじゃないか。まあ、ある変態男が新村の地下鉄駅でめちゃくちゃきれいなお嬢さんを見て、あとをつけるとするだろ。五分もすれば自宅のあるビルに着いて、その子が一三〇五号に住んでることがわかる。ポストの中の郵便物を盗めば名前も、学生かどうかだってすぐにわかったろうしな」

「ビルの入口はオートロックじゃなかったんですか？」

「ああ。いまもない。まあ、あの頃はどのマンションも施錠されたエントランスなんてなかったからな。リュミエールビルは地下にネットカフェがあって、一、二階は食堂街で、住人用の出入口が別にあったわけじゃなかった。誰でも中に入れて、エレベーターに乗って他人《ひと》んちの玄関前まですんなり行ける構造だった。だからって、外部侵入者の犯行だと決めつけるわけにもいかなかった。同じ大学で被害者に片思いしていた奴かもしれんし、別れた彼氏の犯行かもしれんし。まあ、金銭問題や親にまつわる怨恨ではなさそうだったが、それ以外はどれもありえなくはなかったってことだ。だから初動の段階で右往左往した。はじめは痴情のもつれの線で動いたが、ビルのセキュリティが甘くて前にも強姦未遂事件があったことを聞きつけると、そっちの線で追うことになって、一からやり直し、ってまあ、そんな調子だった。最初に精液と防犯カメラの画像を確保した段階で高《たか》くくってたのがあだになったってわけだ」

「それにしたって、あれだけの捜査員、動員したのにですか」

「新村てところがまた厄介でな。流動人口の数知ってるか、半端じゃなかったぞ。飲み屋も多いし、二〇〇〇年というと、繁華街っていやあ新村だったから、人の流れはいまとは比べものにならん。殺人事件が起きるとまず周辺のネットカフェやらビリヤード場やら、飲み屋やらに地取りに行くだろ。現場周辺にはそんな店がごまんとあって、しかも現場裏はラブホテルだらけだ。おまけにそこらじゅうに考試院《コシウォン》（狭い部屋に机やベッドが備わっていて、元は受験生などが勉強に集中するために考案されたワンルーム）もあったが、ほとんど勉強するためじゃなくて一人暮らしのために使われてた。前科者の巣窟《そうくつ》にもなってて、そこをしらみつぶしにするってんだからな。まあ、田舎だったら酒に酔った二十代の男を見かけたっていう通報だけでも被疑者《マルヒ》かって思うだろうが、新村なんて酔っぱらってない男のほうが少なかったし」

「アイゴ、アイゴ」

ジヘは思わず口にする。どこから手をつければいいのだ。

「まあ、そもそも捜査課長がえらく堅物だったからな。俺は新米で何がなんだかわからなかったが」

「堅物というのは？」

「現場のビルとその隣のビルの住人、それに従業員は全員聴取。まあ、そこまでは当然だが、問題はそのあとだ。その全員の携帯の電話帳に登録されていた人間まで一人残らず呼べ、ってこうだ。リュミエールビルに住んでる知り合いの家に寄って、被害者を偶然見かけたかもしれないってな。なんなら西大門区の住民、全員調べましょうかってくらいだったぞ。参考人の取り調べ《シラベ》はスムーズにいったかっていうと、それもまた大変でな。あんときの警察のイメージは悪かったから。学生に事情聴取に協力してほしいって言っただけで令状持ってこいってこうだ。しかもあの頃のDNA検査はいまみたいに唾液じゃなくて血液だったし。その辺のチンピラは適当に引っぱってきたけど、学生となるとそうもいかなくてな」

チョン班長はいつになく子細に語った。

「班長、よく覚えてますね」

ジヘは感嘆したように言う。

「まあ、ここ数日、昔の手帳を読み返してみたんだ。そしたらあれこれ思い出した。リュミエールビルにも行ってきた」とチョン班長。

「その手帳、見せてもらってもいいですか?」パクが訊く。

「見せるのはかまわんが、読めないぞ。字汚くて。明日、西部地検から捜査記録借りてくることになってんだろ。それでじゅうぶんじゃないか」

「班長は顔見知りの犯行だと思いますか?」とジヘ。

「いや」チョン班長は即答した。

「どうしてですか?」

「顔見知りならとっくに挙げてたさ」

地下人は、警察がわたしに疑いの目を向けていると感じた瞬間、まず中国に出国することを計画している。

13

仁川空港から二時間以内で到着する中国の空港：煙台《イェンタイ》、青島《チンタオ》、済南《ジーナン》、瀋陽《シュンヤン》、上海

出国する際は韓国の旅券を使う。韓国の法務部のデータベースにわたしが入手した偽名の中国旅券での入国記録がないからだ。

韓国は防犯カメラが世界で最も多く設置されている国のひとつである。わたしが行方をくらました日の足取りを防犯カメラで追跡すれば、すぐに仁川空港までたどり着くはずだ。中国の空港に到着したら防犯カメラだらけの空港を出て、付近の適当な場所で変装する。その後、中国の旅券を使って出国する。ラオスやミャンマーなど、韓国と犯罪人引渡条約が締結されていない国に渡り、仮想通貨を現金に換える。

この計画を成功させるには、捜査機関がわたしの出国禁止措置を取る前に仁川空港に行かなければならない。警察に疑いをかけられていると感じた瞬間、実行に移す必要がある。中国では数時間、あるいは一日くらいは滞在できるはずだ。中国と韓国は犯罪人引渡条約が結ばれているが、この程度の事件で中国の公安がそれほど速やかに韓国の捜査機関に協力するとは思えない。

だが、わたしは最後の最後まで逃げることはしない。人生から逃げるのは卑怯とされるように、韓国の刑事システムを前に闘わずして逃げ出すのはやはり卑怯な行為である。

恐怖をなくすことはできない。しかし恐怖に呑まれることなく、真っ向から立ち向かう術《すべ》を習得すべきだと考える。さもなくば、ラオスやミャンマーに逃れたところで同じことだ。韓国といつ条約が結ばれるかと、怯えながら暮らすことになる。そうなれば、塀のない刑務所暮らしとなんら変わりない。

重要なのは心構えだ。人生にはひったくりや交通事故に遭う可能性、雷に打たれる可能性がある。脳卒中や血液癌を患うこともあれば、スーパーバクテリアに感染する可能性もある。誰もがその可能性から逃れようとはするが、百パーセント避けることは不可能であり、どこまで受け入れて生きていくのか、妥協を迫られる。

生存だけを目標に、悦びや感動を犠牲にした人生をはたして「生きている」と言えるのか。「生きている」とはつまり、人生に立ち向かうことを意味し、人生最後の悦びの雫をどこまで味わうかを見定めるのは、己《おのれ》でなくてはならない。

だからわたしは、参考人として警察に呼ばれたくらいでは、すぐに中国に発つつもりはない。警察がわたしを容疑者の一人と見ていることを察知してからでも遅くはない。

これは合理的な判断でもある。警察が接触してきたからと、韓国での暮らしを捨て、海外逃亡したとなればむしろ怪しまれる。たとえ逮捕されなかったとしても、警察はわたしが犯人であることを確信するだろう。すると、やはりわたしは逃亡先の国で犯罪人引渡条約に関して気を揉むことになる。

14

「すごいシステムだと思いませんか？　先輩」

西部地検に向かう車中、ハンドルを握るヨン・ジヘが言った。

「なんのことだ」

　パク・テウンはぶっきらぼうに訊き返す。パクもチョン班長も口数が少なく、朴訥《ぼくとつ》な中年男であることに変わりはないが、性質はまったく違う。チョン班長が深さの知れない川だとすると、パクは内に秘めた炎を感じさせるとでもいおうか。とっつきやすいのは断然パクのほうだ。

「通報のあった死体のすべてに番号が付けられているってことですよね。大韓民国という国が存続する限り、その番号も存在し続けるって意味でもあり。ミン・ソリムという人物の死亡日、死亡場所、通報を受けた人、死体の発見者、そんな情報すべてが永久に保存されるなんて、なんか妙な気分じゃないですか」

　事件番号さえあれば当時の捜査記録のすべてが閲覧できる。証拠品もすべて捜査記録とともに西部地検の倉庫のどこかに眠っている。変死に限らず、病死や自然死であっても、この国のシステムのどこかに同様に記録されているはずだ。役所の台帳や行政安全部（中央行政機関）のイントラネットなんかに。ジヘもいつかはそんな死のデータベースの片隅に据えられることになる。

「俺は非効率的だと思うがな、そのシステムってやつ」

　パクはしばし考えるとそう返した。

「非効率、ですか？」

「数桁の番号を調べるためにわざわざ所轄署に行かなきゃならないんだぞ。警察官であることがはっきりしてりゃ、これまでに全国で起きた変死事件の情報をコンピュータで一発で確認できるシステムにすればいい。それくらいはわけないはずだろ。証拠品にしたって、なんで警察じゃなくて検察が持ってんだ。再捜査となれば動くのは警察なのに」

「たしかに、言われてみるとそうですね」

ふと、そのデータベースに記載されていない死も数多くあるのではないかと思った。誰にも通報されない死。なかには不自然な死もあるはずだ。川や海の底に沈んでいるか、あるいは山に埋められている死体。

西大門署とは違い、西部地検の書庫に直接入ることは許されなかった。執行課で、前日に申請書類を提出した旨と事件番号を告げると、係の職員が確認しに席を立った。

待たされている間、ジヘは期待と同時にそこから逃げ出したいような、なんともいえない気持ちになる。捜査記録を目にした瞬間、冷静ではいられなくなることを直感した。

犯人が捕まる可能性も高いとは思えず、怖気づく。

ジヘの目には、自分よりパクのほうが熱くなっているように映る。ジヘは前日、パクが広域犯罪捜査隊で三年間勤務したのち、なぜ江原道の交番勤務を志願したのか、オ・ジソプに尋ねていた。オは「アル中だったんだ、あいつ」と言うとにたついた。

「パク先輩がですか？　アル中？」

「犯人捕まんなくて、毎晩のように酒を呷《あお》ってたって話だ。やけになってな。そのうち精神より胃のほうがやられちまったんだ。交番に配置換えになると、もう二度と刑事なんかやらねえって言ってたのが、一年もたたないうちに体がうずいたんじゃないのか」

ジへは自分もパクのようになりはしないかと不安になった。

チョン班長はどうなのだろう。不意に、ひょっとするとチョン班長は、これまで組織のなかで貯めておいた「信頼」という名のポイントを、やりたかったけれど、検挙の可能性が低いこの事件《ヤマ》に使ったのではないかと思えてきた。警察組織というシステムを熟知し、自らを制することのできる者のみが駆使できるスキルを使って。


本にすると二十冊分にはなりそうな書類と証拠品をワゴンに載せて、先ほどの担当職員がふたたび現れるまでに、一時間かかった。

「大量だな」

書類の束を見たパクは、うんざりした様子で、一、二秒瞼を閉じて開けるとそうこぼす。その瞬間、書類の束が崩れ落ちそうになり、それをジへがうまい具合に受け止めた。

「これだけですか、証拠って」

証拠品が入った茶封筒を見ながらジヘは苦笑いする。茶封筒はたったのふたつだった。書類と封筒を抱えて表に出た。車に乗る前に、ジヘは衝動的に書類をボンネットの上に置いた。数ページめくると探していたページに当たる。

検視官が撮った現場と死体の写真が貼ってあるページだ。写真はデジカメではなく、フィルムカメラで撮って現像したものだった。

ミン・ソリムの髪型は大きめのウェーブがかかったロングヘアだった。ブリーチハイライトの入った茶髪。そのロングヘアは、まるで長い間洗わずベトついてしまった髪のようにダマになっていた。髪の一部は毛先が頭上に向かい、一部は首や肩にまとわりついている。

左目の周りはあざになり、腐敗により顔は全体的に腫れていた。にもかかわらず、生前の被害者は相当な美人だったことがうかがえるのが不思議だ。右目は薄目を開けていた。半開きの口に片目が薄く開いた顔は寝起きのようにも見える。自分はなぜこんな目に遭わなければならなかったのか、不可解だという顔つきでもあった。

パクが助手席のドアの前でその様子を黙って見ている間、ジヘはさらにページを繰る。生前の写真が現れた。海をバックに同年代の若者と写っている写真だ。当時流行ったヒップホップファッションのオーバーサイズのTシャツにダンスパンツ姿で、笑った顔にはほんの少し歯がのぞいている。その笑顔は自信満々で見ようによっては生意気そうにも映る。風が強かったのか、長い髪が天に向かってなびいていた。ソリムの美しさは攻撃的ともいえる。集団の中心にいることに、あるいはお姫様扱いされることに、なんのはばかりもないように見える。

ジヘはその写真を自分のスマホで写し、その画像を壁紙に設定した。すると二十二年前に生きていたミン・ソリムの何かが、時空を超えて伝わってきたような気がした。

「これ読むのにどれくらいかかると思う。一週間？」

テーブルの上にうずたかく積まれた書類の束を前に、チョン班長は穏やかに訊く。パクは誰彼となく因縁をつけんばかりの形相で書類を睨みつけていた。ジヘは自分もパクに劣らない顔つきのはずだと自覚する。

「ざっと見たところ、三千ページ以上はありそうですね。三人で手分けして読むとして、一日に……」ジヘが答えた。

「いや、分けるのはまずい。三人とも全部目を通す。一人ずつ、最初から最後までだ。俺もな」とチョン班長。

「そりゃそうです」とパクも同意する。

「ただ読むんじゃなくて、二十二年前に見落としはなかったか、当時は不可能だったがいまなら可能な捜査のやり方はないか、メモを取る。毎日午後五時に会議を開いてそのメモの内容を話し合う。とりあえずそのかたちで、一日にどれくらいのペースで読み進められるかやってみるのはどうだ。今のところ、見通しが立たないからな」

チョン班長が提案すると、ジヘとパクは同時に「はい」と返事をする。

「あと、証拠品はすべてもう一度鑑識に回す。この間、技術もだいぶ進歩しているはずだからな。西部地検に保管されていた証拠品は二点だけか？」チョン班長が訊く。

「はい。ひとつは被害者《マルガイ》が着用していた服と下着で、もうひとつは二〇〇〇年八月一日から三日までの、リュミエールビルのエレベーターにあった防犯カメラの映像が記録されているＣＤです。ＣＤはこの部屋にあるＰＣでは再生不可能です。読み取れません」パクが答えた。

「ＣＤはパクがデジタルフォレンジック課に回して復元してもらってくれ。遺留品はヨンが国科捜（国立科学捜査研究院）に再度鑑定してくれるよう要請をたのむ」

「わかりました」とジヘ。

「まあ、顔見知りの犯行の線は薄いと見ているが、それはあくまでも俺の推測だ。俺の意見に左右されるんじゃなく、あらゆる可能性を考慮するように。そのうえで俺の考えを言わせてもらうとだ、犯人が被害者となんの関係もないレイプ犯、一人暮らしの女性の部屋を狙った変態だとすると、そいつはその後も間違いなく同様の犯罪を犯してるはずだ。よく性犯罪者自ら『中毒』とも言ってるだろ」

　ジヘとパクはうなずいた。しかも犯人は、人を殺して捕まってもいない。自分の強運を過信している可能性もある。

「二〇〇〇年以降の強姦、強姦未遂、住居侵入の前科者を洗う必要がありますね。それ以前のは西大門署でも捜査したはずですから」とパク。

「前科記録では強盗となってる可能性もある。レイプされたことを隠して通報するケースもあるからな。まあ、本件の場合、被害者の体から検出された精液のＤＮＡ型もあったな？」

「はい、残ってます。目録にもタイトルがありました。血液型はＯ型です」とジヘ。

「ヨンはそれをコピーして国科捜と大検《ダイケン》察庁（韓国の最高検察庁）に行って、データベースに登録されてるＤＮＡ型と照合してもらってくれ。データベースがつくられたのは二〇一〇年だから、その前の凶悪犯らのＤＮＡは載ってないはずだ。つまり、犯人が二〇一〇年以降に性犯罪や強盗でひっぱられてＤＮＡを採取され、国のデータベースに登録されているとしても、二〇〇〇年の本件の鑑定結果とつき合わせたことはないはずだ。これまでそういうマヌケなケースをごまんと見てきた」

「データベース化するときに考えなかったんですかね？　未解決事件のDNA型も入れるなんて、当たり前のことじゃないですか？」とジヘ。

「それも考えなかったわけじゃないさ。だが、データベースへの登録は、『政府が凶悪犯のDNA型を収集してDB化してもいい』って法案が可決されて、法律ができたあとに採取したDNAに限って許可されたからだ。まあ、DB化に反対する輩もいたからな。国が国民を監視するのかって」とチョン班長が説明する。

「指紋押捺に反対する人もいますからね……」とパクが言葉尻を濁した。

「データベースひとつで犯人が挙がれば俺たちにとっては儲けもんなんだが……。ま、それは厳しいだろ。となると、数百人がかりで半年も追った事件を俺たち三人で一から洗い直しだ。与えられた時間は三カ月だが、二カ月もすれば上から進捗状況を聞かれ、可能性が見えなきゃストップがかかるはずだ。それまでにどんなささいなことでもいいから見つけろ。時間との闘いだ、いいな」

15

ニュースやテレビの事件再現番組を観るのと同じ理由から、被害者を扱うドキュメンタリー番組もよく観ている。そのなかには印象的な内容が含まれていた。

被害者だからといって、常に苦しいわけではない。心理カウンセラーは彼らに思う存分笑い、喜んでいいとアドバイスしていた。うしろめたさを感じる必要などまったくないと。犯罪被害にあったとしても人間は人間であり、人は元来、愉快な話、おいしい物によって笑顔になるものだと。

それは犯罪者も同様であることに気づいた。わたしもやはり生身の人間であり、時には笑顔になり、楽しんでもいいのだと。

わたしはこの発見を熟慮し、さらに発展させた。殺人者の自分にもふつうの人間と同じように人生の意味、倫理的ガイドラインが必要である。というよりも、殺人者であるからこそ、自分を支える強固で揺るぎない道徳的な軸が必要なのだ。

その道徳には「人間は時として人間を殺してもかまわない」という内容が含まれなければならない。わたしに潜むスタヴローギンが追求しているのも、まさしくこの問題である。人を殺してなぜいけない。これは、ドストエフスキーが小説の登場人物のセリフを通して再三投げかけている問いでもある。

同じ質問をこう言い換えることもできる。

神がいなければ、すべてが許されるのではないか。

ドストエフスキーは、すべて許されれば道徳の軸は失われ、人間はそんな環境に耐えられないと見ていた。


敬虔なキリスト教徒だったドストエフスキーは、そのような虚無主義的キャラクターには、彼がもっとも軽蔑してやまない最期を遂げさせた：自殺。


ドストエフスキー作品に出てくるスヴィドリガイロフ（『罪と罰』）、スタヴローギン（『悪霊』）、キリーロフ（『悪霊』）、スメルジャコフ（『カラマーゾフの兄弟』）はそのような死を遂げた。この問題にそこまで執着していなかったラスコーリニコフと、内心では救いを求めていたイヴァン・カラマーゾフは自殺こそしないが、精神的にひどく不安定な状態に陥る。

ドストエフスキーの結論は「それゆえ神は存在すべき」ではあったが、作品でそれを明確に表現できてはいない。『罪と罰』は神秘的な幻影と改心を示唆して幕を閉じる。文学的評価は別として、思想としては曖昧だ。一方、『悪霊』では登場人物がそれぞれ自らの思想に忠実であるため、作品としては希望が見出せない結末を迎える。

彼は『カラマーゾフの兄弟』で自らの答えを示そうとした。イヴァン・カラマーゾフの弟で修道僧のアレクセイ・カラマーゾフが第二部で作家のメッセンジャーを務めるはずだった。

だが、ドストエフスキーは第一部を世に出すと、突如死んでしまう。今日、我々が知る『カラマーゾフの兄弟』は、作家が構想していた作品の前半部分だ。この小説はとてつもない問いかけをしているが、答えはない。この作品が傑作といわれるゆえんは未完成にあるとする見解も存在する。

16

「記録がどれも雑ですね」

一時間ほど捜査報告書を検討すると、ジヘは無意識のうちにそう口にしていた。

二十二年前の捜査報告書なだけに、細大漏らさず記載されていることを期待していたわけではなかった。そもそも報告書には所定のフォーマットのようなものも存在しない。捜査本部内で、捜査官同士が情報をシェアするためのメモのようなものだと思えばいい。被疑者の供述調書や陳述書のように証拠として認められることもない。

だから人それぞれ書き方も違う。上司にしても、部下に詳細な報告書を求める者もいれば、部下が長々と書いた報告書を見て要点だけにしろと苛立つ者もいる。

それにしてもこの新村女子大生殺害事件に関する捜査報告書は目に余る。どう見ても同一人物に関する記載なのに、名前が違っているといった基本的なミスも多く、参考人への事情聴取の報告書が一行で片付けられているのも目立つ。「死亡推定時刻のアリバイ確認済み」といった具合にだ。

さらに大きな問題は、あるべき報告書がなく、情報が抜けていることだった。ある参考人の事情聴取報告書の一回目と二回目はあるが、三、四がなくて五回目に飛んでいたり、「裏取り必要」と記載されているのにその結果がなかったり。リュミエールビルの住人は全数調査したとあるが、名前だけが記載されていて号数がないので、どこかの部屋が抜けていたとしてもまったくわからない。

「まあ、あんときはみんな大変だったからな。夜勤続きで。だから供述を聞いて、それほど重要そうでなけりゃとりあえず口頭で報告して報告書は後回しにしておいて、それきりになってるのもけっこうあったはずだ。ベテラン刑事のなかにはパソコンに慣れてない人も多かったしな。まあ、そう神経質にならずに読み進めろ」とチョン班長は言う。

「捜査の流れがなかなかつかめません。なんの脈絡もなく被疑者にされてる人もいたりしますね」とジへ。

「そういうの、多いのか？」チョン班長が訊く。

「百ページほどざっと見たところ、二件ありました」

「捜査本部は既存の強行犯チームを中心に組まれた。当時は六つの強行犯チームがあって、チーム同士を競わせたんだ。第一チームは主務チームとして敷鑑（被害者の人間関係を中心に捜査すること）、第二チームはリュミエールビル住人の聞き込み、第三チームは隣のビルと周辺の飲み屋、第四チームは同じような手口の前科者を担当、って具合にな。昇進もかかってたし、みんな闘争心に燃えてて、重要な情報をつかんだり怪しい人間が浮かんだりすると他のチームに気づかれないように、チーム内で内密に動くってこともあったはずだ。捜査報告書は朝の会議で発表することになっていたから、わざと報告書を遅れて出したり、肝心なことを書かなかったりってな。だが疑いが濃厚になれば情報は隠し通せなかったから、その点もあんまり気にするな」

　チョン班長の説明にジへはため息をもらす。たしかに、それは仕方のないことのようにも思えた。ジへもやはり捜査報告書は自分や同僚のためのメモとして記録するだけで、ご丁寧に二十二年後の未来の読者を念頭に置いて記したりはしない。刑事の本分は事件の実態をつかみ、犯人を挙げることであって、書類を作成することではない。

「主力の二チームはチーム長同士の仲が悪くてな。一方のチーム長はとにかく体育会系だ。凶悪犯罪が起こると解決するまで部下たちを捜査本部で寝泊まりさせた。もう一方のチーム長は、あの頃の刑事にしては頭の柔らかい人で、やることなけりゃ帰って休めって主義だった。だから体育会系の捜査員たちは相手のチームに不満たらたらさ。手緩《てぬる》いってな。相手は相手で体育会系チームをこきおろしたり。いびきかきながら寝てて張り込みって言えんのか、ってな」

チョン班長が当時の状況を二人に聞かせた。ジヘはチョン班長が班員に徹夜をさせないのは、その頃、心に決めたことかもしれないと思う。

チョン班長は続ける。

「捜査は長引くだけで、これといった進展もないからムードは最悪だった。犯人に目星をつけたチームが異例の昇進を狙って出し惜しみしてるって噂まで流れたくらいだ。まあ、結局はみんな張り込みでくたくたになって、有力な情報をつかんだチームに捜査員を集中させようって話にまでなったが、それもうまくいかずに終わった」

ジヘは捜査記録を読みながら、二十二年前の捜査能力や雰囲気は別として、なぜ初動捜査の段階で混乱が起きたのか理解できた。当初、顔見知りの犯行ではないと思わせる情況がいくつか重なっていたのだ。

二〇〇〇年七月初め、リュミエールビル裏のアパートで強姦事件が発生していたのだが、手口が似ていた。若い女性の一人暮らしの部屋で、犯人は果物ナイフを手に押し入り被害者を脅した。だが、夜で明かりはついていなかったため、被害者は犯人の顔を見ていない。犯人は手袋をはめていて指紋を残しておらず、被害者は二日後に通報したために精液の採取にも失敗していた。被害者の女性は夜の仕事をしていた。

そのひと月ほど前には、通りの向かいの麻浦《マポ》区老姑山《ノゴサン》洞の連立住宅で小学生が強姦されそうになった。シングルマザーとその娘が二人で暮らす半地下の部屋だった。犯人は白昼堂々と窓を開けて侵入し、少女をレイプしようとした。だが、少女が泣きながら悲鳴をあげると窓から逃走した。

八月二日の昼にはリュミエールビル十五階で若い男が一戸一戸、ドアをノックして回っている。インターホンではなくドアを叩いていることを不審に思い、返事をしても相手が何も答えないので、玄関のドアスコープから外の様子を確かめたという女性の証言があった。当時、その女性は警察に通報していない。それまでも似たようなことが何度もあったため、通報しようとは思わなかったという。

かといって、顔見知りの犯行の可能性を完全に否定するわけにもいかなかった。友人たちの証言によると、ミン・ソリムは男に相当モテていたようだ。授業のときにそっとメモを置いていく男子学生も多く、街でもいわゆるナンパはあとを絶たなかった。校門の前でサラリーマン風の男に名刺を渡されたこともあったという。

ソリムのほうも、彼氏をとっかえひっかえしていた。別れた彼氏など、彼女と接点のあった男子学生は全員警察の取り調べを受けていた。調査してみると、ソリムと一年以上付き合った学生は一人もいなかった。とくに、大学に入学したての九八年には何人もの男と付き合っていた。二股もあったようだ。

ジヘはソリムが芸能プロダクションにスカウトされたこともある、と書かれていた週刊誌の記事を思い出した。美貌の女子大生が、体内に精液を残して死んでいたことで、さまざまな憶測をよんだ。その一方で、強姦された水商売の女性の事件に関しては、はたして警察は初動の段階でしっかり動いたのだろうか。連立住宅で母親と二人暮らしだった小学生の事件は真剣に捜査されたのだろうか。

聞き込み捜査の資料はあまりに膨大なため、ジヘは証拠に関する記録を先に読むことにした。二十二年前に収集した物証はそれほど多くはない。犯人は犯行直後、ベッドの端など、自分の手が触れた可能性のある場所はすべて拭きとったようだ。ベッドのそばからソリムのものより太く硬い髪の束が見つかっているが、毛根がないのでDNA型は検出されなかった。

現場でソリム以外の指紋の一部がいくつか検出されはした。当時、そのなかで識別できたのは、たったひとつ。靴箱の側面についた指紋だった。指紋は四十代男性のものであることが判明すると、捜査本部はこれで犯人が挙がると色めいた。逮捕令状を請求して検挙に成功するが、ひっぱってみるとソリムが引っ越しの際に利用した引っ越しセンターの従業員だった。アリバイも確かだった。

「残りの指紋は警察庁の鑑識課に回してもう一度見てもらってくれ。いまの技術なら何か出てくるかもしれないからな。そっちはパクに頼む」とチョン班長が指示を出した。

玄関からはミン・ソリムのものではない靴の足跡《ゲソ》も発見された。しかしごく一部なのでサイズも測定できないうえに、当時どこにでもあった波状模様の靴底だ。その靴底をたよりに靴屋を何軒も回ったが、返ってきたのは男性用女性用ともによく使われている模様だという答えばかりだった。警察が靴跡のデータベースを作成し始めたのは、二〇〇二年からだ。

当時は電話や手紙による情報提供、報告書の類も数限りなくあったが、決め手になるものはなかった。妄想癖のある人物から隣人が怪しいと、捜査本部に数百回にわたって電話がかかってきたこともあった。海外のミステリ小説や映画を模倣したような手紙も送られてきた。新聞の文字を切り抜いて「外国人を調査せよ」という内容を送りつけてきた者もいた。ジヘがそれを手に取ると、黄ばんだ「外国人」という文字が台紙からはがれ落ちた。

重要証拠である精液と防犯カメラの写真に関し、チョン班長とパク、ジヘの間で軽い論争が起きた。

「この精液を犯人のものと決めつけていいんですかね？」とジヘが問うた。

「ナイフで刺された被害者が下着を脱がされた状態で見つかってるのに、残された精液は犯人のものじゃないってか？」パクが皮肉るように言う。

「彼氏と寝て、彼氏は帰って、その後に犯人が来たのかもしれないじゃないですか。そいつはコンドームをつけてたとか」

「まあ、弁護士ならそう主張するかもな。だからしょっ引いたら逃げ道をふさがないと。こっちの手の内は明かさずに」とチョン班長は言った。

「被害者の性器周辺に傷があったという記録もありません。大陰唇に擦過傷、会陰部に裂傷、みたいな所見が」とジヘが指摘する。

「被害者は酔っぱらってたろ。そこを襲われたのかもしれないし、酒を飲ませながら時間をかけて脅したってこともあんだろ。罰ゲームだって言って女の子に酒飲ませて犯す坊主ども多いじゃないか。そういう事件では被害者の性器に傷がないのもザラだ」とパク。

解剖の結果、ミン・ソリムの血中アルコール濃度は〇・〇五パーセントだった。当時も、さらに厳しくなった現在の基準でも飲酒運転の取り締まりにひっかかる数値だ。人は死亡するとアルコールはそれ以上分解されなくなるので、死亡するまである程度酔っていたことになる。

ジヘは防犯カメラの男が真犯人だとか、あるいはその男の精液であるという決定的な証拠はどこにもないと指摘した。

「この男は単に二〇〇〇年八月二日午前零時を少し回った時刻に十三階からエレベーターに乗って降りた人物にすぎません。いつ十三階に上がったのかもわかりませんし、廊下には防犯カメラがないのでその男が一三〇五号に入ったのかすらわからないってことですよね」

「だが、八月一日の夜から三日の朝までに十三階からエレベーターに乗った人間のうち、身元が確認できてないのはその男だけだ。二日の昼以降、ミン・ソリムは誰とも連絡をとっていない」と班長が返す。

「リュミエールビルにはエレベーターが二基ありました。ひとつは一階と偶数階用、もうひとつは奇数階用です。ですが、偶数階用のエレベーターに設置されていた防犯カメラは故障していました」とジヘ。

「何が言いたい」

パクは一、二秒目を閉じ、開けると同時にジヘに訊く。

「こういう建物のエレベーターに乗るときって、自分が十三階に行くとしたら、ふつうは奇数階用に乗りますけど、いったばっかりとか、偶数階用のが先にきたらそっちに乗りません？　十四階で降りて、一階だけ階段を下りればいいんで」と言ってジヘお得意の愛想笑いを浮かべた。

「その建物に何度か出入りしていたらありえるだろうな」

チョン班長が言う。防犯カメラにとらえられた男が、過去にもそこを訪れていたかどうかは把握できなかった。その防犯カメラの映像が保管されるのは、二日間だけだったからだ。

「もしも偶数階用に乗って十四階で降り、歩いて十三階に下りて一三〇五号でミン・ソリムを殺害し、出ていくときも偶数階用エレベーターを使っていたら、その人物は防犯カメラにはまったく映りませんよね。エントランスにも防犯カメラは設置されていなかったので」とジヘ。

「不可能なシナリオではないな。だったらこの男はどこのどいつだ。何カ月も指名手配されて十三階の住人全員にあたったたっていうのに、なんの手がかりもないっておかしいだろ」とパク。

「でも、人を殺したばかりの人間が悠然とエレベーターなんかに乗りますかね？　新村の若者が多く住む複合ビルだったら、午前零時過ぎだって人の往来はじゅうぶんあったはずです。服に返り血を浴びていたかもしれませんし、血の臭いがしたかもしれない。ふつうだったら階段を使うと思いませんか？」

「なんでエレベーターなんかに乗ったのか、パクったら訊いてみるんだな。そこまで深く考えてなかったんだろ」

パクの言葉にチョン班長が失笑する。ジヘは赤面する。初めての凶悪殺人事件を前に興奮を隠せなかった自分と、班長とパクのまるで幼い末の妹を見るような眼差しに、ふと気づいたからだった。

チョン班長は、いまは捜査中で、法廷で争っているわけではないとジヘを諭した。これまでの情況証拠だけでは、防犯カメラに映った男が最も疑わしいという主張はいささか説得力に欠けるのも確かだ。それでも最も黒に近く、捜査の過程で新たに証拠固めをしていくしかない。

犯行時刻を八月二日午前とするよりも、前夜と見るほうが合理的でもあった。殺人、強姦、強盗事件は午後八時から午前零時の時間帯に最も多く発生する。そこに該当する午前零時過ぎに、キャップを目深に被った、人定のできていない若い男ほど格好の被疑者がどこにいるというのか。

「建物を一度見ておきたいですね。先輩、あとで一緒に行きませんか?」

ジヘはパクを誘う。午後十時半だった。

「そうだな」とパク。

「今日はもう引きあげろ。建物は明日の朝、出勤前でいい。俺は明日、当時の解剖医に会ってくる」

17

「神がいなければ、すべてが許されるのではないか」という問いは、その後、多くの作家や思想家に影響を与えた。

ドストエフスキーと同時代を生きた人物には、まずニーチェを挙げられる。ニーチェはドストエフスキーをして自身の生涯、最も美しい幸運、自分が何かを学びえた唯一の心理学者と評した。奇しくも彼はイヴァン・カラマーゾフと同じ道を歩む。ニーチェは「真理などない。すべてが許される」と宣言し、発狂する。

ニーチェが導き出した解答の数々は多くの読者を揺さぶるが、きわめて曖昧で理解に苦しむ。生の哲学、権力への意志、超人、永劫回帰……。めまいがしそうだ。わたしにはとうてい理解できない。かぐわしい香りを漂わせ、人々を虜にしておいて悪酔いさせる、きつい酒のような文言にすぎないのではないだろうか。


二十世紀の作家のなかから一人だけ選べと言われれば：アルベール・カミュ。


カミュの『ペスト』における医師のリウーとパヌルー神父の論争は、まぎれもなく『カラマーゾフの兄弟』においてイヴァンとアリョーシャによって繰り広げられた、あの論争である。

リウーとイヴァンの言い分は同一である。罪のない子どもたちがこれほどの苦痛を味わう世の中を拒むというのだ。その論争は『異邦人』の終盤、ムルソーと、監房を訪れた司祭が口論する場面と相当部分重なり、カミュはどちらも無神論に軍配を上げている。

ドストエフスキーのファンだったカミュは『悪霊』を戯曲に脚色してもいる。『カラマーゾフの兄弟』の演劇舞台では自らイヴァン・カラマーゾフを演じている。自身の哲学的エッセイ『シーシュポスの神話』でカミュは、キリーロフ、スタヴローギン、イヴァン・カラマーゾフの子細な分析に相当の分量を割いている。

すべてが許され、だからこそいかなることにも意味がなく、真理というものが成立しないとき、人は自殺以外に何ができるのか。カミュは反抗せよと説く。ついぞ意味を見いだせなくとも、意味を見つけられないというその現実そのものに、我々はシーシュポスのごとく、絶えず反抗するべきだと主張する。

カミュの指針はニーチェの思想よりは理解しやすい。聞きようによっては相当に論理的でもある。神の存在に懐疑的な現代科学における発見の数々とも共鳴し、かつ倫理的な生き方の根拠を示しているようでもある。

天国と地獄を信じてもいないのに、なぜ人を殺してはならないのか、その理由付けに奔走する現代の無神論者らが最も好む答案だ。誰もが知る見慣れた到着地にたどりつきながらも、その道程で知性を犠牲にしなくても済む。しかも、悲劇的な感興というおまけつきだ。

だが、どこか詭弁にも思える。カミュの助言に忠実であろうとするなら、人々が享受できる最大値は永遠なる緊張と不満である。正しいと思い込んでいる行動を取り、意味を追求しながらも、実はそれにはなんの根拠もなく、結局は意味を見いだすこともできないことを痛烈に認識せねばならない。刹那の充足感を得ようとした瞬間、押し上げてきた岩はあと一歩で頂上というところで急傾斜を転がり落ちていく。

カミュはその過程で「なんとも言えない悦び」を得るというが、それに比べれば右頰を打たれ、左頰を出すほうがよほどたやすい。

おまけに、カミュは努力の具体的な方向性を示すこともまったくなかった。『ペスト』ではせいぜい連帯、共感、「自分だけが幸せというのは恥ずべきこと」などと云々するありさまだ。まったく気が抜ける。彼は『最初の人間』という大作を構想するも、原稿を書き上げる前に交通事故死するが、そこでは愛を語るはずだったという。

カミュについてのわたしの感想は、一九四五年秋のパリにおいて、まるでロックコンサートのように聴衆を集めた、サルトルの実存主義に関する講演を聞いたミシェル・トゥルニエの反応と似ている：は？　つまるところ、時代錯誤のヒューマニズムだったのか？

サルトルの実存主義は、第二次世界大戦直後に一世を風靡《ふうび》するが、トゥルニエはその核心をついた。実存がどうの、本質がどうのといったところで啓蒙主義をまたぞろ擁護しているにすぎない。

すなわち、啓蒙主義とは端《はな》から空虚というリスクをはらんでいる。啓蒙主義を基盤にしている現代文明の論理的帰結は、霊的虚無主義である。それが快楽主義と物神崇拝の土壌となる。

ドストエフスキーはそんな未来を感知していた。だから西欧の自由思想にかぶれたロシアの青年に問うた。諸君の言うように、神は存在せず人間が世界の中心ならば、だとすればすべてが許されるのではないか。規範のない世界に住むことになるのではないか。

わたしに潜むスタヴローギンは、ドストエフスキーとニーチェのはざまで、カミュやサルトルとはまた別の道を模索する。わたしの中のスタヴローギンは、わたしには彼らにない強みがひとつあると目する。

彼らと違い、わたしは殺人者だ。わたしは線の外側にいる。

18

ジへは平屋の戸建てに住んでいる。門扉を開けて中へ入ると二坪ほどの狭い庭がある。

同居していた友人は家庭菜園でもしようと言っていたが、ジヘは自信がなく断った。

庭先には腰を下ろすのにちょうどいい高さの濡れ縁があり、縁側から木製のアコーディオンドアを開けるとリビングがある。リビングとキッチンは一続きでその横にトイレがある。リビング以外に二部屋あるが、ひとつは空いたままだ。新たなルームメイトが見つかれば、いずれにしても使えなくなるからだ。

リビングに入るなり、スマホをスピーカーに置いて音楽をかけた。スピーカーはスマホの充電もできる仕組みになっていて、フリマアプリでただも同然で手に入れた。小ぶりのわりには音量が大きく、低音のサウンドもまずまずだ。プラスチックではなく木製なので見た目にもなかなか洒落ている。

重低音が響く。ザ・ノートンズの『マリード・トゥ・ザ・ブルース』。ジヘはボリュームを絞り、部屋に入ってラフな部屋着に着替える。ノースリーブのシャツにショートパンツ姿。

庭を眺めながら軽くストレッチをすると、腕立て伏せを始める。二十回を終えたところで起き上がり、左胸に手を当てて脈を数える。心臓の鼓動を百数えるとふたたび腕立て伏せをする。計六十回繰り返す間、汗を流すことも、息があがることもなかった。

二十回ずつの腕立て伏せを三セット終えると、脈を二百数える。それから、さっきより腕の幅を広げて腕立て伏せ二十回を二セット繰り返す。ようやく額に汗が滲み、呼吸も荒くなる。二セット目を終えると床に大の字になる。呼吸はしばらく乱れたままだ。

百回の腕立て伏せを終えると、スクワット二十回を五セット行い、その後プランクに移る。プランクは一分ずつを三セット行う。最後にストレッチをし、服を脱いでシャワーを浴びに浴室へ向かう。浴室に入る頃にはゲイリー・ムーアが『ザ・プロフェット（預言者）』を演奏していた。エレキギターの音色はむせび泣いているようでもある。

ジヘは目をつぶり、熱いシャワーを体に浴びながらリュミエールビルの防犯カメラに映し出された男のことを思い起こしていた。写真のなかの男の行動は、どうもちぐはぐのように思えてならない。キャップを目深に被っておきながら防犯カメラのあるエレベーターに乗ったのも腑に落ちない。カメラを避けるのなら階段を使えばいいことだった。

だが、このような矛盾は今回の事件に限ったことではない。ある種の矛盾は、犯人が捕まったとしても解けないままのこともある。犯罪は人と人との相互作用によって起こり、人間の活動というのはなんであれ、いつであれ、辻褄《つじつま》が合わないことも多い。先に事件の筋読みをして、それにそぐわない証拠を排除していく方法は当然、避けるべきだが、細かいことにとらわれすぎないというのも大事ではある。

昼間の会議で異論を唱えはしたが、写真の男がソリムの住む一三〇五号室を訪ねたことはほぼ間違いなかった。ソリムの部屋を除く、一三〇一号室から一三一〇号室まで、一三階に住むすべての住人がその男を知らないと言い、二〇〇〇年八月一日の夜間にそれらしき男性が訪れた家は一軒もなかった。それは十二階と十四階に住む住人も同様だった。

防犯カメラのなかの男は、背は平均以上で肩幅も広いほうだった。定かではないが胸板も厚いようだった。キャップのせいで顔立ちははっきりしないが、女性にコンプレックスを感じていそうな容姿ではなかった。しかしそれも先入観かもしれない。連続殺人事件を起こしたカン・ホスンも中肉中背でルックスはいいほうだった。アメリカの連続殺人鬼、テッド・バンディも然り。

男は薄手のジャケットを羽織っていた。八月初めだったことを考えると、多少フォーマルな服装ともいえる。なぜジャケットを？　真夏にジャケットで考えられることは？　ジへは体を洗い流しながらあれこれ思い巡らしてみた。腕に目立つ傷跡やタトゥーがあったとか？　クーラーがガンガン効いたオフィスで働いてた？　車での通勤？

あの男が犯人だとしたら、ナイフを手にしたとき、ジャケットは着ていたのだろうか。ジャケットを着ていたから腕を振りかざすのではなく、槍のように突き刺したのだろうか。服や顔に返り血は？　犯人は現場を片づけていた。顔に返り血を浴びていたとしたら、洗面所で洗ったのかもしれない。バッグの中に着替えが入っていたとか？

捜査資料にあった写真は二枚だった。一枚は男がエレベーターに乗った瞬間の写真、もう一枚はエレベーターを降りる直前のもの。ジヘは二枚の写真に違いはなかったか、必死に記憶をたどってみる。動画を確かめればわかるだろうが、写真のなかの男は落ち着き払っていた。血も涙もない男なのだろうか。長い間、計画していたのだろうか。利害のためというよりも、相手を懲らしめるのが目的の怨恨による犯行？　痴情のもつれによって罪を犯した男たちは、一様に「相手が殺されるだけのことをした」と主張する。

体を洗いながら思索に耽っていたジヘは、頭を洗ったかどうかわからなくなり焦る。迷った末、シャンプーを手に出して髪につけるが、ややあって「アイゴ」とため息をもらす。髪は翌朝、出勤前に洗うつもりだったのに、そのことをすっかり忘れていた。頭からシャワーを浴び、ぼんやりと事件に思いを巡らしていたのだ。

仕方なく、しっかり髪を洗って出てきた。シャワーからあがり、部屋に行ってドライヤーで髪を乾かしていても、頭の中はいまだ事件のことでいっぱいだ。

チョン班長は顔見知りの犯行ではないと見ているようだが、防犯カメラの男がソリムの知り合いだとしたら、合点がいくこともいくつかある。男がすんなり部屋に入れたわけ、隣人がソリムの悲鳴を聞いていないこと、ソリムの陰部に傷跡が残っていないことなど。

ソリムの爪からも相手の皮膚や血は検出されていない。セックスの際、完全に押さえつけられていたか、合意のうえでの行為を意味する。

髪をざっと乾かすと、冷蔵庫から缶ビールを取り出して開けた。フォイ・ヴァンスの歌が終わり、アルヴィン・リーの曲に変わった。ローテーブルには数カ月前から二冊の本が置いてある。一冊は日本のミステリ小説、もう一冊はユーチューブの動画編集に関する本だった。二冊ともルームメイトが置いていったものだ。ジヘは事件のことを考えまいと、見るともなく本をめくってみる。

ルームメイトだった同期は広報担当官室のデジタルコミュニケーション係に所属していた。コンテンツ制作に携わりたくてソウル警察庁に志願したが、実際には警察のPR動画のモデルを務めることがほとんどだった。「動画編集を習おうと思って。スキルがないからナレーターとかモデルばっかりやらされる」と彼女はこぼしていた。

「PR動画の予算って、いくらだと思う。ゼロよゼロ。機材はカメラとパソコンだけだし、外部《そと》のモデルを起用するなんて考えられないのよ。だからどこの署に美男と美女がいるかリサーチして、その人たちに頼み込むの。それも限られているから、いつも同じ顔ぶれで撮ることになるんだけど」

彼女もやはりそんな美男美女に名を連ねる一人だった。おっとりしていてかわいいうえに、肌もきれいではきはきしているため、所轄署に所属していた頃からPR動画のモデルとしてよく出演していた。

「動画編集ができたら制作に回してくれるって言われたの？　それともただ勉強しておくだけ？」ジヘが訊いた。

「勝手に勉強してるだけ。そういうこともできるってアピールしたら、上司も考えてくれるだろうから」

警察は十二万名もの人員を抱える巨大組織だ。韓国国内の企業でいうと、サムスン電子や現代自動車よりも大きい。サムスンや現代の社員同様に、警察官も昇進や退職、老後の心配をしている。警察官の年金は軍人よりも低額なうえに、退職後の再就職もままならない。また、大半は末端の巡警（巡査に相当）、あるいはそのすぐ上の警長（巡査長に相当）だ。警察官のほとんどが数十年間勤め上げても七級公務員（最低は九級）の警査（巡査部長に相当）止まりでもある。

早くから警務（警察経営）畑を選んだ同期は、ジヘのことを出世に無頓着、とよくからかっていた。「私だってキャリアアップ目指してるよ。麻薬ばっかり追ってたって先が見えないから強行犯チームに志願したんでしょ」と応酬したものの、説得力に欠けることくらい自分でもわかっていた。捜査畑は激務が続き、昇進にも不利だ。刑事になりたいという若い警察官は確実に減っている。

手にしていた缶ビールを飲み干すと、一瞬ためらうが冷蔵庫から二本目を出してくる。ユーチューブの動画編集に関する本はローテーブルに戻した。ミン・ソリムを殺害した犯人を絶対に捕まえたいという気持ちが湧き起こった。ソリムは二月生まれだった。大学三年とはいえ、まだ満二十歳。そんなに若くてかわいい子がナイフで刺されて死んだ。

ジヘはビールを飲みながらバッグから手帳を取り出し、「依頼殺人の可能性？」と記した。

19

わたしの中のスタヴローギンは、戦争や正当防衛ではない状況における殺人を擁護しうる理論はないものか、探し出す作業に着手した。

驚くべきことに、高名な現代哲学者のうちの一人がそのような理論を唱えていた：オーストラリアの実践倫理学者であり動物解放論者のピーター・シンガー。

シンガーは、回復する見込みがまったくなく、本人や親に耐えがたい苦痛をもたらすことが明らかである障害児が生まれた場合、安楽死は許容されると説く。彼は堕胎にも賛成している。

シンガーの論旨は容易に理解できる。彼は功利主義をとことん突き詰める。「最大多数の最大幸福」というと、ほとんどの人間はその言葉を「できるだけ多くの人間の最大限の幸福」と理解する。

片やシンガーは「最大多数の自意識の最大限の幸福」を重視する。たとえ人間でなくとも自己認識しうる存在、たとえば霊長類やイルカなどの動物においても快楽を増やし苦痛を減らすことが道徳的に正しいと主張する。

つまりシンガーは、単に意識のみを有する存在と、自意識を有する存在を分けている。ある程度発達した神経系をもつ動物は苦痛を感じるため、その苦痛を減らすのが道徳的に正しいという。そのためシンガーは工場畜産を批判し、人間は菜食主義になるべきだと主張する。

一匹の金魚と一匹のチンパンジーのうち、どちらか一方を殺し、他方を生かす選択を迫られた場合、我々はチンパンジーを選ぶべきなのだ。なぜなら金魚に自意識はないが、チンパンジーはそうではないからだ。

すなわちシンガーは、生命の苦痛は種により質的に差異があると主張している。苦痛は主観的経験であり能力である。

植物や昆虫にはその能力が備わっていない、あるいはあったとしても微々たるものであろう。甲殻類や魚類も苦痛を感じるとはいうが、その度合いはわかっていない。少なくとも恐怖は感じないはずだ。恐怖を感じるには、未来をシミュレーションするだけの能力がなくてはならない。

自己認識能力も重要である。それは単なる知性の指標とは異なる。高度に発達した複雑な情報通信機器や先端工場も一種の神経系を具備しているといえるかもしれない。それらシステムは情報を処理し、外部の刺激に対応しながら学習し、進化すらする。だが、それらに自意識は備わっていない。だから我々がそれらの幸福や不幸を論じる必要はない。

「地球が傷ついている、海が喘いでいる」という表現は単なる文学的表現にすぎない：地球や海に神経系はないのだから。

人間の新生児はどうか。動物学者らはミラーテストなるものを行い、その種に自己認識能力があるか確かめる。これまでチンパンジー、オランウータン、ボノボ、シャチ、バンドウイルカ、インドゾウ、カササギがこのテストをパスしている。犬、猫、豚、ゴリラ、猿、オウムは不合格。人間は生後十八カ月を過ぎてパスしている。

この世には無脳症やエンゲルマン症候群のように、重度の知的障害や顔面に変形をもたらす先天性疾患がある。そのような子を持つ親は数年から長ければ数十年間苦痛を強いられ、患者自身も幸福とはいえない人生を送ることになる。

だとしたら、意識が芽生える前に安楽死させ、親は別の子を産むほうが「最大多数の自意識の最大限の幸福」という論理に符合するのではないか？　重度の認知症患者についても同じことがいえないだろうか？

おそらく現代人の絶対多数は、こうした主張に相当の嫌悪感を抱くはずだ。我々は皆、啓蒙主義の洗礼を受けているからだ。

今日、人は赤ん坊を愛し、守ることが人間のDNAに刻まれた本能だと思わされている。だが、その本能とは思ったほど強くはない。というよりも、何度も、強烈に繰り返し叩き込まれた社会化の結果であるという側面のほうが大きい。昆虫を毛嫌いするのも然り。

歴史的に見ると、あらゆる文化圏において新生児殺害は珍しいことではなかった。籠に入れられ川を下ってくる赤ん坊の伝承《はなし》は世界中によくある。アジア文化圏では、虐殺と呼べるほど女児殺しは広範囲にわたって行われていた。

ルネッサンス以前のヨーロッパでも、幼い子どもたちが見捨てられることはよくあった。親の不注意で床に落としてしまったり、胸に抱いて寝ていて窒息させたり、必要な治療を施さず放置するなどして、親が深い罪悪感を抱かずに済むような方法で。十八世紀までは、子どもを巧みに死なせてくれると評判の乳母を求める母親もいたというくらいだ。

こうした文化が失われ、幼児殺害が最も罪深い犯罪であるかのように認識されるようになったのは、啓蒙主義が広まってからのことだ。アメリカ独立宣言では、すべての人間は生まれながらにして平等であり、生命、自由、および幸福の追求を含む不可侵の権利を与えられており、その権利は政府の上に立つと定めている。この規範はこの世に生まれたあらゆる人間に適用される。

この世に生を享《う》けた人間の生命は守られるべきであり、自由と幸福を追求する権利は平等に保障されねばならないという思想は、もはや道徳的直観となっている。しかしさまざまな感情を有し、表現することもできるチンパンジーに対しては、たとえ拷問のような動物実験を行っても眉をしかめる程度だ。その反面、放置すれば死を免れない、まだ意識をもたない早産児はなんとしてでも救うべきだと声をあげる。

20

「愛の巣なのか、この通りは。なんで教会のそばにこんなにラブホが多いんだ」

パク・テウンがぼやいた。低いトーンのシリアスな物言いが内容と不釣り合いで、ジヘは思わず噴き出す。パクはなぜ笑われているのかわからないといった顔つきだ。

ジヘとパクはリュミエールビルの中へ入る前に、土地勘をつかむために周辺をひと回りしているところだった。車はビルの裏に路駐しておいた。

ビルの北側の通りはたしかにおかしな光景だ。教会がふたつ、百メートルほど離れたところにあるが、その百メートルの間にラブホテルが七軒もあった。ヒルズモーテル、ピオナホテル、オレンジカウンティホテル、ホテル楽、ホテルレッツ、モモホテル、ホテル麦……。なるほど、神を愛し、若い男女も愛を交わす愛のストリートのようだ。

ホテルはどこも、建物の一階部分にあたるピロティが駐車スペースになっている。ホテルが密集しているだけあって、競争も激しいようだ。休憩（午後十時まで時間制限なし）、宿泊アプリご利用のお客様にはデザートのサービス、最新ゲーム有、などと書かれた立て看板やのぼり旗がホテル入口に掲げられている。

リュミエールビルはシネマコンプレックスの建物と隣り合わせで、そのどちらも大通りに面している南側を除くとラブホテルに包囲されているかたちだ。娘を持つ親が一度でもこの光景を目にしていたら、娘のためにここを購入しようとは思わなかったのではないか。ジへは二十二年前もこんな環境だったのか気になった。

ジへはビルの周りを歩きながら出入口とテナントを確認した。北、西、南側から入れる建物、という意味がよくわかった。西口が正面入口に当たるが、そこから入ると小さな警備室の横を通り、エレベーターホールに出る。

二十二年前に一階にあったというお粥専門店とパスタ屋はメガネ屋とのり巻き《キムパプ》の店に代わっていた。ふたつの店舗の間の長い廊下の先に南口があった。北口から表に出ると燃えるごみとリサイクルごみの収集所があるが、そのスペースは目立たず、よく見ないと気づかないほどだった。

一九九九年には二階にも飲食店がいくつか入っていたようだが、現在はエステサロンや中国式マッサージ店、その他、習い事の教室などがある。新村の人の流れが減ったことで、全体的に店も減ったようだ。一階にはコンビニ、地下一階にはネットカフェがあるが、二十二年前と同じ店かは定かではない。

「外観はこれくらいでいいですよね」

ジヘはそう言うと、先にビルの中へ入った。

建物は意外と古さを感じさせない。警備室とエレベーターホールの間に集合ポストが並んでいる。チョン班長が説明してくれた二十二年前の様子とは違い、いまはポストに鍵がついているようだ。だが、ポストに施錠している住人はいないようだった。国民年金や健康保険公団からのDMがはみ出しているポストもある。その中身をこっそり見たら、部屋の号数はもちろんのこと、名前や収入まですぐにわかるはずだ。

エントランスの天井にはドーム型の防犯カメラが一台設置されていた。ジヘは地下一階まで行き、エレベーターで一階に戻った。ネットカフェは広々としていたが客はほとんどいなかった。二台あるエレベーターは奇数階と偶数階に分かれておらず、全階止まるようになっていた。だからか、かなり待たされた。


ジヘが一階に戻ると、パクは警備室の中にいた。

「ここで殺人事件があったことは聞いています。女子大生がナイフで刺されたって。十三階でしたよね。それにしても犯人はまだ捕まっていなかったんですか」

六十は過ぎているとおぼしき警備員が言う。おそらく警備会社所属ではなく、ビル側に直接雇われているのだろう。

パクは事件のあった部屋の号数は告げず、十三階は全戸入居しているのか尋ねた。相手はそうだと答える。一三〇五号室にはどんな人が住んでいるのか、かつてその部屋で殺人事件が起きたことを知っているのか、気になるところではあった。

警備室には防犯カメラのモニターがあった。モニターは九分割表示のタイプで、三十秒に一度の割合で画面が切り替わった。分割表示されている画面にはCCTV01、CCTV02、のように白字のテロップが流れる。番号からすると、建物の中には四十五台の防犯カメラが設置されているようだ。

二十二年前にもこれだけの防犯カメラがあったら。

「あのう、怪しい人が現れたりしません？　とくに十三階に」

ジヘが訊く。訊いておいてマヌケな質問だと思う。

「怪しい人……そう言われてもねえ。そんなこと言ったら夜中にネットカフェやコンビニにやってくる人間はみんな怪しいですよ」

ジヘとパクは不審な人間を見かけたら連絡してくれるようにと名刺を渡し、警備室を辞去した。

二人はエレベーターに乗った。エレベーターはやはり外部の人間でもすんなり乗れる。出前アプリのロゴ付きのヘルメットを被った配達員が一緒に乗った。配達員が手にしているビニール袋にはテイクアウトの粥が入っている。ジヘはミン・ソリムが自室で最後に食べたのが粥だったことを思い出した。

配達員は十一階で、刑事の二人は十三階で降りた。廊下はごく平凡だった。エレベーターは廊下の真ん中にある。降りてすぐ左にあるのが一三〇一号室で、時計回りに番号が振られていた。ぜんぶで十世帯だが、エレベーターの向かい、廊下を挟んだ西側に一三〇三号室から一三〇八号室までの六部屋が、エレベーター側の東に一三〇一、一三〇二、一三〇九、一三一〇号室の四部屋があった。エレベーターの右隣には階段がある。

「一三〇五室はエレベーターの目の前ですね」

ジヘが言う。パクも同意の表情を見せる。エレベーターで美人のミン・ソリムを見かけ、すぐに彼女の部屋番号がわかる構造だ。ソリムが十三階で降りて玄関の鍵を開けるまで、エレベーターは閉まらずそのままだったはずだ。

十三階の十戸はどこも玄関ドアに補助錠をつけるか、デジタルロックにしてあるようだ。統一されておらずどれもタイプが違うところを見ると、おそらく住人が自前で設置したものだろう。玄関ドアに備え付けられている鍵は、鍵業者なら五分もあれば開けられる一般的なシリンダー錠だった。もっとも、窃盗犯なら五分もかからないはずだ。バールをドアとドア枠の間にねじ込んでこじ開けるだけ。三十秒もあれば済む。

「俺は階段で行く。ヨンはエレベーターで降りてこい」

「一緒に行きますよ」

このビルの階段は幅が広く、明るいほうだった。階段に防犯カメラはなく、所々、段ボール箱や植木鉢、自転車などが置かれていたが、通行の妨げになるほどではなかった。こっそり煙草を吸いに来る人間もいるのか、吸殻がいくつか転がってもいた。十三階から一階まで下りるのに十五分ほど要した。


ミン・ソリム殺害事件の検視報告書を作成した当時の法医官（国立科学捜査研究院所属の解剖医）に会って話を聞いてきたチョン班長は、これといった成果はなかったという。その元法医官は、現在は国科捜を退職して大学の医学部の教授になっていた。

「なんたら委員長っていう肩書のお偉いさんになってたぞ。大統領府所属なんちゃらの生命倫理がどうのっていう委員会……」

「で、なんて言ってました？」パクが訊く。

「まあ、お決まりのセリフさ。私は、推理はしない、最終判断は捜査機関に任せる、ってな。しかも事件のこと、覚えてもいなかった。一日に何体解剖したと思ってるって怒鳴られた」

「アイゴ、アイゴ。何も怒鳴ることないですよね」とジヘ。

「法医官はとっくに卒業して、いまじゃ大学教授、おまけに大統領府のなんとか委員長様だってのに、一介の刑事がのこのこやってきてしょうもないこと訊くなってことだろ」

「じゃ、無駄足でしたか」

「まあ、ぶつくさ言いながら、当時の解剖鑑定書には目を通してくれた。だが話を聞いてよけいわからなくなってきた。犯人の背丈、右利きか左利きか、それもなんとも言えないそうだ。昔は利き手についておおよその推定はしたが、梨泰院《イテウォン》のハンバーガーショップの殺人事件（一九九七年に実際に起きた事件）以降、それもできなくなったそうだ。被害者の体勢や、犯人がナイフをどうつかんでいたのかによって、傷口の位置や形はいくらでも変わるってな。死亡推定時刻もだめだ。解剖するときに測った肝臓の温度は意味がないそうだ。臨場した警察官が直腸の温度をちゃんと測るべきだったのに、ってまた文句言われた。昔から自分は口を酸っぱくして言っていたが、二〇〇〇年当時もその重要さを認識していた警察官はいなかったとかなんとか。そこでだ、ヨンが別の法医学の専門家にあたってみてくれないか」

「え？　私がですか？」チョン班長の話を聞いていたジヘは驚いて訊き返した。

「今回だけじゃなく、今後も殺人事件の捜査の過程で解剖結果に納得がいかない、どうも信用できないと思ったら別の専門家にあたれ。法医官のなかには白黒はっきりつけたがらない人間もけっこういるからな。あ、さっきの教授がそうだと言ってるわけじゃないぞ」

「法医官が白黒つけたがらないんですか？」

「奴さんたちだって全知全能なわけじゃない。これはAだ、こっちはBだってすぐに断じられる死体や現場はそう多くない。Aの可能性が九十パーセントならBの可能性も十パーセントはあるってことだろ。法医官の仕事は医者とおんなじだ。喉が腫れて咳が出るから病院に行ったとする。そしたらほぼ間違いなく風邪だと言われるだろうが、同じような症状の別の病気だってありえなくはないだろ。病院で癌だと診断されたら、その診断が間違ってるかもしれないって別の病院に行くこともあるしな。解剖鑑定書も同じだ。疑問に思ったら別の専門家を訪ねればいい。まあ、責任逃れのためにあえてあいまいなままにしておく法医官もいるってことだ。Aの可能性が九十パーセントなのに、間違ってる可能性も十パーセントはあるから、Aとは断定できないなんて言い方するからな。とくに国科捜の若い法医官に多い。誰がどう見ても殴られて死んだのに、暴行が死亡の原因とは断定できないって言われたら、お手上げだろ」

「そんなの卑怯じゃないですか」ジヘはあきれ顔になる。

「彼らも公務員だから、できるだけクレームつけられたくないんだよ。おまけに法廷では自分の証言に責任をもたされるだろ。弁護士のなかには法医官にケチつける人間もいるからな。『解剖の経験はどれくらいですか？　まだ新米ですよね？』ってな」

「アイゴ」

「この人に連絡して、一度訪ねていってみろ」

チョン班長はそう言うと、自分の携帯電話を取り出してジヘに見せる。電話番号とともに、「ソウル大法医学教室教授　チェ・ウノ」と登録されていた。

「けど、班長が会ったほうがいいんじゃないですか？　二十二年前の法医官に会ったのも班長なのに……。私でいいんですか」ジヘは番号を控えながら訊く。

「だからヨンのほうがいいんだ。解剖鑑定書を持っていっていきなり『これ見てください』って言えってわけじゃない。そんなこと言われても、相手だってそこに書いてあるとおりだとしか言いようがないだろ。ヨンが読み込んで、疑問に思った点をメモしていけ。被害者の陰部に傷跡がないのがおかしいって言ってたよな。それもチェ教授に訊くといい。俺はその鑑定書見ても目新しいことは思い浮かばない。すでにこの事件に対して固定観念のようなものがあるからな。だからヨンが独自の目線でよく見てみろ」

「はい、わかりました！」ジヘへの返事はなぜか、軍隊のように気合いが入っていた。

21

じつに、啓蒙主義以降、革新主義の歴史は「アメリカ独立宣言の内容を厳守すべし」の一言に尽きる。「すべての人間は生まれながらにして平等であり、生命、自由、および幸福の追求を含む不可侵の権利を与えられている」と。

奴隷制撤廃、民権運動、女性運動《フェミニズム》、性的少数者《セクシャルマイノリティ》運動などはそのときから予告されていたことだ。障害者や有色人種の大学進学、女性の昇進、性的少数者が同性結婚した際の養子受け入れ、社会はこれらの問題を前に上記の原則を持ち出す。

今後も課題は残されている。二十一世紀に生きる人々の幸福を左右するのは、どの国に生まれたかであるといっても過言ではない。この矛盾をもっともらしく指摘し、手荒な解決法を押し付けようとする運動がじきに起こるかもしれない。人間は誰もが自分の暮らす国を選択する権利があり、先進国は際限なく難民を受け入れるべき、というような。

ＩＱや容姿もやはり、現代社会においては幸福になるうえで重要なファクターである。生まれつき人より知能が低く、人より見劣りのする人々は一生涯、酷い差別を受ける。きょうだいのなかで二番目に生まれた人間は長男長女より親の愛が薄く、寂しい幼少時代を過ごすことになる。こうした差別をなくすための社会運動もじきに出現するかもしれない。

人命の尊厳を盾にしたシンガーへの批判は正当な反論とはいえない。優生学やガス室云々を持ち出した攻撃も同様だ。シンガーは、人間と非人間の間にあるアメリカ独立宣言の線引きを、自意識と無意識の間に移そうと提案しているにすぎない。

わたしは別の理由からシンガーの主張には同意できない。彼の主張は浅薄だ。


シンガーの倫理はいたって単純だ：快楽を増やし、苦痛を減らそう。


彼は苦痛に悲劇的な意義があることを知らない。シンガーばかりでなく、功利主義者のなかにそのことを知る者はいない。

ある種の意義は苦痛のなかで、苦痛を経てのみ得られる。人間は宇宙と自身を物語によって把握するものだからだ。物語のない状態は考えられない。

優れた物語を生むのはハッピーエンドではない。試練と逆境だ。だから地獄の想像はいつでも詳細で魅惑的であり、その反面、天国の描写はつきなみなファンタジーのように感じられるのだ。

優れた人間を完成させるのは苦難である。優れた共同体《コミュニティ》も同様だ。思想家や小説家が描くユートピアは、むしろおぞましさを感じさせる。そんなものは絵空事にすぎないと、人々は本能的に察知するのだ。

シンガーが追求する理想郷とは、オルダス・ハクスリーの『すばらしい新世界』に描かれている身の毛もよだつビジョンと何ら変わりない。そこでの人間は、健康を害することのないドラッグとフリーセックスに陶酔する。ともするとシンガーのユートピアでは、ハクスリーの「文明世界」とは異なり、オランウータンやイルカ、カササギなども準市民として保護されるのかもしれない。

ドストエフスキーは苦痛とその意義の関係を知っていた。彼は『地下室の手記』において「なぜ諸君は、ただ正常で、肯定的なもの、つまりは泰平無事だけが人間にとって有意義であるなどと、どうしてまたそれほど頑なに、いや誇らしげに確信しておられるのか？」と問う。地下人の言葉だ。

地下人のセリフをいくつか記しておく：

「人間は真の苦悩、つまり破壊と混沌をけっして拒まぬものである。苦悩こそ、まさしく自意識の第一原因にほかならないのだ」

「何も世界の歴史など持ちだす必要はない。もし諸君が人間で、たとえわずかでも人生を

生きた経験があるなら、自分の胸に聞いてみるがいい。個人の意見を言わせてもらうなら、泰平無事だけを愛するのは、むしろ不作法なことにさえ思われる」

「どちらがましか、実際には？　安っぽい幸福、あるいは高尚な苦痛？」

『罪と罰』の予審判事、ポルフィーリーはこう述べる：
「君は勇気ある人だから、安楽など望まないだろうね？」
「だから苦難は、ロジオン・ロマーヌイチ、偉大なるものなのです」
「苦難のなかには思想があるのです」

それらを繰り返し読み、わたしは慰められた。わたしの苦難にも意味があるのだと感じた。

わたしは殺人者であるがゆえに啓蒙主義に疑義を唱えることができる。はたして人間の生命および自由、幸福の追求は不可侵の権利なのかを、妥協することなく思惟《しい》できる。

現代社会の矛盾を批判する者たちは、新たな社会契約が必要だと声高に叫ぶ。だが彼らのなかにも、現在の社会契約の基となっている啓蒙主義に反論する者は誰一人としていない。疑問すら抱かない。

現代社会が完全に崩壊したのち、未来の歴史学者たちは、あの時代は啓蒙思想に、人権という概念に囚われていたと評価するであろう。中世ヨーロッパがキリスト教神学に囚われていたと言われるように。

だが、わたしは心から新たな社会契約を夢に見、試みることができる。わたしの思想は新時代の礎《いしずえ》ともなりえる。

それこそがわたしの苦難の意味である。

22

ジヘは刑事部屋にひとり居残っていた。チョン班長とパクは連れ立って警察庁に向かった。パクが残されていた指紋の断片の解析結果を聞きに行ってくると言うと、チョン班長もついていくと席を立った。科学捜査管理官室の関連部署を回ってDNAのデータベースとCIMS《シムス》（犯罪情報管理システム）について訊きたいことがあると言って。

「シムス？　毎日使ってるあれのことですか？」ジヘが訊く。

「ああ、使ってて疑問に思うことあるだろ。ちょっと訊いてみようと思ってな。どんな情報が抜け落ちる可能性があるのかも訊きたいし」とチョン班長。

ひとり残ったジヘは捜査資料のなかから解剖報告書と刀剣類の専門家が記録した刺傷《ししょう》に関する意見書を探す。ミン・ソリムは同じ刃物で胸を二カ所刺されているが、ひとつは左胸の下、もうひとつは胸の真ん中だった。左胸を刺した刃物はあばら骨を折り、肺まで達している。真ん中の傷は心臓を貫通していた。

刺し傷はどちらも長さ三センチ、深さはそれぞれ十一センチと十二センチ。犯人は刺したあと、回したり傾けたりすることなくそのまま引き抜いた。凶器は片刃で先の尖った、どこにでもある果物ナイフと思われた。現場では発見されていない。

肺と心臓の刺し傷はどちらも刃が下を向いていた。肺の傷は床と垂直だったが、心臓のほうは斜め四十五度に傾いていた。肺のときは順手でナイフを握り、心臓のときはアイスピックを握るときのように逆手だったのかもしれない。肺が先で、あとから心臓を刺したと思われるが、順番は確かではない。どちらもソリムが生きていたときに刺されたものだ。

防御創と見られる腕と手のひらの傷を除くと、どちらも力いっぱい深く刺そうとしたものので、犯人に殺意があったのは明らかだ。単なる脅し、あるいは相手の抵抗をおさえるつもりだったのが、誤って殺してしまった、というのではない。たとえ高額の弁護士に依頼したとしても、傷害致死とはいかないだろう。

正確に急所を突いていて、二通りの握り方でナイフを操ったところを見ると、犯人は短剣術に長けているのかもしれない。意見書には特殊部隊出身、護身術のインストラクター、刀剣所持者らを洗う必要有りと記されている。捜査記録の目録のなかにも、該当する項目の調査結果報告書があったはずだ。ジヘは手帳を取り出し、「ナイフであばら骨が折れる？　特殊ナイフ？」とメモする。

これだけ膨大な捜査資料にやみくもに目を通すだけでいいのだろうか。ジヘは目録のコピーを複写して自分の机の前に貼り、読んだ資料のタイトルには蛍光ペンでマークした。そして、誰も使っていない机に山積みになっている捜査資料を上からどっさり抱えて自分の席に戻る。未読の資料の量を思うと憂鬱になり、電子煙草を吸いに表へ出る。

警察庁に赴いたチョン班長とパクは今頃何をしているのだろう。ハリウッド映画ならベテラン刑事がどこかへ架電すると、数時間後にスーツに身を包んだ政府機関の諜報要員が現れて書類の入った封筒を手渡して去っていく。その書類には刑事が追う容疑者の身元について子細に記録されている。

そんなシーンを目にするたびにありえないと思った。アメリカの警察がどうかはわからないが、あれは、捜査とは地道な消去法の連続であることに気づかないふりをしているシナリオライターがつくりあげたクリシェにすぎない。ひょっとすると、アメリカの警察は住民登録情報（韓国には国民一人一人に番号を付与する住民登録制度があり、その番号だけで個人情報はほぼ把握できる）を閲覧することができず、基本的な人定すら困難でCIAやアメリカ国家安全保障局《NSA》の協力が必要ということだろうか。それにしても、なぜそんな資料を人目に付きやすい国会議事堂前のような場所で、しかも真っ昼間に受け渡しをするのか。

ジヘはかぶりを振ると、席で二十二年前の捜査記録を読みはじめた。

ジヘは事件現場である一三〇五号室の家具の配置図にじっくり目を通す。入るとすぐに小ぶりの三和土《たたき》とバスルームがあり、奥がリビングという間取りだ。写真が添付されていたが、バスルームには便器と洗面台、洗濯機が所狭しと並んでいた。シャワーブースや浴槽はなく、シャワーヘッドだけが壁にかかっている。ミン・ソリムはまめに掃除をするタイプではなかったようだ。洗濯機と、壁の床に近い部分に水垢がこびりついていた。床のタイルにサメの形をした滑り止め用シールが貼られているのを見ていると、胸が締め付けられる思いだった。

ベッドは部屋の中央に南北の向きに置かれていた。ベッドによって東西に小さな部屋ができるかたちだ。ベッドをそのように配置したのはソリムの考えだったのか、前の住人だったのか、あるいはリュミエールビルのビルトインだったのかはわからないが、いずれにしても、おかげで狭い空間を無駄なく使っていたようだ。東側はキッチン、西はリビングとして。

ベッドはヘッドボードが本棚になっていて、本が縦横にぎっしり詰まっていた。掃除は好きじゃないけど読書は好きだったのか？　ジへは道具箱からルーペを持ってきて本棚にどんな本が並んでいたのか確かめてみた。英語の原書や参考書の類が数冊あり、専門書と思われる書籍もいくつかあった。古典もある。『異邦人』『ペスト』『悲しみよ　こんにちは』など。

本棚の一角は全集で埋まっていた。二十巻以上はありそうな全集で、背表紙は水色のようにも薄紫色のようにも見える。ジへは左から順にタイトルを読もうと、写真に食い入る。『分身　他』『ペテルブルグ年代記　他』『白夜　他』『ネートチカ・ネズワーノワ』……右へとだいぶ進むと、ようやくジへでもわかるタイトルが現れた。『罪と罰　上』『罪と罰　下』。ドストエフスキーの全集だった。

ベッドの東側には小さなシンクと食器棚があった。シンクには洗い物を終えたばかりのようにゴム手袋がかかっている。その横に洗い終わったワイングラスが二脚、鍋がひとつ、数枚の皿にフォークや箸などがこんもりと置いてある。シンクのそばにあるごみ箱にはワインの空き瓶が二本あった。ソリムはお酒が好きでよく飲んでいたと友人らが証言している。ジヘはソリムとの共通点を見つけたと思う。もっとも、ワインよりビールのほうが好みだが。

ソリムはシンクとベッドの間で刺されたようだ。犯人は床とシンクに飛んだ血しぶきはきれいに拭きとっていたが、ベッドのマットレスについた血には気づかなかったらしい。床からは血痕が検出された。だが、その血痕は心臓を刺されたにしては少ない気がした。コップ一杯分程度だろうか。手帳に「死体を移動させた可能性？」と書こうとしてやめた。どう考えても不可能だからだ。

ジヘは手にしていたボールペンの端を嚙みながら考えに耽る。この事件にはどうも腑に落ちない点が多い。ソリムは上半身は服を着ていて、下半身だけ膝まで脱がされていた。シンクとベッドの間で、そんな格好のまま立っているのは不自然だ。犯人はソリムを刺したあとに、ベッドに寝かせて下半身を脱がせたのではないだろうか。だとしたら、レイプではないのではないか。

ジヘは立ち上がると、机と椅子の間をソリムの部屋のキッチンと見立て、ナイフで刺す真似をしてみる。ボールペンをナイフとし、順手、逆手の順に握ってみる。犯人になってみたり、ソリムになってみたり、あれこれシミュレーションしてみるが、これといって閃くことはない。気が抜けてトイレに行き、ついでに表で電子煙草を一服して部屋に戻った。

鏡に映る自分の顔の険しさに驚く。

　ベッドの西側だけを撮った写真はない。刺されたのは東側だったからのようだ。家具の配置図を見ると、ベッドの西側には壁際に組み立て式ハンガーラックがあり、その横には合板でできた長方形のローテーブルとソファ、小ぶりの冷蔵庫があった。窓にはかなり厚手のグレーのカーテンがかかっている。警察が現場に到着した際、カーテンは引かれていて部屋の明かりはついていなかったとメモにある。かなり暗かったはずだ。

　ハンガーラックには服がぎっしりかかっているが、どんな服かはわからない。「ここもしっかり写真に撮っておいてくれたら」とジヘは思う。服にヒントが隠されていることも多いということを男性刑事は理解していないようだ。当のジヘ本人はいつもネットで買った黒一色の服で済ませているが。

　いま見ているのはフィルムを現像したアナログ写真で、二〇〇〇年当時は高画質のデジタルカメラが普及する前だったことに思い至る。二〇〇〇年は近いといえば近く、遠いといえば遠い気もする。

　そこまで目を通すと、パクが戻ってきた。ジヘは伸びをしながら立ち上がり、ふらふらとパクのもとへ行く。

「先輩、一人ですか？　班長は？」

「別々に来た。班長はまだか？」

二人は警察庁に到着するなり別行動したという。

「アイゴ、じゃあ班長、車ないんですね。で、どうでした？　何かわかりました？」

「指紋はあれだけじゃわからないそうだ。小さすぎるって。Aピース（指紋自動検索システム）にもかけられなくて犯人を挙げてもあの指紋じゃ照合できないって。がっくりだろ。CDも復元は難しいらしい。表面が変色して読み込めないってな。そもそもCDは寿命が短いらしいな」

「じゃあ、当時、映像はどこに保存するべきだったんですか？」ジヘが訊く。

「わからないって。映像を数十年単位で安全に保存する技術がないだなんて、あきれるだろ？　いろんなデバイスに保存して、バックアップをくり返すしかないって。あれって、もとはビデオテープに録画された映像を、二十二年前にCDにコピーしたものだろ。デジタルフォレンジック係で訊いたら、かえってビデオテープのほうが長持ちするらしい」

パクはしばらく捜査資料に目を通すと、席を立った。網員《マンウォン》に会いに行くらしい。「次の事案も用意しておかないとな」と言い残して。チョン班長は遅くまで戻ってこなかった。ジヘは構内の食堂でひとり夕食を済ませ、目が痛くなるまで捜査資料を読みあさった。

23

アメリカ独立宣言にいくつか付け加えたら、わたしが理想とするものを得られるだろうか。現代社会の精神世界における空虚感をいくらかは解消できるのだろうか。たとえば、生命、自由、平等、幸福に、名誉を加えたらどうか。名誉もやはり自然権として、政府の上に立つ権利として認める文明社会を想像できるだろうか。

独立宣言が発表された当時はまだ、ヨーロッパの知識人にとって名誉とは命や幸福と変わらない、いや、時にはそれ以上のものだった。アメリカ建国の父であり初代財務長官を務めたアレクサンダー・ハミルトンは、独立戦争の英雄であり現職の副大統領でもあったアーロン・バーとの決闘により命を落とした。彼らにとって名誉とは命より大切なものだった。名誉こそ、文字どおり人生の価値とする者も多かった。

十九世紀に入っても知識人の間では名誉をかけた闘いが絶えない。プーシキンや数学者ガロアのような名士も決闘で銃弾を受けて死んだ。

名誉は第一次世界大戦を勃発させた一因でもある。少なくとも国民が同意し、戦争初期に多くの若者を戦場に赴かせた要因となった。

ヨーロッパ人は第一次世界大戦によって戦争の惨禍を目の当たりにすると、名誉というものの価値に見切りをつけた。しかしそれ以前から啓蒙思想は、名誉という概念を着実に蝕んできた。人間の自然権というものは、生命、自由、平等、幸福の追求であると学校教育で学ばされた若者は、決闘の文化を嘲るようになる。名誉を生命と同等の扱いにすること自体が「非常識」に成り下がった。

プラトンが『国家』で語っているシーモス（Thymos）――韓国語では覇気、気概、気迫、勇気などと訳されている――は十九世紀までは当たり前の概念だった。だが、現代ではほとんど忘れ去られた美徳だ。時折聞かれたとしても、若い男や排他的民族主義者が執着する、取るに足らぬ危険な感情といった扱いを受ける。今日、インドやイスラム国家の人々が名誉という言葉を口にすると、啓蒙主義社会の人間はおのずと眉根を寄せる。

啓蒙思想は世俗のイデオロギーである。この思想が支配する社会において、人民に付与される人生の目標は幸福だ。その他、生命、自由、平等といった価値は、個人の努力如何にかかわらず享受すべきものであり、と同時に、いくら努力しようと平均以上に得られるものでもない。

ニーチェは『偶像の黄昏』で「人間は幸福を求めるものではない。そうするのはイギリス人だけだ」と記している。今日、我々は皆、イギリス人だ。

ミン・ソリムとわたしが銃で対決していたらどうなっていたか、そんな想像をすることがある。先に撃つ機会をミン・ソリムに譲ってもいい。たとえ撃ち殺されようと、後悔はない。わたしが決闘を申し込んだら、ミン・ソリムは受けて立っていただろう。彼女にもシーモスがあった。

実際には、わたしは予告なしにミン・ソリムの胸をナイフで刺した。それは彼女の部屋の流しにあった、小ぶりの果物ナイフだった。スーパーで四、五千ウォンも出せば買えるごくふつうの。もしも人を刺し殺す計画を立てていたら、そんなナイフなど用意していなかったはずだ。刃渡りもそれほど長くなかった。わたしはナイフを家に持ち帰り、のちに刃の長さを測ってみた。十二センチ。

そのナイフはいまも家にある。

殺人を犯した数年後、あるヤクザ映画を観た。タフな主人公は、果物ナイフを手にした相手のヤクザに「そんなんじゃ殺《や》れねえぞ」と一喝して取り押さえた。主人公は知らなかったか、嘘をついたのだ。

果物ナイフは柄がつかえるまで、相手の胸の奥にぐっと入った。わたしは右手でナイフをつかみ、左手で右手を覆うかたちだった。どれだけ手に力が入っていたのか、刃先が体の奥まで入ると右手が前方に滑り、あやうく自分の手を切るところだった。

24

「お待たせしてすみません。会議が長引いてしまって……」

ソウル大学法医学教室教授のチェ・ウノは、部屋に入ってくると頭を下げて詫びた。白髪交じりの四十代半ばの紳士だ。白衣ではなく、無難なチェックのジャケットを羽織り、顔つきは穏やかだ。毎日のように死体を相手にしているとは思えない。

研究室にもグロテスクな写真や解剖図のようなものはかかっていない。入口の両脇の壁は書棚で埋まっており、英語の原書の間にはジヘもよく知る推理小説がいくつか挟まっていた。『ABC殺人事件』『僧正殺人事件』『人間の証明』といった類の本だ。平凡といえないものといえば、ひとつだけ、書棚の側面に貼ってある実験動物のための慰霊祭開催のポスターである。豚、猿、ハツカネズミの写真に、「我々は感謝すべきです」というキャッチコピーが添えられている。

「いえいえ、私もいま着いたところですので」

書棚の間にあるローテーブルの前に座っていたジヘはすっくと立ちあがり、腰を折った。インテリの前ではどうも気後れする。

「どんな事件でしょう。私が担当した事件ですか？」

チェ・ウノが尋ねる。ジヘは解剖鑑定書のコピーを取り出した。

「いいえ。現在捜査中の、二十二年前の事件のことで。当時の解剖鑑定書を読んでいて、いくつか気になる点がありまして」

チェは眉間にしわを寄せて書類を読み進める。ジヘは職員室にいる中学生のような気分で教授が書類を読み終えるのを待つ。班長には、唐突に書類を見てほしいとは言わないようにと釘を刺されたけれど……。書類をテーブルに戻し、ジヘを見るチェの顔は、たしかに「で、どうしろと？」と言いたげだ。

「お訊きしたいことをいくつかメモしてきたのですが、順番にお尋ねしてもよろしいでしょうか」

「ええ、かまいませんよ」

「ええと……それではまず……被害者は胸を刺されていますが、肋骨が折れています。それって、ふつうの包丁のようなものでも可能でしょうか。特殊なナイフでないと無理ではないですか？」

「ああ、それならふつうの包丁でも可能です。胸には軟骨と骨がありまして、ここなら軟骨ですね。文房具屋で売ってるようなハサミでも切れるほど弱いんですよ。包丁だったら音もなくすっと入るでしょうね」

チェは解剖鑑定書にある人体の図で、刺された部位を指しながら説明した。

「軟骨ですか？　胸にも軟骨ってあるんですか」

「ええ。肋軟骨《ろくなんこつ》といいます。背骨がこう通っていると、ここに肋骨が左右十二本ずつついていまして、バスケットのような形になっています。その前部分が肋軟骨で、それが正面の胸骨とつながっているんです。被害者の年齢は満二十歳だったので、軟骨のままだったはずです。ある程度歳を取ると、カルシウムが沈着して石灰化して硬い骨のようになりますが」

「軟骨って耳や鼻だけだと思っていました……軟骨は死ぬまで軟骨のままだとも……」そこまで言うと口ごもる。

「鎖骨も子どものときは軟骨で、だんだん硬くなるんですよ」

「では、現場に血液があまり残っていない点はどうでしょう。心臓と肺を真正面から刺されているわりには出血が少ないと思いませんか？」

「それは場合によりますね。どの部位をどの方向から刺されたかによって変わるものですから。まず肺の場合は、肺にも血管はありますが、基本的には空気の通り道なので、刺されてもそれほど血は出ないはずです。もしも刺されたのが肺だけだったら、被害者はすぐには死ななかったでしょうね。精神力の強い人だったら救急車を呼べるかもしれません。しかし、悲鳴をあげるのは無理です。声が出ないので。それに傷口が大きければ呼吸もできなくなって、身動き取れずに死に至ります」

「心臓はどうでしょう」

「心臓には弾力のある二重の膜があります。ペストリーというパンがありますよね、あんな感じなんです。心臓を刺して、ひねらずそのまま抜いた場合、その膜の弾力性のために傷口は広がらず、むしろ狭まる可能性もあります。すると心臓にあった血液は外ではなく膜の内側にたまることになります。つまり内出血を起こすのです。他の動脈も、刺されたからといって映画に出てくるように激しく血しぶきが上がるわけではないんですよ。首以外は」

この二点が大きな鍵になるかもしれないと思っていたジへは、気が抜けてしまう。チェ教授は「もういいですか？」という顔つきでジへを見ている。

「精液は体内にどれくらいの間、残っているものですか？　性交渉して三日過ぎても検出されるものでしょうか」

「生きている女性でしたら三日から七日までは検出されます」

「死亡した場合は」

「それは腐敗の進み具合によって変わってきます。単に精液を検出するのではなく、それをもとに犯人を捜すのが目的ですよね。そうなると精液の細胞の崩壊が鍵になります。一日、二日なら大丈夫ですが、三日となると……どうでしょう」

「先生、被害者は八月一日の夜までは生きていて、遺体は八月三日の朝に見つかっています。頭から爪先まで雨合羽で覆われていて、その上に布団も被さっていました。そうなると、腐敗が通常より早まったと考えられますか？　七月三十日か三十一日に性交があったとしたら、その精液が検出されるのは難しい状況でしょうか」

「雨合羽ですか。だとすると通気性が悪かったということですし、八月に合羽と布団に覆われていたとなると、腐敗の進行は相当早かったはずですが」

「あ、ですが部屋にはエアコンがついていました。殺されて発見されるまでずっとつきっぱなしだったようです」

「エアコンがついていた……。いやあ、なんとも言えない状況ですね。湿度がどうだったかが問題ですが、エアコンがついていて涼しい状態だと部屋は乾燥しますからね。死体を見てみないことには」

「写真では見当がつきませんか？」ジヘがそう言うと、チェはいったんミン・ソリムの死体の写真に集中し、だいぶたってから口を開いた。

「それほど腐敗は進んでいないように見受けられますね。この写真ですと」

「そうですか」

「エアコンがついていない場合、夏の死体は一日、二日で体中が腫れてきます。私の経験ですと、一日経過すると下腹部が青くなってきます。腸内細菌が体内で、硫黄成分でできたガスを発生させます。それが血管から広がっていくんですが、すると皮膚には木の枝のような青い線が浮かんできます。布団がかかっていたなら細菌の繁殖は通常より早かったかもしれません。さらに時間がたつと下腹部や顔が膨張し、腐敗ガスが膨らむと鼻の粘膜が破れて鼻血も出てきます。ところがこの死体では体の腫れは見られませんし、下腹部も青くなっていないようですね。それに……」

「なんでしょう」

「もしもエアコンがついていなかったら、おそらくハエが産卵していたはずです。室内とはいえハエはどこからでも入れますから。二十四時間過ぎると耳や鼻、口にハエが産卵します。真っ白になるくらい」

「この写真ではそれがないってことですね？」

「ええ」

「死亡したのは八月一日ではなく、二日ということでしょうか。発見の前日」

「なんとも言えませんね。申し訳ない。包丁で大根をすぱっと切るように断言できればいいんですが。エアコンがついていたのであれば、先ほど申し上げた腐敗の進行は一日くらい遅れるかもしれませんが、合羽と布団がかかっていたとなると……。やはり断定はできませんね」

それでもジヘには、ミン・ソリムが死亡したのは八月一日より二日の可能性のほうが高いと言われたように聞こえる。ジヘは手帳に「八月二日午前に起きた可能性↑」と記す。午後ではないような気がした。生きていたら昼ごはんを食べただろうし、その日の昼に母親がショートメッセージを送ってもいたのだから。

「先生、もうひとつだけお訊きしたいのですが、被害者の性器の周りに傷跡は見られませんね。となると、レイプではなく合意のうえでの行為と見ていいのでは？　顔見知りの犯行だという……」ジヘは訊きにくそうに言い淀んだ。

「いいえ、そうとは限りません」チェ教授はこれまでとは打って変わって強い口調で断言する。

「そうなんですか？」

「刑事さんもほとんどご存じないようですがね……。警察で講話させてもらうたびに言っているんですが、強制的に挿入されても、被害者の体から体液が出て傷ができないケースも多いんです。これは、被害者が感じているかどうかとは無関係なんですよ。南アフリカ共和国などでもこれまでずいぶん研究されてきました。研究によると、四十パーセントの女性はレイプ後にも性器に傷跡が残っていないそうです。つまり、傷がないからといってレイプじゃないと決めつけるのは、被害者への冒瀆です。被害者自身もそのことを知らない人が多く、自分の体に傷が残っていないことにショックを受けて精神科のカウンセリングを受けているなんて話も聞きます。ですから決めつけてはいけません」

ジヘは大きく首肯した。

チェ・ウノ教授に話を聞いて、これまで知らなかった多くの発見はあったものの、捜査の範囲や方向性が狭まりそうかというとそうでもなかった。刑事部屋に戻ると、チョン班長がパクとジヘを呼んだ。チョン班長は前日、警察庁を出たあと、ソウル科学捜査研究所に寄ってきたという。

まずはジヘがソウル大の教授に聞いてきたことを報告した。チョン班長とパクはうなずきながら聞いていた。肋骨の一部は軟骨であること、レイプ事件の被害者の相当数は傷が残らないという内容は、二人も初耳だったようだ。

「じゃあ、犯人は先に肺を刺して、それから心臓を刺したってことか？　防御創はその間にできた？」

パクは考え込むように一、二秒目を閉じ、そう訊いた。

「どうしてですか？」ジヘが問う。

「肺を刺したら悲鳴があげられないんだろ。てことは、心臓だったら声が出せたってことだ」とパク。

「肺を刺されて息ができない状態で被害者は抵抗した、だから腕に防御創ができた、だが、その後犯人は心臓を刺した？」とチョン班長。

「ですが、体勢がおかしいと思いませんか？」

ジヘは前日、家具の配置図を見ながら思い浮かんだことを口にした。チェ教授から聞いた腐敗の程度とハエの産卵についても説明した。

「つまりヨンが言いたいのは、捜査の方向を見直す必要があるんじゃないかってことか。事件が起きたのは一日の夜じゃなくて二日の朝、それに強姦じゃなく、強姦を装ったのかもってな？」

チョン班長が水を向ける。ジヘは逡巡するが、小声で答える。

「はい」

「まあ、パクはどう思う」

「予断は禁物ですからね。一日の夜かもしれないし、二日の朝の可能性もある。強姦殺人の可能性も、ただの殺人の可能性もあるってことです」

「俺も同感だ。まあ、まだ筋読みの段階じゃないってことだな。いまはとにかく情報を集めるのが先決だ」とチョン班長。パクは数秒の間、瞼を閉じる。チョン班長が続ける。

「殺人犯てのは、それほど理性的じゃないもんだ。まあ、だから人殺しもするんだろうがな。極度の興奮状態に陥ったところで相手を攻撃する、すると死体をどう処理していいかわからず焦る、証拠を残してきたかもしれないと怯えもする、警察に通報して自首するべきか悩む、その過程で他人には到底理解できないおかしな行動に出る。ほとんどがそうだ。残された証拠とぴったり合致する現場なんてないに等しいと思え」

「はい」ジヘが返事をした。

チョン班長は前日に警察庁とソウル科捜研で仕入れてきた情報を話し始めた。

「被疑者の精液自体が残っているかもしれないって話だ。ＤＮＡ鑑定を終えた精液もチューブのようなものに入れて冷凍保存するらしい。保存状態が良ければ、最新の技術で再鑑定ができるそうだ。問題は、二十二年前も精子を冷凍保存していたかどうかまではわからないらしく、保存してあっても細胞が変質してる可能性もあるらしいがな。まあ、国科捜に残っているかもしれないってことで、ソウル科捜研に寄ってみたってわけだ」

「あったんですか？」とジヘ。

「それが、何年か前に公共機関が地方に移転になったとき、国科捜も原州《ウォンジュ》（江原道の都市）に移ったろ。だからそういう生体資料なんかは全部原州にあるはずだって。国科捜だった陽川《ヤンチョン》区の建物は、いまはソウル科捜研になっていて、昨日俺はそこに行ったんだ。とにかく、原州にある国科捜の法遺伝子課っていったか、そこの研究官と連絡が取れて、本件の精液が残っているか、鑑定可能かどうかを確かめてくれることになった」

「しかし当時もＤＮＡ鑑定はかなり精度が高かったはずですが、それを再鑑定したところで何か出てきますかね」とパク。

「小難しい話が多かったもんで、ちゃんと理解できてるのかわからんが、まあ、ちょっと読んでみる」チョン班長が言いながら手帳を取り出した。

「まず、いまなら年齢が推定できるそうだ。以前はＤＮＡ鑑定の結果だけじゃ年齢はわからなかったがな。被疑者が捕まったらＤＮＡを採取して、現場にあったＤＮＡと照合して確認するだけだった。だがいまは、現場に残されていたＤＮＡだけでも年齢層がつかめるってことだ。なんていったかな、メチル化解析？　まあ、そんな名称だったたな」

「それは助かりますね、年齢層だけでもわかれば」とパク。

「ああ、一昨年導入されたばかりの新技術だそうだ。すごいだろ。それに、二〇〇〇年初めまではDNA解析の際に使われる遺伝子の量が少なくて、他人のものと検査結果が一致する確率が三千分の一ほどはあったそうだが、現在は全人類のうちただ一人を特定できるまでになったそうだ」

「なるほど……それも助かりはしますね」とパク。

「とりあえず結果待ちだ。こうやって一歩一歩、地道に進めるしかない」とチョン班長が場を締めた。

25

ナイフがミン・ソリムの体内に入る際、完全に解凍し切れていない豚肉を切るときのような、軽い手ごたえがあった。一方では、ナイフを用途に合わせてうまく使いこなしているといった感覚も。紙を切るため、あるいは金属を切るために使っていたらそんな気分にはならなかったはずだ。肉を刻むたびにあのときの記憶がよみがえる。相手の体内で、何かが折られ、突き破られる感触もあった。ごりごりっという鈍い音もした。

一番大きな変化は、自分の中で起きた。両の二の腕と心臓で何かが爆発し、噴き出しているようだった。その物質が血管を伝わり上は頭、下は足の爪先まで猛スピードで駆け抜けるのを感じた。

それはあまりにも熱く、爽快な液体だった。全身の神経、細胞をあますことなく目覚めさせ、骨と筋肉に想像もつかないほどの力を吹き込む媚薬だった。へその辺りから拳大の塊のようなものが目を覚ますと、精神と肉体が完全にひとつとなり、新たなステージへと跳躍した。

相手の体内にナイフが突き刺さっていたのは長くて二、三秒だったはずだ。わたしはこれまでに感じたことのない高揚感に戸惑いを覚え、そしてわずかに恐怖を感じた。だが、その瞬間にもわたしを圧倒的に支配していたのは、勝利感だった。

それまで、人生において多くの敵にナイフを向けては胸に収めてきた。わたしの日常は侮辱に満ちていたが、声をあげることすらできなかった。目を背け、恐怖に慄《おのの》き、後悔、自己嫌悪のなかで生きてきた。そしてついに、相手の心臓のど真ん中に刃を突き刺すことに、見事なまでに成功したのだ。

ミン・ソリムは口を開け、深く息を吐いた。悲鳴をあげようとしているようだったが、声は出なかった。意識はあった。わたしを凝視していたが、ほんの一瞬、驚きの色が覗いた。その後、一秒もしないうちに自分に起きたことに気づき、両の目は激しい憤りと憎悪の火花を散らしていた。「おまえごときが？」という目だった。

ミン・ソリムはわたしを突き飛ばした。わたしは中腰で、自分の両手に全神経を集中させていた。膝は踏ん張っていたが、足の力は抜けていたようだ。不覚にもバランスを崩し、後退る格好で尻もちをついてしまった。その拍子にナイフを落としていた。

あれほど深く刺さったというのに、ミン・ソリムの胸からの出血はそれほど多くなかった。血しぶきが飛ぶのを想像していたが、傷口を中心に、Tシャツが少しずつ赤く染まっていく程度だった。ミン・ソリムは刺された場所に手を当てたが、傷を直接目で確かめることはしなかった。自分がどれだけ負傷したか、すでにわかっているような仕草だった。

まるで不死身のようで、わたしは戦慄が走った。それはミン・ソリムにも伝わり、わたしはいつもの感情に包まれた：敗北感、屈辱感。

彼女はネコ科の猛獣のような眼光でわたしを見下ろした。その視線は一瞬揺らいだが、わたしは彼女の狙いを感じ取った。

ミン・ソリムは助けを呼ぶのはおろか、わたしに哀願するつもりも、あるいは関係修復を求めるつもりもなかった。わたしが床に落としたナイフを、彼女は拾おうとした。

高笑いとも、ため息ともつかない声を一瞬あげると、わたしに襲いかかってきた。

26

ジヘは文房具店で全判サイズの模造紙を買い求め、刑事部屋の壁に貼り付けた。捜査報告書を読んでいて気になることがあれば、付箋に書き留めてその紙に貼った。ジヘにならうように、パクとチョン班長も付箋を貼っていった。ジヘはすぐに模造紙をもう一枚買い足した。

模造紙の中央には「二〇〇〇年当時、犯人を見落としたのはどこで?」と書かれた付箋が貼ってある。それを巡り、三人は議論を交わした。

チョン班長とパクは顔見知り以外の捜査対象者が膨大で、そのせいで漏れた可能性があると見た。西大門署の捜査課長は「新村駅周辺をしらみつぶしにしろ」と命じたが、それはそもそも不可能だった。弘大《ホンデ》周辺（弘益大学がある新村の隣のエリア）にすっかり客を取られ、寂れてしまったとはいえ、いま現在も地下鉄新村駅の利用客は一日十万人にのぼる。二〇〇〇年は新村がもっとも栄えていた時代だ。なかでも二十代男性の流動人口が一番多かった。

その日、偶然、新村に遊びに来ていた男性、ソウルに住む知り合いを訪ねて地方から出てきた若者、あるいは休暇中の軍人、そんな彼らが酔っぱらってリュミエールビル一階のコンビニに寄ったかもしれない。そこに一瞬にして目が覚めるほどきれいな子が牛乳を買いに来ていた。その子のあとをついていく。その子は一階にある一三〇五号室のポストを確認する。男は一、二時間どこかで時間をつぶしてリュミエールビルに侵入し……。

ジヘにとっては腑に落ちない見立てではあるが、かといって反発するだけの材料もない。彼女はいまなお、防犯カメラに映った男の態度があまりに悠然としていると考えている。また、あんな殺され方をすることもあるということに、むなしさと抵抗感を覚える。

その間、国科捜の遺伝子鑑識センターと大検察庁のDNA捜査室から結果を知らせる回答があった。どちらとも、本件の被疑者と一致するDNAは保有していないことがわかった。犯人は二〇一〇年七月以降、重罪で逮捕、あるいは収監されてはいないという意味だ。国科捜と大検が保有する犯罪者のDNAの数は合わせて約十万人分に及ぶ。

「服役中の人間はもう一度洗う必要があります。刑務所に勤めている友人から聞いたんですが、二〇一〇年に法律ができてからDNA検査の数が急激に増えて、当時は検査漏れもあったかもしれないって話です。自分のところはきっちり検査したけど、他はわからないって言ってました。嫌がる受刑者もいたとかで」とパクが言う。

「メモしておこう」とチョン班長。

「犯人はまさか、死んでないでしょうね」

パクが口にした。真顔だ。

「だとしたら、苦しみながら死んでくれてたらいいんだが」

「班長は、この手の犯罪者が、それ以降は罪を犯していない可能性もあると思いますか？」

ジヘは不意に気になり、尋ねた。

「まあ、賭けだったら再犯有りのほうに賭けるだろうが、可能性としてはなくはないだろうな」

班長は決まりきったことを言う。ジヘは殺人犯が何事もなかったかのように家庭を築き、会社に勤め、教会に通う姿を想像してみる。また、一人の平凡な父親がじつは二十二年前に人を殺していたという想像もしてみた。どっちにしても総毛立った。

班のメンバーたちは捜査記録を読みながら、気になることを付箋に記す前に口に出して訊くこともあった。そんなときは、その内容をあとからジヘがパソコンに記録しておく。たとえば、三十分ほど無言で資料を読んでいてふと、「肺を刺されたにしても、防御創があったってことは、取っ組み合いでもしたんじゃないですか？　なぜ両隣の部屋も、上も下も、誰も音を聞いてないんだろう」といった具合に、独り言のようなつぶやきから始まる。そんな疑問を口に出すのは、たいていジヘだった。

「隣に住む男は被疑者の一人だった。血液型もO型で、不審なところが多かった。隣の子が殺されてショックだって涙まで流して、聞き込み中の刑事に捜査の進み具合はどうかって根掘り葉掘り訊いたりしてな。ふつうじゃなかった。しかも、そいつが犯人なら防犯カメラに映るはずもないしな。しょっ引《ぴ》いて取り調べもしたさ。本人は猛反発したけどな。まあ、そいつが犯人だったら何も聞こえなかったって言うに決まってる」と班長が答える。

「下の階の住人は当時、不在だった。俺が読んだページに下の住人の供述報告書があった」とパク。

「たとえ被害者が悲鳴をあげていたとしても、隣や上下階の部屋に聞こえなかった可能性もあると思います。住人のほとんどは若い人たちでしたよね。映画を観たり音楽を聴いたりしていたら、聞こえないかもしれません。私も休みの日に家でヘッドホンをつけて音楽聴いていたら、宅配便の人にドア叩かれてもしばらく気づかないこともありますから」

ジヘが自問自答するかたちになった。

「一番可能性が高いのは、ミン・ソリムは声をあげられなかったってことじゃないか。強姦の被害者たちのなかには、悲鳴をあげられず、言われたとおりにするしかなかったって証言してる人も多いからな。あまりの恐怖に」

チョン班長の言葉にパクは一瞬、目をつぶる。

「防音はどうだったんですかね」パクが口にする。

「一九九〇年代に建てられた建物だし、複合ビルだから防音性はたいして高くなかったんじゃないか……。今度、管理人にでも訊いてみるか。ヨン、それもメモしておいてくれ」

とチョン班長。

「はい、わかりました」

ベテラン刑事によると、聞き込み捜査はますますやりにくくなっているという。九〇年代初めまでは地取りに出ると、被害者、被疑者、どちらに関しても何かしら有力な情報が得られたそうだ。ソウルのマンション密集地域でもそうだったという。隣組の寄り合いへの出席は義務であり、廊下型マンションが多かったからだ。

九〇年代半ばになると、各地の自治体で隣組の寄り合い制度が義務ではなくなり、階段室型マンションがしだいに増え、そうなると隣人同士ですら顔を合わせなくなり、誰が住んでいるのかもわからなくなった。その面では二〇〇〇年当時、リュミエールビルに入居していた若い世代の住環境は、未来を予告していたことになる。

二〇〇〇年の延世大学の学生にも同じことがいえる。ミン・ソリムが事件に遭う十日前からどこで何をしていたのか、それを知る同じ学科の学生は一人もいなかった。いくら夏休みだったとはいえ、それは異様ともいえる。ミン・ソリムが受講したサマースクールは七月二十日の木曜日に終了し、その後、彼女がどこで何をしていたのかが謎として残った。友だちにも告げていなかったようだ。

ソリムはサマースクールが終了しても晋州《チンジュ》の実家に帰省せず、ソウルに残っていた。親には大学院の研究室で助手をしているとごまかしていた。だが、のちの警察の調べによると、延世大学の大学院のどこにもミン・ソリムが助手をしていた研究室などなかった。文系だけでなく、あらゆる学部、学科にも。

ソリムは何を隠していたのか。なぜソウルに残っていたのか。当時の捜査員は、ソリムがマルチ商法や新興宗教にはまっていた可能性もあるとみて調べた。だが、それらしきものは見つからなかった。

チョン班長、パク、ジヘの三人がうず高く積まれた書類に埋もれていると、「フォンボー」の捜査にあたっているオ・ジソプとチェ・ウィジュンがにやにやしながら前を通りがかった。オはジヘの机の前で煙草を吸うジェスチャーをしてジヘを誘う。まじめ一方で仕事の話ばかりのチョンやパクとは違い、オといると緊張が解けるようで気が楽だった。

「ありゃ、まるで図書館の閲覧室だな」

おどけるオに、「このくらい集中して勉強してたらソウル大に行ってましたよ」とジヘが真顔で返す。

「うまくいってるのか？」チェが訊いた。

「まったく。殺人事件の捜査ってこういうものなんですかね」

「まさか。二十二年も前の事件だからだろ」とオが答える。

「フォンボーのほうはどうなんですか？」

「まあ……な……、こっちはようやく動き始めたとこだ。被害に遭った代理店回って話を聞いてる。フォンパラッチで七億ウォン荒稼ぎした輩もいるらしいぞ。信じらんねえよな」

「七億ですか？　ジーザス」

「カオスだ。逆パラッチって知ってるか？　代理店が店員に念書を書かせるんだ。フォンパパラッチに引っかかったら自分の責任で、罰金を払いますっていうな。そのくせ、別のキャリアの代理店で不法に補助金出してるの見つけたら罰金減らしてやるっていって」

「なんですか、それ」

「そんなの氷山の一角だ。携帯電話の代理店なんて街にあふれてて、数十メートルおきにぶつかる。同じビルに別の会社の代理店が三、四店舗入ってるなんてのもザラだしな。以前は何も考えずに通りすぎてたけど、最近じゃジャングルを目にしてるようだ。補助金の闇ってやつだな。どれだけバラまいたらパパラッチが発生するんだか。しかも、それが暴力団のシノギになってんだからな。暴力団をいくつかパクったところで、制度を変えないことには抜本的な対策にはなんねえよ。だろ？」

27

超高画質の動画をスロー再生するように、ひとつひとつのシーンを順に、鮮明に思い起こすことができる。

わたしは尻もちをついたまま、つまり尻を床につけたままで虫けらのように、両手両足をバタつかせながら後退った。それすらもおぼつかなかった。手に汗があふれ、滑ったからだ。いや、腕に力がまともに入らなかったからだろうか。

あらぬ方向に腕が伸びて肘が曲がり、床に強く打った。涙が滲むほど痛く、そんな危機的状況でも神経と涙腺がしっかり働いていることに情けなさを感じた。そんな自覚も嘆かわしく思えた。わたしはその瞬間でさえ目の前のことに集中できていなかったのだ。

片やミン・ソリムはあらゆる可能性を想定し、自分の思うがままに身体をコントロールしているように映った。その瞬間はそう見えた。ナイフを奪おうとしているのだと思ったが、そうではなかった。ミン・ソリムはわたしに襲いかかった。膝でわたしの胸元を突き、その衝撃でわたしは両手を広げ、大の字にひっくり返ってしまった。

ミン・ソリムはすかさず膝でわたしの胸を押さえた。起き上がれないようにわたしを制圧しておいて、ナイフをつかもうとしているのだと思った。だとすると、正確かつ冷静な判断だった。傷を負った体で長い間争うのは完全に不利であり、わたしが立ち上がれば彼女に勝ち目はない。わたしを押さえつけてナイフを手に入れることのみが、彼女が勝利する可能性のある唯一の策だった。

そこまで計算ずくの賭けに出るとは……息苦しさを覚えた。その一瞬の隙にミン・ソリムはフェイントをかけてきた。その動きに完全にはめられたことに、またも挫折を感じた。

だが、それはわたしの勘違いだった。

ミン・ソリムはそこまで高度な計算をしていたわけではなかった。ナイフをつかもうとしたが、もう限界で、よりによってわたしの上に倒れこんだだけだったのだ。膝をついて前屈みになったのも、わたしの首を絞めるためではなく、体をまっすぐにしていられなかったからだ。

驚いたわたしは、ミン・ソリムの顔を平手打ちするようにしてはらった。彼女は抵抗もできないまま、目の上あたりにわたしの手が当たった。そのときようやく、彼女は不死身などではないことを知った。わたしはミン・ソリムの両肩をつかんで力の限りに押し退けた。彼女の上半身は右に傾き、ベッドの側面にぶつかった。下半身はまだわたしの上にあったが、そこには骨と肉の重さ以外の圧はかかっていなかった。わたしが後退るようにして抜け出すと、ミン・ソリムの両足は交差するかたちになった。

ついにわたしはナイフを拾い上げた。ミン・ソリムは足を組んだまま、ベッドにもたれてわたしを睨んでいた。顔は蒼白で額に汗が滲んでいる。髪が二筋、顔にへばりついていた。その姿があまりに現実離れしていて美しく、わたしは一、二秒の間、うっとりするようにぼんやりしていた。そのとき、ミン・ソリムが腕を伸ばしてナイフを奪おうとしたために、わたしはわれに返った。

もはやミン・ソリムがわたしに危害を加えられる状態ではないことは、明らかだった。にもかかわらず、彼女の鬼気迫る目を正視するのは容易ではなかった。わたしはその眼光に恐怖を覚え、両手でナイフを握り、前に突き出した。ミン・ソリムの目に憎悪や憤り以外の、別の何かを読み取ろうとした。恐れ、絶望、後悔といった……。

「いまから救急車を呼ぶこともできる」

無意識のうちにそんな言葉を口にしていた。本心ではなかった。だからあれほど小声になったのかもしれない。ミン・ソリムは一瞬、なんのことかという表情を見せた。

「謝れ。そしたら救急車を呼んでやる」

ミン・ソリムの表情が緩んだ：「ああ、そういうこと？」

彼女は鼻で嗤《わら》った：「ふん」。いや、そうではない。「その手には乗らない。どうせ嘘に決まってるから」、こっちだろう。

薄く、だが冷徹な微笑が彼女の口の端に浮かんだ：「まったくあんたらしいわ。最後の最後まで」

28

チョン班長はジヘとパクに十日以内にすべての書類に目を通すよう指示した。ジヘは捜査記録の肝ともいえる、参考人の供述調書の束と格闘中だった。

その供述調書の束は順番がバラバラだった。時系列でも重要度による順序でもないようだった。当時、捜査本部内で組分けされた捜査チーム毎の調書をそのまま検察に送ったという印象だ。

ミン・ソリムの周辺人物のうち、まず捜査線上に浮かんだのは元彼氏の二人と、同じ学部の学生で、ソリムにしつこく電話をかけて迫っていたという男子だった。ソリムは一年の一学期に延世大の史学科の先輩と付き合い、二学期にはトーストマスターズというサークルの先輩と交際した。だが、その二人と、ソリムと同じ学部の男子学生は皆、血液型がO型ではなかった。

ジヘは手帳に「トーストマスターズとは？ ミン・ソリムのサークルはひとつ？」と記した。その直後、他の調書を読んでいてトーストマスターズとは英語のスピーチサークルであることが判明した。当時、ミン・ソリムが入っていたそのサークルのメンバーを全数調査していた。

延世大学の学生を対象にした鑑取りの結果はどうもちぐはぐだった。同じ学部の同期は一様にミン・ソリムは人気があったと証言しているが、彼女と親しかったという学生は一人もいなかった。供述調書には「ミン・ソリムは学校のスターだった」と「自分はそれほど親しくなかった」という矛盾した証言が何度も出てくる。学生たちには捜査に深くかかわりたくないという心理が働いていたのだろうか。

当時の捜査員はミン・ソリムが在籍していた学部の教授、講師、助教、同期、先輩、後輩、サークルのメンバーまで延べ四百人近くに事情聴取を行っているが、大きな収穫はなかった。誰もがミン・ソリムを知っていた。だが、彼女を**よく**知る者はいなかった。誰それと仲が良かったと聞くと、その相手を訪ねていくものの、当人は「そんなに仲良くなかった」と言う。ソリムはクールでシニカルだったという証言もあった。物怖じせず、人の視線を楽しむだけで、自分の本音は見せないタイプだったのだろうか。

延世大学の学生以外の交友関係もありえた。リュミエールビルの複数の住人が、九九年頃にソリムと彼氏とおぼしき若い男が一緒にエレベーターに乗る姿を見かけたと証言している。モデル並みの美男美女カップルだったのでよく覚えている、と。

捜査員はソリムが一年の一学期に付き合っていたという史学科の学生、サークルの先輩、ソリムを追い回していた学生の写真をリュミエールビルの住人に見せたが、誰もが首を横に振った。また、防犯カメラに映っていた男の写真にも見覚えがないと証言した。こちらもモデルのような男性のシルエットとは違うということだった。九九年にソリムと交際していたと見られるイケメンは、もっとひょろひょろしていたというのが住人らの証言だった。

その当時、警察はリュミエールビルからほど近い考試院に長期滞在していた男が事件直後に突然、行方をくらましたという情報を聞きつけ、追跡したこともあった。零細企業の商品を卸業者を介して手に入れ、地下鉄で売り歩いていた四十代のセールスマンだった。宿では偽名を使っていたが、宿に置いていった販売用の商品に指紋が残っていた。洋楽の懐メロを収録したCDだった。

指名手配のポスターをつくり、西大門や麻浦周辺の考試院をあたるうちに、孔徳《コンドク》にある考試院でそのセールスマンを見つけた。男は事業に失敗して詐欺罪で指名手配されていた。そんな状況下で、近所で事件が起きて警察が出入りしているのを見ると、不安で逃げ出したのだと弁解した。血液型が一致し、アリバイも不確かだったため、厳しく追及したものの、それ以上の証拠は挙がらなかった。嘘探知機もパスした。DNA型もやはり不一致だった。

二〇〇〇年春にはリュミエールビルの裏の路地で、全裸にコートだけをまとった変態男が、夜中に若い女性の前で自慰行為をして捕まっていた。血液型がO型だったのでやはり徹底的に取り調べを受けたが、またもDNA型が一致しなかった。ジヘは手帳に「当時のDNA鑑定、正確だったか？」と記入した。

読めば読むほどおかしな記録にぶつかる。二〇〇〇年十二月には精神障害者が、全羅南《チョルラ》道光州《クァンジュ》の交番に出頭し、自分は新村女子大生殺人事件の犯人だと自首した。捜査員は光州に飛んでいって男を連行してきた。だが、事件当時、その男は保護施設にいたことが判明した。

同月、阿峴洞《アヒョン》で占いの館を営業していた五十代の女性占い師が捜査本部を訪れ、自分の夢に死んだ被害者が何度も現れると訴えた。その占い師はミン・ソリムの名を告げ、事件現場についても外部に公開されておらず、一般人には知りえない情報をいくつか挙げた。「死体には布、あるいは服が被せられており、空気も水も通さないため通気性が悪く、魂が息苦しいと言っている」という内容だった。

占い師は、夢の中でミン・ソリムが自分を延世大学の図書館に連れていき、そこである席を指さしていたという。そこには司法試験の過去問題集と一緒にペンダントがひとつあり、その中にミン・ソリムの写真が入っていたと告げた。

捜査員二人が占い師とともに延世大学に向かった。新村キャンパスには図書館がいくつもある。中央図書館があり、それ以外にも学部の建物ごとにある。いざ図書館に入ると、占い師はあっちを指したり、こっちを指したりと二転三転した。

司法試験の過去問題集はたくさんあったが、ペンダントは見つからなかった。捜査員は何をやっているのかと自嘲気味になりながらも、占い師に言われるままその席に座っている学生たちに捜査への協力を要請した。司法試験の準備をしている学生たちは、はじめはわけがわからず当惑していたが、そのうち勉強の邪魔をするなと苛立ち、法律を盾に激しく抗議したという。ジヘも取り立てて手帳に書くことはなかった。

毎日、午後五時に始めることになっていた会議は、その時間に始まったためしがなかった。一日に読み進められる書類の量が思いのほか少なかったからだ。「俺、まだあんまり読めてないから、もう少しいいか？」とチョン班長が尋ねると、パクとジヘも同意する。三人は構内の食堂で夕食を済ませ、午後九時に会議を開始した。

いくらもしない勘定の件で、チョン班長とパクが軽くもめることもある。たいていはチョンが出すが、時折パクが「班長、たまには私に出させてください」という具合に譲らないこともある。経費で落ちる捜査費は毎月二十万ウォン《マンウォン》までだった。それで網員の費用までまかなえというのだが、足りるわけがない。かといって刑事が接待を受ければ、それこそ刑務所行きの近道となる。

会議が遅れると、その分帰宅時間も遅くなる。十一時過ぎまで話し合うこともざらだった。会議の際、チョン班長はいつものハチミツ茶を用意する。パクは夜でもクリームと砂糖入りのスティックコーヒーを、ジヘは水を飲む。

「被害者《マルガイ》はノートパソコンを所有していたそうです。しかし、現場の部屋からは見つかっていません。遺族が捜してほしいと依頼したそうですが、結局見つからなかったようです」とジヘが発言する。

「強盗にしてはちょっとな。財布の金はそのまま残っていたし、被害者の指にあった金の指輪にも手を付けていない。ブランド物のバッグや靴もそのままだろ」とチョン班長。

「残っていた現金といっても千ウォン札が数枚ですよね。万札は持ち去ったのかもしれないじゃないですか。指輪は十八金だったからたいした額にならないでしょうし、犯人が男だったらブランド物の価値がわからなかったのかもしれないですよ」

ジヘが言う。防犯カメラの男がノートパソコンを持っていったのであれば、片方の肩にかけていたバックパックに入っていたのかもしれない。だが写真では、男の荷物はそれほど重そうには見えなかった。

「パソコンは本件とは関係なしに、被害者が他の場所に置いておいたか、なくしたのかもしれないな。当時の捜査員も中古取引サイトや近所の質屋、中古を扱う家電販売店なんかはしらみつぶしにしたはずだ。捜査の基本だからな」とパクが言う。

「犯人は床の血を拭いていますよね。拭いたティッシュや雑巾なんかはどうしたんでしょう。証拠品目録にはありませんでした。それに、血や指紋を拭きとったのに、精液は残してるってなんかおかしくないですか？」ジヘが発言する。

「鑑識に詳しくなかったのかもしれないだろ。二十二年前だからな。ドラマの『ＣＳＩ』が流行るずっと前だし」とチョン班長が返す。

「単独犯ではなく複数犯の可能性もありますか？」とジヘ。

「そうでないことを願う。主犯と共犯を見分けるのがややこしくなる。みんな相手になすりつけようとするからな」とチョン班長。

まもなく午前零時というところでチョン班長が腰を上げ「今日はこのへんにしとこう」と言った。その時間まで刑事部屋に残っていたのは、新村女子大生殺害事件を追うこの三人だけだった。「フォンボー」事件を担当するオ・ジソプとチェ・ウィジュンは外で参考人に会うことが多く、現場から直帰することがほとんどだった。ジヘは二人がうらやましかった。一日中刑事部屋に缶詰なので、体中がこる。

夜遅くまでかび臭い書類の束と首っ引きとあっては、何よりもビールが恋しくなる。一杯やっていかないかとチョン班長やパクを誘いたくなることもある。だがジヘはその言葉をいつもぐっと呑み込んだ。一番の理由は、チョン班長もパクも車で帰らなければならないからだった。

それに、自分でも認めがたい理由ではあるが、チョン班長やパクと一定の距離を保ちたいというのもあった。自分から先に酒に誘ってしまうと、次に相手から誘われたときに断りづらくなる。そのことを意識すると、自分は二人を信頼していないのだと思えてきて、なんだか悪い気がする。

ジヘは、もしも自分が刺されそうになったら、チョン班長もパクも自分の身代わりになってくれるであろうことを疑ってはいない。ジヘもやはりその覚悟でいる。だが、深夜に酒を飲むのはそれとはまた別の話だった。チョン班長とパクが男だからか、あるいは性別というよりも上司だからだろうかと、ジヘはじっくり考えてみた。もちろんその両方ではあるのだろうが、基本的にジヘ自身が人との間に境界線を引き、一定の距離を置くタイプだからなのだろうと考える。他人がその線を越えてくることを、彼女は侵入と見なした。

一度境界線を越えると、相手は線などはじめからなかったかのような態度に出る。いや、そもそも多くの人間は、そんな線が存在することにすら気づいていないようだ。そんな連中に、自分の不安定な心の境界線について説明するよりも、はじめから近づかないことを彼女は選んだ。家をシェアしていた同期は数少ない例外だ。中央警察学校で同じ部屋に暮らしていたというのも大きいだろう。

だからジヘは途中でコンビニに寄って缶ビールを買い、それを呷《あお》りながら家に帰った。西村《ソチョン》の通りは閑静だが、怖くはなかった。だが、捜査中の事件が事件なだけに、向こうから人影が近づいてくると、若い男なのか、自分を攻撃する様子はないか、神経を尖らせはする。襲いかかってきても絶対に相手の思いどおりにはさせまいと強く思う。たとえ首にナイフを突きつけられようと。負傷しようとも、戦士となって戦うのだ。

29

わたしはゆっくりと、ナイフをミン・ソリムの胸元に近づけた。しくじりたくなかった。ゆっくりと、相手の目を見据えながらナイフを突き刺したかった。ミン・ソリムを殺したかった。

実際にそのようにした。ミン・ソリムはじっと待ち構えていた。無駄な抵抗は敵を喜ばせるだけだということを、彼女はわかっていた。彼女は最後までめらめらと燃え盛るような視線でわたしの目を見ていた。刃先が突き刺さっても、口元の筋肉がわずかに強張っただけだった。

わたしも、彼女も、目を閉じなかった。彼女は瞬きすらしなかった。わたしは今度も刃元までミン・ソリムの体に押し込むと、手を放して後ろに退いた。

ミン・ソリムとわたしは同じ体勢で座っていた。二人とも足を伸ばし、腕は力なく垂れ下がっていた。彼女はベッドの横に、わたしは流しに背中を預けていた。

ミン・ソリムが胸からナイフを抜き取り、襲いかかってくるかもしれないと恐れもした。そんな心配をしながらも、逃げようとは思わず、ただぼんやりと前を向いていた。ミン・ソリムがつと起き上がったような錯覚に、何度も陥った。

身じろぎひとつできなかったが、頭の中では数十、数百もの考えが爆《は》ぜるように噴き出した。文章になる前に消える語句、不吉なフレーズとなり陰気に光り輝く言葉、そんな思考の数々が脳裏をかすめていった。

なかでもとりわけ煌《きら》めいていたフレーズ：「わたしは殺人者だ」
その他のフレーズ：「もう取り返しがつかない」「殺人罪の刑期は何年だ？」「ナイフ

は抜いたほうがいいだろう」「自首しよう」「この女のせいだ」

前日まで抱いていた夢や希望も奇怪な色をもつフレーズとなり、心の中をかき乱していった。それももう、潰《つい》えてしまったか。

おそらく十分はそんな滑稽な姿のままでいたはずだ。わたしはミン・ソリムが死んだのかどうかすらわからなかった。人間の霊魂が、これほどまでなんの変化もないまま肉体から離脱しえるものだということに、驚いた。

ミン・ソリムは目を開けたまま死んでいた。口の端の薄笑いもそのままだった。目の光だけがわずかに変わっていた。めらめらと燃え盛る怒りではなく、冷ややかな軽蔑の色に。

「不意打ちを食らわすなんて、この卑怯者。あんな刺し方されたら誰だって防げない。けどあたしはあんたに負けたわけじゃない。それはそうと、あんたの人生も終わりね。警察に捕まってひどい辱めを受けるがいい。検察、次は法廷、その次は刑務所、そして社会でも」

それはご免だった。震える足で立ち上がった。まだミン・ソリムの身体や刺さったナイフに触れる勇気はなかった。今後はそんな勇気も必要になるだろう。死体をどうすればいいかすらわからなかった。だが、死後硬直という言葉は知っていた。「どうせするなら、硬直する前に……実行しなければ」

めまいがした。片手でシンクの縁《へり》をぎゅっとつかみ、震えるからだを支えた。粘り気のある手のひらの跡がシンクに付いた。これも拭き取らなければ。指紋が付いたはずで、汗からDNAが検出されるかもしれない。汗でぐっしょりのTシャツが背中にへばりつく。Tシャツは伸びきり、返り血もまばらに付着していた。

深呼吸をする。

拳を握って開き、手の震えを止める。

ふくらはぎにぎゅっと力を込めてから緩め、踵の上げ下ろしを繰り返して足の力を取り戻す。

ミン・ソリムの死体に目をやり、慣れなければ。

この部屋を出る前にわたしがやるべきことを思い浮かべ、恐怖を払拭しようと努める。


すぐにできること、いまのわたしに容易にできることを探す：洗い物を始める。

ワイングラスだけでは怪しまれるので、流しにあった器をすべて洗う。震える手がグラスを割らないよう細心の注意を払う。

30

ジヘはカーステレオのボリュームを上げて、助手席の窓をほんの少し開けた。原州《ウォンジュ》に向かっていた。好きなブルースの曲を大音量で聴きながら高速道路を飛ばしている。チョン班長はジヘに大変だが頼むと言ったけれど、室内で書類を読むのに疲れていたジヘは、むしろ心の中でほくそ笑んでいた。CDは二十二年という歳月に耐えられなかったが、人間の精液は無事だったというのだから、不思議な気もした。

「二十二年前に採取されたものがきちんと保存されていて、私たちも驚いているんです。解析にも問題ありませんでした。どれだけお役に立てるかわかりませんが。やはり二十二年前の解析結果と一致しました。なので、あまり役に立ちませんよね？　私としては二十二年前に担当した先輩が正確に行ってくれたとしか言えませんね。これも人がやることですので、判定に誤りがあることもあれば、試料が汚染されてしまって使えなくなることもあるんですよ」

国科捜の遺伝子鑑識センター所属研究員が解析報告書を手に説明してくれた。イ・ソリという名のその研究員は、ジヘと同年代とおぼしき女性だ。優しそうな印象ではきはきした物言いに、会った瞬間に好感が持てた。

「ソリ」という名前の音が「ソリム」を連想させもした。もしもミン・ソリムが生きていたら……この人よりは少し年上のはずだ。

ジヘはソリが感じのいい若い人だったことに驚いたが、イ・ソリのほうも強行犯チームの刑事が、自分と同じ年頃の女性だったことに多少驚いたようだ。彼女もジヘに好感を持ったようだった。

「年齢も推定できるそうですね。その結果も出ていますか？」

「ええ、あります。ＤＮＡのメチル化解析というもので、複雑な仕組みの説明は省きますね。いずれにしても事件当時、満二十七歳からプラスマイナス六歳と推定されます。つまり二十一歳から三十三歳まで。いま生きていたら四十三歳から五十五歳になっています」

「そんなに幅があるんですか」落胆したように訊く。

「血液や唾液ですとかなり正確に出せるのですが、精液だとどうしても五、六歳の誤差が出てしまうんです」

イ・ソリは容姿だけでなく口調や表情も完璧だった。ジヘは相手に惹かれながらも、どこか気後れした。

「被害者の衣服からは何か検出されませんでしたか?」

「すみません、そちらもこれといったものは。パンティから汗が少し検出されましたが、Tシャツとブラジャーについていた血と同じDNAでした。きっと被害者のものですよね? すみません、事件の概要を読んでいないもので……」

イ・ソリは言葉尻を濁した。

「複雑な事件ではないんですが、簡単に説明しましょうか?」

ジヘは微笑みながら訊く。

「あ、いえ、あえて読まないことにしているんです。他の事件も同じですが。先入観を持ってはいけないというのもありますし、それに、事件の概要を読んでしまうとちょっと。夜眠れなくなってしまうんで。夜ぐっすり寝ないと昼間の仕事に支障をきたしますものね」

ジヘは言いたいことはわかるというように首肯した。

「被疑者の特定ができたらDNAの照合は可能ですよね?」

「綿棒だけでも鑑定できます。煙草の吸殻や、被疑者が使ったスプーンやコップなどでもいいので、送ってください」

「その辺に歩いてる男を手当たり次第に捕まえて、口開かせて綿棒つっこみたいですね。

それ全部、イさんに送るってのはどうです？」

ジヘはいつもの人を惹きつける微笑を浮かべながらそう口にする。

「それはご勘弁を。うちの課は全部で二十七名ですが、一年間に依頼される鑑定の件数は十万件以上なんですよ。ですが喫緊の場合、鑑定依頼書の担当者欄にヨン・ジヘさんのお名前を記入しておいてくだされば、最優先で鑑定しますので」

とイ・ソリも笑顔で返した。

「わかりました」

ジヘは退室する際、イ・ソリにガッツポーズをして見せた。その姿が微笑ましかったようだ。イ・ソリも「ええ、ファイト！」と声をあげると口元を覆いながら笑った。国科捜の建物をあとにして初めて、ミン・ソリムに申し訳ないような気持ちになる。彼女に苦痛をもたらした要因《ファクター》を前に談笑したことに。

江原《カンウォン》原州高速道路を気持ちよく走行していると、チョン班長から電話が入った。ジヘは大音量で聴いていたブルースのボリュームを急いで絞り、ハンズフリーで通話した。

「まあ、今日は残業なしで、みんな早めに引き上げるとするか。金曜だし、書類もそんなに読めてないだろうしな」

国科捜での話をかいつまんで報告すると、チョン班長はそう言う。

「私は大丈夫ですよ、班長。八時頃までには戻れますけど……」

ジヘが心にもないことを言うと、チョン班長はフッと笑う。

「パクも子どもの具合が悪いようだ。自分はいいって言ってたが俺が無理に帰した。ヨンも面パト返したらそのまま帰って休め。運転、気をつけろよ」

通話を切ると、今日はツイてると思いながら、最初に目に入ったパーキングエリアに進入した。食堂のメニューの中から牛肉のクッパを選ぶ。クッパの店をやっていた父と母を思い出す。電話でもしようかと思うが、どうせまた結婚しろとうるさいだろうから、あいさつは心の中だけで済ませた。

最近は高速道路のパーキングエリアの食事も捨てたものではないが、今回の牛肉のクッパはハズレだった。ジヘはクッパを食べ残し、腰を上げた。店を出ると小サイズの袋詰めのクルミ饅頭を買って食べ、おもむろに電子煙草を口にくわえた。

さすがはクッパ屋の娘だと思う。せっかくひとりで好きに夕飯が食べられるというのに、高速道路のパーキングエリアで牛肉のクッパとクルミ饅頭を食べて食後に煙草とは。さっき会ったイ・ソリの落ち着いたイメージが思い浮かぶ。彼女だったらパスタだったり、あるいはクッパでももっと上品に食べるんだろうな。

なぜこれほどイ・ソリに魅力を感じているのか、自分でも不思議だった。犯罪者や犯罪者まがいの荒っぽい男たちばかりを相手にしているからだろうか。もうずいぶん、文化や芸術方面に携わる教養のある人たちと話をしていない気がする。たしかに捜査員のなかにも、それが理由で経済犯チームを好む者もいる。被害者にしろ被疑者にしろ、ホワイトカラーを相手にしたほうがましだと。

ミン・ソリムはきっと、自分とは違うタイプだったのだろう。子どもの頃にクッパ屋の手伝いをしたこともなかっただろうし、友だちはみんな国家試験や留学の準備をしていたはずだ。インディペンデント映画を観て、読書会なんかにも参加していたのだろう。そう考えるとなぜかミン・ソリムに嫉妬を覚え、その一方でよりリアルに感じられた。

ミン・ソリムはどんな音楽を好んだのだろうか。歌謡曲？　洋楽？　クラシック？　九〇年代のアイドルグループ？　ソテジやH.O.T.？　お気に入りの映画は？　どんな本を読んで感銘を受けたのだろう。好きな俳優は？

ソウルへ向かう高速の上ではさらに大音量でブルースを聴いた。いくつかのフレーズを一緒に口ずさみもした。

ソウルに着く頃には気分も上々だった。ジヘは口笛を吹きながら覆面パトカーをソウル警察庁の駐車場に止めた。刑事部屋から自分のバックパックを持ってくると、通仁《トンイン》市場のそばのコンビニで缶の海外ビールを八本も買った。さらに西村の名所と言われる、韓国家屋のフライドチキン屋に寄って、フライドチキンを一羽分テイクアウトした。

家でチキンを食べていると、猫が一匹そろりと庭に入ってきた。ときどき塀を飛び越えてこの家の庭に侵入する斑《ぶち》のある野良猫だった。ルームメイトだった友人はその猫を「無《ム》事《タリ》」と呼んだ。友人は猫用の餌と水を用意して、ムタリがいつでも食べられるようにしておいた。ジヘと友人はムタリを手なずけて飼い猫にしようとしたが、うまくいかなかった。猫のほうも二人を怖がる様子はなかったが、路上生活のほうが気に入っているようだった。

ジヘはフライドチキンの手羽元の肉をちぎって猫に放ってやった。猫は警戒する様子もなく、チキンをくわえると数歩後退して食べはじめた。

31

人生の目標において名誉という価値が消え、それを幸福が埋めるようになると、まず初めに見られた現象は、日常的な侮辱の文化だ。ロバート・E・ハワードが書いているとおりである。文明人は蛮人より無礼なことをよく口にする。相手を侮辱しても頭をかち割られる恐れがないからである。

現代人は相手から決闘を申し込まれる恐れもない。嘲弄や侮辱に対する公的処罰がないわけではないが、微々たるものだ。表現の自由を侵す恐れがあるとして、不当な攻撃も制裁できないケースがほとんどだ。

そのため、侮辱されたときは法的措置に出るよりも言い返すほうが得策だが、そのせいで嘲弄のインフレが起きる。我々が侮蔑と屈辱に満ちた社会を生かされているのはそのためでもある。

人間は天使と獣のはざまにいる存在だ。高尚な態度、低俗な言動、そのどちらにも自然と惹かれる。ところで、現代社会は後者を鼓吹する反面、前者を奨励することはない。

このような環境は、内気な者、瞬発力のない者、口下手、主要メディアが目もくれない少数の集団、SNSのフォロワーの数が少ない人間にとっては非常に不利である。彼らは無防備なまま生きているように感じている。その無力感は羞恥心や自己卑下にもつながる。

ふたつ目の余波はより深く甚大だ。幸福という概念は至極あいまいなため、多くの人が道にはぐれたような感覚に陥っている。幸せを追い求めるよう教わるものの、具体的に何を追えばいいのかわからないのだ。一般的に幸福は苦痛の真逆にあるものと捉えているために、このような混乱が生じる。

たとえば、達成感とは概して幸福に分類されるが、この感情を得るためには厳しい忍耐の過程がつきものである。恋愛も然り。

ある者は努力もせずにたやすく得られる別の快楽と、こうした幸せを区別するために「本当の幸せ」などとも言う。だがその瞬間、幸福には階級が生まれ、短期的評価と長期的評価で変わってくる複雑なものとなってしまう。

ロマンを追う者たちはそんな区分に反発し、いまこの瞬間を忠実に生きるべきだと声高に言う。彼らも時間の流れに伴う特性を考慮せず、幸福に関する多くの部分を逃している点ではたいして変わりはない。一般人はそのはざまで右往左往するしかない。

努力派であれ瞬間派であれ、失敗に終わった情熱や報われない片思いについては口を閉ざす。一生懸命努力しても成果が得られなかったとき、その挑戦を尊いものと感じながらも、それを幸福と呼ぶことには躊躇《ちゅうちょ》する。

信仰や名誉は、その点では人々を裏切らない。たとえ戦いに敗れて死を迎えるとしても、名誉だけは守れると。

32

「ええ？　でもあの男の子かわいくなかった？　演技もうまかったし……チェックしとかないと」

「おまえがチェックしてどうすんだよ。芸能事務所の社長でもあるまいし」

映画館のエレベーターで乗り合わせた若いカップルが小声で話していた。二人が観た映画は『白い手の青年団』だった。白手《ペクス》（無職でぶらぶらしている人）の若者たちが韓国社会に復讐するために、奇妙な連続テロを企画する、という陳腐な設定のコメディ映画だ。ジヘもいま、その映画を観て出てきたところだった。

妙な映画だった。さむいギャグが多く、観客はほとんど笑わなかったが、ジヘはそんなギャグにもひとりで何度も噴き出していた。しかしラストが突然シリアスになるのは理解できず、なぜか不快感を覚えるシーンもいくつかあった。

劇場で映画を観るのは久しぶりだった。日曜日、連れはなし。CGV新村アートレオンで観た。リュミエールビルの隣の建物だ。ミン・ソリムが生きていた頃はシニョン劇場というミニシアターだった。彼女もシニョン劇場によく行ったのだろうか。どんな映画を観たのだろう。

シニョン劇場は二〇〇〇年の終わりに増築工事を始めた。ソリムは工事の様子を見ていなかったことになる。三年後にはアートレオンという名のシネマコンプレックスとなってリニューアルされた。シニョン劇場とアートレオンは建物のオーナーが運営する劇場だった。アートレオンも長続きはしなかった。どの劇場もしだいに大企業がマネジメントするシネマコンプレックスに取って代わられていった。アートレオンも二〇一〇年代に入ると劇場運営を諦め、CGVに施設を賃貸することになった。

ジヘはリュミエールビルの一階に寄り、警備室に入った。ちょうど、先日パクとともに話を聞いた年かさの警備員がいた。ジヘは警備員にあいさつし、建物の防音について尋ねた。

「このビルは防音性はいいとは言えません。古い建物ですし、複合ビルというのもあって。隣のテレビの音がうるさい、犬の鳴き声のせいで眠れないといった苦情があとを絶ちません。そう言われても、私にもどうにもなりませんがね。迷惑がかからないよう、住人同士、お互いに気をつけましょうとアナウンスするくらいですよ」

ジヘは一礼して警備室を辞した。

新村ロータリーに向かう途中で立ち止まる。リュミエールビルから二十メートルほど離れた大型複合ビルの前だ。隣接しているわけではないが、そのビルとリュミエールビルの間には二階建てのレストランやモーテルのような低い建物しかなかったため、高層階は事実上、隣接しているといえた。ミン・ソリムの部屋は、その大型ビルに面した西側がピクチャーウインドウになっていた。

ジヘは建物に入って定礎を確認した。ビルの名称はサミョンタワーオフィステル、竣工日は一九九九年十一月十日だった。ソリムは九八年二月からリュミエールビルに入居していた。リュミエールビルはサミョンタワーより先に建てられたから、西側に大きな窓が取り付けられているのだろう。

サミョンタワーは八階から十階までが英会話学校になっている。エレベーターにはネイティブスピーカーの講師と思われる白人と、受講生とおぼしき数人の若い男女が乗っていた。若い男女はエレベーターの中でもお互いをマイケル、ジェニーなどと呼び合い、英語で会話した。サミョンタワーはリュミエールビルより二階高い二十階建てで、ジヘは十三階で降りた。

リュミエールビルと違ってここは、共用の廊下が南北ではなく東西に延びている。廊下の東側の端にバルコニーが設けられていた。リュミエールビルと最も近い場所である。かつては喫煙スペースだったのだろう。この建物もセキュリティは杜撰《ずさん》だった。バルコニーのガラスドアは当然施錠されているものと思ったが、ドアノブを回すとすんなり開いた。

ジヘはバルコニーの欄干の前に立ち、首を伸ばして向かいの建物を覗いた。向かいの住居フロアの各戸はほとんどがカーテンやバーチカルブラインドに遮られ、中の様子は見えなかった。だが、なかには中が見える部屋もあった。ジヘは目を細めて内部のどこまで見えるか確かめた。晴れていたので、室内より外のほうが明るく、窓ガラスは半ば鏡のような働きをしていた。

ミン・ソリムの部屋には、バスルームに洗濯機があったが、たしか乾燥機はなかった。ソリムは窓にブラインドではなくカーテンを付けていた。洗濯物はおそらく昼の間、窓辺に置いた物干しスタンドなどに干していたはずだ。なかには下着もあっただろう。サミョンタワーの高層階からはその様子が見えていたかもしれない。リュミエールビル一三〇五号室に若い女性がひとり暮らしをしていることを知りえた者は、この建物に数十人はいたと思われる。

ハンバーガーで軽く食事を済ませることも考えたが、それほど空腹を感じていなかったので一食抜くことにした。ジヘは目を付けておいた飲み屋に入った。一九九〇年代からある、有名なバーだという。そんなバーに入ったところで大きなヒントが得られるとは思っておらず、ソリムがそのバーに行っていたかどうかもわからない。ただ、少しでもミン・ソリムの生きた痕跡を感じてみたかった。

昼間の新村を歩いてみると、たしかに街が廃れているのを感じた。道行く人自体が少なく、若者も多くない。若い女性はさらに少ない。合井《ハプチョン》駅や上水《サンス》駅付近に多いおしゃれな店はほとんどなく、クレーンゲームの店や輸入菓子のディスカウントショップ、コインカラオケ店（時間制ではなく曲数分だけコインを入れて利用する）、ダイソーといったありふれた店が立ち並ぶ。

目当てのバーは延世大学の正門近くにあった。同じ建物に同じ名前のバーが二軒ある。地下が一号店、四階にあるのが二号店だという。どちらに入るか迷ったが、元祖の一号店に入ることにした。

入ってみると洒落た雰囲気だった。女性ひとりで座っていても誰も気にも留めない。音楽も悪くない。「夜と音楽のはざま」といった類の、九〇年代の安っぽいムードを覚悟していただけに、拍子抜けした。照明は明るすぎも暗すぎもせず、広々としたスペースで、二〇一〇年代に入って流行した小さなビアパブよりもよほどいいとさえ思える。メニューに目をやると、値段もまた安い。ジヘはミドリ・サワーを注文した。

この二十年あまり、はたして社会は発展したといえるのだろうか。発展ではなく単に流《は》行《や》りすたりを繰り返しているだけだとしたら、私たちはなんのために生きているのだろう。ジヘは考えを巡らす。維持、補修のため？　最悪を防ぐため？　もっとも、それが警察の役割ではあるのだろうが。

新村にいったい何が起きたのか。私が高校生のときはそれでも人気スポットだったのに、とジへは思う。ネットショッピングのせいで梨花《イファ》女子大前のファッション通りが衰退して、新村もそのあおりをくったのだろうか。退屈し始めたジへはスマホを取り出して「新村が廃れた理由」をネットで検索した。どこか宿命論的な説明がヒットした。

土地代が安い地域にアイデア豊富で魅力的な店が集まり、そのおかげで客が集まると地価は上がり、小さな店のオーナーは家賃が払えなくなりそこを追われ、代わりに大企業のフランチャイズが立ち並び、そんなふうに他のエリア同様に個性のない街に一変するが地価は下がらず……。新村がその一例であり、三清洞《サムチョン》、梨泰院《イテウォン》も同様、弘大《ホンデ》もそうなりつつあり、ジへが住む西村《ソチョン》もその兆しが見えはじめていた。

インターネットの説明を読んでいると、疑問がさらに深まっていく。魅力的で人気の店は高騰する家賃を払えなくなるというが、ありきたりで人が集まらないといわれるフランチャイズの店舗はテナント料をどうやって払うというのか。本来なら逆であるべきではないのか。フランチャイズは赤字を覚悟で店を出すのだろうか。あるいは合理的なマネジメントのおかげで、個人経営の店より経費がかさまないということなのか。

じつは、人々は個人店よりフランチャイズを好むのではないか？　観光気分で小さな工房や街の本屋さんに立ち寄って見物したり写真を撮ったりするものの、実際に金を落とすのは、隣のスターバックスだったりするのではないだろうか。みんな移り気で、人気スポットの移り変わりも早いということだろうか。フランチャイズの店舗進出にかかわらず。

ジヘはカクテルを飲みながら思索に耽る。

人々が自発的に生み出したシステムであり、合意のうえで出来上がった規則に基づいて稼働しているのだろうが、その結果がいつも芳しくない方向に向かっているというのは理解しがたい。何かが間違っているのだろうが、何をどうすればいいのか。その街を盛り上げた人々がなぜ追い出されなければならないのか。建物のオーナーたちにテナント料を上げないよう強要するべきなのか。

街というのはそもそも盛衰興亡がつきものなのだろうか。栄えては廃《すた》れてを繰り返すもの。十年単位でそれを繰り返し、いつの間にかまた日の目を見る、そんなものなのだろうか。それが「システムのシステム」ってものだろうか。ジヘは考える。システムというのは、人間の意志にかかわらず固有の現象原理によってはたらくものなのか。人はその力に翻弄される小さな粒子に過ぎないのだろうか。水の粒子の意志にかかわらず雪が六角形の結晶を成すように、ナトリウムイオンの意志にかかわらず塩が正六面体を成すように？

ジヘはミドリ・サワーを飲み干すと、ヒューガルデンビールを注文した。サービスで焼きのりと醬油を出してくれた。軽いつまみにもってこいで美味だった。なかなかのアイデアだ。

33

啓蒙主義社会の政策立案者たちは、苦痛の伴う長期的幸福など端《はな》から存在しないものと見なしている。そのような価値を評価するのは、ほぼ不可能だからである。その代わりに効用という用語を使うが、すなわちそれは快楽を指す。

啓蒙主義社会における国家、企業、大学の目標：さらなる効用。

啓蒙主義社会において、ある程度の規模を有する集団はあまねくこの方法論を用いており、その結果、個々に存在していた共同体はますます薄っぺらになる。集団レベルで経済的効用以外の価値を追求しようとする者は、夢想家扱いされる。

にもかかわらず、人間にはその奥深くに承認欲求というものが潜んでいる。辱めを受けるくらいなら、死を選択する者もいまなお存在する。

名誉を重んじる社会なら、こういった人間の奥深い欲求を、共同体や芸術、真理探究に献げる方向に導くことができる。だが、幸福に没頭している社会ではそのような欲望自体を否定的にとらえ、あるいは人気や知名度といった誤った方向へ誘導する。

「すべての人間は生まれながらにして平等であり、生命、自由、および幸福の追求を含む不可侵の権利を与えられている」という宣言は、幸福の定義以外にも明確ではない点が多い。

そもそも、「人間とは何か」という問いに関し、激しい論争が繰り広げられている。人間と非人間の間にはあいまいな境界線がある。胎児、もしくは脳死状態の人といったように。誰もが同意できる明確な線引きは不可能に思われる。胎児の生命権を認めれば必然的に、妊婦の幸福追求権は縮小される。

科学技術が発展するにつれ、このようなグレーゾーンはさらに広まるだろう。そう遠くない未来に人類はゲノム編集技術により半人半獣をつくりあげ、人の記憶や意志を機械に移せる世の中になり、ネアンデルタール人のような遠い昔の人類の祖先をよみがえらせることも可能になるだろう。彼らにも基本権は付与されるべきか。

「不可侵の」という語句も混乱を招く。一個人の幸福追求権がまた別の個人の幸福追求権を侵してはならないというのは理解できる。だが、百人の幸福追求権となれば、一人のそれよりも重要なのではないか。その一人は、場合によっては侵されることもやむをえないのではないか。だとすれば、一万人、いや百万人の生命は一人のそれより確実に重要といえるのではないか？

啓蒙思想の信奉者らは、このジレンマの存在自体をひた隠しにする。彼らは「一人の命であれ、百万人の命であれ、等しく尊い」と言う。

それは三位一体よりも強引な論理だ。いかなる政府であれ、その原則に基づいた国家運営は不可能である。現実世界では常に優先順位が存在する。あるワクチンは毎年、数十万人の命を救うが、百万人に一人の割合でアナフィラキシーショックにより死亡するとする。その場合、社会はそのワクチンをすべての子どもに接種するべきか、決断を下さなければならない。

人々は、そのような決断は政府の政策担当者が下すべきもので、一般人が日常的に考えるべき事柄ではないと見なす。だがそうではない。

世界中に一日二ドル以下で暮らしている人々が七億人以上いる。一般人であっても、ボランティア団体を介せば簡単に寄付できる。つまり、差し当たって必要ではないスマートフォンの最新機種を購入する際、自分はたしかに選択しているのだ。サハラ砂漠以南に暮らす数百人分の食事より、自分の見栄のための消費がもたらす満足感のほうが大事だと。

香り豊かなプレミアムコーヒーを飲み、プラスチック製の家具ではなく天然木の家具を選び、バスや電車ではなくタクシーやマイカーで移動し、旅行に出かける。そんなとき、我々は絶対貧困にあえぐ人々が苦痛に満ちた人生を送ることに目を向けないことを選んでいるのだ。我々は皆、虐殺者だ。

啓蒙主義社会はその選択を許容する。スマホを買うか、開発途上国に寄付するか。寄付するとしたらいくらを。それはもっぱら個人の自由である。個人の幸福追求権を社会が侵害することは許されないのだから。

そしてそのような自由を意識した瞬間、我々は呆然となる。善意の塊のような者でさえどうしたらいいかわからなくなる。適当なところで妥協する者もいる。「収入の十パーセントも寄付すればいいだろう」と。

34

円卓の周囲に緊張感が漂う。

三千ページに及ぶ捜査記録に一通り目を通したが、読んでみるとさらに袋小路にはまった印象だ。DNAと防犯カメラの写真が残っていると聞いたときの「いけるかも」という感触は、甘かったと言わざるをえない。チョン班長とパクは面識のない者の犯罪とにらんでいるようだ。だがジヘは、そうではないと見ている。

「どうだ。これから本格的な捜査に入るわけだが、どう思う。パクから意見を聞かせてくれ」と班長が言う。

「まずは刑務所をあたってみようかと。強姦罪で捕まってる人間を中心に会うつもりです。刑務所《ムショ》では同じような犯罪をおかした人間同士がツルむと聞いています。見栄張ってデカいこと言う人間もいますから、本件の犯人も同様の犯罪で捕まって刑務所の中で何か言いふらしていたかもしれないので。それから、前にも言いましたが、二〇一〇年に服役囚のDNAサンプルをしっかり採取していたのか、怪しいところもありそうです。二〇一〇年以前から服役中の性犯罪関連の前科者がいたら、もう一度サンプル採取の要請をしようと思います」

パクはそう言うと目を閉じ、ややあって開けた。正直、妙案とは言いがたい。だが班長は「よし、わかった」と返事をした。「服役中の者だけじゃなくて、出所したやつらも洗え」とも。

「わかりました」

「ヨンはどうだ？」

「私は鑑取りがどうも杜撰だったような気がして……。とくに延世大学の学生たちの話のなかに辻褄《つじつま》が合わないところがいくつかありますし。被害者の先輩の一人は、復学した学生が被害者と激しく言い争ったことがあると証言しています。しかしその学生の名前は出てきませんし、事情聴取の有無も不明です。取り調べの結果、疑いが晴れて細かい調書の作成を省いたのかもしれないですが。どうも全般的に緻密ではない印象を受けました」

ジへがそう言うと、チョン班長は口を閉ざしたまま指で脳天をぐっと押さえる。困ったときのチョンの癖だ。

「それ、たぶん俺のせいだ」とチョン班長。

「前にもヨンにこの話したよな、ある学生を殴ってえらい目に遭ったこと。ほら、どっかの法律事務所の弁護士の弟だったって。チーム長と俺で相手の家に行って、三日間、平謝りしたってやつだ」

「ああ、はい……」

「まあ、その一件で、延世の学生相手の捜査がしにくくなってな。お偉いさんの子どもたちも多かったし。そうだな、たしかに何か逃《のが》していたかもしれんな」

いくら二十年以上前のこととはいえ、自分のミスを素直に認める班長の姿にジヘは小さな感動を覚えた。その尊敬の念をそれとなく表現したいと思ったが、どう言えばいいかわからなかった。そうしている間にチョン班長は先を続ける。

「だが、納得いかないからって、いちいち調べるだけの時間はない。まあ、そういうのばっかりだからな。絶対に必要だと思うものだけをリストアップして、優先順位を決めておけ。上から順にひとつひとつ洗って、どれくらいの時間がかかるかやってみよう」

「わかりました。知人たちから新たな情報が得られるかもしれませんしね。事件のあとの行動が怪しかったとか、何かに苦しんでる様子だったとか、知り合いの間で噂になったこともあるかもしれません」

ジヘが言うと、班長は首肯する。正直なところ、ジヘはパクや自分のアイデアが捜査に大きな進展をもたらすとは思えなかった。とくに自分の提案は二十二年前の捜査に取りこぼしがあったことを前提としているだけに、ジヘ自身もその可能性は低いと見ていた。

班長はどんな捜査方針を出してくるのだろうか。ジヘは班長に視線を向ける。パクも同じような顔つきで班長を見ている。

「よし、俺の意見はだ……こんなのはどうだ。メチル化解析だかってやつで、被疑者の推定年齢は四十三から五十五と出た。それに基づいて、まずは六七年生まれから七九年生まれで住居侵入、強盗、性犯罪、殺人関連の前科者をリストアップする。CIMSに写真と血液型が載ってるだろ？　まあ、そこから血液型がO型で、二〇一〇年以降は強行犯罪での逮捕歴がなくてDNAのデータベースには登録されていない人間をピックアップしたら、どのくらいの数になるか？」

　ジへとパクは目を見合わせる。

「さあ、数千ですかね、それとも数百……」とジへ。

「まあ、メモしてきたのがあるから、ちょっと読んでみるぞ。二〇〇九年の強行犯罪は一万九千七百九十件。放火も強行犯罪に分類されるから、放火は抜く。さらに細かく分けると、殺人のなかでは赤ん坊や尊属殺人、強盗では通り魔強盗、強姦では我が子への強姦を除いて、二〇一〇年以降の再犯者、二〇〇〇年八月に服役中もしくは海外に滞在していた者も除くと……。ああ、それから韓国人のO型の割合は二十八パーセントだ。犯人の野郎、AB型だったら良かったのにな。ABは十パーセントだそうだ」

「しかし、それは二〇〇九年だけの数字でさらに十年分以上のデータがあるってことですよね？」とパクが発言する。

「警察庁で訊いてみると、こっちで条件を決めて知らせたら、向こうでデータを抽出してくれるらしい。いまだって、俺たちが勝手にＣＩＭＳからＯ型の前科者だけを選び出すのは不可能だが、それを向こうでやってくれるってことだ。つまり、背はだいたい百七十五センチとして、百七十以下はいらないと言えば、それに合わせてくれる。となると、数はだいぶ絞れるだろ」

「リストをつくって、そのあとはどうするんですか？」ジヘが訊く。

「まあ、犯罪の詳細を確認すれば、本件との関連性があるかどうか判断がつくんじゃないか？　それに、ＣＩＭＳに登録されている写真のなかから二〇〇〇年前後の写真を見るつもりだ。人の顔ってのは、数年の間にそう変わりはしないだろ。鼻の形や顎の長さなんてのはそのままだろうし。首の長さや肩幅は姿勢によって変わるかもしれないがな」

「似てる人間がいたら……実際に会ってみるってことですか？」パクが尋ねる。

「ああ。訪ねていって、ＤＮＡを手に入れたら国科捜に保存してあるサンプルと照合する」

「前科有りで顔が似てるってだけでは令状《オフダ》は取れませんよね」ジヘは微笑を浮かべた。

「むやみにＤＮＡ採取に協力しろって言うわけにもいかないしな。もしもそいつが真犯人なら結果待ちの間に逃走するだろうし」チョン班長が言う。

「そういう場合、どうするんですか？」

パクはしばし目をつぶって開けると、そう尋ねた。

「当事者には気づかれないように、DNAを合法的に入手する。煙草の吸殻を拾ってくるとかな」

ジヘとパクはふたたび顔を見合わせた。

「張り込み……ってことですか」とジヘ。

「尾行《けっし》も」パクが付け加えた。

「三カ月で数千人を追うわけにもいかんからな。警察庁の犯罪分析担当官室にリストをつくってもらって、そこから数十人ほどに絞るとしよう。まあ、ひとつの案にすぎないから、もっといいアイデアがあればいつでも言ってくれ」班長が言う。

「……簡単ではなさそうですね」

とパク。自他ともに認める熱血刑事のパクですら、ひるんでいるようだった。

「けど、これといった妙案もないですし……」

二人の顔色をうかがいながらジヘが口にする。パクは同感といった体《てい》で深くうなずいた。

「じゃあ、こうするぞ。パクには前科者、服役囚のほうを任せる。ヨンは以前の敷鑑の目こぼれを埋めろ。俺は警察庁にデータのリストアップを要請して、それを洗いなおす。二人とも、面会時間や参考人との約束の合間に隙間時間ができるだろうから、そういうときは前科者のリストを一緒に検討するってのはどうだ。そこで手口、顔が似ていて、アリバイもない人間が見つかればDNAの照合が必要になるだろ。その場合は三人で張り込むことにする」

「はい、了解です」ジヘとパクが同時に口にした。

「個人プレーをしろと言ってるんじゃない。あくまでもチームプレーが基本だが、便宜上、受け持ちを割り振っただけだと思え。手が必要なら上下関係にとらわれず、いつでも申し出ろ。要請されたら、やはりいつでもお互い手を貸す。とくに急ぎの用がなければ、これまでどおり毎晩、捜査会議をするぞ」

「はい、了解です」ジヘとパクが声をそろえる。

「遺族にも会ったほうがいいですか？」とジヘ。

「いや。正直、まだ解決の見込みはないんだ。そんな状況でへたに会ってつらい記憶を掘り返す必要はないんじゃないか。重要な証言が得られるとも思えないしな。どうしても訊きたいことがない限り、遺族には再捜査のことは伏せておこう。現住所はパクが調べておいてくれ」

ジヘは内心、安堵した。変死者の遺族に会うのはやはり気が重い。

35

それは、啓蒙思想が、個人が追求すべき道徳的価値の優先順位を示していないからである。啓蒙思想とは、良き個人ではなく良き社会のためのものだ。啓蒙思想の創始者らは横暴な絶対王政に怒髪衝天だったため、国家権力に個人の権利を侵害させないことに集中していた。

啓蒙思想はそのような社会において、個人の良き人生とはいかなるものか、いかなる目標を最優先させるべきかについては触れていない。市民としての義務を果たし、他人の権利を侵害しない範囲内で自由を享受し、幸福を追求せよという程度である。すなわち、好きにしろ、といっているようなものだ。

啓蒙思想は当然のことのように、個人はそれだけ合理的な存在だと仮定しているが、我々はそれが不当な論理であることを知っている。啓蒙主義の思想家らは行動経済学はおろか、無意識の観念についても無知だった。彼らは王による圧政さえなくなれば、人々はじゅうぶんに教育を受け、スムーズに自分たちの代表を選び、合理的な消費活動ができるものと信じて疑わなかった。民主主義と資本主義の土台はそれほどまで杜撰なものだった。

現代社会において迷信に眉をひそめる人々にすら、いまだ宗教が影響を及ぼしているのはそのためでもある。かつて、マルクスレーニン主義が若者たちを虜にしたのも同じ理由からだ。

宗教やマルクス主義は人々に良き人生、正しい道を説き、優先させるべきことを具体的に提示している。新たな社会づくりのためには、宗教とはまた違う、個人の人生の指針になりえる新しい思想が必要である。

その思想では、人間の生命は最優先されるべき価値にはならないかもしれない。「人を殺さないこと」という戒命は、最初の一行にこないかもしれない。

わたしに潜むロージャがコンゴ民主共和国へ行き、残りの人生をボランティアをしながら送ることを本気で提案したことがあった。もしもわたしがマラリアで死にゆく千人の子どもを救えば、一人の人間を殺害したことには目をつぶってもらえないだろうか。わたしの人生は罪より功が大きいと、肯定的に評価されるのではないだろうか。

わたしに潜むスタヴローギンは以下の論理でロージャの提案を拒んだ。

わたしがコンゴ共和国に行ってできることは、どれも現地の人にもできることだ。フランス語やスワヒリ語ができないわたしには、現地の人一人分の仕事すらこなせないであろう。というよりも、お荷物になる。それよりも韓国での収入の一部を現地に送り、ボランティア団体で働く人を雇用するほうが効率がいい。

コンゴ民主共和国の一人当たりのGDP：五百六十二ドル（二〇一八年現在）
韓国の一人当たりのGDP：三万一千三百六十三ドル

韓国で人並みの暮らしをして、余財をコンゴに送れば、現地でわたしより優秀な人材を何十人も雇うことができる。そのほうがコンゴの人々にとってもよほどいい。
それでも開発途上国に自ら赴くことを主張するのであれば、それは自己満足のための利己主義だというのがスタヴローギンの持論である。

36

君にとって僕は日暮れ時の夕日のように美しい思い出のワンシーンとなり……（自転車に乗った風景の楽曲『あなたにとって私は、僕にとって君は』の歌詞）。

刑務所のスピーカーから懐メロが流れていた。聴いたことはあるが、タイトルは知らない。誰が歌っているのかもわからない。検索したくなったが携帯電話は入る前に入口で預けてきた。この曲、流行ったのはいつ頃だろうか。九〇年代？　ミン・ソリムも聴いていただろうか？

ジヘはパクとともに驪州《ヨジュ》（京畿道南部の都市）の希望《ヒマン》刑務所に来ていた。ある連続レイプ犯に会うことになっていた。

刑務所の中庭ではブルーグレーの囚人服を着た受刑者たちがしゃがんで草むしりをしていた。ジヘは受刑者たちが自分をチラチラ見ているのを感じる。監房に戻ったら、さっきの女刑事の顔がどうの、スタイルがどうのと噂するのだろう。だが、こちらにチラチラ視線を向けているのは刑務官も同様だった。男ってものは、若い女を見かけると本能的に意識がそっちに向いてしまうものなのだろうか。

ジヘがその場の空気を和らげようとそう言うと、こっちの気も知らずに、パクは笑いもせず返事をする。

「ここは、ボランティアの女性もたくさんいる」

チョン班長が警察庁の犯罪分析チームに依頼した強行犯罪の前科者リストはまだ届いておらず、ジヘもまだ会うべき参考人の優先順位を決めかねている状況だった。

　パクは連続レイプ犯のリストをつくり、面会を申し込んだ。まず服役中の者からあたり、近い刑務所から順に回る予定だった。なかでも血液型がO型の受刑者にはDNAの採取を要請するつもりでいる。

　その最初の訪問がここだ。収容者接見要請書を作成しているパクに、ジヘは一緒に行きたいと申し出た。

「なんでだ」

「接見のやり方を見ておきたいんで」

「おまえ、刑務所、行ったことないのか?」

　パクが訊いた。チョン班長と違ってパクはジヘを「おまえ」と気楽に呼ぶ。ジヘもパクを「先輩」ではなく、親しみを込めて「兄貴《ヒョン》」と呼ぶこともあった。

「女性刑務所には何度か。希望刑務所って民間の刑務所なんですよね。一度見ておきたいと思いまして」

「見ておきたいって、ただの刑務所だろうが」

　そう言いつつ、パクはジヘを助手席に乗せて出発した。

　現地に向かう途中、ジヘはこれから会う服役囚に関する書類に目を通した。京畿道西部エリアの集合住宅街で一人暮らしの女性を狙い、性的暴行を加えたうえに金品を奪ったという。被害者は三人。果物ナイフを手に侵入し、女性たちを脅してストッキングやテープで手足を縛り、強姦した。金品よりも強姦が目的だった。血液型O型、年齢四十七歳。ナイフを使用した点が似ており、新村は京畿道西部からも近い。二〇一〇年までは地下鉄新村駅の隣に新村市外バスターミナルがあり、そこから江華島《カンファ》や金浦《キムポ》市に行くバスが出ていた。現在もリュミエールビルのすぐ前にあるバス停から江華島や金浦行きの直行バスがある。

本当にこいつが真犯人なのではないか。パクが言っていたように、刑務所でDNAの採取がきちんと行われていなかったのでは？　綿棒を手に、口腔上皮細胞を取らせてほしいと言ったら、相手はどんな顔をするだろう。

韓国には刑務所が五十三カ所ある。そのうち五十二カ所は国営で、残りのひとつが民営だが、それがこの希望刑務所だ。キリスト教財団が設立したが、宗教色はない。その代わり、室内の廊下にかかっている「母」と書かれた書道の額が目を引く。

捜査のための接見室は一般の面会室とは違い、受刑者と接見人の間にガラスの衝立《ついたて》はなかった。部屋の中にはテーブルがふたつあり、それぞれのテーブルにパイプ椅子が四つある。制服を着た刑務官がドアの脇に立っていた。

ドアが開くと刑務官が受刑者を連れてきた。男は怯えたような顔つきで入ってくる。中背だが、どう見ても防犯カメラの男とは別人だった。ジヘはがっかりする。

男が入ってくると、パクは目上の者を迎え入れるときのように立ち上がった。ジヘもそれにならって立ち上がる。パクは男が席に着くと座った。ジヘはパクが男に「先生《ソンセンニム》」と呼びかけるのを聞いて驚いた。

「ソウル警察庁・強行犯捜査隊所属のパク・テウンと申します。こちらは同じ班のヨン・ジヘです。そう驚かないでください。少しの間だけご協力いただけないかと思いまして」

受刑者が椅子に腰かけるなり鼻をクンクンさせたおかげで、ジヘは思わず飛び上がりそうになった。相手が自分のにおいを嗅いでいるものと勘違いしたからだった。だが、ほどなくただの鼻炎か、単なる癖であることに思い至る。

この男は一人暮らしの女性を犯したときもこんなふうに鼻をクンクンさせたに違いない。被害者のなかには自分と同年代の女性もいた。

ジヘはレイプ犯と向き合い、対等に会話を交わすこと自体が気に食わなかった。ジヘの殺気が伝わったのか、相手は委縮しているようでもあった。ジヘには顔も向けられない様子だ。

「なんでしょう」

受刑者はパクにも怯えたような顔を向ける。ジヘは、この男には余罪があると見る。受刑者が最も恐れているのは、服役中に余罪がバレて刑期が延びることだった。また、レイプの被害を通報していない被害者も多い。

「二〇〇〇年に新村の、ある複合ビルで女子大生が殺されました。我々は現在その事件の捜査中です。何か情報をお持ちでないかと思いまして。刑務所の中では自分の犯罪手口を武勇伝のように話して回るやつもいますよね」

「二〇〇〇年？　新村ですか？」

受刑者の顔は一瞬にして明るくなった。自分とは関係のない事件だと知り、安堵したのだ。

「新村女子大生殺害事件といって、当時、大々的に報道されました」

「私は初めて聞きますが……」

嘲笑や、しらばっくれているようには見えない。事件について逆に向こうからあれこれ訊いてきた。

「刑事さん、せっかく遠くまで来てもらったのに、お役に立てずこちらが申し訳ないですね。でもここにいるとあれこれ耳に入ってきますので、一度確かめてみますよ。自分は数百人姦《や》ったって触れ回っている輩もいますからね」

強姦犯は深く頭を下げた。あまりに丁重でむしろ不審だ。

「わかりました。わずかですが、謝礼を置いていきますので。何か情報があれば手紙でもください」

丁重というのであればパクも負けてはいない。あのタフガイのパクがここまで平身低頭している姿をジヘは見たことがなかった。パクはいつもより長めに目を閉じて開けると、自分の名刺を相手に差し出した。

「あ、それから、事件当時は収監前だったはずですので、唾液を取らせてもらってもよろしいでしょうか。犯人のDNAと照合したいのですが、潔白なら当然ご協力いただけますね？」

「協力しますとも。どのように？　口開ければいいんですか？」

謝礼と聞いて気をよくしたようだった。ジヘは浄水器の水を一杯持ってきて男に口をゆすがせ、検査キットの中から綿棒を取り出した。

男が口を開けた。それは妙な光景だった。相手の孔《あな》に何かを挿入する行為が何を象徴しているのか、ジヘにも相手にもわかっていた。ジヘは無意識のうちに「アイゴ、アイゴ」と口にしていた。綿棒ではなく鋭利な刃物をぶち込みたいところだ。

「先輩は服役囚に接見するとき、いつも敬語なんですか？」

ソウルへの帰り道はジヘが運転することにした。ジヘはエンジンをかけながらパクに問うた。

「基本的にはな。たまにタメ語使ってくる野郎どももいるが、そしたら俺も即やめる」

「私の昔の上司は絶対に敬語、使いませんでしたよ」

「それはアマチュアのやることだ。初対面の人間にいきなり、おい、なんて言われてみろ。向こうだってムカっとくるだろ。だいいち、焦ってるのはこっちなんだ。あいつらは被害者意識も強いから、こっちから機嫌とってやらないとな」

パクはよく知りもしないジヘの上司を「アマチュア」の一言で片づけてしまった。それを傲慢だとも思わないようだった。ジヘはそんな自信にあふれた姿に感じ入った。

「けど、お金まで置いてくることなかったんじゃ？」

「あいつ、相当ありがたがってるはずだ。家族もいないようだからな。おそらく領置金なんて差し入れてもらったこともないだろう。たまには菓子とか食べたくなることもあんだろうし。被疑者の取り調べのときに、どうせ捕まるなら詐欺犯と同じ部屋にしてくれって言うやついなかったか？」

「いえ、私は聞いたことないですけど。どうしてですか？」

「詐欺罪で捕まった人間には面会も多くて、差し入れなんかも多いからみんなで分け合うってことらしい。詐欺もいろいろあんだろ。本物のワルもいるが、事業に失敗して詐欺罪で訴えられたってケースもあるしな」

「レイプ犯なんて、臭い飯を食べさせるのももったいないですよ」

ジヘはクラッチを踏み、ギアを高段位にシフトアップしながら言った。捜査用の面パトはどれもマニュアル車だった。

「同感だ。収監中の連続レイプ犯のリストつくったろ。そのうちの二人は刑務所内でもまた事件《こと》を起こして青松《チョンソン》（青松は慶尚北道の都市。そこにある刑務所はかつては凶悪犯が送られることで有名だった）に移送されている。一人は百回以上、もう一人は七十回以上だ。二人ともとっとと死刑にするべきだな」

「同感です」とジヘは微笑む。

「まあ、それはそうと、さっきの刑務所、どう思う。あそこの刑務官は受刑者を番号じゃなくて名前で呼んでたろ。もちろん敬語使って」

「そうでしたね」

「犯罪者の間ではロトムショ、ホテルムショって呼ばれてるらしい。飯も他のムショはどこも居室で食わせるが、あそこだけは食堂で食べさせるし、名前で呼んでもらえて、施設も悪くない。ボランティアが多く、刑務官はみんなやさしいしな。あそこの刑務官は法務部所属じゃなくて民間人なんだ」

「それって特恵にならないんですか。軽犯罪《ケイハン》でもみんな劣悪な国営の刑務所に入れられているのに、レイプ犯があんなところにいるなんて」

「なにも運が良くてあそこに収監されてるわけじゃないさ。全国の収監者を対象に募集して、選ばれた受刑者たちだ。おそらく模範囚だったってことだろ。俺があいつらに敬語使うのは解せないくせに、刑務官が敬語を使うのは気にならないのか？」

「言われてみると、それもまあ気に食わないですね……。けど、先輩だって犯罪者に厳しかったじゃないですか。強姦殺人だろうが強姦致死だろうが同じことだって、死刑を食らうべきだって言ってましたよね」

「それはそうだが。おまえがさっきから変なことばっかり訊くから、俺もわけがわからなくなってきた。俺だってはじめはおまえと同じように違和感があった。いまだってあいつらに敬語使って、丁重に扱うことに多少の抵抗はあるさ。さっきの俺の話は、ほとんど班長の受け売りだ」

「チョン班長のことですか？」

「ああ。俺たちの役割は捜査であって、処罰することじゃないってな。俺たちの仕事は犯罪者を捕まえて検察に引き渡すところまでだから、そこに忠実でいろって」

警察は刑事司法システムの部品にすぎないと言っていたチョン班長の話を思い出した。

「兄貴《ヒョン》はそれを聞いて、納得したんですか？　私はまだ腑に落ちません。自分の仕事が取るに足らないことのように思えて」

「俺だってそうだ。本気で悩んだこともあったし……」

パクはそこで口をつぐみ、ジヘは相手が続けるのを待った。だがパクは話題を変えた。

そこからの話はどうも本音とは思えなかった。

「けど、人並みに扱ってもらって改心したら社会のためにもなるだろ。ムショで厳しくしたところで、あいつら絶対、更生したりしないからな。俺たちが温かく接してやんないと」

「それが納得いかないって言ってるんですよ。被害者は一生傷を負って生きていくっていうのに、それには国は知らん顔で、罪を犯した人間には温かくしてやらないとだなんて」

「あの刑務所は再犯率が格段に低いらしいぞ」

「そりゃそうでしょうよ、はじめから模範囚だけを集めてるんだから」

パクは何か思い巡らせているのか、ふたたび口をつぐむ。ジヘも外の景色に目をやりながら考えに耽る。

刑事としての彼女のプライドは、自分は正義の一部であるという思いからきていた。だからいくら捜査のためとはいえ、レイプ犯を尊重し領置金というかたちで謝礼までするのは納得がいかなかった。利益のために正義を踏みにじっている気がする。

しかし、刑務官の受刑者に対する態度はそれほど気にならなかった。というよりも気にしなかった。ジヘは、刑務所という場所は正義のシステムではなく、教化のためのシステムだと思うことにしている。だから同じ受刑者でも、刑事ではなく刑務官から丁重に扱われることには不快感を覚えなかった。

この矛盾をどう解決すべきか。正義のシステムであれ教化のシステムであれ、実際にはそんなものは存在しないのだろう。あるのは刑事と刑務官、服役囚という存在だけであり、その誰もが、行使しうる自らの力と得られる利益をまえに判断して行動するだけである。正義や教化とは便宜上冠された、抽象的な飾りにすぎないのだろう。

「むち打ちの刑って、いつ廃止されたんですかね？」藪から棒にジヘが訊いた。

「なんだ急に？」パクは怪訝そうな顔でジヘを凝視する。

「昔は罪人をむちで打ったり、鼻を切り落としたり、顔に罪名を入れ墨したりしましたよね。それがいつから懲役と罰金に変わったのかなって思って」

「甲午《こうご》の改革か日本の植民地時代じゃないのか……。それがどうした」

「刑務所に入れるより、むち打ちのほうがよっぽどいいんじゃないかと思って。シンガポールにはいまもむち打ちの刑があるじゃないですか。税金で何年も養ってるのに、更生どころかムジョの中で受刑者同士、いろんな手口を教え合ってるって話ですよね。当事者はつらいだのなんだのって言ってますけど、被害者からしたらいまの刑罰は甘すぎですよ。何億ウォンもの詐欺を働いたって数ヵ月の勤めで出てこられるんですから。それよりもむち打ちのほうがましだと思いません？　刑の執行が公開されたら被害者の鬱憤《うっぷん》も晴れるだろうし」

　ジヘは、加害者が処罰を受けたところで、心の平安を取り戻せないままでいる被害者について考えた。なかでも性犯罪の被害者はとくに。それは、懲罰に関しては蚊帳の外だと被害者が感じているからではないだろうか。加害者の苦痛に満ちた姿を見れば、少しは憤りも収まるのではないか。

「だからってむち打ちってのは、非人間的じゃないか」

「死刑よりは人間的です。何年も獄中にいさせるのだって非人間的ですよ。しかも韓国の刑務所はどこも過密です。狭い部屋に何人も詰め込まれて、中で暴行事件も多発してますし。それを思ったらむち打ちの刑に処せられて、すぐに釈放されるほうがよっぽど人間的だと思いますけど」

「それで死んだり、大怪我したりしたらどうする」

「医者が待機していて様子見ながらやればいいじゃないですか。ああ、だったら、むち打ちじゃなくて、電気ショックなんかどうです？　絶対に死なない程度の電圧にして。懲役一カ月を電気ショック一時間。そしたら刑務所に一年いるより、一日一時間、十二日間の電気拷問を選ぶ犯罪者も出てくると思いますよ」

ジヘは楽しそうに自分が考案した電気拷問のメリットと懲役刑のデメリットについてひとしきりしゃべり続けた。電気拷問と懲役刑の二者択一の話になると、それまであきれ顔だったパクも「なかなかいいな」と乗ってきた。

「大統領府の国民請願の掲示板にでも投稿してみろ。国会議員の補佐官に知り合いがいたら、法案つくれって言ってやれ」

「マジで未成年者にはいいと思いません？　少年院に送ったところで、よけいに悪いこと覚えて出てくるだけですから。だったら何回か死ぬほどぶっ叩かれて終わりにしたほうが、効果あると思いますけど、教育上も」

「それはいい考えだ」

「それから、性犯罪の累犯者には去勢刑。科学的去勢とかじゃなくて、物理的去勢でね。イスラム国家では手を切り落としたりしますよね」

そんな話をしているうちにソウル警察庁に到着していた。パクはかぶりを振りながら車を降りた。

37

道徳的価値の優先順位は、一人の人間がそれを追求するうえでどれほど苦労するかと結びつけてはならない。

先にわたしは意味と苦痛の間に密接な関係があると記した。だが、世の中には意味のない苦痛、苦痛のない意味もある。自分が苦痛を感じたからといって、必ずしも意味が生まれるわけではない。意味の大きさは苦痛の大きさに比例するわけでもない。

不幸にも、人間の本能——我々が「道徳的直観」と呼ぶもの——はこうした自明の事実とうまく符合しない。人間は自分の苦痛が大きいほど、価値ある犠牲であると思い込む。だから最も若く美しい若者を生贄として捧げる。貧乏人が隣人に分け与えた一片のパンのほうが、金持ちが被災地に寄付した数千万ウォンより価値あるものとする。金銭の寄付よりボランティアのほうが高く評価される。

啓蒙主義以前のあらゆる宗教がこのような尺度で道徳的価値の順位を決めていた。宗教や巨大談論（社会や歴史などマクロな問題）が力を失うなかで浮上してきた現代のキャンペーンにも、こうした宗教的態度は反映されている。じつのところ、こうした社会運動は新たな宗教としての役割を果たしてきた。

現代では、ある商品の消費がどれほど炭素を発生させているかを測定することができる。紙コップひとつを製造して廃棄するのに、十一グラムの二酸化炭素が発生する。一人が六十年間、毎日紙コップを五個ずつ使い続けるとすると、大気中の二酸化炭素は約一・二トン増加することになる。

ところで、飛行機が一キロメートル移動する際、乗客が二酸化炭素を排出する量は一人当たり二百八十五グラムである。韓国人が仁川空港から一万キロ以上離れたニューヨークまでを往復すると、一人当たりの二酸化炭素の排出量は六・三トン以上に及ぶ。機内の乗客全員が紙コップを一秒に五個ずつ海に捨てながら目的地まで飛行していることになる。

だとしたら、地球温暖化を防ぐため、かわいいホッキョクグマを護るためにすべきことは明白だ。紙コップではなく、海外旅行をやめるべきだ。観光目的の出国は五年に一度に制限すべきであり、海外の観光名所の写真をブログやインスタグラムに投稿する人々は非難されるべきなのだ。

だが、炭素削減キャンペーンは、紙コップにフォーカスされがちだ。海外旅行よりも紙いコップのほうが、宗教的タブーの対象としてふさわしいからである。紙コップを使わないことのほうが日常的かつ顕示的であり、苦痛だ（ふつうの人が海外旅行にいく回数はそれほど多くなく、海外旅行に行かないことはアピールしにくいが、タンブラーは目につく）。

菜食主義にも似たようなことがいえる。肉食という誘惑をはねつけるのは日常的かつ顕示的であり、苦痛が伴う。これは、たびたび論理的矛盾にぶつかる。動物愛護のために肉を食べない人間が、猫を飼うのは許されるのか。猫は動物性たんぱく質を必要とし、キャットフードは鶏肉やサーモンでできている。食べられる鶏やサーモンからすれば、人に食べられようが猫に食べられようが同じことである。ハチがかわいそうだからとハチミツを食べない人間は、蚊の殺虫剤も反対するべきではないのか。

だがベジタリアンのほとんどが、そのような複雑な構図には目を背ける。多くは犠牲の結果がどうあれ、犠牲がもたらす道徳的充足感さえあればいいようだ。ある者は妥協や拡張を拒み、苦行の純粋性に固執する。それは宗教家の態度と寸分たがわず一致する。

正直、一杯のスープに一さじの粉末のダシが入り、そのダシに牛肉が含まれていようといまいと、大騒ぎするほどの問題ではない。それくらいは牛たちも目をつぶってくれるはずだ。

38

「あれからもう二十二年もたつんですね」

ユン・ジュヨンは言う。ミン・ソリムの大学の一年先輩だ。捜査記録にあった、ミン・ソリムと険悪だったという復学生について証言した人物だ。電話の向こうから聞こえてくる声は複雑な心境をはらんでいた。ジヘはそれを肯定的に受け取った。当時のことをよく覚えている、という。

かつての参考人を洗いなおすうえで、ユン・ジュヨンをトップバッターに選んだのは、彼女が公務員だからというのもあった。同じ公務員なので、こちらの要請を無下に断れないだろうという計算があった。

ユン・ジュヨンはソウルの九老《クロ》区役所のチーム長だった。ジヘは九老区役所に訪ねて行った。ロビーで電話をかけるとユン・ジュヨンは自分のいる五階に来るように言い、五階で電話をするとこんどは多文化政策課に来いと言う。廊下にくらい出てきてもよさそうだと思ったが、彼女のデスクに行くとすぐに誤解が解けた。ユン・ジュヨンは臨月の妊婦だった。また、自分のデスクではなく、そばにある円卓で来客二人に応対しているところだった。

「申し訳ありませんが、少しお待ちください。もうすぐ終わりますので」

ユン・ジュヨンはのそのそ歩いてきて詫びると、円卓に戻っていった。長年、苦情や陳情の処理に携わる人間特有の疲労感が漂っている。ジヘはかまわないと言って慌てて頭を下げた。

ジヘは立ったままで待ちながら周囲を観察した。ユン・ジュヨンのデスクには「外国人住民の子どもを対象にしたメンタリング事業推進企画案」と記された文書が置いてあった。彼女が接客している二人のうちの一人は延辺《ヨンビョン》（中国吉林省に位置する朝鮮族の自治州）訛《なま》りがあるようだ。

ほどなくユン・ジュヨンは接客を終えてジヘのもとへやってきた。ジヘはさっきまで客が座っていた円卓に向かおうとしたが、ユン・ジュヨンは別の方向に向かった。

「あの話ならここじゃないほうが……」

ユン・ジュヨンがジヘを案内したのは、一階上の女性職員専用の休憩室だった。屋上の一角に設けられた部屋だ。腰をそらしながら階段を上がる姿を見ていてジヘはひやひやした。休憩室にいた若い女性職員はユン・ジュヨンとジヘが入ると、入れ替わるように出ていった。

「お飲み物は何がいいですか？　インスタントコーヒーとティーバッグしかありません

が」

ユン・ジュヨンはにこりともしない。

「いえ、おかまいなく。飲んできましたので。多文化政策課というのは九老区にしかないんですか？」

「ここはソウルで外国人を親に持つ子どもが一番多い地域なんです。多文化とはいえ、ほとんどが中国国籍を持つ同胞です。九老区の人口は四十万人を少し超える程度ですが、そのうち外国人は約五万人です。ソウルの警察には、女性の刑事さんはどれくらいいらっしゃるんですか？」ユン・ジュヨンはさりげなく話題を変える。

「女性の警察官はたくさんいますが、刑事は……どうでしょう。刑事というのは法律で定められた名称ではないんですよね。強行犯チームや刑事チームに所属している刑事でしたら、ソウル全体で二十名ほどでしょうか。強行犯チームや経済犯チームに所属している人はふつう捜査官といいまして、刑事とはいわないんで。情報課所属の者を情報刑事とはいいますね」

「強行犯捜査隊の所属だとおっしゃいましたよね。失礼ですが、身分証を見せていただけますか」

ジヘが警察公務員証を差し出すと、ユン・ジュヨンはそれを裏表じっくりあらためた。

「女性刑事というと、みんな意外そうな顔しませんか？」

ユン・ジュヨンは身分証を返しながら言う。

「そういう人もいますし、カッコいいって言う人もいます。でもまあ、女性が警察をやっていること自体が意外なようですね。一万人を超えてもうずいぶんたつんですが。職業を訊かれたら、たいていは公務員、とだけ答えるようにしています。海外から帰国して税関を通るときだけは警察官だと言いますけど。税関では警察官のトランクは開けずに通してくれるらしいんで」

ユン・ジュヨンの気を引こうと口数が多くなる。

「ごめんなさい。以前、警察を名乗る人に騙されたことがあったもので」

「区役所で警察のふりを？」

「いえ、映画のシナリオライターでした。あの事件を映画にしようとしていたようで。あれこれ訊いてきて、おかしいと思って調べてみたら偽者だったんです。訪ねてきたのは私だけじゃなかったみたいです。刑事さんはなぜ二十年以上も前のあの事件を調べているんですか」

「信憑性のある情報提供がありまして。いまはお話しできませんが」ジヘは嘘をついてごまかした。

「私が知っていることはお話しします。でもよく知らないんです」

「二十二年前の捜査記録では、当時ユンさんは被害者と言い争った復学生がいたと証言しています。そのお話をもう少し詳しく聞かせていただけないかと」

ユン・ジュヨンはうんざりという顔色だった。ジヘの質問が彼女のなかの何かに触れてしまったようだ。ジヘはユン・ジュヨンが口を開くまで待ち続けた。

「その前にはっきりさせておきたいんですが……同じ学部の一年先輩だからと、彼女のことをよく知っていると思っていませんか？」ユン・ジュヨンが訊く。

「違うんですか？」

内心、シニカルな妊婦を相手にするのは初めてだと思いながらジヘは反問する。

「私は九七年に延世《ヨンセ》の人文学部に入学しました。ミン・ソリムは九八年入学で。延世に人文学部が新設されたのは九六年で、それまであった十一の科を統合させたんです。国文科、英文科、仏文科、独文科、露文科……心理学科、哲学科、史学科まで、すべて人文学部に含まれます。おそらく、一学年の学生数は六百人以上だったはずです。その全員が同じ授業を受けるわけでもなく、何かを一緒にするってこともありません。一学期や二学期、休学する学生もいますし。先輩、後輩はおろか、同期でも卒業するまで名前も知らないというのがほとんどです。おわかりですよね？」

「一学年に六百人以上ですか?」ジヘは驚き、訊き返した。

「ええ。正確な数字はわかりませんが。お互い、誰が誰だかもわかりませんでした。いまも同じです。とくに親しかった同期もいませんでしたし。九七年入学の誰々知ってるかって訊かれることもありますが、こっちも向こうもお互い知らないことのほうが多いんです。どこかに所属しているって感覚もなく、みんなばらばらに過ごしていました。学部制は、学生が自由に専攻を選べるようにするという趣旨で導入されたようですが、実際には弊害のほうが多かった気がします。同期や先輩、後輩という概念がほとんどなくなってしまったので。当時、学部制を一番積極的に取り入れたのが延大《ヨンデ》でしたが、あれこれ試行錯誤の末、結局は学科制に戻したようです」

「でも、専攻が同じなら、授業などでそれなりに親しくはなりませんか」

「あの頃の学部制は本当におかしな制度でした。卒業の直前に専攻を決めさせるんです。学部制で入学した人文学部の学生は、ほぼ全員が英文科関連の授業を好きなだけ受けて、英文専攻を申請したらそれが通る仕組みでした。だからほとんどが英文科専攻です。当時の英文科の人気はすごかったですから。英文に心理学というように、二重専攻も多かったですよ。独文科のようなマイナーな科は、私が卒業するときは十人にも満たなかったと聞いています。たとえ同じ授業を受けていても、誰が同じ学部で、誰が先輩で後輩なのか、まったくわからないんです。同じ学部の一年後輩だとは知っていても、だからってそれ以上のこともなく、別の専攻を選べばそれまでです。最近になって人文学の重要性を訴えている人を見ると笑っちゃいます。私が経験した組織のなかでどこよりも非人間的で、洞察力のかけらもないのが大学の人文学部でしたから」

ジヘは頭を殴られたようなショックを覚えた。ユン・ジュヨンの言っていることが事実なら、二十二年前の捜査内容も信用できないかもしれない。当時、延大関係者への聞き込みの数は約四百人だった。学生以外にも教授、講師、助教などが含まれていた。

「でも新入生のためのオリエンテーションのようなイベントで、六百人を一斉に集めたわけではないですよね？　先輩や同期生と親睦を深めるための機会もあったと思いますが」

「それは、こんなかたちでした。新入生を無作為に五十人から六十人に班分けするんです。一班から十一班まで。そして前年に一班だった先輩が一班の新入生の面倒を見ます。学部制の新入生とその数年前に学科制で入学した先輩たちを引き合わせる試みもされました。一班の新入生を国文科が、三班は英文科が、七班は史学科が担当するという塩梅《あんばい》で。それだって、一班の新入生は国文科には何の興味もないかもしれません。反対に文献情報学科の先輩にしたら、中国語を専攻しようとしている後輩にアドバイスしてあげられることなんてありません。それに、合格ラインが高かった科の学生たちは、学部制で入ってきた後輩をよく思っていませんでした。同じ延大だからって、おまえらと一緒にするな。うちの科は入試で何点以上じゃないと入れなかったのに、ハードルが下がったおかげで、他の科ならどうにか入れるような点数の人間まで後輩になった。口にはしませんが、そういう雰囲気でした。だから班分けはオリエンテーションの期間だけで、ただ顔合わせをしたようなものでした。おかしな話ですよね？　しかも一年上の九六年入学の先輩は、名簿順に班分けがされたんです。カンさんは全員一班で、二班は全部キムさん。冗談抜きに、九六年入学の人たちは、キムさんはイさんのことを知らず、イさんはチェさんを知らないんです。同姓同貫（貫は本貫〔氏族集団発祥の地〕のことで、韓国では同姓同貫同士の結婚が避けられてきた）のカップルもいっぱいできました。笑っちゃいますよ」

「しかし、ユンさんは当時の捜査員に証言していますよね」とジヘが問う。

「ああ、そのことですか」ユン・ジュヨンは一方の口の端を上げて続ける。

「二〇〇〇年の一学期にミン・ソリムと同じ講義を履修していました。ミン・ソリムはきれいだから目立っていましたよ。けど、その子が人文学部の学生だってこと以外は何も知りませんでした。誰と仲が良くて、誰と仲が悪いかなんて知りもしません。一年なのか二年なのかも知らないんですから。彼女は一人で行動していたようでした。刑事さんにミン・ソリムの交友関係についてしつこく訊かれてしかたなく、同じ講義を受けていた復学生の一人とあまり仲が良くなさそうだったという話をしました。ある日、ミン・ソリムがちょっとからかうような感じでその男子学生に声をかけると、相手は自分に話しかけるなって言って、おまえは人をおちょくって楽しむ性格破綻者だ、みたいなことも言ってました。その場面を見たのは私だけじゃなかったはずですけど……。いずれにしても印象的だったので。ミン・ソリムみたいな子に話しかけられたら、ふつうの男子ならデレデレするはずなのに。何があったんだろうって思って、刑事さんに馬鹿正直にその話をしちゃったんです」

二十二年前の男性刑事たちはジヘとは違ったという。同じことをしつこく何度も訊かれ、うんざりだったと。

「私の何気ない証言のせいでその復学生の先輩は警察に疑われて、ひどい目に遭ったって聞いています。警察に歯向かって自分の権利を主張すると、殴られたそうです」

ジヘは思わず口を開ける。

39

「何から始めるべきか」という問いに対して、ある者は共感という回答を提示する。カミュの『ペスト』で示された答えでもあり、最近よく耳にする言葉でもある。

つまり以下のような論理だ。他人、あるいは別の生命体に共感すればするほど、彼らの苦痛を和らげようと努力するはずだ。そうした感情移入の能力は教育やトレーニングによって培うことができる。暴力に対する感受性は、個人にとっては判断の指針となり、そんな個人が集合すると「より温かい社会」が生まれる。

わたしの中のスタヴローギンは、このような主張に反対する。そもそも、人間の共感力は他者の苦痛を正確には把握しきれない。

人は紙の上に描かれた漫画のキャラクターが挫折するワンシーンを見て悲しみの涙を流す。子猫がいじめられている映像を見て心から憤りを感じる。だが「北朝鮮の政治犯収容所には十二万人が収容されており、そこで酷い拷問と虐待が行われている」というニュースにはさほど反応を示さない。我々は目に見えるもの、かわいいものには共感しやすいが、抽象的な統計には心を開かない。

感情移入というものはいたって選択的でもある。政治的立場の違う相手にはほとんど発揮されない。人間は味方に対してはいくらでも共感するが、同時に敵に対してはどこまでも残忍になりえるというのは、歴史が証明している。もちろん現在でも、そういった現象はオンライン上にいくらでも存在する。

しかも心理的苦痛の領域では合理的な根拠や一貫性はほとんど見られない。ある者は孤独を、またある者は投資の失敗を、また別の者は応援しているサッカーチームの負けを最も苦痛と感じる。はたから見れば美しく、誰もが憧れるような人間でも、外見にコンプレックスを持っていることもある。また、薬物の禁断症状のように、その必要や意味を否定できない苦痛もある。

共感力を培うだけではこうしたジレンマを解決することは不可能である。それには倫理に関する論理的土台が必要である。

にもかかわらず、共感は人の気を引く武器である。宗教や巨大イデオロギーのような体系的理論が崩壊した時代には、それはより顕著である。

あらゆる政治団体、市民団体は人々の共感を得ようと努める。救護活動を行う団体のポスターには決まって、愛らしくて悲惨な状況に置かれている子どもたちや動物の写真が使われる。それらのイメージは共感というツールによって人々の道徳的義務感を刺激する。

だが、そのすべての要求に応じられる者などいない。優先的に応じるべき要求はどれかも判断できない。それが我々の日常的な環境となる。人々はこのとてつもない「共感労働」と道徳的疲労感、罪悪感に支配される。運動家のなかには自分たちのアジェンダに同意しない者たちを、一括りに「共犯」と非難する者もいる。

これが倫理的発展というものなのか。このように無秩序に濫立するなかでいつしか新たな道徳体系が創発されるものなのか。共感と暴力への感受性を基盤にして？　我々はいま、啓蒙思想が体系化される以前、十七世紀のヨーロッパと同じ状況下にあるのだろうか。

スタヴローギンはそれにも同意しない。彼はそれよりも、一九六〇年代の西欧と同じ轍を踏む可能性が高いと見ている。六〇年代にも、同じビジョンを目指しているかに見えた巨大な熱量をはらむムーブメントが起きた。だが、既得権に対する漠然とした不信、ディテールのないロマンチックな理想主義は、ついぞ一貫性のある具体的な思想体系へとつながることはなかった。そのエネルギーはカウンターカルチャー、反戦運動、ヒッピー風俗、性の革命、ロックンロール、ドラッグなどへと散り散りになっていった。

それは方向性の問題ではなく、態度の問題だった。啓蒙主義の思想家たちはサロンで議論を戦わせて思考を研磨していった。片や六〇年代の西欧の若者たちはウッドストックで自己陶酔していた。

西欧の六〇年代は思想を生みはしなかったが、文化のレガシーとなった。そのレガシーにはフェミニズムやマイノリティ運動のようにポジティブな面もあれば、核家族化や虚無《ニヒ》主義《リズム》、ドラッグの拡散といったネガティブな面もある。

スタヴローギンは禁忌に満ちた時代が到来するかもしれないと、シニカルに展望している。「感受性運動」は他人に苦痛を与えないことを重視する。人間は非倫理的行為によって苦痛を感じるが、相手の無礼によっても傷つくものだ。

そのため感受性運動は、倫理と礼儀をほとんど区別しない。ある部族《コミュニティ》においてその特定の言葉がこのうえなく無礼だとされれば、これといった倫理的根拠がなくても周辺部族はそのタブーを受け入れざるをえなくなる。それが社会全体に広まっていく。

それぞれの部族におけるタブーの和集合が次世代の新たな倫理になりえるということに、スタヴローギンは戦慄する。そこでは、前日にあったサッカーの試合の結果を相手に訊く行為ですら、非難されうるからだ。

40

「まあ、おそらく当時のチーム長が俺のためを思って、その殴られた男子学生の調書を削除したんだろうな。犯人じゃないってのは明らかだったし。ＤＮＡは一致せず、アリバイも裏が取れたから」

チョン班長は万感こもごも到るようだった。ジヘはパクが席を外している隙に、チョン班長に捜査の経過報告をした。

二〇二二年における韓国の警察は、暴行はおろか暴言だけでも処罰される。ベテランの警察官なら誰しも後ろ暗い秘密のひとつやふたつはあり、内心ひやひやしている。数年前に被疑者や市民に何の気なしに吐いた暴言やぞんざいな口調をSNSなどに投稿されはしないかと。被害者であれ、市民であれ、署を訪れた人間が一悶着起こしそうな雰囲気になると、警察官は弱みを握られぬよう冷静に対処することを心掛ける。

だが、二十二年前のあのミスがこんなかたちで突きつけられようとは。しかも自ら買って出た再捜査で。

「すみません、班長」ジヘが言う。

「まあ、ヨンが謝ることじゃないだろう。俺の不徳の致すところだ」

チョン班長は力なく言う。何を考えているかつかめない表情ではあるが、ジヘのせいにしていないことは確かだ。ジヘはまたも、尊敬の念を素直に表せない自分の表現力の乏しさが情けなかった。

「班長、その参考人がどんな供述をしたか覚えていますか？　なぜ被害者のことを性格破綻者だなんて言ったんでしょう……」

　ジヘは逡巡し、尋ねた。チョン班長は天井を見上げると、ゆっくりと口を開いた。

「わからん。まあ、俺の記憶だと、その学生はたしかミン・ソリムと口げんかなんてしてないって言っていたはずだ。最初は他の捜査員がその学生を訪ねていった。学校だか家だかに。ミン・ソリムとなぜ言い争ったのか訊くと、『知らない、誰がそんなこと言った』ってキレて、おまけに手に包帯まで巻いてたから怪しいと思ったんだろうな。まあ、それでなだめすかして署に連れてきたんじゃなかったか。任意同行《ニンドウ》で。取り調べでは自分は0型だと言って、八月一日から二日の行動については適当な返事をしたんだ、たしか。そのあと、黙秘権を行使するって言ったのだけははっきり覚えてる。もう帰ると言って立ち上がったところを俺たちが帰さなかったから、それでぶちギレたんだ。そんなの見たら誰だってうたぐるだろ。すぐにカッとなって、自分の感情を抑えられない印象だった」

「たしかに怪しそ……」

　パクが入ってきたのでジヘは途中でやめる。チョン班長はパクに聞かれてもかまわない様子だった。ふたたび天井を見上げると、つめていた息を吐いて言う。

「まあ、ミン・ソリムのことをどうして性格破綻者と言ったのか、訊いてみないとな」

「ええ」ヨンはうなずく。

「その復学生、まあ、いまは四十代のおっさんだな、たしかイ・ギウォンだかイ・ギヨンだったよな？」

「イ・ギオンです」

ジヘは答えながら軽く笑う。驚いたことに、ユン・ジュヨンはその名前を憶えていた。

「区役所でとっている新聞にその先輩のインタビューが載っていたんです。スタートアップ企業を起こしたみたいですよ。その記事を見て『あっ、あのときの人』って思ったんです」と。班長がその名前を覚えていたことも印象的だった。

「連絡先は？」

「あります。延大の同門会に連絡して教えてもらいました。まだコンタクトは取っていません」

「番号、教えてくれ」

チョン班長は手帳を取り出すと、イ・ギオンの電話番号を控えた。ジヘは班長にイ・ギオンの事業の内容を説明し、インタビュー記事を見せた。班長は顎をかきながら記事に目を通し、自分の席に戻っていった。

三十分ほどすると、班長はジヘの席にやってきた。手帳から破り取ったメモをジヘに差し出しながら尋ねる。

「まあ、イ・ギオンにショートメッセージを送ろうと思うんだが……こんなんでいいか？どう思う？」

紙にはきっちりした筆致でこう書かれていた。

〝イ・ギオン様　突然のご連絡で失礼いたします。ソウル警察庁強行犯捜査隊所属のチョン・チョルヒと申します。（ビッシングではありません）覚えていらっしゃるかわかりませんが、二十二年前に、西大門署でイ様に無礼をはたらいた刑事です。上司とともに数日にわたってお宅に伺い、謝罪もいたしました。

じつは現在、二十二年前のその事件を再捜査しております。最近になり、被害者に関して有力な証言を得ることができました。つきましては、本件に関してイ様にもご協力いただきたく、誠に恐縮ではございますが、ご連絡をさせていただいた次第です。ご都合のよい時間にこちらまでお電話をいただけますと幸いです。お手間はとらせませんので。チョン・チョルヒ　拝〟

「むちゃくちゃ丁寧ですね」ジヘは薄く笑う。

「そうか、大丈夫そうか？」チョンが訊く。

「ビッシングじゃないってところ、いりますか？　二十二年前の西大門署でじゅうぶんわかると思いますけど。あと、被害者に関して有力な証言っていうのもちょっとひっかかりますね」

「ビッシングじゃないって書かないと最後まで読まない気がして。証言はどうしてだ」

「自分が疑われてるのかもって思うかもしれないんで」

ジヘに言われると、班長はうなずきながらボールペンでその文章に二重線を引いた。ボールペンに力が入りすぎて紙が破れそうだった。

十分ほどすると、班長はふたたびジヘの席に来た。片手で頭をかくと、スマートフォンをジヘに差し出す。

「ヨン、すまないが、ちょっと入力してもらえないか。こういうの慣れてなくて、やっと完成したっていうのに、知らずにどっか触っちまったのか、入力したのが全部消えちまった」

「教授や助教が言ったわけじゃないと思いますが、誰かが、ソリムと一番親しいのは私だって証言したようなんです。当時、何人もの刑事さんが訪ねてきて、何度も同じことを訊かれました。ソリムと一番仲が悪そうだったのは誰だ、異性関係はどうだった、最近、何か悩んでる様子はなかったか……。他の刑事さんに全部お話ししたって言うと、その人とは所属チームが違うからって。同じ署内でも情報はシェアされないってことをそのときに知りました。二十年以上たって刑事さんが来るなんて、思ってもみませんでしたよ」

カン・イェインは言う。三十代はじめといわれても信じてしまいそうな美貌だ。定期的にエステに通っているに違いない。ジヘはシミひとつないカン・イェインの白い肌をうらやましく思う。彼女が着ている高そうな服も、自分に似合うとは思えないが、それでもこんな服をどこで買うのか、いくらぐらいするのか気にはなった。シャネルの紺のツイードのジャケットに、白いニットのワンピースを合わせ、黒いフラットシューズを履いていた。

だが、顎がふつう以上にシャープで頰のふくらみも人為的だ。四十二歳の女性がサークルレンズをつけているのには少し引いた。驚いたときのように目を真ん丸にする仕草や、少女のような短めのボブヘアを耳にかける癖にも違和感を覚えた。耳にはおそらくブランド物の、凝ったデザインの金のピアスが揺れていた。

「効率の悪いシステムだったもので、ご迷惑をおかけしました。無念の死を遂げられた被害者のためと思ってもう一度だけご協力いただければ、こちらも全力をあげて捜査しますので。必ず犯人を捕まえてみせます」

ジヘは刑事がよく使う常套句を口にした。カン・イェインはうっすら笑みを浮かべたかと思うと真顔になる。その笑みがかすかな軽蔑をはらんでいるようにジヘは感じた。

二人はソウルの道谷《トゴク》洞のカフェにいる。カン・イェインの住民登録に載っている住所はタワーパレスで、待ち合わせ場所にそのタワーマンションのすぐ隣にあるカフェを指定してきた。タワーパレスの隣にあることを除けば、どこにでもあるフランチャイズのコーヒーショップだったが、ジヘはなぜか雰囲気になじめない。店内の客は誰もが自分とは違う身分のように感じられた。

カン・イェインはクラッチバッグからスマートフォンを取り出し、時間を確かめた。最新の機種で、クラッチバッグはジヘの知らないブランドのものだ。高価なブランド品であることは間違いない。

「一時間半後に子どもの通学バスが道谷駅に着くので、それまでなら」

「それまでには済ませますので」

「具体的にお聞きになりたいことがあるんですか？　二十年以上も前のことなので、覚えているかどうか」

「当時証言された内容で、もう少し詳しくお聞きしたいことがありまして。ミン・ソリムさんはきついところがあって、親しくしていた友人はそれほどいなかったようだと話されていましたよね。他の学生の証言ですと、ほとんどがミン・ソリムさんは人気者だったと言っていましたが、一番親しかったと言われていた方の証言は違っていたので、もう少し詳しくお聞きしたいと思いまして」

カン・イェインはしばらく黙り込んでいた。その代わり、少しだけ口を開けると、左手の人差し指と中指を唇に当て、息を吸うとふうっと吐き出した。かつては喫煙者だったのだろうとジヘは想像する。

「ソリムは当時、まだ二十歳でした。むごい殺され方をした人を、悪くは言えなかったのだと思います」

「そうですよね。被害者について、悪く言う人はあまりいませんから」

相手を非難するようなニュアンスにならないよう気をつけたが、本人はそれほど気にしていない様子だ。

「刑事さんは女子高出身ですか？」

「ええ、そうですが」

「人気には二種類あるのをご存じですか？　人に注目されて羨《うらや》まれる人のなかには、親しくなって助けてあげたいと思える人もいます。でも、憧れと憎しみを同時に買うような人もいるんですよ」

「ええ、わかるような気がします。ミン・ソリムさんは後者だったと？」

「ソリムは、どこにいても自分が中心でなければ気が済まない性格でした。あれだけきれいで経済的にもゆとりがあったのに、他人に対する嫉妬心が子どもみたいに強いところがありました。人を褒めるときも素直じゃないんです。自分はそうは思わないけど、他の人はきっと評価してくれるんじゃない、みたいな言い方で。誰だって自分の発表がうまくいったら、いい発表だったって言われたいものですよね。『教授には気に入られそう』なんて言われたら、どんな気持ちになると思います？」

「すぐに離れていくでしょうね」

「それでも一年のときは、まだ友だちがいました。でもその子たちを下女のように扱うのが目に付いて、みんな数カ月もすると距離を置くようになっていました。ソリムも鈍感ではないので、そんな空気をすぐに察知していました。そうするとひとりになりたくないのか、ころっと態度を変えて、親切になったりして。そんなときはよくおごったりもしていました。それも長続きはせずに、またすぐに元に戻ってるんですけど。そうなると前にも増して冷たくなって、残酷だとさえ思えることもあったり。そんな話、二十二年前に刑事さんの前では誰もできなかったんだと思います。彼女、一時期なんて呼ばれていたか知ってます？　『ノ・ナ・シロ』です」

「ノナシロ？」

「『あんた《ノ》・あたし《ナ》・嫌《シロ》いでしょ《ハジャナ》』の略です。一度は気まずくなった友だちとまた仲良くなって、相手が彼女にやさしくすると、楽しそうにしゃべっていても急にそんなことを言い出すんです。『けど、あんた、あたしのこと嫌いじゃない』って。下手《したて》に出た自分をプライドが許さなかったのか、どっちが上か示したかったのか、そんなふうに言われるとみんな『なんなの、この子』って引きますよ。この子は人に食ってかかるのが趣味なんだ、そう思って近づかないようになったり、滑稽に思えて小馬鹿にしたり。たしか、三年になった頃にはずっとぼっちだったんじゃないですか。少なくとも女子の間では。学校の雰囲気もあれでしたし」

「学校の雰囲気があれというのは？」

そこでカン・イェインに電話がかかってきた。クラッチバッグからスマホを取り出して確認すると、ジヘに会釈して電話に出る。ママ友と学校の行事について話しているようだ。

相手の通話が長引きそうなのでジヘは腰を上げた。外に出て何をしようというのでもなかったが、ただ座って待っているのが嫌だった。背後から「教頭先生ももうすぐ退任されますし……それはキムチづくりの体験学習のときもそうでしたよ」という声が聞こえてきた。

ジヘが外で電子煙草を吸い終わって戻ってくると、カン・イェインも通話を終えていた。

「先ほど、学校の雰囲気のお話をされましたが、どういうことでしょうか」

「え？　ああ……。私たちは九八年に入学しているんですが、その年から雰囲気がガラッと変わったようなんです」

カン・イェインは当然、ジヘも知っているものという顔つきだ。ジヘはピンとこず「どんなふうに……？」と訊かざるをえない。カン・イェインはまたもうっすら笑う。

「一九九七年末、ですから、私たちが入学する直前に通貨危機が起きたってことです。その前年まで、おかしな学部制で学生同士もそこまで親しくなかったとはいえ、それでも最低限の交流を持とうとはしていたみたいです。でも、私たちの代からはそれもなくなったって先輩から聞きました。先輩たちも後輩の面倒を見ようとせず、新入生のオリエンテーションにも先輩たちはあまり参加しませんでした。来たらお金を使わされるので。うちの代は、奨学金がもらえないとやっていけないっていう学生がたくさんいました。ふつうの家庭の学生でも、語学研修や交換留学生で海外に行くつもりなら、学費くらいは自分で稼ぐのが当たり前でしたし。だから同期はみんなライバルみたいなものでした。先輩たちは、よく授業で代返《だいへん》しあってたって言っていましたけど、私たちのときはそれもありませんでした。そういえば、交換留学制度も、始まったのはいつからだったかわかりませんが、本格化したのはうちの代からだったようです。他の大学ではまだ実施されていない頃から、延大では積極的に取り入れてたって。交換留学生に選ばれるにも成績は重要でしたから…

…おわかりでしょう？」

「なるほど」ジヘは相槌を打つ。

「家庭教師のバイトもその頃からぷっつりなくなって、文系の就職難はそのときから始まったんです。それまでは延大の文系なら難なく大企業や金融業界に就職できたそうですけど。ところが通貨危機の直後の一、二年間は新卒の募集自体がなくなってしまって、二〇〇〇年頃になると企業の新卒の募集は学科が指定されるようになりました。商学部系、工学部系って。人文系の学生は申し込みすらできませんでした。就職できないまま卒業して図書館でTOEICの勉強している先輩たちを見て『ああはなりたくない』と、後輩の私たちはみんな必死でした。公務員試験や会計士試験の準備で休学する学生も多かったですし、語学研修に行ったり、男子は軍隊に行ったり……。仲が良かった子でも長い間会わないと、だんだん気持ちも離れますよね。もともとそれほどでもなかったら、なおさらですよ。最近の大学生は、グループ別に出される課題をよく冗談のネタにしているようですね。刑事さんはおいくつですか？　三十は超えていますよね？」

「今年三十二歳になります」思わぬ質問に、素直に答えてしまう。

「ああ、うわさの一九九〇年生まれね。それなら刑事さんも大学でグループ別の課題、経験してますよね」

「ええ……まあ……そうですね」

ジヘはお茶を濁した。大学を出ていない可能性は考えもしないのか、と思いながら。先輩たちはもちろん、ジヘの中央警察学校の同期のなかにも高卒や体育大学出身の人間はいる。大学を卒業しなくても、特定の資格を取得していれば加算点が得られるため、大学を中退して、あるいは高校のときから警察公務員試験を目指すケースもある。

「私たちの代が卒業した何年かあとから、大学ではグループ別の課題や討論がすごく増えたって聞いています。理由はさまざまでしょうが、学生たちは単独行動がほとんどだったから、講義だけでもグループに分けて、お互いにコミュニケーションを取らせようっていう計らいもあったと思うんです。私たちは通貨危機の打撃をまともに受けて、ビリヤード玉のようにバラバラに飛ばされて学生時代を送った世代です。姉も延大出身ですが、九四年入学の工学部です。同期の結束はすごいですよ。カップルが別れた話、家計が苦しい話、そういう周りの事情もみんな知ってたって。飲み会で終電逃したら友だちの下宿に押しかけて遊んで、そのままそこで寝て、お金の貸し借りも当たり前で。いまだに毎年九月四日になると集まって飲んでますよ」

ジヘは「お互い、誰が誰だかわかりもしない」と言っていたユン・ジュヨンの言葉を思い出した。二十二年前の敷鑑の内容全般に不信感がわいてくる。

「カンさんは九八年にはミン・ソリムさんと親しくしていましたが、二〇〇〇年には疎遠になっていて、その当時は誰と親しくしていたかわからないってお話ですね？」

「ええ、そういうことです」

「では、九八年にミン・ソリムさんと親しくなったきっかけは？」

するると、またもカン・イェインの携帯電話が鳴った。カンは一礼すると電話に出る。ジへは席を立たず、その場で通話が終わるのを待った。また別のお母さんからのようだ。

「いいえ、ヒョンジュンのママ。あの子たちにそんな自制はできませんよ。それにうちの学校の牛乳給食が無償化してもらえるってことも知ってます……そんなやり方じゃ。だったらその対象の子どもたちに別のお母さんたちが……そこの予算を増やせばいいじゃないですか。低脂肪牛乳にも乳糖は入ってますよ」

ジへはぼんやりと自分の手のひらを眺めていたが、携帯電話を取り出してメッセージの着信がないか確かめた。カン・イェインは相変わらず牛乳がどうの、豆乳がどうのと電話の相手としゃべり続けている。

ジへは江南《カンナム》署にいた先輩の話を思い出した。江南の学校で子ども同士の喧嘩が大人の喧嘩に発展すると、目も当てられないと言っていた。金《キム》&張《チャン》やら太平洋《テピョンヤン》やらといった大手法律事務所所属の弁護士が現れるのだと。なかでも、一方の親が専門職に就いている程度で、富裕層とまではいかないケースが最も熾烈なバトルになるとも。彼らにとってはプライドをかけた闘いになるからだ。中堅企業のオーナーくらいになると、「子どもたちは健康でさえいてくれればいい」という心構えができており、むしろ笑って済ませるという。

「では、九八年にミン・ソリムさんと親しくなったきっかけは？」

カン・イェインが電話を切ると、ジヘは意図的に先ほどの質問を一字一句違わずふたたびぶつけた。カン・イェインは片方の眉を吊り上げて口を開く。

「二人とも地方出身だったからだと思います。私は江陵《カンヌン》（江原道の都市）出身なんです。ソリムは晋州《チンジュ》の出身で。二人とも人文の、たしか七班だったはずです。全部で五、六十人いたと思いますが、そのうちソウルや京畿道以外の地方出身者は十五、六人でした。そのなかでも広域市（釜山や大邱などの大都市）じゃなかったのは、ソリムと私の二人だけ。ソウルの子たちは外国語高校（外国語のエキスパートを育成する目的で創立された各地の高校のこと。どこもエリートが集まる）出身が多くて、その子たちはほとんどが高校のときからの知り合いでした。それに、ソウル生まれの子たちはソウル以外はどこも田舎だと思ってて。べつに差別意識があるわけじゃないんですけどね。釜山の子にも、深く考えずに『こんどの休みは田舎に帰るの？』みたいな訊き方するんですよ」

「気分はよくなかったでしょうね」

そう言いながらジヘは、今しがたカン・イェインが「刑事さんもグループ別の課題、経験してますよね」となんの気なしに訊いてきたことを思い浮かべていた。

「私も姉も、江陵の高校ではずっと全校一位、二位を争っていました。ソリムもそうだったと思います。ですが大学に入ってみると、自分はそれほど優秀ではないってことに気づいて、ショックを受けました。自分は中の中以下だと思わされたのは初めてだったので。ソリムも同じだったはずです。私たちは英文科の講義をいくつか一緒に受講しましたが、外国語高校出身の子たちを見てすっかり気後れしちゃいました。発音が全然違うんです。しかもソウルの子たちは頭がいいだけじゃなくて、スタイルもよく、着ている服も私たちよりずっとおしゃれで。ソリムのほうがショックは大きかったと思います。頭のてっぺんから爪先までブランド品じゃないと気が済まない子でしたから。私はそれがコンプレックスになり、英会話学校に通って交換留学生になるって心に決めたんです。カナダに一年間、交換留学生として行ってきました。当時は死ぬ気で英語を勉強しました。夢でも英語でしゃべってたりして。帰国してからは、大学で英語スピーキングという科目を受講しました。初級、中級、上級の三段階に分かれていて、私は中級に入りました。でも、初日の授業を聴いて受講をキャンセルしました。私以外の子たちはみんな、休み時間にも英語で会話してるんですよ、韓国語で話せばいいものを。しかも私みたいにまず頭の中で整理するんじゃなくて、ジョークなんかも自然にスラスラ出てくるんですよ。ネイティブスピーカーみたいなものでした。外国語は本当に本当に、早いうちからの教育が重要なんです」

ミン・ソリムはひょっとすると、そんな負い目から周りの学生たちを馬鹿にし、自分の優位を誇示しようとしたのではないだろうか。それにキレた人間が突如ナイフを手にした？　ジヘが頭の中で考えをまとめていると、カン・イェインは続けた。

「そうじゃなくても、外国語高校出身の子たちにはなんとなく距離を感じていました。ソリムとは、その子たちの悪口を言っているうちに仲良くなったんです。その頃、背伸びしてワインにはまったりして、よく一緒に飲みました。ソリムはお酒が好きでしたが、つまみはほとんど食べないんです。私は得しましたけど。高いチーズとか、ほとんど独り占めできたので」

「その人たちのどんなところが気に入らなかったのでしょう？　ミン・ソリムさんがとくに意識していた人などは？」

「取り立てて言うほどのことではなく、とくに誰っていうわけでもなくて。たとえば、合コンとかで出会った男子がいると、女の子同士でああでもない、こうでもないって品評するじゃないですか。そんなときにこっちが何か言うと、ソウルの子たちは『うちのママはそんなこと言ってなかったけど？』とか言ったりするんです。どこかに遊びに行こうって誘うと、その日はママとお買い物することになってるからって言われたり。二十歳にもなる子たちがママ、ママってちょっとおかしくないですか。私やソリムにはそれが理解できなくて、そういう面では気が合ったんだと思います」

いまではすっかり江南のママ然としているカン・イェインの口からそんな話を聞くとは、アイロニーのようでもある。当の本人は、そんなことはつゆほども感じていないようだが。

「ミン・ソリムさんも語学研修や交換留学に行かれたんですか？」

「さあ、そこまでは。お話ししたように、私たち、二〇〇〇年にはもう親しくなかったので。行ってきたかもしれませんが、私は聞いていません。同期のなかに在学中に自殺した男子がいたようですが、私はその話もつい最近知ったくらいですから。ソリムも語学研修にしろ交換留学にしろ、何かしら準備はしていたと思いますよ。準備していない子のほうが珍しかったですから。英語圏ではなくても、別の国に留学していたかもしれませんし。他の国なら倍率が低くて交換留学生に選ばれやすかったので。ソリムはなぜか露語露文科とか哲学科の講義に興味があったようです。マイナーな専攻の一位、二位を争う学科だったはずですけど。そういうところで教授の気を引きたかったのかもしれませんね。二年になって疎遠になったのは、同じ授業が少なかったというのもありました」

カン・イェインの電話がまた鳴った。ジヘは一瞬苛立ったが、こんどは取らなかった。

アラームのようだ。

「子どものスクールバスが来る時間です。そろそろ失礼しないと」

「では、もうひとつだけ。ミン・ソリムさんのワンルームマンションに行ったことはありませんか？　彼女がどこに住んでいるのか、周りの人は知っていたのでしょうか」

「ソリムが一人暮らしだってことは知っていましたが、家に行ったことはありません。寮や下宿じゃなくて、学校の近くのワンルームに住んでいるとは聞いていましたけど、どこだったかは事件後に知りました。シニョン劇場の隣のビルだったそうですね。一人暮らしの女子なら、同性の友だちにも自分の住所はなかなか教えないものですよ」

「カンさんも当時、一人暮らしをされていたのですか？　学科の職員は個人の住所を把握していたのでは？　郵便物なども送っていたでしょうから……」

「通知や郵便物は学科の事務所に自分で取りに行くシステムでした。成績はオンラインで確認していましたし、私は姉と住んでいました。そろそろよろしいですか。うちの子、発達障害がありまして、バスから降りるときに私がついていないといけないもので」

カン・イェインは腰を上げながら言う。ジヘは発達障害と言われて言葉を失い、まともに返事ができなかった。出口に向かうカン・イェインはジヘに向き直り、ふたたび口を開く。

「お話中に電話に出て失礼しました。うちの子が通っている特殊学校は人手が足りないもので。学校の運営委員の親たちがやらなければならないことが多いんです。ソリムのことは、二〇〇〇年以降、私たちにとってはあまり気分のよくない謎のようなものなんです。事件後、刑事さんたちにいろいろ訊かれたので、私たちも集まるとソリムのことが話題になりました。最初は黙っていても、お酒が入って夜も深まると、誰かしらソリムの話を持ち出すんです。でも私が知る限りでは、同期のうちソリムのことをよく知っていた子はいなかったはずです。みんなソリムは人気者だったって言っていましたけど、誰に人気だったのか、誰にモテたのかなんて誰も知りません。ソリムはオリエンテーションで同じ班になった同期を意図的に避けていたんじゃないかと思っています。取り巻きが必要な子でしたが、その取り巻きを満足させて、つなぎ留めておくテクニックが彼女にはなかったんです。他の科の子やサークル、他の学校の学生たちと付き合っていたのかもしれません。でも、そこでもきっと嫌われていたと思いますよ」

41

世の中の苦痛を減らし、意義を増大させることが我々の道徳的目標なのだろうか。そうした行動を奨励し、具体的な状況下での判断基準を体系的に構築することが人類の道徳的課題なのだろうか。

そうした作業は帰納法的に解決しうる、いや、帰納法的に解決せねばならない部分があるとスタヴローギンは想像する。カントとは相反するアプローチ法だ。我々は道徳の法則を発見するのではなく、構築するべきなのだ。だが、矛盾が内在せず、具体的な行動の指針を示すマクロな倫理体系の構築を掲げている点ではカントと似ている。

その新たな道徳の法則は、個人に何を優先させるべきかを明確に示し、実生活のなかで絶えず実践できなければならない。近代自由主義は前者を遂行できず、世俗化以前の宗教は後者が不可能である。

人によっては、「まず第一にすべきこと」をやり遂げれば霊的な充足感が得られるかもしれない。少なくとも自分が着実にその道に向かって歩んでいると思っている間は、道に迷う感覚はないはずだ。

新たな道徳の法則は、個人の倫理としてだけではなく、社会の構成原理にもなる必要がある。暴力を減らし、社会を安定させなければならない。個人の選択と自由を尊重する啓蒙思想を継承し、古代の哲学者たちが重視した共通善の追求も復活させるべきである。だが、繁栄や成長が社会の目標ではない。いかなる暴力も存在しない社会もやはり空想上のユートピアにすぎない……。

我々にはまず、苦痛に関する研究が必要だとスタヴローギンは考える。苦痛は人間の行動を支配し、道徳と深く紐づけられる要素であるにもかかわらず、我々の苦痛に関する知識は驚くほど少ない。

苦痛の大きさを測る客観的方法すらない。患者に自分の感じている苦痛を点数で言わせたり、あるいは患者がどのような表現を何度使って苦痛を表しているかによって点数をつけたりといった方法がいまだに使われている。インターネット上には「人間が感じる最大の苦痛ランキング」という代物も出回っているが、なんの根拠もないでたらめだ。

人は人間の最大の苦痛など知りえない。どんなことに強く苦痛を感じ、あるいはそれほど苦痛に思わないのか、そんなことは誰にもわからない。

判事は被害者が感じた苦痛を知らず、自分が下す量刑が加害者にどれだけの苦痛をもたらすのかも知らぬまま判決を言い渡す。そのため、ある犯罪者は被害者の苦しみに比して極端に軽い刑罰を、反対にある者は極端に重い刑罰を受ける。

ここでわたしに潜む地下人が口を挟む：ミン・ソリムはナイフで刺された瞬間、どれほ

ど痛かったか。息絶えるまでに感じた苦痛は、わたしがその後、二十二年間感じてきた苦痛より、はたして大きかっただろうか。

刑法に記されているのは、基本的には「型にはまった」量刑である。窃盗より強盗のほうが重くなくてはならず、強盗より特殊強盗が、特殊強盗より強盗傷害のほうが罪は重いとされる。

裁判における量刑の基準も似たようなものだ。他の法、過去の判例との公平性が最も重視される。その基準は殺人だ。殺人罪は最高刑に処せられ、それ以外の罪は少しずつ減刑されるという社会的合意がなされている。

42

ジへは「チェ・テフン」という名前を蛍光ペンでマークし、その名前を前科者照会システムの検索ボックスに入力した。

窃盗を二度、強盗を一度犯している一九六六年生まれの男の情報が表示された。血液型はO型、背は百七十一センチ。顔写真はリュミエールビルの防犯カメラの男と似てはいない。輪郭は似ているような気もするが、洗練された印象ではない。

ジヘはその前科者の詳細を読んだ。忠清《チュンチョン》北道曾坪《チュンピョン》郡の出身だった。八四年に地元の曾坪郡で窃盗をはたらいたのが初犯、八六年には忠清北道槐山《クェサン》で強盗を、さらに九二年にふたたび槐山で窃盗事件を起こしていた。強盗と窃盗に入ったのは一般家庭ではなく、飲食店とカラオケ店だった。出所して故郷に戻り、その近くでまた事件を起こしたのだ。

これならリストからはずしてもいいのではないか。犯行の対象や場所、時期、手口、どれをとってもいま追っている犯人像とかけ離れている。だが、この男が二〇〇〇年に新村で性的暴行事件を起こしていないという確証もない。

こんどは「ユ・ジェソン」という名前を蛍光ペンでマークし、その名前を入力した。顎が長く、頬骨が張った男の写真とともに汚れた人生が表示された。

一九七五年生まれ、百七十三センチ、済州《チェジュ》島出身だ。初犯は九五年、済州島で酒に酔った女性のあとをつけて暴行し、現金と時計を奪った。おそらくこの件が最初に発覚したというだけで、十代の頃からおやじ狩り《アリランチギ》のような犯行を繰り返していたはずだ。二度目は九七年に京畿道光明《クァンミョン》市で路上にあった車の窓を割り、中からブランド物のバッグを盗んだ罪。三度目はなぜか麻薬で捕まっていた。二〇〇三年に水原《スウォン》市のモーテルでヒロポンを使用。さらに二〇〇八年、ソウルの江南駅で酒に酔ってベンチで眠っていた人の上着から携帯電話と財布を盗んだ。

この男はどうだ？　犯行の時期や場所は二〇〇〇年の新村からそう離れてはいない。女性を暴行した前科《マエ》もある。だが、住居侵入や性犯罪の前科はない。強盗、窃盗がらみの犯行も、時間の経過とともに軽くなっているようだ。ジヘはモニターの写真をじっくり見る。防犯カメラに映ったイケメン風の男とは違い、顔のいたるところにシミのようなものがあり、げっそりしている。目つきも違う。しかし二〇〇〇年以降、ヒロポンのせいで人相が変わったのだとしたら？

室内を見回すと、チョン班長とパクも犯罪分析チームから送られてきたリストにある名前を前科照会システムに入力し、同じように頭を悩ませているようだ。

絞られたリストとはいえ、千百七十八名の名前があった。一ページにつき五十人の名前と住民登録番号の前半の番号が印刷された、A４用紙二十四ページ分の文書だった。チョン班長、パク、ジヘの三人はそれをコピーして一部ずつ受け取った。

千百七十八という数字は妥当なのか？　ジヘは小首をかしげた。どんな条件が決定打となってここにリストアップされたのかも気になった。こぼれた者のなかには、二〇一〇年以降に再犯を犯してＤＮＡを採取された人間のほうが多かったのか、背が百七十センチに満たない犯罪者のほうが多かったのか。

「この千百七十八人を三人で手分けして検討するんですか?」

ジヘが自分の席に座ったままで訊く。

「いや、三人とも全員を見る。捜査記録のときのようにな。それぞれ見方が違うかもしれないだろ。三人とも怪しいと思った人間、三人のうち二人が怪しいと見た人間を分けてリストをつくり直すってのはどうだ」

チョン班長は力なく答える。今回はエネルギーも自信もないように聞こえる。

「千百七十八人か。千二百人として、十分に一人のペースで見るとしたら二百時間かかるってことだな。一日八時間で二十五日。一日十時間で二十日かかるってことか」パクが言う。

「先輩、それ暗算でできちゃうんですか」

「ガキの頃、そろばん習ってたから」

「パクは前科者、ヨンは被害者の知人を洗いなおす合間に見てくれ。検討するのに一人十分はかからないだろうが、ひと月以内に一回目のスクリーニングを終えるぞ。とりあえず怪しいと思ったら残しておくように。写真、犯罪内容や手口、場所を考慮してな。その後、そいつらの別の写真もあれば確保する。におう人間のリストをつくりながら、鍾路区役所、道路安全交通公団に住民登録証の写真と運転免許証の写真を要請してくれ。写真を見たら判断しやすくなるだろうからな。兵務庁にも問い合わせるといい」

「外交部（外務省）はどうですか。パスポートの写真があるはずです」

パクが目をぎゅっとつぶって開けた。

「そうだな、要請してみろ。旅券、持ってない奴も多いだろうが。あとは写真持ってそうなところ、どっかあるか？」

「福祉カードも写真入りです」ジヘが言う。

「よし、そこも一度あたってみろ」

「産業人力公団も持っているはずです。刑務所で資格を取ることも多いので。技能士の合格証書にも写真が載ってますよ」とパク。

「技能資格か……。よくわからんが、そっちも一度調べてくれ」


まさに五里霧中だった。

最新の写真とはいえ、多くは何年も前の写真を使用しており、しかも証明写真だった。

「歳や体重にかかわらず、変わらない特徴を中心に見ろ。目の形や顎のラインは変わりやすいが、耳は変わらないだろ。大きさや形、耳たぶの厚さとかな。鼻筋も見ろ。鼻溝の長さとか、あとは目と目の間。男だから整形してる可能性は低いのが救いだな」

苦戦しているジヘにパクが助言する。パクは意外と目ざとい。

個人情報と写真を保有していると思われるすべての機関に協力を要請したわけではない。全国の教員数は五十万人を超すが、そこに強盗や殺人の前科者が含まれているとは思えない。韓国の四大グループ企業の社員だけでも六十万人以上になるが、そこに要請を呼びかけるというのも無理な話だった。

「図書館はどうしましょう。図書館カードにも写真は付いていますが、行政単位ごとに発行されていて、統合システムではないそうです」とジヘが訊く。

「そのために市や区にいちいち要請するわけにいかんだろ」とチョン班長。

「あいつら図書館カードなんてつくらないだろ」とパク。

「株式投資に関する本とかなら借りて読むかもしれませんよ」

ジヘはひとり言のように言うが、二人は取り合わなかった。

もしもこの作戦で犯人を挙げられたとすれば、それこそシステムの功績だとジヘは思う。行政安全部、警察、道路安全交通公団、兵務庁、外交部によって数年にわたって築き上げられた巨大システムのおかげのようでもあり、「そのシステムを利用して犯人を挙げる」というチョン班長のちょっとした方法論のおかげでもある気がする。いずれにしても、いまジヘが取り組んでいることは、そのシステムに雇われた機械装置、人間写真判読機のようなものだ。なにも自分でなくてもいいという意味で。

「捜査は芸術」や「無から有を創り出す」といった言葉に刑事としての誇りを感じてきただけに、ジヘはその点が納得いかなかった。とはいえ、刑事以外でもほとんどの人々が、創造性とは無縁の仕事を機械のようにこなして給料をもらっている。高所得の職業であってもたいして変わらないはずだ。その意味では、航空機のパイロットだろうとタクシー運転手だろうとなんら変わりはない。

一人の人間を検討するのにかかる時間はまちまちだった。五分もかからずにリストから削除できる人間もいれば、三十分見ても判断がつかない者もいる。ジヘはスマホのタイマーをセットして、三十分見ても判断できない者はひとまずリストに残しておいた。ジヘがそのアイデアを他の二人に話すと、二人もそれはいい方法だと従うことにした。

三人の席からは、ひっきりなしに誰かしらのアラームが鳴った。オ・ジソプとチェ・ウィジュンが刑事部屋に戻るたびにチョン班長、パク、ジヘの三人はそれぞれの席でモニターとにらめっこしており、二人はその姿に面食らう。

「ああ、目いてえ。目、おかしくなるな」

チョン班長が席をはずすと、パクは目をこすりながらジヘに言った。

「目が痛いのより、何日も続けていると、人の顔がわからなくなってきませんか。人に会うと顔全体じゃなくて目、鼻、口、耳ってパーツ別に見る癖がついちゃいましたよ。まるでピカソの絵みたいに」

「俺もそうだ。庁舎で知り合いに会ったとき、耳と鼻の下しか目に入らなくて、知り合いだと気づかないまま通り過ぎちまった」

「これで犯人が捕まるなら目が痛いのなんて我慢できますけどね。撮るときにおかしな角度だったり、妙に無表情だったりしたら、別人みたいに見えるかもしれないじゃないですか。人の印象って変わるものですし」

ジヘはそう言うと、むなしそうに笑った。

「おまえ、痛いとこ突くよな。俺もそこが一番気がかりだ。このやり方、仮定が多いだろ。そもそも犯人に再犯がなかったらどうなる。あの防犯カメラの男が犯人じゃないってことも無きにしも非ずだ。そう思うと力も入らないよな」

これは大韓民国のシステムをどれだけ信頼しているかという問題でもあった。頼りにしているシステムの情報ははたして間違いないのだろうか。数字の入力ミスや、顔写真が別人のものということはないのだろうか。

パクはぞっとするような話をした。前科者のデータベースに記入されている血液型が間違っている可能性もあるという。

「ほとんどが犯罪者本人に書かせたものだろ。わざと違う血液型を書いたやつもいるかもしれないってことだ。それに、自分の血液型を間違って覚えてる人間もいるしな」

「自分の血液型を間違えて覚えてる？」ジヘが訊く。

「俺がそうだったからな。初めて献血するまでO型だと思ってたのに、じつはB型だったんだ」

「そんなことあるんですか？」

「ガキの頃、小学校だか中学校で一斉に検査しただろ。そのときにどっかで手違いがあったんだろうな。間違いがあっても確かめようがないし。先生にO型って言われりゃO型だって思うしかないだろ」

「アイゴ、アイゴ」

犯罪者のなかにもそんなケースがないとも限らない。

システムというものは、それがきちんとはたらいていると思えることに意味があるのかもしれないとジヘは考える。不満はあるが、チョン班長が出したこのアイデアがなければどこから手を付けていいかわからず、途方に暮れていたはずだ。前科者やかつての参考人に会う時間はたかが知れており、それ以外の時間をただ呆然と過ごしていたら、なおのこと気が滅入っていただろう。

よくよく考えると他のシステムにも同じことがいえる。選挙をしたからといって民主主義が即座に実現するものではなく、そこには盲点もごまんとある。だが誰もが選挙運動に熱中しすぎるあまり、その盲点に気づかないのだ。にもかかわらず、自分たちは民主主義を具現化していると信じている。かといって選挙すら行わなければ、民主主義を実現させる手段としてほかに何があるのか、誰にもわからない。

チョン班長はそこまで計算して六五年から七九年生まれの前科者のデータベースを洗うことを提案したのだろうか。どうやらチョン班長自身も、そのデータベースのなかに犯人のいる可能性が薄いことを、じゅうぶん認識しているようだった。パクやジヘが独自の考えで行動しようとすると、それを止めなかった。むしろ表に出て捜査するのはいいことだと歓迎する雰囲気だった。

43

人間に起こりうる最大の悲劇とは、はたして死なのか。

拷問を受けたのちに自殺する者がいるというのは、死よりも大きな苦痛が存在することの確かなる証拠ではないか。

輪姦は殺人より軽い罪といえるのか？

大々的な世論調査によって人々の苦痛を客観化することはできるのだろうか。

脳波をとり、苦痛を感じる際に分泌されるというホルモンの数値を測ることで、その順位を定めることはできるのか。

刑事司法システムと福祉システムを、実際の苦痛のレベルを基に構築しなおすことは可能なのか。

追跡調査によると、宝くじに当たったというような一過性の出来事は、当事者のほとんどに長期的な幸福感をもたらしていないことがわかる。片や、手足を失う、あるいは半身不随になる、失明するといったこともやはり、人々に長期的な不幸をもたらすものではないことがわかっている。人間は、そういった出来事に驚くほど順応できるものだ。

だが、基準値以上の騒音に適応できる者はいない。騒音はいつまでも人間に苦痛を与え続ける。だとすれば、失明より集合住宅の音漏れのほうがずっと苦痛だということなのか。

十年にわたるマンションの騒音にどんな意義があるのか。それに耐える人間は内面的成長を遂げられるものなのか。

実践可能な道徳律を編み出すためには、人間の本性についての研究も伴わなければならないとスタヴローギンは考える。人間の本性と衝突する綱領は長続きしない。集団のために個人の犠牲を強いる全体主義は長期的にはけっして成功しえない。脊椎動物は皆、個体レベルで生存のための思考をし、利益を追求する。

さらに人間は数百万年以上にわたり集団生活を続けるなかで、遺伝子にさまざまな道徳的本能を組み込んできた。霊長類の群れも似たような原始的道徳観念を持っている。チンパンジーの群れのなかでさえ、リーダーになるには弱者を思いやり、他のチンパンジーを欺かず、公正だという評判が必要である。

今日、我々はそれを「道徳的直観」とよぶ。この直観は、小規模の集団生活を行わない現代社会にはそぐわない。

人間は、許しや話し合いより復讐に惹かれる。小規模集団では、不利益を被りながらも報復しない構成員は愚か者と見なされ、見下されて搾取されてきたからだ。人は不正乗車する者を嫌う。食糧が不足していた小規模集団では、ズルをする者を懲罰する必要があった。こうした本能はいまなお福祉制度に対する反感を増幅させている。我々はまた、自分が属する小規模集団以外の他者を恐れ、嫌悪するものである。

新たな道徳の法則は道徳心理学および進化心理学の研究結果を反映させるべきだとスタヴローギンは主張する。個人レベルでも直観的に従いやすく、なおかつ企業経営や外交にいたるまで、大きく複雑な枠組みのなかでも適用しうる体系を設計すべきである。

44

「あちゃ、ふつうの居酒屋だと思ったんだが……。ここで合ってんだろう?」

階段を下るチョン班長が驚いたような声で訊いた。

「ネイバーのマップではそうなっています。見かけだけかもしれませんよ。街路樹通り《カロスキル》なだけに……。中に入ったら意外と値段は安いんじゃないですか」

チョン班長のあとについていったジヘは、自信なさげに言う。

二人はソウルの新沙洞《シンサ》にある建物の地下に通じる階段の踊り場で足を止める。二十二年前にチョンに平手打ちを食らった、いまではブロックチェーン関連のＩＴ企業の社長になっているイ・ギオンが指定してきた店が、その建物の地下にあった。

チョンがショートメッセージを送った二日後にイ・ギオンは電話をかけてきた。電話口の相手は丁重な口調だったという。二十二年前のことは、自分が子どもだったからだと言い、こちらも申し訳なく思っているので、よかったら酒でも飲みながら互いに水に流さないか、ミン・ソリムについてはよく覚えていないが、できる限りの協力はするので、自分が招待したいと言ってきた。

チョンはこちら持ちで飲みに行こうと誘うが、イ・ギオンは譲らなかった。チョンは「それなら安い焼酎でも」と言って承諾し、後輩の刑事を連れていってもかまわないか訊いた。相手はかまわないと言い、「焼酎のおいしい店にお連れします」と言って電話を切った。ややあって、自分の会社の近くにある人気店だと、江南区狎鷗亭路《アックジョンノ》にある飲食店の住所をショートメッセージで送ってきた。その店にいま、チョンとジヘは入ろうとしている。

店のある建物自体が最新のデザインを施した瀟洒《しょうしゃ》な建物だった。一階は天井が高く、打ち放しコンクリートとガラス張りの家具店。その横にある外階段を下りていくと小ぢんまりした沈床庭園《サンクンガーデン》があり、その隣が約束場所だった。店の入口には「肉食性《ユクシクソン》」というブルーのネオンサインの看板がかかっている。看板がとてつもなく大きく明るかったため、ジヘの目には前を歩くチョン班長の顔も青く映った。軽薄な九〇年代の歌謡曲がガンガン鳴り響いていた。

「大衆的な店じゃなかったのか……」

チョンはぶつくさ言いながらドアを開けて入っていった。

店内のインテリアは黒一色で、照明は薄暗い。音楽のボリュームは外のほうがむしろ大きかった。客寄せのためのスピーカーが表に設置されているようだ。店の中央にオープンキッチンがあり、中で黒いTシャツに黒いエプロンをしたスタッフがせわしなさそうに調理していた。キッチンの周りに丸テーブルがあり、その近くには床から天井まである竹を数本並べ、それが間仕切りとなって適度な個室感を演出している席もある。竹には赤い照明器具がぶら下がっているが、キッチンの上にはサイケ調の蛍光灯が取り付けられていて、時代にしろ国籍にしろ、インテリアのコンセプトはまったくわからない。

ジヘはオープンキッチンの中にある大きな冷蔵庫を見て「わあ……」と感嘆する。冷蔵庫は三台あった。扉が透明で、中まで見えた。緑色の焼酎の瓶が並ぶ内部は高級なワインセラーのようになっている。それぞれの冷蔵庫の上には小さな電光板があった。どれも黒地に赤字でおのおの「シャーベット用：-11℃」、「ピュア焼酎：0℃」、「爆弾酒《ソメク》用：3℃」という文字が光っている。イ・ギオンは「焼酎のおいしい店」という約束をきっちり守ったことになる。

チョン班長はイ・ギオンに電話を入れると、ジヘに「少し遅れるそうだ。席取っておけって」と伝える。二人は竹の間仕切りのある席を確保した。ジヘは竹の横を通る際に中年男とぶつかりそうになった。金髪のロン毛をオールバックにし、顎髭をたくわえ、レギンスをはいていた。

「最近の若いのは、まあ、こういう店を好むのか？」チョン班長が訊く。

「若者というか、街路樹通りの四十代の好みなんじゃないですか」

　店内を見回しても二十代の客はほとんど見当たらなかった。

「いや……まいったな。めちゃくちゃ高いぞ。まあ、肉は頼まずにごはんものだけでもいいよな？」

　チョン班長はため息をもらす。ジヘは班長からメニューを渡され、のぞいてみる。熟成霜降り牛ロース百五十グラム五万ウォン、熟成牛ヒレ百五十グラム五万二千ウォン、熟成牛ロース百五十グラム四万八千ウォン、牛ロースプルコギ百五十グラム三万九千ウォン、牛タン三万四千ウォン、ユッケ三万二千ウォン……。

「テンジャンチゲは一万ウォンですね。大根の水キムチ《トンチミ》そうめんは九千ウォン」ジヘが言う。

「肉、頼んだときのサイドメニューじゃないのか？」

「韓牛トモバラ肉チャーハン、韓牛カルビスープとかは二万五千ウォンです……これならいいんじゃないですか。焼酎はそんなに高くありませんね」

イ・ギオンは本当に詫びるつもりで、本人としてはいい雰囲気だと思っているこの店を選んだのか、どうも疑わしい。しがない警察官を怯ませ、ささやかな復讐をしているのではないか、遅刻もひょっとすると意図的なのではないだろうかと、ひねくれた見方をしたくもなる。


「お待たせしました。申し訳ありません。投信会社からの来客で、こちらから切り上げるわけにもいかず……」

イ・ギオンは着席する前に頭を下げながら言った。にこりともせず真顔のままだ。イメージとまったく違う風貌だったのでジヘは内心、驚いていた。背は百八十をゆうに超し、百キロはありそうだ。太っているとか、ぽっちゃりというのではない。がっしり、という表現がふさわしい。着ているシャツは胸元がぴちぴちではちきれんばかり、髪はほぼ丸刈りだった。背中に背負ったバックパックが子ども用に見える。それでいて口調は穏やかで、イメージを意識して努力しているようにもうかがえる。

チョン班長から大学生をビンタしたという話を聞かされたときは、二十二年前はいまとは全然違う世界だったんだ、班長にもそんな時代があったのか、と思った。だが、こうしてイ・ギオンの威圧的な風体を目の当たりにすると、二十二年前の事件もまた違って見えた。

イ・ギオン、チョン・チョルヒ、ヨン・ジヘの三人はよそよそしい雰囲気のなか名刺交換をした。イ・ギオンはジヘの名刺を受け取ると瞬きをして「女性の刑事さんだとは思いませんでした」と言う。それほど目端が利くようには見えず、融通が利かなそうではあるが、どことなく善良でまっすぐな人柄のようでもある。

「まずは二十二年前のことを改めてお詫びします。申し訳ありませんでした」

チョンは立ち上がると、九十度に腰を折った。イ・ギオンは驚き、慌ててチョンの腕をつかんで制止する。

「いやいや、よしてください。二十二年前にもじゅうぶん謝罪していただきましたし、もうなんとも思っていませんので」

男二人は着席してぎこちなく頭を下げ合った。ジヘは「社長のインタビュー記事を拝読しました」と割って入る。そのときのヘアスタイルはふつうだったはずだとジヘが言うと、イ・ギオンは「あの頃はまだカツラだったんで」と答える。髪が薄くて丸刈りにしたようだ。ジヘはブロックチェーンでの美術品の取引とはどんなものか、もともと美術に興味があったのかを尋ねた。

「いいえ。いまだに勉強中です。私は美術が好きでこの事業を始めたわけではなく、ブロックチェーン技術に興味があったので、アイテムに美術を選んだ口です」

「投資家には言わないほうがいいですね」ジヘが軽く言う。

「かまわないですよ。投資家も美術よりブロックチェーンに興味のある方がほとんどなので。ディーラーやコレクターは知識が豊富でプライドも高いので、彼らの前でへたに知ったかぶりをするよりは、はじめから正直に言っておいたほうがやりやすいんです」

「私は田舎者なので、美術品やらブロックチェーンやらにはてんで疎いもので。まあ、最近注目されている新技術という程度しか……」チョンは控えめに言った。

「たしかに注目度は高まっています。ですが、それで儲けたところはまだありませんね。私は二十二年前といまは似ているのではないかと思っています。ヤフーができたのが一九九五年で、グーグルとアリババが設立されたのは一九九八年です。ネイバー、サイワールド（Cyworld／韓国のSNS）、アイラブスクール（同窓会サイト）、フリーチャル（Freechal／ポータルサイト）なんてのは一九九九年にスタートしています。二〇〇〇年の時点で、これからワ《w》ールド・ワ《w》イド・ウ《w》ェブの時代になることは明白でした。ところが、wwwでどんな稼ぎ方ができるのかは誰も知りませんでした。結局ヤフーやサイワールド、アイラブスクール、フリーチャルは滅び、グーグル、アリババ、ネイバーはマンモス企業になりました。いまのブロックチェーン技術にも同じことがいえます。今後、この技術によって世界はがらっと変わるはずです。グーグルのような企業も出現するでしょう。みんなそれは肌で感じています。ですが、それをいますぐ収益に結び付けるにはどうすればいいのか、誰にもわかりません。仮想通貨は袋小路のようですし」

穏やかではあるが、力のこもった声だった。

「ブロックチェーンと美術品というのは、どんな関係があるんですか？」ジヘが訊く。

「十億ウォンの絵画を持っていると聞くと、大金持ちだと思いますよね。ところが、そういう人たちも意外と現金が必要になることが多いんです。そういうときはオークションに作品を預けて金を借ります。オークション側にとっても好都合の商売なんです。同じ資産でも土地や建物を担保にした場合、賃借人などが居座って出ていかなかったりすると、厄介ですよね？　美術品にはその心配がありません。金を借りていった人間が返済しなければ、その絵を競売にかければいいわけですから」

「質屋と同じですね」アイドリングトークが盛り上がってきた、と感じながらジヘは言った。

「そのとおり。巨大できらびやかなね。コレクターにしてみれば、多少無理をしてでも買っておいて、資金繰りに窮したらすぐに現金化できるので、わりとリスクの少ない投資商品といえます。相続や贈与の際には節税の面でも有利な点が多いですし。ところで、十億ウォンの絵画の所有権を一万件に分けて株のように売買できるとなるとどうでしょう。十億ウォンの取引市場がひとつ生まれることになります。絵の値段が上がればすべての所有者が利益を得られる仕組みです。絵が百点あれば一千億ウォンの、二百点なら二千億ウォンの美術品市場が生まれることになります。これまでは、そうした取引所を透明かつ公正に管理する運営会社はありませんでした。ところが、ブロックチェーン技術があれば不正の入り込む余地はなく、所有者もはっきりしているプラットフォームを簡単に立ち上げることができます」

「ひとまずそのプラットフォームで手数料を稼ぎ、さまざまな分野にブロックチェーン技術を応用すればいいってわけですか」チョンが言う。

「まさしく。それに美術品市場はブロックチェーン技術の順機能をアピールするうえでも最適です。この業界は単なる金儲けの手段とされることが多いんです。税金対策としか思えない取引もあれば、投資が趣味というケースもあります。信頼第一の業界ですが、なかでも一番重要な作品の価格自体は数人が動かしています。真の美術品愛好家は資金を持っておらず、手が出ないので、発言権もありません。ブロックチェーン技術で敷居を低くして彼らにも手が届くようにして、流通のかたちを変えれば美術界全体が一新されるはずです。国を挙げての美術品投資ブームが巻き起こるかもしれません。それによって芸術家や評論家の待遇も変わるでしょうし」

「大学での専攻は美術ではありませんでしたよね。たしか、社会学科だったと」

ジヘが訊いた。そろそろ本題に入るためだった。それを察知したイ・ギオンは、決まり悪そうな顔を見せる。感情がもろに顔に出るタイプの人間だった。

「つまらない話がつい長くなってしまいました。お忙しいでしょうに。まずは食事にしましょう。ここはいい肉を使っていますし、焼酎も美味いですよ。会社の人間とよく使っていましてね」

そう言うと、手を挙げて店員を呼んだ。イ・ギオンが「焼肉コース三つ」と注文すると、ジヘが割り込む。

「ちょっと待ってください。こちらは公務員なもので、高いメニューをいただくわけには。単品のものを注文していただけませんか。単品のメニューもどれもおいしそうですよね」

「ああ、キム・ヨンラン法（正式名称は不正請託及び金品等の収受禁止に関する法律。キム・ヨンランは最初に提案した人物の名前）を気にされているんですか。しかしあれが適用されるのは、業務上、関連がある場合だけじゃないですか。国税庁や金融監督院の職員との会食は問題になるかもしれませんが、私の仕事は刑事さんとはなんの関係もありませんよね」

店員のいる前で堂々と発言するところをみると、本気でそう思っているようだった。色白の女性店員は困り顔のようでもあり、「決めてから呼んでよ」と不満げな顔にも見えた。

「しかし、こちらとしては業務に関連があります」ジヘが言う。

「ひょっとして、疑われてます？　私」

イ・ギオンは無理に笑おうとするが、ひきつってしまう。黒いTシャツに黒いエプロンの店員は「お決まりになりましたらまた……」とぶつくさ言いながら行ってしまった。

「いえいえ、そういうわけでは」チョンが答える。

「チョンさん、ヨンさん、私も文化芸術関連の公共機関やマスコミ関係の方たち、大学教授などを接待することもよくあります。はっきり言って、いまではキム・ヨンラン法を気にしている人なんていませんよ。あってないようなものです。今日は会社の会食ってことにしておきますよ。バレやしませんし、どうしても気になるようでしたら会社の弁護士や会計士との食事ということで、経費で落とす手もあります」

「いやいや、本当に困りますので」チョンが困惑顔を見せた。

「この場が業務と関連しているのなら、それこそ三万ウォン未満の食事ですら禁じられています。法を守るならきっちり守るべきなのでは」

イ・ギオンの表情は、さらに硬くなる。妙なプライドがはたらくようだ、二十二年前もきっとこうだったのだろう、この気性でよくビジネスができたものだ、瞬時にさまざまな考えがジへの脳裏をよぎる。

「まあ、我々はトモバラ肉チャーハンやカルビスープで上等ですよ」とチョン。

「ではこうしましょう。お二人は単品でチャーハンやスープを注文されて、私はコースを頼むことに。仕切りのある席はコース料理を頼まないといけないので。そうでないと席を移らなければなりません。仕切りがあるところのほうがいいですよね」

「同じ席で……いくらなんでもそれはないんじゃ……」

あまりにも失礼だと諫めるような口調のジへをチョンが制し、

「それで結構です。チャーハンやスープのほかに海鮮スンドゥブもありますね」

チョンの対応にイ・ギオンは一瞬戸惑いの色を浮かべるが、「わかりました」と一言だけ言った。その後、「私の肉を分けて食べることにしましょう。それなら誰にも文句を言われないでしょうから」と言い足す。

イ・ギオンが店員に注文するそばで、チョンはガサガサと携帯電話を取り出す。

「申し訳ありません。職業柄、頻繁に連絡が入るもんで。なかには急を要するものもありましてね。まあ、北朝鮮がミサイルを打ち上げたせいで休暇を返上するなんてこともありますし、どこかで大規模な集会が開かれるとなると、急に現場に駆り出されることもありまして」

「夜中の呼び出しも多いのでしょうね」

イ・ギオンが合いの手を入れると、チョンは緊急配備の経験談などを話し始める。所轄署ならよくあることだが、強行犯捜査隊ではほとんどありえないことなので、ジヘは状況をつかみかねていた。チョン班長は「この件はヨンも知っておいたほうがいいな」と自分の携帯電話の液晶画面をジヘに見せた。そこには「役割、分担、このまま、ふてくされたふり」とあった。

「私は九五年の入学です。九〇年代に入学した大学生は皆、自分は学生運動の最後の目撃者で後輩たちは学生運動のことなどまるで知らないと言います。私自身、学生運動は私の代でほぼ終わりだろうと思っていました。社会学科だったので、他の科に比べて学生運動には皆、積極的でした。しかしこれももう長続きはしない、すでに廃れているとみんなどこかで思っていました。社会主義革命なんていう言葉を本気で口にする連中もいるにはいましたが、そんな人間のことを陰ではみんな笑っていました。イカレてるとも。私は中途半端でした。若かったですし、社会の不条理に苦しむ弱者を見ると熱くなったものです。どうにかするべきだと。しかし先輩たちの言っていることや薦めてくる本はどれも古臭く、現実にそぐわないように思えました。そんな人間たちに限って権威主義的なんです」

イ・ギオンの言うように、たしかに焼酎は美味だった。彼は-11℃のシャーベット焼酎と0℃の焼酎を一本ずつ注文した。チョンとジヘは韓牛トモバラチャーハンを頼んだ。もちろん味は申し分なかったが、二万ウォン以上も出して食べたいかというと疑問だった。イ・ギオンは出された焼肉コースの肉をチョンとジヘの前に置いた。チョンは一口サイズのロースを一枚つまんだが、ジヘは手を付けなかった。

「理論に疑問を感じながら、それに基づいた活動に精を出すというのはナンセンスではありませんか？　デモの最中に、やれアメリカ帝国の銃刀だの自主統一祖国だのという歌を歌いながらも、そんなことを本気で望み、信じていた学生なんて一人もいませんでした。それよりも、自分が正しいことをしているという感覚、デモの現場で仲間同士感じられる一体感が目的でした。『レ・ミゼラブル』というミュージカル映画をご覧になりましたか？　あんな感じでした。何を主張したいのかもわからず、何不自由なく育った青二才たちが、単に不義や、巨大な何かに抗っているという感覚に浸っていたかったのです。街で歌を歌って石を投げて、それで実存の空虚から逃れられ、充足感を得られるのであれば儲けものではありませんか。世の中が変わろうが変わるまいが……。そしてその裏側には得体の知れない罪悪感にかられる私のような傍観者もいました。初めから距離を置いていた人間もいましたが、私はその頃はまだ、ただのガキだったので」

イ・ギオンは二人に酒を勧める。チョンは相手に敬意を払う意味で顔を横に向けて飲んだが、ジヘはイ・ギオンの顔を見据えたまま猪口《ちょこ》を傾けた。

「父は外交官でした。ですから子どもの頃は方々の外国で暮らし、インターナショナルスクールに通いました。それが噂になり、大学時代は『外交官の息子』なんて呼ばれもしましたよ。口にはしませんが、みんな心の中で私のことを帰国子女枠で入学した特権階級のように思っていました。しかしそれは事実ではありません。私も国内で高校時代を過ごした他の生徒と同じ試験を受けて入学しました。そんなふうに思われているのが悔しかったんでしょうね、ある日、友人と飲みながらその話をしました。俺は帰国子女枠なんかじゃない、父親が外交官だからといって得られた利益はひとつもないって。するとその場にいた一人がこう言いました。おまえは外国で暮らしていたから英語ができるんじゃないか、それが他の学生と違う特別なことだろって。カチンときましたよ。そういうそいつも大企業の重役の息子でしたから。その後、私は軍隊に行き、国際協力奉仕要員に任命されました。当時あった制度です。英語ができる兵役義務者が海外ボランティアをすることで、兵役の代わりになるというものです。その制度を活用しただけですから、私に法的な落ち度はないはずです。しかし人はみな、私を特権階級のように見ていました」

「すみませんが、そのお話とミン・ソリムさんとどういう関係があるのでしょう」

ジヘがぶっきらぼうに訊く。イ・ギオンの顔は一気に上気する。チョンは小声だがはっきりと「おい！」とジヘをたしなめた。

「失礼しました。まあ、私はとても興味深く聞かせてもらっています。かまわず続けてください」

チョンはイ・ギオンに先を促す。イ・ギオンはテーブルの上にあるナプキンを取ると額に流れる汗をぬぐう。生まれて初めて恋をした少女の前で男らしい姿を見せようとしたものの、しくじって恥をかいた十二歳の少年のようにも映った。

「いえ、こちらこそ失礼しました。前置きが長くなってしまい……。二十二年前に警察署であれほど意地を張った訳をご説明したかったのです。九六年、ですから私が大学二年のときですが、いわゆる延世大事件が起きました。韓総連（韓国大学総学生会連合）の学生数千人が新村でデモをしていて警察に追われ、学校に逃げ込みました。警察に包囲されたまま理工系と文系の建物で一週間立てこもりましてね。最終日に連行された学生だけでも三千人を超えます」

「それが何か？」

ジヘが訊いた。チョン班長はジヘをにらむように見る。

「その後しばらく、少なくとも同じ学科の学生たちは警察という言葉を耳にするのも嫌でした。当時は私もそんな雰囲気に感化されていましたから。社会学科というともともと左翼が支配的でした。私の代は社会科系ではなく文系に属していましてね。文系は韓総連事件が起きたその年に人文学部として統合され、そのため人文学部の学生はその後何年かは、専攻の授業を受けるにしても別の学部の建物を転々とするはめになりました。文系の建物は焼けてしまったんです。器物も使い物にならなくなって」

「そうでしたね」

チョンが言う。ジヘは知らない事件だった。

「その事件の影響が大きかったのです。私は私で、自分は特権階級で軍隊にもまともに行っていないと自ら思い、委縮していたところがあり……。ミン・ソリムとはそれほど親しくはありませんでしたが、刑事さんが訪ねてきてあれこれ訊かれると、できるだけ協力しようとは思いました。署まで来てほしいと言われたときもそれほど抵抗はありませんでしたし。ところが、あとになって自分が警察に疑われていることを知り、それからは何を訊かれても答える気になりませんでした。黙秘権も当然の権利ですしね。どうせすぐに疑いは晴れるだろうと思っていましたから。しかし刑事さんたちは私のアリバイを確かめることもなだめることもせず、怒鳴り散らすだけで高圧的でした」

「あの頃は警察もがさつでした。申し訳なかったです」チョンが詫びた。

「私はカッとなりやすいもので……。当時は本当に子どもでしたし。あらためて口にすると我ながら幼稚で笑ってしまいますが、あの頃は警察に協力したら負けだ、人生で一度くらいは胸を張ろう、みたいなところがありました。いまはなぜそんなことを思ったのか、自分でもわかりませんが」

ジヘにもその気持ちはよくわかった。イ・ギオンにしてもその当時の自分の気持ちをしっかり理解しているはずだ。ただ、それをこの場ではっきりと口にしたくないだけなのだろう。イ・ギオンはかつての自分の気概を恥じる一方で、いまでもその精神を完全に失ったわけではないのだ。

これは、イ・ギオンの長い告解だったのだとジヘには思えた。ゆるしの秘跡における神父の役割は、刑事には珍しいことではなかった。犯罪者の多くは逮捕の直後、あるいは供述の途中で涙を流す。芝居のことも多いが、心からの懺悔もある。時には参考人が、なかには被害者がそんな姿を見せることもある。人々は自分の心の重荷を権威者の前で解き放ちたくなるものだ。

イ・ギオンは二十二年前の自分の行為を恥じた。弁護士である実の兄を笠に着て警察を脅したことを何よりも恥じているはずだ。殴られたあとに起きたことには自己弁明ができるかもしれない。ジヘはイ・ギオンがどこまで謝罪するつもりなのか見届けたい気もしたが、チョン班長にそのつもりはないようだ。

「いや、よくわかります。これでお気持ちはじゅうぶん理解できました」

チョンがそう告げると、イ・ギオンは口をつぐんだ。話を続けるべきかどうか逡巡しているように見える。彼はしばらく目を閉じるが、やがて顔が紅潮する。瞼を開けた顔には、胸の内をすべて明かす覚悟が浮かんでいた。

「いまは恥じていません。あのときともに学生運動をした先輩たちが、のちにどのように変わっていったか目の当たりにしましたし、同期のなかには政界に進出した者もいます。どんな人間がいま、国会議員の座に一番近いかも同期はみんな知っています。そのうち議員になる者も出てくるでしょう。私はいまになって、学生運動をしていた当時、よくしていた話を思い出しています。下部構造が上部構造を規定する、という。世の中を変えるのはブロックチェーンのような技術です」

45

生まれつき全盲の視覚障害者に赤色が理解できるだろうか。光や色の属性についていくら勉強したとしても「赤」は主観的経験の領域ではないのか。

苦痛に関しても同じことがいえる。甲殻類も苦痛を感じるという研究結果がある。しかし、それについて「はたして本当に苦痛といえるのか」と問うことも可能である。甲殻類における本物の苦痛と単なる神経信号の違いを区別することは我々には不可能だ。

人間の身体的苦痛については、それでも類推することはできる。人は他人の神経系統も自分のそれとほぼ同一であると思っている。類まれな、特殊なアレルギーでない限り、他人も同じような刺激には同じような痛みを感じるはずだと信じている。

だが、心理的苦痛にはそのような類推を適用することはできない。心理的苦痛は主観的経験だからである。

それでも、苦痛であればさまざまな方法を駆使して測定しうるかもしれないが、意味を測定するのは不可能に近い。人が意義を実感した際に表れる脳波やホルモンなども知られていない。

人には人生の意義を痛烈に感じる瞬間があるという事実に疑いの余地はない。それは、ある者が苦痛に耐える姿を目にすればわかる。殉教を受け入れる信者、過酷な行為に耐える革命家の生きざまから、我々は彼らの意味の大きさを推察できる。

我々は、その苦痛を避けるために人々が払おうとする金の額により、人々が意義に付与する平均的価値を知ることができる。苦痛を金で概算し、その意義の大きさを推し量るのだ。

残るは文学的創造だけ。

この創造的叙述というものは限りなく主観的で、扱いやすい万能なツールであるため、ともすると欺瞞の塊にもなりうる。ある人物が置かれている状況のすべてが抑圧的かつ殺人的であるかのように描写することもできれば、何もしないという行為に、それがあたかも生存のための闘争であり、結果的には勝利だと意味付けることもできる。我々はどんな人間でも、サバイバーや勝者に仕立て上げることができる。

46

「ソリムとは……一般教養の講義で知り合ったはずです。たしか、ロシア文学を読んで、グループ別に討論をする授業でした。初めはただかわいいだけかと思っていましたが、いざ討論に入ってみるとびっくりしました。古典をものすごく読み込んでいて、文学や西洋の哲学についてもじつによく知っていました。討論の最初の課題は『罪と罰』で、他の学生の意見に鋭く反論し、そこから白熱していきました。それが二〇〇〇年のことでした。先ほど、ネイバーが設立されたのが一九九九年だと言いましたよね。イエス24やアラジンといったオンライン書店ができ、サービスを開始したのも九九年です。いまのようにネットで検索して他人が書いた書評を読み、それをまるで自分の考えのように発表することはできない時代だったということです。あの時代はみんなそうでした。書籍の末尾にある作品解説や、図書館で借りてきた文学批評関連の書籍を参考にするのが関の山で。ですからその本の内容について斬新な感想を発表すると、それはその学生本人の考えだということをみんな認めていました。ソリムはかなり大胆で挑発的な解釈をしたものです」

イ・ギオンはミン・ソリムと授業で討論を繰り広げたのは二〇〇〇年だと、迷いもせず断言した。そのときの課題本も覚えており、ミン・ソリムの独創性についてもまるで数日前のことのように事細かに描写した。ところがその討論が行われたという科目については記憶が定かでなかった。それがどうもしっくりこない、とジヘは感じる。

「ミン・ソリムさんのどんなところが独創的だったんですか？」チョンが訊いた。

「『罪と罰』を読んだことはありますか？」イ・ギオンが問い返す。

「内容は知っていますが、読んではいません」とチョン。

「ラスコーリニコフという青年が斧で人を二人も殺したのち、自首してシベリアの収容所に送られる話です。いまも当時もそうですが、『罪と罰』の書評はどれも序盤に出てくる主人公のおかしな思想にフォーカスされています。主人公は、ふつうの人間とは違う、非凡な人間は世の中の役に立たない質屋の老婆を殺すことができる、と考えます。そんなラスコーリニコフが娼婦のソーニャに出会い、しだいに自分の罪に気づき、罰を受けようとする……。ふつうはこんな感じに説明しますよね。ドストエフスキーがラスコーリニコフという登場人物を介して表現した思想は、ニーチェの超人思想に影響を及ぼした。そう付け加えられることもよくあります」

「ミン・ソリムさんはそうは見ていなかったと？」ジヘが問う。

「ええ。ソリムは、非凡人がどうのというラスコーリニコフの思想はただの戯れ言だ、それを嘲笑して自殺するスヴィドリガイロフこそがこの小説の要となる人物で、真の主題だ、そんな主張をしました。『罪と罰』はドストエフスキーが晩年に書いた〝無神論三部作〟のプロローグにすぎない、ドストエフスキーは超人の特権などに関心はなかった、人は何をしても許されるのではないかという問いこそ、作家が抱き続けた主題だ。そんなことを言っていました。私はただ聞いているしかありませんでした。他の作品を読まないことには反論もできませんから」

「いや、まいったな、難しくて私にはさっぱり」チョンは苦笑いを見せた。

「討論のときの雰囲気はいかがでした？」ジヘが訊く。

「激しかったですよ。それがまたなんともいえず刺激的だったのですが。一人が果敢にこれまでの固定観念を破ろうと大胆な意見を述べるので、他の連中も古臭い解釈に縛られることなく自分の考えを言うようになりました。君たちは間違っている、これはこういう意味だ、みたいに口を挟んでくる先生や先輩もいませんでしたし。自由になれた感覚で、これが古典の読み方なのかという気づきもありました。そのなかで感じられる熾烈さというのか、知的な緊張感というのか、そういうのもたまらなかった。笑い者にならないように私も一生懸命に本を読んでいきましたし、自分なりの観点をまとめて臨みました。人の意見に対しても、そこに盲点はないか、補足するべき点はないかと、真剣に耳を傾けました」

「さぞ楽しかったでしょうね」チョンが言う。

「ええ。いや、それ以上でしたね。これまで自分は、大学でろくでもない知識を頭に叩き込むスキルだけを習ってきた、これこそが本物の知識だ、そんなふうに思いました。私は一年のときに人に勧められ、また興味もあって、学部の勉強会に加入していました。読書討論会という名の意識化教育サークルです。ところがレベルの低さにあきれてしまいました。一人がどこかから丸写ししてきたような内容のレポートを適当に発表すると、二日酔いでまともに聞いてもいない新入生たちが適当に相槌を打って、先輩の発表を持ち上げたかと思うと、とっととまた飲みに行くという始末です。酒の席では金泳三《キムヨンサム》大統領がどうの、闘争戦略がどうのと背伸びしてカッコつけていますが、腹の中では女の子をひっかけることしか考えていないような」

「論争が激しくなると喧嘩になることもあったのでは?」ジヘが訊いた。

「討論の途中で出ていってしまった学生もいました。ミン・ソリムの攻撃に耐えられなくなって。その学生はそれ以降は出てこず、受講をキャンセルしたようです」

「その人の名前、覚えていますか?」

「はじめの頃だったので名前までは……。まさか、そのせいでミン・ソリムを殺したかもしれないとお思いではないですよね。ミン・ソリムと口論になったのは、小柄でおとなしそうな女子でした。口論の原因は『デミアン』でした」

「まあ、我々はどんな些細な情報でも惜しいので。その女子学生とミン・ソリムさんはどんなことを言い合ったのか、何か覚えていることはありませんか?」チョンが問う。

イ・ギオンが注文した焼肉のコースはそろそろ締めに入るところだった。イは肉の皿をテーブルの真ん中に置き、三分の一ほどだけを口にした。チョンは礼儀上、肉を一、二枚食べたが、ジヘはどの皿にもまったく手を付けなかった。そのせいでもったいないことに、肉料理は半分以上残り、すっかり冷めていた。

イ・ギオンは食事の締めにキムチ入り《キムチマリ》冷そうめんを選んだ。腹が減っていたのか、瞬時に平らげてしまった。店員がデザートにシッケ（お米を発酵させたドリンク）を運んでくる。この様子だと、このあと別の場所に移動して話を続ける必要はなさそうだ。イ・ギオンは自分のゆるしの秘跡はそこそこ片が付いたと感じているようだった。

イ・ギオンはシッケの器には手を付けず、初めての討論に参加した小柄でおとなしそうな女子について語り出した。彼女はドストエフスキーが書いた「非凡人」の部分を読んでいて、自分が最も感銘を受けた『デミアン』を連想したと言った。イは短く刈った髪に手をやりながら、二十二年前の女子学生の言葉を思い起こすように語る。話しているうちに説明が冗長になり、実際にその学生が言った言葉なのか、いまのイ・ギオンの考えなのか、よくわからなくなっていった。

小柄な女子学生が『デミアン』と『罪と罰』の共通点を語ると、ミン・ソリムは嗤《わら》った。そして、『デミアン』は過大評価された寓話のような小説で、瞑想的な物語だと主張した。

「正確な表現までは覚えていませんが、だいたいそんな内容でした。その子の名前は忘れてしまいましたが、口論のことはよく覚えています。私にとっても衝撃だったようですね。その後も『デミアン』が大好きだという人に何度も会いましたが、そのたびにあのときのことを思い出していたからか……」

「その学生は感情的になっていましたか？」チョンが問う。

「じつはそうだったとは思いますが、それを表には出さず、とても落ち着いているように見えました。論理的な反論もしていましたし。だからよけいに印象的だったのかもしれません。その子もミン・ソリムも、私にとってはカルチャーショックでした」

論争が長引くにつれ、ミン・ソリムの判定勝ちのような雰囲気になっていったという。「もうよそう」と彼女を止めに入る学生も出てきた。小柄なその女子は無言でミン・ソリムをにらみつけていた。それでもミン・ソリムはやめなかった。ヘッセをけちょんけちょんにけなし、嘲笑いもした。

「しまいにはヘッセの女性観にまで話が及びました。私が当時の状況も考慮するべきではないか、性差別が当たり前だった時代ではないかと口を挟むと、ソリムは容赦なく畳みかけてきました。ヘッセの文章が下手なことと性差別や時代性とにどんな関係があるのかと。二十世紀序盤のヨーロッパよりずっと性差別がひどかった社会で生まれた『春香伝《チュニャンジョン》』はどうだと。春香《チュニャン》は生身の人間に感じられるが、『デミアン』のエヴァ夫人はどうかってね。それはヘッセが人間というものをよく知らないことの紛れもない証拠だとも。それを聞いていた例の女子は教室から出ていってしまいました」

「何も言わずにですか？」ジヘが訊く。

「たしかソリムに、本はたくさん読んでいるかもしれないけど、人に対するマナーに欠けている、なんてことを言ったと思います」

「ミン・ソリムさんは何か言いました？」

「それはわかりません。私は教室を飛び出したその子を追いかけていったので。なだめてあげようと思って。しかし見つかりませんでした。トイレに行くのではないかと思い、そっちの方へ捜しに行ったのですが、結局会えませんでした。私もミン・ソリムに疲れたといいますか、その日は討論に戻りませんでした。次の会に出ると、ミン・ソリムはまったく気にしていない様子でした。みんなも何事もなかったかのように振る舞っていました」

イ・ギオンは「次の授業」ではなく「次の会」と言った。

「では、そのことでミン・ソリムさんに性格破綻者と言ったのですか？」

ジヘが訊く。イ・ギオンはしばし口をつぐむ。

「その言葉を使ったかどうかはわかりません。次の学期の授業で偶然、ミン・ソリムに会いました。それほど親しくもないのに、向こうが私にぶしつけなことを頼んできたので、相手にしたくなくて何か言ったはずです」

　イ・ギオンはシッケを飲み干すと、「そろそろ行かなければ」というそぶりを見せた。チョンはゆったり構えていた。ジヘは「ふてくされた」ような顔のままでいようと努める。

「ミン・ソリムさんと口論になったという女子学生の名前はまったく覚えていらっしゃらないんですね？　まあ、学科や学年だけでも思い出せませんか？」とチョン。

「さあ、それもよく……」

　イはまた自分の髪を撫でた。髪を丸刈りにしてからの癖とも思える。

「科目名は覚えていますか？　学生課や教務課に受講キャンセルの記録が残っているかもしれないので」

「ええと……それも覚えていないですね。ロシア文学の理解や古典文学の理解みたいな科目じゃないですかね」

　イはひどくうろたえているようだ。

「二〇〇〇年の話だとおっしゃいましたよね？」とジヘ。

「ええ、だったと思います」

「次の学期にミン・ソリムさんと再会して、そのときに冷たくあしらったと？」

「ええ」

「となると、その討論の授業は二〇〇〇年の一学期ではなさそうですね。なぜなら彼女が亡くなったのは二〇〇〇年の八月ですから」

「なら九九年の二学期だったのでしょう」

「その時期はミン・ソリムさんは休学中です」ジヘは食い下がった。

「なら九九年の一学期ですかね……。よく覚えていません。二〇〇〇年の一学期にふたつ、彼女と同じ授業を取っていたのかもしれませんし。受講生が何百人にもなる教養科目もありましたから。はっきり覚えていませんね」

「その討論のときにいた他の学生の名前も覚えていませんよね？」チョンが尋ねる。

「ええ、同じ学科ではなかったので……。すみません」

イ・ギオンは複雑な表情で席を立った。ジヘは感情を隠せないイにむしろ好感を覚えるほどだった。

イが勘定をする間、チョンは韓牛トモバラ肉チャーハンはじつにうまかったとおどけた。ジヘは硬い表情のまま、気分を害しているふりをした。イ・ギオンは別れ際にもジヘへの顔色をうかがっていた。

イがタクシーを呼んでその場を去ると、チョン班長はジヘに言う。

「ヨン、よかったら近くのカフェで茶でもしていかないか？」

47

文学では曖昧な言葉を幾重にも積み重ね、あたかも大きな意味があるかのように見せかけることもできる。ヘルマン・ヘッセの『デミアン』がその代表格だ。

ヘッセはドストエフスキーを敬愛する作家の一人であり、ドストエフスキーのように神学的テーマを追求した。『デミアン』のシンクレールも『罪と罰』のロージャ同様に自意識が肥大化し、世の中のすべてが陳腐でつまらないという感覚にとらわれる。また、二人は自分もやはりその世界の一部ではないかと疑い、恐怖にかられる。

この感受性豊かな青年たちは、その限界を乗り越えようと、超越の証拠をつかむのに必死だ。シンクレールはデミアンとエヴァ夫人から認められることを望み、ロージャは殺人という行為で自分を立証しようとした。

だが、それは正しい道ではなかった。二人は全篇にわたる霊的探究の果てに、自分自身の殻を破るべきという結論に達するが、物語はいままさに殻が破られようとするところで結末を迎える。そこまでは『デミアン』と『罪と罰』に共通している。

だが、ヘッセはドストエフスキーと違って薄っぺらい。シンクレールとデミアンとエヴァ夫人の三人がいったい何を言っているのか理解できない。彼らはアブラクサス、跳躍、完全なる自己、新たな世界、真の連帯などといったことを並べ立てるが、それがいったいなんであるかについての説明はない。

そんなものは端《はな》から空虚な言葉にすぎないからだ。優雅で高尚なふりをしたところで、陳腐なキリスト教的グノーシス主義のシンボルを剝ぎ取ってしまえば何も残らない。

『デミアン』は最初から最後まで曖昧模糊とした、形ばかりで中身のない小説だ。高尚で感受性をくすぐるような言葉が並んでいるために、意味もわからず読んでいてもなぜか興奮し熱くなる。ニーチェもハイデッカーも同様だ。そんなドイツ観念論の伝統を引き継いだのがヘッセであり、そのような雰囲気のなかでヒトラーやナチズムが台頭した。『デミアン』を読んでいると、戦争を擁護しているようにも思えてくる。

その反面、ドストエフスキーは常に醜悪な現実や卑しい人間の姿をありのままに描いた。ドストエフスキーの小説に登場する人物はいつでも明確な言葉で論理を展開する。非凡人の特権に関するロージャの思想、『悪霊』でキリーロフが信じている人神論、神の存在を認めはしても、神が創造した世界を受け入れることはできないというイヴァン・カラマーゾフの思考がそれだ。「白痴」と呼ばれるほどの、ムイシュキン公爵の度を越した善良さも理解できる。さらに『未成年』の主人公、アルカージイが信奉する馬鹿げた「金の哲学」ですら、しょうもないと思いつつも、読んでいくうちにその未熟な人間の主張にも筋が通っていることがわかる。

韓国で『デミアン』の人気が高いのは、引用するのにちょうどいい「美しい文章」がちりばめられているからのようだ。

『デミアン』のなかでもシンクレールとエヴァ夫人の恋愛感情の描写は文学史に残る失敗であり恥である。もちろん世の中には、自分の息子の友人と恋に落ちる中年女性もいる。だがいくらそんな婦人だろうと、息子の友達を誘惑する際に「私は捧げはしない。勝ち取ってちょうだい」などという人間がどこにいる。

まともな小説家にそんなシーンが描けるものだろうか。

48

　チョン班長とジヘが入ったカフェは、街路樹通りにある店なだけに、紙のメニューではなくiPadを使っていた。iPadのメニューをのぞいていたジヘは、アルコールメニューの一覧を見てがっかりした。ビールがあれば口直しに一杯やろうと思ったが、ベンショー、ワインエイド、シトロンシャンパンエイドといった得体の知れない飲み物が並んでいた。

「俺はまあ、よくわからんから、カフェインの入っていない温かい茶でも頼んでくれ」

　チョン班長は、ジヘがこういう店を喜ぶと思っているようだ。落ち着いて話ができそうな店を探していて、班長に「ここどうだ？」と訊かれた際、ジヘはただうなずいただけだったのだが。

　チョンが「まあ、食べたかったら甘いものでも頼め、ヨンの好きなもので」と言うと、ジヘは真顔で「だいじょうぶです」と答える。店内の明るい照明とピンク系統のインテリアにめまいがしそうだった。カフェの二階の席はほぼ満席だったが、三十五歳以上に見えるのはチョン一人だった。

「まあ、どう思う？　さっきのイ・ギオン」

　アイドルグループのメンバーだと言われても不思議ではなさそうなイケメンが注文を取

りに来た。イケメンがいなくなると班長が訊いた。ジヘは返答に困り、「ええ……」と考えていると、答える前にまた班長が訊く。

「ああいう性格でもビジネスって、できるもんなのか？」

「カッとなったら投資家だろうとなんだろうと、胸倉つかみかかりそうな勢いですよね」

ジヘは笑いながら言う。

「あいつ、ミン・ソリムを殺《や》ったと思うか？」

「いいえ」

「どうしてわかる」

「もしも自分がやっていたら、あのタイプはとっくに自首していましたね」

「どういうことだ、詳しく説明してみろ」

班長は微笑を浮かべながら背もたれに背を預けた。ジヘは自分が試されていることを察知する。いまのところ、間違ってはいないということも。

「プライドの高いタイプですね。自分の弱さを人に見られることを何よりも嫌います。頑固で。しかし、自分に対しても厳しいです。常に堂々としていよう、後ろ暗いことをしてはならない、そんなふうに思っているはずです。タフガイであるべきというコンプレックスのようなものがあるのではないかと思いますが、男らしく見せるためなら、自分が損をするのもいとわないはずです。その『男らしさ』には正直さも含まれます。イ・ギオンは人に嘘つき呼ばわりされれば、その場で決着をつけようとする人間です。ですが自分の勘違いによる発言がそういう誤解を生んだとなれば、素直に認めて相手に頭を下げることもできる人間です。私たちに会ってくれたのも、おそらくそうした潔さに対する強迫観念からだったと思います」

「キム・ヨンラン法に違反するのはなんともないようだったが」

「それは本当にたいしたことじゃないと思っているからです。あの法律自体、はじめから守る必要のないものだって信じているんです。法律にはこだわっていないように見えました。それよりも、自分なりの道徳観があるようです」

アイドル歌手のような店員が、ジヘが注文したハーブ茶をふたつ運んできた。チョン班長は笑みを浮かべてカップを受け取る。ジヘはカップに手も付けずに続ける。

「少なくともミン・ソリム殺害事件に関しては、自分にやましいところはまったくないと思っています。でも、どうも何か隠しているような気がしてなりません。被害者と口論《マルガイ》になって性格破綻者とよぶほどの、何かがあったはずです。しかし彼のなかでは、その件は被害者が殺されたこととは関係のないことなんですよ、きっと。それに、さっきの読書討論というのは、正規の授業ではなかったんじゃないでしょうか。先日会った参考人の話では、二〇〇〇年まではグループ別討論というかたちの授業はなかったそうです」

「そのあたりの話、本人からもう少し聞く必要があるな……。イ・ギオンは我々にまた会おうとするだろうか？」

「頼めば会ってくれるんじゃないですか。これ以上の話を引き出せるかは別ですが」

「なんかいい方法ないか？」

「そうですね……」

ジヘはこれもチョン班長から課されたふたつ目の試験問題であることを察知するが、こんどは解答が見つからない。ひとつ正解するとひとつつまずく。これがいまの刑事としての自分の限界だった。

「イ・ギオンはずっとヨンの顔色をうかがっていたようだが」

「私も感じました。班長が不機嫌なふりをしろとおっしゃったので」

「さっきの、『同じ席で、いくらなんでもそれはないんじゃ』は、なかなか良かったぞ。ふざけてたもんな、あいつ。自分でもやりすぎだって思っただろうな」

「おそらく」

「まあ、ダメもとで、こうしてみるか。まず俺が、相手がプレッシャーになるようなショートメッセージを送る。今日はごちそうさま、チャーハンおいしかったって。でもなにもあんな高級レストランでなくてもよかった、居酒屋のような店のほうが気が楽だったと、それとなく非難する。そのあとヨンが、不愉快だったという内容のメッセージを送る。今日のあれは失礼だったんじゃないか、店を変えればいいものを、こっちは何も物乞いに出向いたわけじゃない、訊きたいことも満足に聞けなかった、ミン・ソリムが受講した授業のなかにグループ別討論のようなものはなかったはずだ、ってな具合に。奴さんを後ろ暗いような気にさせるんだよ。向こうから謝って、誤解を解きたくなるように仕向けるんだ」

「じゃあ、さっそく送ってみますか」とジヘが言う。

ジヘは帰宅するなり缶ビールを開けた。まずはビールを喉に流し込むと、音楽をかけて服を着替えた。居間で縁側を眺めながらビールを呷《あお》り、気持ちの高ぶりを静める。猫のムタリが来るのを待つが、姿を現さなかった。

ジヘはカフェでチョン班長が立てた作戦について考える。相手の性格を即座に把握し、それを利用した計画を立てるあの機知には感服するが、その隙のなさに、おぞましさのようなものもいくらか感じる。

と同時に、それほど遠くはない未来、おそらく五年や十年で自分もやはりそんなテクニックを身に付け、当たり前のように駆使していることを予感する。自分は腕の立つベテラン刑事になっているだろう。その確信はあまりに強く、不条理とさえ思える。十年後まで無傷で生きている可能性や、警察官のままでいる可能性より固く信じている。

彼女自身もそんな未来を強く望んではいる。しかしそこにはわずかな抵抗感もあり、そんな内なる矛盾に対峙するのは容易《たやす》くはない。彼女が身を置くシステムとは、常に被疑者や被告人によって、自分の動機や未来を把握する、あるいは把握させられるものだからだ。彼らは刑事司法システムの質問にいかに答えるかによって、殺人犯になることもあれば、暴行致死罪に問われることもある。

ジヘは二本目の缶ビールのタブを開け、サイドテーブルの上にある二冊の本のうち、一冊を開いてみる。今回はユーチューブの動画編集に関する本ではなく、日本のミステリだった。しおりを挟んでおかなかったので、記憶を頼りにどこまで読んだか探そうとパラパラめくっていると、たしかに読んだ記憶のあるシーンが出てきた。連続バラバラ殺人事件が起きている最中だが、手がかりはほとんどつかめず、担当の刑事たちは飲み屋で一杯やりながら愚痴をこぼす。

ありえない描写だ。実際にそんな事件が起きていたら日本社会は震撼し、捜査員を数百、数千人と投入しているだろう。担当刑事が数人なんてありえず、しかも、飲み屋で一杯ひっかける時間などどこにある。捜査本部の刑事なら、事件が解決するまで缶詰で家にも帰れないはずだ。韓国なら間違いなくそうだ。たとえチョン班長でも抗えないだろう。

以前もそんな現実離れした描写のために興味を失い、途中でやめたことを思い出した。ジヘは『CSI：科学捜査班』のようなドラマも同じ理由から見ていられなくなる。現実の科学捜査を少しでも知る者は、誰もがあれはSFだと嗤った。ジヘは本を閉じ、ビールをぐびぐび呷りながら想念に浸る。

もしもミン・ソリム殺人事件の捜査がミステリ小説やテレビドラマでのエピソードだとすれば、犯人は誰にすべきか。誰が犯人なら読者や視聴者を驚かせ、満足させられるだろうか。

煽情的なミステリでは、若い女性が性犯罪によって死んだとき、一番悲しんでいるように見えた父親が犯人の場合が多い。だが、二十二年前の捜査班はミン・ソリムの父親の足取りを徹底的に調査していた。事件が起きた頃、彼女の父親は晋州《チンジュ》を離れておらず、証人も多い。

ミン・ソリムの家族はその後、空中分解する。事件の五年後、ソリムの母親は自殺している。父親はさらにその五年後から足取りがつかめなくなった。通話記録やクレジットカードの使用、交通ICカードや高速道路の通行料を払った記録、医療機関や公共施設の使用料などを基にした行動履歴がぷっつり途絶えたのは、娘が死んでちょうど十年になる二〇一〇年の八月初めだった。

親戚や知人によると、ミン・ソリムの両親はしばらくは二人で旅行に出かけ、気を紛らしているようだったという。だが、妻が悲劇的な選択をすると、父親の暮らしも崩壊し、人にも会わず廃人のようになっていったそうだ。姿を消す前に巨額の貯金を引き出した痕跡もなく、ひっそりと海外で暮らしているとか、山にこもっているというのも考えにくい。人目につかない場所で自ら命を絶ち、その後まだ発見されていないか、あるいは身元不明の変死体として処理されている可能性が高い。ソリムの父親が失踪したのは、晋州市に集中豪雨があり、南江《ナムガン》（晋州市を貫通する川）の水位が上がった時期でもあった。

ふと、チョン班長が犯人ならおもしろそうだと考える。意外であるのは間違いなく、動機もこしらえようと思えばできなくもない。二十二年前の事件の真相が明るみに出そうになると、かつての参考人たちに会いに行き、事件を隠蔽しようとする、という筋書きはどうか。

ジヘは、そんなことを考えるとは班長に悪いような気がしてかぶりを振り、ビールを一口飲んだ。

十分前に考えていたことに思考を戻す。敏腕刑事になることに、なぜ多少なりとも抵抗を感じるのだろう。そんな未来を望んではいないのだろうか。どうであれ、自分の目の前にあるさまざまな可能性のうちのひとつを選択しなければならないことへのプレッシャー？　チョン班長とは違った、別のタイプの刑事になりたいのか？　あるいは単に歳を取ることへの抵抗感？　ジヘはゆっくりビールを飲みながら、考えに耽る。

49

『デミアン』とヘッセの遺産は現在も受け継がれている。今日の偶像の座に据えられているのはアブラクサスではなく、「真性さ」という神話だ。日常に空虚さを感じている現代人は、「本物」を探し求める。

自分が何を追い求めているのかを明確に説明できないまま「追求」自体に重きを置くと、その行為は宗教と酷似したものになる。その結果として生まれるのは宗教まがいの浅薄なものでしかない。そもそも『デミアン』自体が、キリスト教のグノーシス派の教理を丸写しにしたようなものだ。日常の裏側に本物の世界が存在し、殻を破ってその世界に突き進まなければならない、という。

だが、イエス、釈迦牟尼《しゃかむに》、孔子、ソクラテスは、最も重要なのは日常だとした。彼らが日常とかけ離れた悟りを説いたことはない。

一九六〇年代、欧米の若者たちによる抵抗運動は、マルクス主義から派生《こだま》した動きだった。共産主義者すらも、それが宗教であることに気づかずにいた。彼らは楽園をいかに建設すべきかを知らなかったため、マルクスとレーニンという予言者の教えを借り、共産党という名の教会組織を築き上げた。

ニューエイジ運動とは、キリスト教以前の神秘主義とオリエンタリズム、ドラッグと幻覚がごた混ぜになったものだった。ニューエイジを一言で明確に説明できる者など誰一人としていない。エコロジズムやマインドフルネス瞑想、エ《E》レクトロニック・ダ《D》ンス・ミ《M》ュージックなどに、その伝統は引き継がれている。その根底には自我の重みに耐えきれず、個人よりも大きな存在に混合されたいと熱望する意識がある。

九〇年代に入り、若者の間で勢いを増したカウンターカルチャー、対抗文化、周辺文化、ヒップスターカルチャー、サブカルチャーというのは、そうしたこだまのこだまである。抵抗運動の文化的要素が一世代あとの若者たちにクールでヒップに映ったのは、「何かに抵抗している、それは意味あること」と感じさせるからだった。

じつはそれは、抵抗とはほど遠く、なんの意味も持たなかったのだが。

今日においてはたしかに「カウンターカルチャー、対抗文化、サブカルチャー」に似たものが文化の主流になっている。商業化しやすく、規格化しやすい領域でもある。最も反抗的に見えるポップミュージックのスターが、大手芸能事務所の商品であるように。スターとその追っかけの「抵抗」は、せいぜい親世代にごねているにすぎない。

そのすべてが日常よりさらに無意味で空虚である。

50

ウイル考試《コシ》テル（考試院とホテルを合わせた造語）はビルの四階にあった。ビルは富川市《プチョン》（京畿道の大きな都市）の繁華街にある。建物の三階と五階は飲み屋で、六階には別の考試院が入っている。

「ウイルコシテル」と書かれた看板は薄汚れて文字がはっきり見えない。夜になると、その上下階の飲み屋のネオンサインのせいでよけいに見えにくくなるだろう。勉強するための施設とはとても思えなかった。

ジヘとパクは建物の裏手に車を止め、ビルの入口前で足を止めた。ここで間違いないか確認するために外壁にかかった看板を眺めながら、ジヘはこういう建物に生活の拠点を置く人生について、しばし考えを巡らせる。そうしないではいられなかった。

二人がここを訪れたのは、イム・ウソンという男が目的だった。犯罪分析チームから送られてきたリストの中からパクが目を付けた男だ。一九七一年生まれ、百七十八センチ。職業はコック。

最初は街で行きずりの男と喧嘩になり、暴行罪で起訴された。執行猶予中に自分の店でアルバイトをしていた二十一歳の女性と酒を飲み、酔った相手をラブホテルに連れ込んだ。刑務所から出所した翌年には駐車してあった車を蹴り、器物損壊罪で罰金刑に処されている。酒を飲んではいけない人間だ。

前科のなかに住居侵入はなかったが、顔はリュミエールビルの防犯カメラの男によく似ていた。少なくとも鼻から下は。

防犯カメラの男は野球帽を被っていたので目元ははっきりわからないが、高い鼻、薄い唇、顎のライン、首の長さ、肩幅などは酷似している。違うのは髪型だけだった。チョン班長、パク、ジヘ、三人ともうなずいた。

イム・ウソンというその男の住所がこの、ウイル考試テルになっていた。富川市の繁華街にあるビルのワンフロア全体を使っている宿泊施設。一番安い部屋のひと月の家賃は、二十二万ウォン。

パクとジヘが出向いてイム・ウソンのDNAを採取してくることになった。ジヘはビルの前でしばしためらうが、パクは迷わず中へ入ろうとする。

「本人がいないのを確かめてから入ったほうがよくないですか？　私たち、どうしたって警察だってバレますよ……」

「入口で管理人にこういう人間がいるか、いるなら何号室か訊くだけだ。そのわずかな間に鉢合わせすることもないだろ。昼間だから出かけてるだろうし。居場所を確かめる方法もないしな」

たしかに、ここじゃ相手も逃げられないだろうと思い、ジヘもパクのあとについて入った。エレベーターは二階に上がったばかりで、ビルは八階建てだった。ジヘ一人なら四階まで階段で上がるところだが、パクが一緒なのでエレベーターを待つ。

エレベーターに乗ると、ジヘは「やっぱり考試院は住むところじゃない」と思った。エレベーターには長年染み付いたビールの臭いが漂い、床もベトベトだった。考試テルの「テル」の字に期待をかけた自分があまかった。考試院と考試テルでは多少の違いがあるだろうと思っていたのだ。

エレベーターの壁には防犯カメラの映像がプリントアウトされたA4用紙が一枚貼り出

されていた。張り紙には「食い逃げしたゲス野郎を捜しています」と書かれている。写真の男は三階にあるトーキングバー（従業員が客の話を聞いてくれる飲み屋。キャバレーやクラブより健全なイメージ）に一人で来た客で、つまみの盛り合わせを頼み、輸入ビールを六本飲むと、煙草を吸ってくるといって出ていったきり行方をくらましたようだ。

ジヘはいま住んでいる西村《ソチョン》の一軒家を気に入っていて、できれば一人暮らしのままでいたいが、二人分の家賃を払うのはやはりきつい。ひと月六十万ウォンなら払えないこともないが……そろそろ貯金もしなければ……。

シェアハウスのサイトでまともな物件は一カ所だけだった。それ以外の掲示板の大半は、同棲相手求む、一緒に寝ようというものや、なかには露骨にセックスパートナーを探しているというものもあった。検索の仕方が悪いのか？

女性専用の掲示板があるサイトはそれでもまだましのようだったが、「ルームメイト募集中」と投稿するのは、どうもためらわれた。前のルームメイトのように無難で付き合いやすいパートナーが見つかるか、疑問だったからだ。

不動産アプリでワンルームを検索すると、ワンルームといいながら考試院であることも多かった。リビングテルや考試テルと冠していて、しかも、アプリに登録されている写真は見栄えのいいものばかりだ。最近は考試院といっても捨てたものじゃないのか、それとも高級考試院もできているのか。「この際、こんなワンルームに移ってお金でも貯めるか？」と思ったりもした。ウイル考試テルに向かうエレベーターに乗るまでは。

「何をそんなに考え込んでる」

パクに訊かれ、ジへは我に返る。ジへが答えに窮している間に、エレベーターの扉が開く。パクも返事を期待して、あるいはジへを責めるつもりで訊いたわけではないようだった。パクは扉が開くと同時にすたすたとエレベーターを降りた。

エレベーターの目の前がウイル考試テルの入口だった。靴を脱ぎ、スリッパに履き替えて入るようになっている。靴箱の上には蛍光灯があったが、明かりはそれだけで廊下の奥は暗かった。真っ暗な洞窟の中を連想させる。靴箱を見ると、部屋は全部で四十四戸のようだ。

管理人は日当たりの悪い場所で育った植物のような印象の、痩せぎすの男だった。ジャージのズボンにカーデガンをひっかけており、年齢は三十前後というところだろう。机には『2022　社会福祉士一級過去問題集』というタイトルの書籍が見える。ジへが管理人室に入ると、ようやく耳に挿していたワイヤレスイヤホンをはずした。

男は警察だと聞いてもさほど驚いた様子はなかった。「行方不明者をお捜しですか？」

と訊いてきもした。

「いえ、じつはある事件の証言の裏を取っている最中でして、ある人物が実際にここに住んでいるかどうかを確認に。犯罪者というわけではないので、驚かないでください。ですが、本人には知らせないよう、ご協力願います」とパクが言う。

「わかりました」

パクがイム・ウソンの写真を見せ、ここの住人か尋ねる。管理人はうなずく。

「いま、いますかね、この人」とパク。

「いえ、いないはずですよ。近くの中華料理店で働いています」

「この人の名前、わかります？」

ジヘが尋ねると、管理人は入居者名簿を出して確認し、「イム・ウソンとなっていますね。二十五号室です」と告げた。一九七一年生まれの前科者、イム・ウソンがここに住んでいることは確認できた。だがその一方で、ミン・ソリムを殺した犯人がこれほど簡単に見つかるはずはないという予感もする。

「各部屋のごみはどこに捨てるんですか？」ジヘが尋ねた。

「非常階段にごみ箱が設置されていて、その隣にリサイクルごみのスペースもあります。生ごみは台所に捨てています」

「部屋ごとのごみを見分けるのは不可能ですよね？」とジヘ。

「それは無理ですね。今日ごみを出したかどうかもわかりませんし。ごみ収集業者が毎晩持っていくことになっています。すぐにたまるので」

できることならスペアキーで二十五号室に入り、床に落ちた髪や体毛をごっそり持っていきたいところだった。違法収集ではあるが、それを法廷に証拠として提出するわけではないのだから。国科捜に回してDNAが一致するかどうかを確かめるだけである。

そこをぐっとこらえ、ジヘは管理人に訊いた。

「各部屋の掃除はされないんですか？」

「僕がですか？　そこまではしませんね。トイレと台所、廊下の掃除だけでも大変なんですよ。備品の取り換えもありますし」

「どこかの部屋からおかしなにおいがしてきたら、中に入って確かめたりしません？」

そう言うと、管理人もやっとこちらの意図を汲み取ったようだ。

「ああ、二十五号室のごみが必要なんですね？　DNAの採取とかで？」

ジヘは正直に話すことにした。

「ええ、ですが、こちらが無断で入るわけにはいきませんので。この人は被疑者でもありませんし」

管理人はぽりぽりと頭をかくと腰を上げた。机の下からおびただしい数の鍵がぶら下がった木製のプレートを取り出すと、管理人室を出る。その後、ややあって黒いビニール袋を手に提げて戻ってきた。

「イム・ウソンさんの部屋にあったごみです。必要ならどうぞ」

「部屋からそのまま持ってきちゃって、だいじょうぶですか？」ジヘは驚いて問う。

「部屋から焦げくさい臭いがするようで中に入ってみた。煙草の吸殻でもあるんじゃないか、確かめてみたと言えば済むことですよ。部屋で煙草吸う人、多いんで」

ジヘは中身を確かめようとビニール袋の口を少し開けるが、むっとする強烈な臭いに思わず顔をしかめる。

息を止めて覗いてみると、ティッシュに靴下、丸まったセロテープが見えた。テープには埃、体毛や髪の毛がぎっしりくっついていた。イムはテープを使って床やベッドを掃除しているようだ。

「それでだいじょうぶですか？」

「じゅうぶんです。ご協力、誠にありがとうございます。この件は二十五号室の方には内密にお願いします」

「心配いりませんよ。父も警察官でしたから」

管理人はさらりと言う。一歩後ろにいたパクが「そうですか、どちらにいらしたんですか」と訊く。すると「ただの田舎の交番ですよ」と返ってきた。

「もう退職されているんですか？」

パクがしばし目を閉じ、開けると同時に訊いた。

「殉職しました」若い管理人は表情のない顔で答えた。

51

啓蒙主義が生んださまざまな現代思想のなかでも、マルクス主義は独特だ。その独特な面を分析すると、他の思想、さらには啓蒙主義の限界をも把握できる。

現代社会や人生に関する認識の根本となる、つまり現代を創造、あるいは発明したともいえる巨大思想には次のようなものがある。（古代ギリシア式とは別のアメリカ式）民主主義、資本主義、マルクス主義、進化論。

近代に登場したこれらのアイデアは、どれも転覆的かつ破壊的だった。それまで人々が抱いていた社会や人生に対する認識を根底から揺るがし、完全に変えてしまった。これらの思想が絡み合って現代性というものが生み出され、それは現代人にとってはほとんど本能ともいえる、一種の運営体制となった。

上記四つの思想には、人と同じように怒り、許すといった人間的な神の存在を認めないという共通点がある。人間社会にいちいち干渉する創造神がいないだけに、人間の自由はさらに増大する。倫理はその分個人の問題となり、ドストエフスキーはその含意を恐れた。

ことに民主主義と資本主義では、成功も失敗も当事者の責任である。社会レベルばかりでなく、個人レベルにおいてもだ。すなわちこのふたつの思想は、合理的な個人を前提とする。自分にとって何が最善かを知る個人。

有権者はそれぞれ自分にとって何が最善かを考え、それに従って投票すればよい。神の命令などない。必ず起きるべきことなど存在しない。ある社会の民主主義が失敗に終わるとすれば、それは市民の力不足のせいだ。

消費者は、自分が最も満足できるものは何かをおのおの判断し、財貨やサービスを購入する。無駄遣いをして財を失えば、それは個人の責任だ。経営者はどうすれば最大の利潤が得られるかをそれぞれが判断し、生産ラインに資源を投入する。にもかかわらず製品が売れなければ、責任を取るのは経営者本人だ。

進化論もまた、生物種の繁栄と絶滅において、同じような観点を示している。それぞれの種は、種族の繁殖のために与えられた条件で最善を尽くす。突然変異の発生や適者生存は意図による結果とはいえない。だが、一歩引いて見ると、生物種という超個体が繁栄のための戦略を選択し、その結果に責任を負う姿に酷似しているように見える。

民主主義と資本主義、進化論の時間の概念に終結というものはない。有権者の選択、消費と生産、進化に終わりはない。だから来世も楽園も存在しない。現世だけがいつまでも、唸りをあげながら続いていく。終末がないので世界全体を結ぶ物語もない。この世界観では救世も、安息も存在しない。人類は戦争と戦略樹立に明け暮れる。

この世界には革新もない。よりよい民主主義、よりよい資本主義という言葉をつくり、そんな世界の実現のために人類が力を合わせることはできるかもしれない。だが、世界がその方向に向かわなければならないという当為性はない。行為者がそれに賛成する義務もない。自分を破壊したいのであれば、それでもかまわない。

民主主義や資本主義にも、システムを維持するための一定の道徳はある。だがそれだけでは、個人に必要な規範としては不十分だ。民主主義と資本主義が個人に強要するのは最小限の道徳である。それ以上に関しては、おまえたちは自由かつ合理的な存在であるから、それぞれ自分の道を探すように、というのがふたつの思想の軸になっている。

良い人生とはいかなるものか、ふたつの思想は説明しようともしない。強いていうならば、他人の生存条件や幸福の追求、経済的自由の追求の妨げになってはならない、と説くにとどまる。

そんな世界に暮らす人々には、個人の人生を超えるほどの意味や価値は見えてこない。だから人々は人生の目的を問い続け、実存への不満はますます深まる。

人々の暮らしは豊かになればなるほど、徐々に不快になっていく。自分の人生には何か大切なものが欠けているような気になる。より高次の何か、全一性、満足感、荘厳さ、新鮮さ、生命力、強烈な何か、といったものが。

そして気がつくと、生きること自体が重荷になっている。

52

「いい絵ですね」

ジヘが言った。あやうく「大きなモニターですね」と言いそうになった。イ・ギオンのデスクの後ろに、「ここまでするか」と感じさせるほどの巨大な壁掛けテレビが設置されている。六十五インチ？　七十五インチ？　大型スーパーの家電売り場で目にすると、「あんなの誰が買うんだ」といつも思っていた仰々しい代物だ。そのモニターには動画ではなく、静止画面で巨大な絵が映し出されていた。

「クロード・ロランの『アキスとガラテアのいる風景』という作品です。ドストエフスキーが愛した作品でもあります。彼の小説でも重要な役割をしていて、『悪霊』、『未成年』にも登場します。ドストエフスキーはこの絵のなかの情景を人類の理想郷のように感じていたようです」

イ・ギオンの説明を聞いたジヘは、絵をじっくり見てみる。美術に疎いジヘには、モニターのなかの作品にそれほど強いインパクトは感じられない。オフィスのインテリアは床から天井まで、モンドリアンの作品をコンセプトにしたようなモダンな雰囲気だが、そこにこのモニターは多少不釣り合いのような気もした。

西洋画ではあるが、東洋の絵のような雰囲気を漂わせた風景画だ。綿雲の浮かぶ空は日が沈みかけ、水平線の先に島々の輪郭がぼんやり見える。海には小舟が出ている。右手には海に切り立つ絶壁、左手には松の木にも見える木々がある。主人公は一組の男女だが、中央ではなく下のほうに小さく描かれていた。

薄手の服を着た裸足の若い二人は、恋に落ちているようだ。白い服をまとった女はひざまずいて男の首に両手を回し、たくましい腕を持つ筋肉質の男はそんな女の腕に手をやり相手の目を見つめる。その横には素っ裸の赤ん坊が地べたに座り、木の枝で遊んでいる。

突然、絵が拡大され、ジヘは驚く。

「グーグルのアートプロジェクターで観られる絵です。世界中の美術館にある作品をインターネットで観られるんですよ。ふつうのデジタルカメラで撮ったものより画質は百倍すぐれています。美術館に行って観るより、ここで観たほうがましかもしれません。筆のタッチまで詳細に見えますし、なんといっても無料ですから」

イ・ギオンが説明した。彼の手にはタブレットPCがあった。『アキスとガラテアのいる風景』を拡大して筆のタッチを見せてくれた瞬間、ジヘはその絵に対する興味を失った。

「いつもこの作品にしているんですか？　それとも今日はたまたまこの絵だったのですか？」

「たいていはこの絵にしてあります。私の好きな絵だからというのもありますが、来客は、ほとんどの人が絵に関して何か一言言います。私にどれだけの知識があるか、試そうとする人もいます。こちらも芸術を仕事にしていますし、アイドリングトークに絵画ほどもってこいの話題はありません。ところが、私は芸術については門外漢ですし、自分が芸術に造詣が深いと思い込んでいる人たちの前で知ったかぶりをするのは逆効果なので、相手のプライドを傷つけない程度に、こちらがさらっと説明するにはちょうどいい絵ってわけですよ」

「たとえばどんなことをですか？」

「ドストエフスキーの話です。絵に関する説明ではないので、相手も気楽に聞けるんです。教養がありそうに聞こえますしね。ドストエフスキーがドレスデンでこの作品を目にして一目ぼれした話、『悪霊』と『未成年』の登場人物がこの絵についてどんな話をしているか、彼らはなぜ物語のなかでこの絵を『黄金時代』とよんでいるのか……、なんてことをです。今日はわざわざこんな話を聞きにいらしたわけではないですよね？」

ジヘはうなずく。イ・ギオンは先日会ったときよりずっと落ち着き払った様子だった。気品すら感じさせる。イはジヘをサイドテーブルのある方へと連れていく。


ショートメッセージを送った二日後にイ・ギオンから連絡が入った。会って無礼を詫び、ミン・ソリムについても話すことがあると言ってきた。もしよかったら自分のオフィスに来てほしいと。ジヘはチョン班長に報告し、同行するか尋ねた。

「そうだな、ヨン一人で行ったほうがいいんじゃないか。まあ、俺がいないほうがあっちも話しやすいだろうし、呼ばれてないしな」

ジへも同感だった。ジへがイ・ギオンのオフィスを訪れたのは、その翌週になってからだった。

オフィスのなかで応接間のようになっているスペースは窓際にあった。段差があり、同じフロアの他のスペースより膝半分の高さほど下がっていて、その分、街路樹通りをより近くから見下ろせる。サイドテーブルとイスもオフィス内の他の機器や家具同様にブラックで統一されていた。テーブルの上の、水の入ったピッチャーと紙コップまで黒だ。

「コーヒーはいかがですか。それともお茶がいいですか？　紅茶とジャスミン茶がありますが」

ジへがコーヒーをもらうと言うと、イは自らコーヒーを二杯淹れて運んできた。イの大きな手に握られたカップは、まるでままごとセットのようだ。

「授業でミン・ソリムと出会ったというのは嘘でした。読書会です。学生課にも登録されていない小さなサークルでした」

イは口火を切った。ジへは「そうだと思った」とは言わず、黙って耳を傾けた。

「人文学部の建物と一般教養の講義によく使われる総合館の建物の間に通路がありました。いまもあるはずです。一方は三階で、もう一方の建物は四階と五階の間になる、ちょっと変わった構造です。人文学部の授業を受講している学生ならよく通る場所でした。その通路の壁に掲示板がありました。勉強会のメンバー募集や、出店の広告、落とし物の張り紙、専門書籍を安く売買する、そんな内容の張り紙がされるような。毎年、一学期の初めにはサークルの勧誘が貼り出されます。二〇〇〇年には私は復学して三年生になっていたので、サークルに関心はありませんでした。ですが、ちょっと変わった募集が目に付きました」

「どんな募集ですか」

「こんな書き出しの張り紙でした。『ぼくは病んだ人間だ……ぼくは意地の悪い人間だ。まったく人好きのしない男だ』と。そしてこのフレーズに共感できる人は、ドストエフスキーの三大長篇をはじめ、その他の作品を一学期の間、一緒に深く読み込み、語り合おうじゃないかと書いてありました。『意識化教育も、先輩後輩もない。評価も正解もない。サークル名も会費もない。何の役にも立たない。本を読まずに来る人、本より出会いが目的の人お断り』ともありました。張り紙の下の方にメールアドレスが載っていました。あとで知ったことですが、張り紙の一番上にあったフレーズはドストエフスキーの三大小説に出てくる文章ではありませんでした。それは『地下室の手記』の書き出しでした」

ジヘはミン・ソリムのワンルームの部屋にドストエフスキー全集があったことを思い出した。ドストエフスキーの三大長篇のことは知らないが、それはあとで検索すればいい。

「その名もないサークルに入ったんですか？」

「はい。サークル勧誘の文章があまりに高飛車だったので、むしろ惹かれました。ドストエフスキーを読んでみたくなり、一学期に四、五冊だったらたいしたことはないだろうと思いました。それに、そんな勧誘につられる他の学生にも会ってみたくなって。重いテーマ、真剣な会話を望んでいたのかもしれません。やれ就職難だのなんだのといっても、若い時はそんな欲求があるものです。自分は当時いわれていたX世代という実感もなく……」

「読書会には何人くらい集まったのですか?」

「はじめは七人でした。私とミン・ソリムを入れて」

「その後、増えたんですか?」

「いいえ、減りました。初日に『デミアン』で論争になったせいで、先日お話しした女子学生が抜けて、私も二カ月ほどでやめました。いや、正直にお話しすると、やめさせられたんです。ミン・ソリムにやめさせられたようなものです」

「先日、食事の席でお話しした内容は、ロシア文学の理解という講義で、という部分を除けばすべて事実です。私はその名もないドストエフスキーの読書会が大好きになり、夢中になっていました。他の学生も私と変わらなかったと思います。みんな同じような人間だったのかもしれませんね。『ぼくは病んだ人間だ』なんてフレーズに惹かれ、成績に有利になるわけでも、スペックの足しになるわけでもないのに集まっていた連中ですから。しかも誰もがどこか浮足立ち、興奮状態にあった二〇〇〇年にです」

「読書会をつくったのは誰だか覚えていますか？」

「ああ、名前はいまちょっと思い出せませんが……。整った顔立ちの法学部の学生でした。文学部じゃなかったので、意外で。すごく熱心でした。そういう会の雰囲気というのは、リーダーに左右されますから。毎回、メッセンジャーでメンバーに何度も出席の確認をしたり、メールでレジュメや感想文を送ってくれたりもしたので、こっちもなるべくちゃんと準備をして出るようにしていました。前にもお話ししましたが、当時は大学生の間でフリーチャルやサイワールドといったネットサービスが流行った時代でした。我々もそんなネットコミュニティを利用していて、リーダーが討論の内容をまとめたものをそこにアップロードしていました。それが感動的なほど詳細にまとめられていたのです。リーダーはのちにミン・ソリムと付き合ったようです」

「ミン・ソリムさんと付き合っていたんですか？」

「あ、いや、付き合ったというと大げさかな、とにかく何度かデートはしているはずです。学食の近くを二人で歩いているところを何度か見かけていますし。彼がミン・ソリムに気があったのは確かです。知らない人はいませんでした」

　ジヘは手帳を取り出し、「ドストエフスキー読書会――二〇〇〇年三月」、「会の発起人、法学部学生がミン・ソリムに色目」と書く。話の腰を折ってはいけないと、それまで手帳を出さないでいた。

「ミン・ソリムさんにやめさせられたっておっしゃいましたよね？」

　ジヘが訊いた。イ・ギオンの顔は見る見るうちに赤くなった。じつにわかりやすい人間だ。イ・ギオンは羞恥を感じている。

「読書会は一週間に一回、ありました。本一冊につき、四回くらい討論を行って。それぞれ読んでいて議題にしたいと思う部分を書き出しておき、それを順番に発表して討論するんです。メンバー同士、すぐに仲良くなりました。読書会は昼間でしたが、夜にまた集まって飲みに行くこともあれば、昼間からぶっ通しで場所を変えてだべり続け、その流れで飲みに行くこともありました。知的で自由な雰囲気で、男女の割合もちょうどよかった。私以外の五人は学部制になってから入学した子たちで、どこかに所属していると思えるのがよかったようです。それに、自分たちはどこか特別で、少なくとも同じ大学の他の学生とは違うと思っていました。ドストエフスキーの読書会をしていること自体がその表れだと。実際にみんなアウトサイダーで一匹狼、哲学者のような人間ばかりでした。友だちが少ないタイプです。読書会を介してお互いを知るようになると『自分と同じような人間がここにもいる。これが学生生活ってものか』なんて興奮していたんです。本の話だけでなく、討論が終わると一緒に映画を観て、音楽について、あるいはその時代の社会や人生について語り合ったりもしました」

イ・ギオンは本題に入る前にためらっていた。ジへはじれったくなるが、表に出さなかった。

「ある日、酒の席でミン・ソリムがあるゲームをしようと言い出しました。ドストエフスキーの小説のなかに、登場人物たちがそれぞれ、自分の犯した悪事を正直に打ち明けるシーンがあると。どういうことかわかりますか？」

「真実ゲームのようなものでしょうか」

「そうです。似たようなものです。思春期の子どもたちがするような。しかしその日、我々はかなり酔っていましたし、ドストエフスキーの小説に出てくるってところにも惹かれました。小説のなかに出てくるゲームをすれば、それだけドストエフスキー文学に近づけるというくだらない錯覚に全員で陥っていたのです。一人が告白すると、他の連中もしないわけにいかなくなりました。最初の告白は、試験でカンニングしたという内容でした。そのあとは親の財布から金を盗んだ話、コンビニで万引きした話もありました。それから私の番になり……」

イ・ギオンはしばし、目を閉じる。顔は上気していた。ジヘは無言で待つ。

「私は満員電車の中で女性の体に触ったことを白状しました。一度きりで、好奇心からだったと。すると、ミン・ソリムは突然怒り出しました。よくもそんな薄汚いことができたものだと。その場にいた他のメンバーも、誰も私の肩を持とうとしませんでした。それはそうです。弁解のしようのないことですから。へたな言い訳を並べましたが、相手にされず、自分でもあきれるような弁解でした。私一人、完全に浮いてしまいました。その日は教室で飲んでいて、私は窓から飛び降りたくなりました」

イはジへの顔色をうかがうような表情を見せる。その様子が不憫にも思え、ジヘは非難するような顔は見せないことにする。かといって、イが犯したことはたいしたことではないと言うつもりもなかった。ジヘは事務的な口調で問う。

「やめさせられたのは、その日ですか?」

「いいえ。その日はなんともいえない空気のまま別れました。次の読書会は一週間後だったので、一週間もすればほとぼりも冷めるだろうと思っていました。ところが次の読書会に出ると、ミン・ソリムにこう言われました。痴漢と一緒に読書会なんてできない、そっちが出ていかなければ自分が出ていく、とね」

「それで、やめたってわけですか」

「ええ。ミン・ソリムに一言言ってやりました。あんなゲームをやるなら、ただのゲームとして流すべきじゃないのか。そういう暗黙の合意のうえで始めたんじゃなかったのかってね。すると、そんな条件付けた覚えはないって返ってきました。それなのに、しばらくすると授業のときになれなれしく話しかけてきたんです。あれでキレない人間はいませんよ。これが、刑事さんたちが知りたがっていた話のすべてです」

「ミン・ソリムさんはなぜそんな態度に出たのでしょう」

「なぜ授業で会ったときに話しかけてきたか、ということですか？」

「それも含めてすべてです。読書会のその『ゲーム』でなぜそれほど激怒したのか、次の週まで怒りが収まらなかったのはなぜか、急になれなれしくしてきたのはなぜか」

「さあ、私にもわかりません。最初はあいつも痴漢に遭ったことがあるのかもしれないとも思いました。だから激怒して、あとになってやりすぎたと反省し、謝ろうとしたのかもしれないとも。そうかもしれないし、そうでないかもしれない。刑事さんは、あいつがどんな人間だったか知らないでしょう。じつに幼稚でわがままな人間でした。金持ちで勉強ができて、おまけに顔もかわいいからいつもチヤホヤされていたはずですよ。ゲームでは、自分のことは言いたくなかったから、自分の番になる前にあんなにむきになって怒ったのかもしれません。それともなんの理由もなく、ただなんとなくだったのか。誰か一人を槍玉に上げたくてあんなゲームを持ち出したのかもしれないですね。はじめからターゲットは私だった、というのもありえますが」

「どういうことですか？」

「あの読書会では、私だけが復学生でした。他はミン・ソリムと同い年かひとつ、ふたつ年下で、私だけが三つ上でした。あの年頃の三つ上は大きいですよね」

「読書会のメンバーの連絡先はご存じですか？」

「一人は知っています。他のメンバーは何をしているのかわかりません。名前も覚えていないので」

イ・ギオンは苦笑しながら言った。

「その方の連絡先を教えていただけますか？　その方とは親しくされていたんでしょうか？」

「親しいというわけでは。たしか去年、向こうから連絡が来て、一度会いました。映画監督になっていました。私の記事を読んだそうで、出資の頼みでした。私も投資してもらっている立場なので、丁重に断りました。映画は今年公開されたようです。それほど話題にはならなかったようですが、『白い手の青年団』ですか、そんなタイトルの。連絡先が⋯

…携帯にはありませんね。デスクに名刺があるはずですので、お待ちください」

イ・ギオンは黒いイスから立ち上がり、応接スペースを出ていく。聞きたいことは聞いたので、ジヘもあとをついていく。『アキスとガラテアのいる風景』が映し出された大型スクリーンのすぐ下にあるのがイのデスクだ。

イが名刺を探す間、ジヘはさりげなく隣に行きデスクの上に目をやった。デュアルモニターの片方にはExcelの図表が、もう片方には株のグラフのようなものが表示されていた。

「仮想通貨を買われているようですね」

「え？　ああ……。多少は。ブロックチェーンビジネスをしている人間には必要でして。勉強になりますから」

イはそう言うが、それがどれほど信憑性のあることか、ジヘには判断がつかない。前回会ったときは、仮想通貨はすでに行き詰まっていると言わなかったか。

イは名刺を一枚取り出し、ジヘに渡す。表は紫、裏はグレーの名刺に「映画監督　ク・ヒョンスン」という名前と電話番号、メールアドレスがあった。

「男みたいな名前ですが、女性です」

イ・ギオンはク・ヒョンスンについて何か言いたそうだが、悪口になりそうでがまんしているといった顔だ。ジヘは深追いしないことにした。

「読書会のメンバーのなかに犯人がいると思ったことはありません。それはいまも同じです。私が言わなくても警察はいつかメンバーの情報もつかむだろうと思っていました。ミン・ソリムの周辺人物をしらみつぶしにしているようでしたから」

別れ際、イ・ギオンは言い訳するようにそう言った。ジへは肯定も否定もしなかった。オフィスの出入口であいさつを交わしながら、ふと思い出した。

「あ、もうひとつだけいいですか。二十二年前、警察で取り調べを受けた際に手を怪我して包帯を巻いていたそうですが、どこで怪我をしたのか覚えていらっしゃいますか？」

「ああ、そのことですか」

イはゆっくりと話し始める。

「あの頃は血の気が多くて。自分でもそんな自分に嫌気が差してました。酒に酔って意味もなくトイレの鏡に手のひらを打ち付けて、すると鏡が割れて手を切ってしまったんです。ナイフで切ったように疑われているのかもしれませんが、いまだに小さな傷跡が残っています。見ればわかりますよ」

イは右手をジへに見せた。手首と親指の間の盛り上がったところにかつての切り傷が薄く残っていた。

果物ナイフで人を刺して手が滑ると、ナイフの握り方によっては親指や人差し指を切ることもある。逆手に握っていた場合は小指近くの手のひらを切ることが多い。いずれにしても、この男の手のひらにある傷はそれとは違う。

だが、その傷跡が本人の話を立証しているわけではない。イ・ギオンが犯人で、犯行当時、親指や人差し指を負傷したが傷口は癒え、いま残っている傷跡はミン・ソリムの死とは無関係のものかもしれない。あるいはわざわざ手のひらを切り、それを、当時包帯を巻いていた理由に仕立て上げようとしたのかもしれない。

ジへは深々と腰を折り、オフィスを辞去する。


強行一チームの刑事部屋に戻ると、国立科学捜査研究院から、ウイル考試テルの住人で性犯罪歴のあるイム・ウソンのDNA解析結果が送られてきていた。

「HumTHO1型：7－9・2、HumTPOX型：9－9、HumCSF1PO型：10－10、HumvWA型：12－15、HumFESFPS型：12－12、HumF13A01型：3・5－3・5……」

イム・ウソンは犯人ではないという結果だった。はじめから期待していたわけではなかったが、それでも気が抜ける。このアプローチの仕方にもどうしても懐疑的にならざるをえない。

チョン班長は強行犯捜査一係の係長室から戻ってきたところだ。

「どうでした？」パクが尋ねる。

「まあ、捜査の進捗状況を訊かれたから、前科者の洗い直しと敷鑑のやり直しを始めたところだって報告した。掘っても何も出てこないようなら早々に打ち切れって言われた。まあ、いずれにしても時効のない事件《ヤマ》だから、もっと科学技術が発達してから、そのときに捕まえればいいだろってな」

「なんですかそれ、米研いで、やっと炊飯器のスイッチ入れたところで、飯くれって言われても」とパク。

「まあ、しっかり飯炊いてるのか確かめるのが上の仕事だからな」とチョン。

ジヘは帰宅すると、ウイスキーをオンザロックで二杯飲んだ。猫のムタリはその日も姿を現さなかった。酒のせいか、眠りが浅く、長い夢を見た。

夢のなかで彼女はウイル考試テルにいた。直接入りはしなかった前科者の部屋だった。中のつくりは以前、ジヘが住んでいた考試院の部屋と似ていた。部屋の半分をベッドが占め、ベッドのない床面は腕立て伏せもできないほど狭かった。壁際には合板が設置されており、テレビ台兼机として使えるようになっていた。ベッドに横になると、その机の下に足が入る仕組みだ。

つくりは同じだが、ジヘが住んでいた部屋とは違い、その部屋には汗とカビの臭いが充満していて吐きそうになった。「臭いのする夢もあるんだ、不思議」と夢のなかで思った。

「どうです？　保証金なしの月五十万ウォン。地下鉄駅のすぐそばですよ」

至近距離で男の声がし、ジヘは驚いた。振り向くとそこには前科者のイム・ウソンが薄汚れた服を着て立っていた。

「五十万ウォンは高すぎますよ。こんなに狭いのに」

ジヘがそう言うと、イム・ウソンはベッドにあった――いつの間にか置いてあった――野球帽を被る。

「この部屋は、じつはもっと大きくなるんです。ブロックチェーン技術で両隣と上下の部屋をつなげることができましてね。その部屋の住人たちが外出しているときに、壁を取っ払って自由自在に使えるようになっています」

野球帽を被った男は、こんどはベッドの上のナイフをつかむ。

「世の中の壁を取っ払うのは、我々殺人犯の仕事です。そうやって下部構造を揺るがすんですよ」

相手がナイフを手にして一歩一歩近づいてくるというのに、ジヘは身じろぎひとつできなかった。

「すうっと入るだけですから」

男が言う。ナイフの刃は男の言うように、なんのつかえもなくすうっとジヘの胸を突き破り、中へ侵入してきた。痛みはない。だが、溺れたときのように、突然息ができなくなる。

その瞬間、男は姿を消し、ジヘはナイフで刺された側ではなく、ナイフをつかんでいる側になっていた。ジヘのナイフで刺されたのはミン・ソリムだった。ミン・ソリムは目を丸く見開いているが、目の周りがあざになっている左目と右目では開き具合が違う。ミン・ソリムはジヘに刺されたことに驚いているようにも、悲しんでいるようにも見えた。

ジヘは心のなかでミン・ソリムに詫びていた。ナイフで刺してしまったことを、犯人を見つけられずにいることを。そしてミン・ソリムのノートパソコンを見つけて、ここから出ていかなければ、と考える。

そこで目覚めた。

なんとも言えない気分のまま横たわっていたが、目が冴えてしまいベッドを出る。空気が乾燥しているのか、喉がカラカラだった。リビングに行き、冷蔵庫から水を取り出す。冷蔵庫の光に目が眩む。

水をコップに注がず、そのままラッパ飲みしていると、ふとあることに思い至った。二〇〇〇年はまだスマートフォンが普及する前で、ショートメッセージは有料だった。イ・ギオンはドストエフスキーの読書会のリーダーが、時間や場所の連絡にメッセンジャーを使っていたと言った。二〇〇〇年八月一日の午後には何者かが無料インターネット電話のダイヤルパッドでミン・ソリムに電話を入れている。

だとすると、ミン・ソリムもメッセンジャーで誰かと連絡を取り合い、あるいは無料電話サービスを利用していたのではないか。連絡を受けた誰かがミン・ソリムの部屋を訪ね、自分の痕跡を消すためにノートパソコンを持っていった可能性は？　それなら犯人がミン・ソリムの部屋にすんなり入れたことや、他の金目の物には手を付けず、ノートパソコンだけを持っていったことの説明がつく。

一気に眠気が吹っ飛んだ。

ミン・ソリムがホットメールやMSNを使っていたとしても、ノートパソコンが消えていて、彼女のアカウントもパスワードも知らない状態では、当時の捜査員にはメールやインスタントメッセージの確認のしようがなかったはずだ。いまでもグーグルコリアや韓国マイクロソフトは、国内のメールサービス業者と違い、サーバの押収は難しい。アメリカの裁判所の令状が必要だった。それはほぼ不可能なことであり、二十二年前ならなおのことだろう。

ジへは夜が明けると同時にイ・ギオンにショートメッセージを送った。ミン・ソリムが使っていたメッセンジャーやメールがどこのものだったか覚えていないかと。イ・ギオンはミン・ソリムが使っていたメールサービスは覚えていないが、メッセンジャーはMSNだったと返信してきた。自分もそれを使っていたので確かだと。

「当時、私の周りの学生はほとんどがMSNを使っていました。国内のサービスよりカッコよく思えたので」

53

マルクス主義は民主主義、資本主義、進化論とは違い、変化の最終段階があると仮定する。共産革命以後はあらゆる葛藤が解消し、労働者の時代がくるという。マルクス主義の世界観において、歴史には方向性があり、革新はリアルな概念となる。あらゆる出来事が、統合された壮大な物語のなかで意味を持つ。

個人も然り。一個人は歴史の流れに飛び込み、壮大な物語とひとつになって生きていくことができる。革命家になれるのだ。それは希望であり、一種の個人的救済でもある。反動も起こりうる。それは霊的破局を意味する。来世を経験することはかなわないが、少なくとも来世のビジョンを描くことはできる。

歴史の発展：神の摂理と似ている。労働者の楽園：天国と似ている。

マルクス主義は唯物論を掲げているが、世俗的ではまったくない。その思想は信奉者に私的な快楽、効用、幸福を超えるものを約束する。個人に目的および方向を提示している。

マルクス主義はそのようにして一時代、現代の神霊として、宗教として機能した。シャーマンや殉教者だけが享受できた歓喜や戦慄、エクスタシーを現代の知識人もわずかながら味わえたのだ。

政治原理としての、また経済理論としての価値を失ったのちにも、この思想がいまなお文化理論として現代文明の一隅に影響を及ぼしているのは、そんなメリットのためだとわたしは見ている。他の現代思想は、社会の道徳的基礎と個人の人生の意味との間にある間《かん》隙《げき》を埋められずにいる。

この問題をさらに深く掘り下げる必要がある。わたしの新たな思想では、人々に楽園とまではいかずとも、未来を、個々人の人生を抱擁する壮大な物語を示さなければならない。

54

「二十年以上も前の事件でも、こんなふうに再捜査すること、よくあるんですか？」

ク・ヒョンスンが訊く。なんだか楽しそうだ。彼女はジヘに話を振るたびに片足を揺すった。

「時効があてはまらない事件なので。犯人が捕まるまで、できるだけのことはしませんと」

ジヘはなぜか硬い口調になっていた。ショッキングな要素を含む事件を扱うときはとくに、なるべく慎重に話すよう心掛けている。そうすることによって参考人の協力が得やすくなるというのもあるが、自分も心理的に楽になる。

ジヘとク・ヒョンスンは上水洞《サンス》のとあるカフェで、テーブルを挟んで向かい合わせに座っている。カタツムリのような形をした大きな本棚があるカフェだった。客はまばらだ。

ク・ヒョンスンは毎日このカフェに来て、仕事をしているという。シナリオを書いているのかと訊くと、「まあ、いろいろですね」と手短に答えた。

約束場所のカフェに着くと、ク・ヒョンスンはすでに隅の方に席を取っていた。テーブルの上には起動したMａcのノートパソコン、その横に空のマグカップがあった。ク・ヒョンスンの座る椅子の後ろにはバックパックがかかっている。こんなふうに一日中、カフェで過ごすようだ。隣の椅子には赤い表紙の分厚いハードカバーの本が一冊置いてあるが、表紙は下に、背表紙は向こう側に向いているので本のタイトルは見えない。

ク・ヒョンスンはタワーパレスに住むカン・イェインほどではないにしても、かなりの童顔だった。だがファッションスタイルはまったく違った。ク・ヒョンスンはキャップを被り、その下から淡い紫色のボブスタイルの髪がのぞいている。頻繁にカラーリングをしているのか、髪質は良くない。

目も口も大きくはっきりした顔立ちだが、小鼻の周りや頬はそばかすだらけだった。本人はそれを隠すつもりもないようだ。メイクでおしゃれのために描いたのではなく、色の濃い大きめの本物のそばかす。背は百七十はありそうだ。高校時代は後輩女子にさぞかしモテただろう。

「私はともかく、遺族にもまた会って話を聞いたりするんですか？」

「まだその段階では。必要とあれば、そうなるかもしれませんが」

ジヘは返事をする。相手が開けっぴろげなのか、自分が軽く見られているのか、判断がつかずにいた。あるいは最初に、『白い手の青年団』がおもしろかったと言ったのを皮肉と受け取られたのか、と思いもする。ジヘが『白い手の青年団』の話をすると、ク・ヒョンスンは触れてほしくない様子で「ああ、あれ」と言って眉根を寄せ、長いため息をついて胸まで叩いた。

『白い手の青年団』の観客動員数は韓国全土でやっと約四十万人と、振るわなかった。評論家のレビューも微妙だった。だが、独特なユーモアが一部に受け、自称「白い手の青年団員」というファンダムがSNSを中心に話題になった。

『白い手の青年団』はク・ヒョンスンの商業映画デビュー作となる長篇映画だった。彼女は六年前にインディペンデント映画で監督デビューしていた。『白夜』というその作品は、さまざまな映画祭で賞を受けた。その映画もなんともいえないユーモアがあり、少数の映画ファンの間で人気を呼んだ。独特のセンスのある監督のようだ。

「新たな情報をつかんだら遺族を訪ねていって、それでも犯人が捕まらなかったらそのまま何年も放っておいて、また何か出てきたら訪ねていって、つまりそういうことですか？　犯人が捕まるまで？　遺族はいつまでも刑事さんが来るのを待たされて？」

ク・ヒョンスンの問いは、「それは正義という名の暴力にすぎないのではないか、遺族は犯人捜しより穏やかな生活を求めているのではないか」と言っているように聞こえた。彼女からは日常を一歩離れた人間が放つ、妙な熱気が感じられる。自分は人並みに賢いということを証明したいのだろうか。あるいは普段、人に会う機会がなく、人との会話に飢えているのだろうか。

「遺族にはなるべく会わない方向で進めています。それに、ミン・ソリムさんのご両親とは、どちらも連絡がつかない状況です」

ジヘはソリムの両親について短く説明した。

「ごめんなさい」

ク・ヒョンスンはそう言うと、長いため息をもらす。ため息をつくのが癖になっているようだ。

「私に謝る必要はありませんよ」

「いえ、刑事さんにも失礼だったなって。ついこういう言い方になってしまうんです。ストレートで質問も多くなっちゃって。といっても、興味のあることにだけですけど。関心がなければ気にもしません。隣のビルが崩壊しようがしまいが。女性の刑事さんなので、興味津々なんです。ここで待ってる間も胸がどきどきしてしまって。私、ずっと前から女性刑事が主人公の映画を撮るのが夢だったんです。それにしても、ソリムのご両親がそんなことになってしまったとは。薬局を人に任せて二人で旅をされてるって話までは聞いていましたが」

ク・ヒョンスンは自分の言いたいことだけをのべつ口にし続けた。やりにくそうな相手だと思いながらジヘは訊いた。

「それでも被害者のご両親のこと、しばらくは伝え聞いていたようですね」

「読書会のメンバーとはいまでもときどき会っているんです。普段は、そう、素面ではなるべく避けたい話題です。でも、お酒が入って二次会、三次会と続くと、誰ともなくあの子のことを口にするんです。きっと死ぬまでそんな感じでしょうね。刑事さんにとっては殺人事件なんていつものことかもしれませんが、私たちのような凡人にとっては大事件なので。よく知っていた子があんな死に方したら、絶対に忘れられませんよ。ソリムは二十歳を過ぎたばかりであんな不幸に遭ってしまいましたが、私たちは生き残ってあれから二十年以上も生きていることの意味を考えずにはいられません。まあ、たいした意味はないのでしょうけど。ソリムは運が悪く、私たちは運が良かったということ以外は。そのことに何か大きな意味を見出したいとは思いますが、そんなものもありません。だから罪悪感に駆られもしますし、その罪悪感を払拭するために話題にするのかもしれません。他のメンバーはどんなことを考えているのか、どれくらい罪悪感を感じれば正常なのかを知るためにも。それでソリムの両親の話も人づてに聞こえてきたんだと思います」

「そんなときに、故人の話をとくにたくさんする人はいませんか？　他の人の様子を探るようだとか、ちょっとおかしな行動を取るとか」

「いよいよ本格的な事情聴取ですか？　その前に、電話で了承されましたよね。刑事さんは私に時間を取らせるのだから、こっちも刑事さんのお時間いただきますって。こちらも刑事さんについて知りたいことをお訊きするって言いましたよね」

「ええ、ですが申し上げたように、映画の題材になりそうな話はないですよ。ドラマチックな出来事なんてほとんどないので」

「人目を引く文章はたった一行でいいんです。専門用語ではログラインといいますが。強行犯捜査隊所属の女性刑事があることをする、その『あること』さえ聞かせてもらえればいいんです」

ク・ヒョンスンは「たった一行」と言う際に人差し指を立てた。そう話している間、指には力が入ったままだった。

「強行犯罪担当の刑事は取っ組み合いになったり、逃走する犯人を追いかけるなんてことはほとんどありません。そういうのは交番の警察官のほうが多いですね」

ジヘは微笑を浮かべながら言う。「お話しするようなことはない」と言うと、ク・ヒョンスンは犯人と取っ組み合いになったり、追いかけた経験があれば聞かせてほしいと言った。そういうエピソードから始めてほしいと。

「逮捕されるときって、抵抗するものじゃないんですか？　みんな素直についていきます？」

「そうですね、だから犯人に逃げられないように、逮捕の段になると綿密に計画を練ります。取っ組み合いや追撃っていうのは、犯人に逃げる隙を与えることになりますよね。長い間捜査してやっと見つけた犯人をみすみす逃すわけにはいきません。ですから被疑者が特定できたら、行動パターンを把握して逃走できないような所で待ち伏せして、前後を何人かで包囲して捕まえます。犯人が自宅にいる場合は、踏み込まずに出てくるのを待ちますね」

「どうしてですか？」

「マンションだと飛び降りてしまう可能性もありますし、家族を人質にして立てこもることもあるからです」

「家族がいない場合は？」

「自分の首に凶器を突きつけて自殺しようとする人間もいます。目の前で自殺させるわけにはいきません。我々の仕事は犯人を暴行したり脅したりすることではなく、逮捕して検察に引き渡すことですから。その過程でいかなる暴力も振るっていないことを証明しなければならないケースもあります。ふつうは捜査員の一人がカメラを携行して、検挙の場面を撮影します。ミランダ警告をカメラの前で読み上げたりもします。あとで問題にならないように」

カメラを持っていくのは、検挙のシーンをテレビ局に提供するためでもあったが、それについては触れなかった。テレビ局の記者たちは強行犯罪を犯した人間の逮捕シーンに目がないのだ。

「じゃあ、刑事さんは犯人と争ったり、追いかけたりしたことは一度もないってことですか？」

ク・ヒョンスンは半ばあきれたように訊く。ジヘは「そんなわけが」と思うが口には出さない。どのエピソードを投げてやろう。

真っ先に思い浮かぶのは、指名手配中の麻薬カルテルの一味とモーテルの部屋で格闘を繰り広げたことだった。モーテルのオーナーの通報を受けてチームで出動し、ジヘが従業員を装って客室のドアを叩いた。相手はドアを開けたがすぐに気づき、慌てて閉めようとした。ジヘはドアの隙間から体をねじ込んだ。同行していた刑事たちが入ってくる前に犯人はドアを閉めて施錠した。

先輩刑事たちはドアを破り中へ入ってきた。ジヘはすでに相手を制圧していた。指名手配犯は柄は大きかったが、格闘技の心得はなかったようだ。ジヘは褒められると思ったが、むしろ大目玉を食らった。そういう状況ではけっして無理をしてはいけないと。ケガをすることもあり、人質になるかもしれないからだ。相手がどれだけ強いかわからず、モーテルの部屋に閉じ込めておけばどのみち逃げられもしないのだと言われた。

ジヘはそれとは別の話をした。

「強行犯捜査隊に配属される前の、所轄署にいた頃の話ですが、通報を受けて先輩と現場に向かいました。隣に住む発達障害のある女性が鎖につながれて、男にいつも殴られているという内容でした。現場に行くと、男は見えず、女性だけがいて、実際に鎖につながれていました。腰を縛られて冷蔵庫の取っ手につながれていたんです。一人暮らしの男が身寄りのない女性を連れてきて、監禁していたんです。男を捕まえるために近くで待ち伏せしていると、レジ袋を提げた男がやってきましたが、男のほうも勘付いたようで家を素通りして行ってしまいました。相手が逃げようとしていることに気づいて先輩と追いかけました。体力のある奴で、三十分以上追いかけました」

「取っ組み合いとかも？」

「ええ、まあ」

「どんなふうに？」

「先輩が路地を間違えたのか、少し遅れてしまったんです。犯人の目には女の私しか映らなかったようで、油断したんでしょうね。私に殴りかかってきました」

「それで？」

「足を引っかけて倒しました」

「それから？」

「それだけです。手錠をかけて緊急逮捕。監禁罪および傷害罪で、検察に引き渡しました」

ク・ヒョンスンは「これじゃ、使いものにならない」という顔をしていた。それでもめげずに質問を続ける。

「刑事になろうと思ったきっかけは？　映画のようなきっかけとかありません？」

「映画のようなとは？」

「よくあるじゃないですか。お父さんが警察官で、夜勤中に殉職したとか、妹が連続殺人犯に殺されたとか」

「父はいまも元気に食堂をやっていますし、妹がいますけど、動物病院で働いています。いまは違いますが、父がやっていたクッパの店は、私がまだ子どもの頃は二十四時間営業でした。夜中に来るお客さんのなかには迷惑な客もいます。すると近くの交番からおまわりさんが駆けつけて解決してくれたので、昔から警察に対する印象は良かったと思います。その交番にカッコいい女性の警察官もいて。それに子どもの頃からテコンドーをやっていて、中学までは大会にも出ていました」

「学校を卒業してすぐに警察官の試験を受けたんですか？」

「いいえ、しばらく別の仕事をしていました」

「会社勤めをしていて、それから警察官になったってことですか。ひょっとして、警察官になるために会社を辞めたんですか？」

「すみません、そろそろそちらのお話を聞かせてもらえないですか」

「あら、これからが本題ってところで……。刑事さん、なかなかやり手ですね。いいところでつづくにするって。どうぞ、質問してください」

「その読書会についてお聞きしたいのですが、メンバーのことや、イ・ギオンさんがやめたあとはどんな様子だったのかということなどを」

「ところで、私たちが会ってお話しするのは今日だけですか？　それとも今後も何回か会えるのかしら」

「お話の内容にもよると思いますが……」

「刑事さん、お酒はお好きですか？　今度一緒に飲みません？」

「監督、まずは読書サークルについてお聞かせ願えませんか」


「最初に集まったのは七人でした。ドストエフスキーの小説を読もうだなんて人間がそんなに集まるとは、誰も思っていなかったはずですよ。初めてメンバーに会ったときは、みんな寂しい人なんだろうなって思いました」

「その七人のお名前、覚えていますか？」

「ええ。あっ、最初の討論でやめちゃった女の子以外は。私と、イ・ギオンはご存じで、ミン・ソリム、サークルを立ち上げたのはユ・ジェジン、それからチュ・ミドゥムとキム・サンウンです」

ジヘは手帳を取り出し、名前をメモした。二十二年前の捜査員がこの小さな会を見落としたのもわかる気はする。当時の警察は延世大学人文学部の学生を対象に聞き込みをしたが、この読書会のメンバーに人文学部学生は二人しかいなかった。ミン・ソリムは人文学部九八年入学、学部制になる前に入学したイ・ギオンは社会学科に九五年に入学していた。

ク・ヒョンスンは生活科学部、ユ・ジェジンは法学部、チュ・ミドゥムは理学部、キム・サンウンは商経学部だった。

「内輪では各学部を代表する読書好きが集まったなんて言っていました。お互いを各学部の読書会長と呼び合ったりして、工学部、医学部、音大の代表も入れないと、なんて。ユ・ジェジンに、各学部の建物に募集の張り紙をしたのかって訊いたこともあったけど、自分は一カ所にしか貼っていないって言っていました。人文学部と総合館の通路に貼っただけだって。人文学部の学生だけでなく、一般教養の授業に出る学生もよく通っていた通路ではありましたけど。ユ・ジェジン本人もこんなに参加者が集まるとは思わなかったって。誰も来なかったら、一学期の間、自分一人でドストエフスキーを読もうと思っていたとも言っていました。やっぱり、『ぼくは病んだ人間だ』、あの最初の一行にインパクトがあったようです。一年生が一人もいなかったのも不思議でした。まあ、一年生はもっとおもしろそうなサークルに入るものでしょうけど」

「いまは皆さん、何をされているんでしょう」

「イ・ギオンとミン・ソリムはご存じでしょうし、私は映画監督の端くれで、ユ・ジェジンは死んで、チュ・ミドゥムは工房をやっていて、キム・サンウンは国際機構に勤めています」

「えっ、サークルをつくった方、亡くなったんですか?」

「ええ。自殺です。二〇〇九年だったと思いますが。ええと……。そう、二〇〇九年で合ってます。私たち、ちょうど三十歳になった年でしたから。首をつったんです。遺書もないまま。でも、みんなどこかで、彼が自殺しそうな予感はありました」

「どういうことですか?」

「法学部だと、ふつうは司法試験の準備をするものです。なのにドストエフスキーだなんて、会ったときからやっぱり彼はふつうじゃなかったのだと思います。まあ、そういう意味では私たちもみんな、少なからず決められたレールから外れていたことにはなりますが。ユ・ジェジンは卒業もできませんでした。休学を続けた挙句、除籍になったって話です。大学に通っている頃からバーで働いていました。『ジューダス・オア・サバス』という名の。みんなでよく行った店で、いつからか、そこのオーナーと仲良くなっていて、そのうち一人で任されるようになっていたんです。しばらくすると住み込みで働いていたようでした。かといって商売に精を出していたわけでもなく、いつも小難しい本を読んでいて……。私は村上春樹のせいじゃないかって思ってるんですけど。人のこと言えた義理じゃありませんが」

「周りからずいぶん心配されていたでしょうね」

「私たちは面白半分に見ていましたが、両親にしたらたまらなかったでしょうね。苦労して名門大学に入れたのに、当の息子は中退して三十になるまで飲み屋でバイトなんて。もともとかなりのイケメンでしたが、煙草の吸いすぎとお酒の飲みすぎで顔色が悪く、具合もよくなかったようです。間違いなく肝臓をやられてましたね。あっ、そういえば」

「どうかしました？」

「あ、いえ、たいしたことじゃないんですが……。あの文章。ユ・ジェジンが読書サークルの勧誘に使った文章のことです。あれはドストエフスキーの『地下室の手記』という小説の冒頭の文章なんです。『ぼくは病んだ人間だ……。ぼくは意地の悪い人間だ。まったく人好きのしない男だ』っていう。その次の文章は『ぼくの考えでは、肝臓が悪いのだと思う』と続くんです。ただの偶然でしょうけど、なんだか不思議な気がして。そういえば、次の文章もユ・ジェジンにぴったりといえばぴったりかも。『もっとも、病気のことなどぼくにはこれっぽっちもわかっちゃいないし、どこが悪いのかも正確にはわからない』」

「それ、全部覚えているんですか？」

「数行だけですが。好きな本で、ドストエフスキー自体が好きなので。私のデビュー作の原作はドストエフスキーの小説なんです」

「そうなんですか？」ジヘは多少驚きながら訊いた。

「ええ。初めて撮った映画は『白夜』というタイトルで、ドストエフスキーの小説のなかに同名の短篇があります。はじめからその小説を映画化しようと思っていたわけではなく、片思いをテーマにしたシナリオを書いていたのですが、書いているうちに『白夜』に似ていきました。その小説も片思いに関する物語なんです。しかもシナリオの草稿を読んだ人に、映画『ONCE』にそっくりだって言われて。『ONCE』のパクリだと思われるくらいなら、『白夜』が原作だって言ったほうがよほどいいと思ったんです。ドストエフスキーは没後百年が過ぎたので著作権は関係ありませんし、ドストエフスキーの作品が原作だというと、それだけでサマになるので。ちょうどその頃、『嗤う分身』という、ジェシー・アイゼンバーグとミア・ワシコウスカ主演のイギリス映画が公開されたんですが、その映画の原作はドストエフスキーの『分身』という短篇でした。それで『白夜』と『嗤う分身』を独立系映画館で同時上映するイベントも企画されました」

「先ほど、ユ・ジェジンさんのお話をされながら、人のこと言えた義理じゃないとおっしゃいましたよね。どういう意味ですか？」

「ああ、そのこと」ク・ヒョンスンは微笑を浮かべると、話題を変えた。「二十二年前のこと、よく覚えていると思いませんか？　私」

「こちらはありがたい限りですが……」

「なぜか最近、あの子たちのこと、よく考えていたんです。あとでお話ししますね。ちょっと一服してきていいですか?」

「一緒に行きましょう」

ジヘが言った。ク・ヒョンスンはＭａｃのノートパソコンをそのままにして席を立った。


「大学を卒業して、韓国芸術総合学校に入学しました。映画をつくりたかったんです。ですが、そこでも成績はさっぱりでした。インディペンデント映画のスタッフばっかりやっていたので。その次は韓国映画アカデミーに入って、両親には尻を叩かれっぱなし。三十代の半ばまで定職に就いたこともなくて。でも、親のすねをかじっていたわけではないですよ。バイトした数は数え切れません。家庭教師をしたり、トーキングバーで働いたこともありましたし、ガテン系もありました」とク・ヒョンスンは言う。

「ガテン系ですか?」

「といっても建設現場ではなく、マンションの内装工事みたいな。学部での専攻は室内建築だったんです。そこで得た知識、撮影現場でもけっこう役に立つんですよ。映画学校で習う理論よりずっと実用的でした。先輩や同期たちに短期のバイトをもらうときも使えましたし。でも、やっぱり一番割がいいのは家庭教師でしたけど。私は数学を教えるのが得意だったので」

　ク・ヒョンスンは煙草の煙を長く吐き出すと、吸殻を灰皿に押しつけてもみ消した。赤《マ》マールボロ《ル》だった。ジへの煙草を見ると、「私、電子煙草は苦手」と一言言った。二人は店内に戻った。

「私たちみんな、芸術家肌だったんです。虚栄心があって。どちらも同じ意味ですが。お互いに火をつけ合っていたんですね、きっと。私もコケはしても一応、映画監督ですし、数学を専攻したチュ・ミドゥムは木工作家に、イ・ギオンは美術品を売っています。ユ・ジェジンはロックに夢中になって自殺して、キム・サンウンは……」

「その方は何をされているんですか？」

「ユネスコではないんですが、ユネスコに似た国連のなんとかっていう国際機構で働いています。事務所は明洞のユネスコ会館に入っています。ユネスコだと、芸術関連っていえるのかしら？　サンウンも大企業を辞めたあと、慈善団体のようなところを経てその機構に入ったんです。あの子も苦労したといえますね」

「ユ・ジェジンさんとミン・ソリムさんは付き合っていたのですか？」

「次は私の番では？　攻守交代《チェンジ》！　警察官になる前はどんな会社に勤めていたんですか？」

ク・ヒョンスンは目を輝かせて訊く。

「自動車のアンテナを製造する会社です。いい会社でした」

ジヘは気乗りしないまま返事をする。

「自動車のアンテナ？　いまも自動車にアンテナなんてあるの？」

「あります。自動車のルーフの後ろに付いているヒレのような形をしたのがアンテナです。そういう形のものもありますし、窓ガラスの中に入っている透明なものもあります」

「へえ、そういう会社って、どうやって入るのかしら？　刑事さん、理系なんですか？」

「いえ、専攻は経営でした。現代起亜《ヒョンデギア》（起亜車は九九年に現代自動車の傘下に入っている）の部品メーカーが一堂に会する就職博覧会（合同会社説明会）があるんです。そこで願書を出して、面接に受かりました。就職活動をしていたときは、そういう説明会があれば必ず参加していました。英語と日本語がまあまあできて、勤務地は地方でもかまわないと言うと採用になりました。会社は昌原《チャンウォン》（慶尚南道の道庁所在地）にあって、社宅もあり、英語や日本語のマニュアルを翻訳できる人を探していたようです」

「そこではどれくらい勤めたんですか？」

「二年です」

そう答えながら、ジヘは多少、不快感を覚える。自分の過去を今日初めて会った人に話していることへの抵抗もあるが、自動車部品メーカーを辞める際に、上司ががっかりしていたのを思い出したからだった。彼らは「やっぱり若い女は採るものじゃない。地方を嫌がる」と腹の中で舌打ちしていたかもしれない。実際の理由はそうではなかったが、そんな非難も受け止めるしかなかった。考えてみると、初めて会った人に個人的な話をさせるのは、職業柄ジヘがいつもやっていることでもあった。

「どうして辞めたのか、訊いてもいいですか？」

「警察官になるためです」

ジへの口調は無意識のうちにつっけんどんになる。

「どうして警察官になろうと思ったんですか？　夢だったんですか？　それとも何かきっかけになるような特別なことでもあったんですか？　少し詳しく聞かせてもらえません？　私もきちんとお答えしてるでしょう？」

「あ、はい、すみません。とくにこれといったきっかけはないんです。警察官の試験のときにも訊かれた質問ですが。先ほどもお話ししたように、小さい頃から警察にいいイメージを抱いていたのと、あとは高校のときに、社会人を呼んで話を聞く時間がありますよね？　うちのクラスには飛行機の客室乗務員の方が来て講演してくれて、それを聞いて感動したんです」

「警察官じゃなくて、客室乗務員？　じゃあ、本当はＣＡになりたかったんですか？」

「いえ、そういうわけでは。その人がこんなことを言っていました。航空会社の客室乗務員は華やかに見えて、憧れる人もいるかもしれない、あるいは、客室乗務員の仕事は飛行機でお客さんにお茶や食事を出すことだと思っている人もいるかもしれない。でもどちらも違うって。グアムで大韓航空機が墜落したときの、事故現場での話をしてくれました。意識を取り戻した乗務員たちは、自分も火傷を負うなどして動けるような状態じゃなかったのに、乗客を救うためにすぐに立ち上がって、火事で熱くなった機体の破片などをかまわず素手でつかんでどけようとしたと。それが乗務員の仕事であって、乗務員の制服の力だって。その言葉が胸に響いて、ずっと記憶に残っていました」

「制服を着る職業に就きたかったってこと？」とク・ヒョンスンは小首をかしげた。

「何か体を張ってできる職業に就きたいと思いました。人のためになること。その部品メーカーの社員さんたちは、こんな話をよくしていました。その会社は現代《ヒョンデ》モービスに納品していましたが、現代モービスは現代自動車グループの系列会社で、グループの持株会社でもあります。現代自動車に使われる主要部品は現代モービスが供給することになっています。だからうちの会社も現代自動車がつぶれない限り、絶対につぶれないと。でも、それって私がこの会社に勤める理由になるのかなって、思っちゃったんです。もちろん、車用のアンテナを製造する仕事も意味のあることではありますが、それが自分にとって意義のあることだとは思えなかったんです」

「警察の仕事には意義があると？」

「どうでしょう。人々を楽にしてあげることと、苦痛を取り除くことは、また別のことだと思うんです。前者は良いことで、後者は正しいこと。私は正しいことをしたいと思いました。自分が正しいことをしていると思えてこそ、身も心も捧げられると思いました。そうでないと、人生の時間を無駄にしてしまうような気がしたんです。医師や看護師でもいいと思いましたし、消防士も真剣に考えました。そのなかで、一番惹かれたのが警察でした。警察のなかでも広報や人事といった事務方ではなく、捜査畑に」

医師、看護師、消防士ではなく警察に惹かれた理由があった。それは人が人に犯す暴力と関連している。だが口ではうまく説明できなかった。

「職業に貴賤があると思いますか？」

ク・ヒョンスンはいやらしい質問を投げかけてきた。ジヘは左右の口の端を上げ、彼女特有の微笑をつくることで返事に代えた。

55

そう。わたしは啓蒙思想を否定しているわけではない。補完するべきだと考える。わたしはジャン＝ジャック・ルソー、パーシー・ビッシュ・シェリー、フリードリッヒ・ニーチェの末裔ではない。わたしは政治理論を詩に置き換えようとは思わない。より精巧な政治理論を同じ座に据えたいだけである。

わたしは熱弁や修辞、アフォリズム、熱狂、狂気、アバンギャルド、ディオニソス、浪漫主義、反理性主義、反科学主義、無政府主義、頓悟《とんご》、不立文字《ふりゅうもんじ》、極端な暮らし、放浪への賛美や野蛮が投げかける隠微な誘惑に断固反対する。

フランシスコ・デ・ゴヤが作品の端に記した言葉：理性の眠りは怪物を生む。

わたしは啓蒙主義の守護者である。

民主主義および資本主義が仮定するほど、人間は理性的ではないことをどうにか悟った少数の者たちは、啓蒙主義について一種のアップデートを提唱する。知的インフラを樹立し、いわゆる「ナッジ」技術を駆使して個人の判断を合理的な方向に導こうと。

わたしの目標はそれ以上である。啓蒙主義にはそもそも根源的な欠陥があったと見ている。そのため、その補完とはつまり、再設計に近い作業になる。わたしが描くものは「啓蒙主義2・0」というよりも、「新啓蒙主義」とよぶにふさわしい。

わたしは新啓蒙主義のアウトラインをおぼろげながら眺望できる。

新啓蒙主義は個人に、より持続的かつ明確な道徳規範を示す。その規範は、過去には宗教によって得られた霊的充足感をある程度は満たせるはずだ。おそらくその規範では、あるラインを超えたら合格、という方式ではなく、何かを絶えず修練していくかたちになるだろう。新啓蒙主義の道徳規範は、善良な人々にもより高度の意味や価値、方向性をじゅうぶんに示しえる。

そのような規範なだけに、新啓蒙主義は旧啓蒙主義に比べ、個人の自由をそれほど高く評価はしないであろう。そこでは自由や解放、それ自体が目的にはなりえない。そこに方向性はない。「解放以後」が重要なのだ。新啓蒙主義社会では、幸福の重要性もやはり色褪せる。幸福も人生の目的にはなりえない。

道徳的規範が明確であるということはすなわち、現在の道徳的ジレンマをほぼ解消しうるという意味である。

ブレーキが故障したトロッコが走ってくる。線路の先に五人の労働者が縛られている。自分の横にいる太った男を線路に突き倒し、トロッコを止めるべきか。そのように一人を犠牲にして五人を助けるべきか。新啓蒙主義ではこのジレンマにも解答を、少なくとも突破口は示さねばならない。

いかなる解決策を提示するにせよ、それは特殊な状況下での人命の価値を評価することにほかならない。「一度生まれた人間は命を保障され、自由および幸福の追求において平等に待遇されるべき」という思考は修正、あるいは変形されることになる。新啓蒙主義では、一個人は他人を平等には扱わない。

だが、それが人種差別やファシズムに傾いてはならない。ひとつの社会においてはすべての人間が平等に扱われるべきである。しかし、一個人がすべての人間を平等に扱うのは不可能である。新啓蒙主義ではこのふたつの命題をワンランク上の次元で統合せねばならない。トロッコ問題は、その統合のための格好のたたき台になりうる。

56

ク・ヒョンスンは、ミン・ソリムが一、二年のときに彼氏をとっかえひっかえしていたという噂は聞き知っていて、仲のいい男子も多かったと証言した。「セックスの相手も選り取り見取りだったはずですよ。一人暮らしでしたし」とク・ヒョンスンは言った。

「会社員や大学院生の彼氏もいたようです。なんとなくですが、そんな気がしました」

だが、読書会に参加していた頃は特定の人とは付き合っていなかったようだとも付け加えた。自分の知る限りでは、二〇〇〇年の前半はそうだったという。ミン・ソリムは「男なんて道具にすぎない」と思っている節があったとも。

「ソリムとユ・ジェジンは、付き合ってはいなかったと思いますよ。ユ・ジェジンがソリムに気があったのは確かですが。ソリムは、最近の言葉でいうと『漁場管理《キープ》』していたんだと思います。当時はそんな言葉ありませんでしたけど。うまいことつくりますよね」とク・ヒョンスン。

「ミン・ソリムさんは男性を利用していたと思いますか？」ジヘが問う。

「おごってもらったり、宿題をさせたりって意味でですか？　それなら違うと思います。ソリムはお金持ちだったので、お金なら自分のほうが使って、人におごられることはなかったはずです。断言はできませんが、自分の課題を人に任せたこともないと思います。そういうタイプではなかったので。それよりも、マウントを取って自分の思い通りにさせたいという支配欲のようなものがありました。

　ある日、みんなでお酒を飲んでかなりできあがっていたとき、学校の正門の向かい側の歩道を歩いていて、ソリムがいきなり学校の方を指しながら男子にこんなことを言ったんです。横断歩道の信号が赤のときに反対側まで走っていって戻ってきたら付き合ってあげるって。当時は道路の中央にバス専用レーンもなかった時代でした。おそらく両側十車線はあったはずで、交通量がものすごく多い道路です。断崖絶壁から飛び降りろと言っているようなものですよ」

「それで、実際に誰か飛び込んだんですか？　男子というと、どなたがいました？」

「ユ・ジェジンとチュ・ミドゥムです。メンバー全員揃っていたので。チュ・ミドゥムはソリムにそれほど露骨ではありませんでした。だからそれは、ユ・ジェジンに言ったようなものでした」

「それで、ユ・ジェジンさんはどうされました？」

「絶対かって確かめもせずに、すぐに道路に飛び込みました。みんな大騒ぎでしたよ、ソリム以外は。イカれてる、早く戻ってこいって。ソリムにも度が過ぎる、早く戻らせろって言って。ちょうど道路が混んできていて、車のスピードはそれほど速くなかったからよかったけど。片手を挙げながら車を止めて、ジグザグになんとか向かい側にたどり着きました。でも、戻ってくる途中で……」

「ひかれたんですか?」

「いいえ。私たちも気づかなかったのですが、その交差点に交通警察がいたんです。その警察官が道路の真ん中までものすごい勢いで追いかけてきて、ユ・ジェジンは捕まって思い切り後頭部を殴られていました。殴る音が私たちにも聞こえたほどです。いまだったら、いくらそんな状況でも警察が市民を殴るだなんて、ありえませんよね。しかし当時は私たちもみんな、殴られて当然だと思いました。誰が見てもユ・ジェジンの行動はどうかしていたので。警察官はセンターラインの付近でユ・ジェジンをつかんでいて、青信号になると解放してくれました。殴られた後頭部を押さえながら私たちのいる所まで戻ってきて、周りの人からじろじろ見られてました」

「ミン・ソリムさんはなんて言っていました?」

「あ、それがまた傑作でした。ユ・ジェジンの耳元で何かささやいていたんです。すると彼はにこっと笑顔を見せました。だから、二人はこれで付き合うことになったんだなって思ったんです。でも、その後もそれらしい雰囲気が見えないので、ユ・ジェジンに訊いてみました。あのとき、ソリムは耳元でなんて言ったのかって」

「すると?」

『警察に捕まったら学校側に戻ってもう一回やり直せばよかったでしょう』って。それを聞いてこっちがあきれちゃって、『あんた、そんなこと言われて悔しくないの？』って訊いたら、『成功したところで、付き合ってくれるとは思っていなかった。俺だって捨てたもんじゃないってところを見せたかっただけだから』と言っていました。そのときは私も子どもだったので、なんかちょっとカッコいいかもって思っちゃったことを覚えています。いまなら背中をぶっ叩いてやりますけどね」

「あのときはみんな、等身大の自分よりも大きくてカッコいい自分を演じていたのだと思います。ミン・ソリムとユ・ジェジンはどっちがクレイジーかを競っていたのでしょうね。ちょっと頭のいい二十代って、世の中が馬鹿馬鹿しく見えるものなんですよ。常識から外れれば外れるほど、カッコいい人間に見られると思っていて、見栄張って。当時はサークルのメンバーのことを、自分以外はみんな頭がおかしいと思っていました。でもいま考えてみると、私も含めて、みんな優等生だったのでしょうね。K《コリアン》－優等生。十代をいい子で過ごしたのがこっぱずかしくて、それを隠すのに必死だったんだと思います」

「ユ・ジェジンさんはミン・ソリムさんを憎んではいなかったのですか？」

「さあ、憎んではいなかったと思います。自分の気持ちを口にする子ではありませんでしたが。いずれソリムと付き合うことになるっていう自信もどこかにあった気はします。そういう意味ではソリムと似たような面もありました。二人が付き合うことになっても私は驚かなかったと思います。その後、喧嘩別れしたとしても。ソリムは一人の人と長く付き合えるタイプではなかったので」

「男性がもう一人いましたよね。チュ・ミドゥムさんはどうでした？」

「ミドゥムもソリムのことが好きなようではありましたが……。ユ・ジェジンのアピールがすごかったので、その陰に隠れていた感じです。よかったら、チュ・ミドゥムとキム・サンウンと一緒に会いません？　四人でお酒でも飲みながら話をしていたらあれこれ思い出すかもしれませんよ。ときどきミドゥムの工房に集まって飲んでるんです。みんな未婚なので」

「そうしていただけるとありがたいです」

ジヘはそう言うと、ク・ヒョンスンからキム・サンウンとチュ・ミドゥムの連絡先を教えてもらう。ク・ヒョンスンのいう酒の席にかかわらず、キム・サンウンとチュ・ミドゥムにはそれぞれ連絡するつもりでいた。その一方で、まったく見当違いの捜査をしているのではないかと不安になりもした。この読書会のメンバーの一人が被疑者であるとはどうも思えない。それよりも、ミン・ソリムの最後の足取りがつかめるかもしれないということに期待を寄せていた。

「ミン・ソリムさんの事件がユ・ジェジンさんの自殺に影響を与えたとお考えですか?」

「刑事さん、ダンスは得意ですか?」ク・ヒョンスンは藪から棒に訊く。

「いえ、まったく。なぜです?」

「そうだと思いました」

「それといまのお話と何か関係があるんですか?」

ジヘは多少、不愉快になる。ダンスができないというのは、ジヘのちょっとしたコンプレックスでもあった。

「ああ、気を悪くされたらごめんなさい。べつに、刑事さんをけなすつもりじゃないんです。ついこういう話し方になっちゃって。私も踊りはからっきしダメですし。柔軟性ゼロなうえにリズム感もまったく。ソリムとジェジンは踊りがうまかったんです。昼間に『ジューダス・オア・サバス』に行くと、私たち以外にお客さんがいないことがあって、そんなときは音楽を大音量でかけてホールの真ん中で二人で踊るんです。セクシーなダンスというわけではないですよ。かかっているのもロックとか騒々しい曲が多かったので。へんてこな踊りなんです。原始人のような。腰を折ったり伸ばしたりしながらツイストしたり、腕をひらひらさせてぐるぐる回ったかと思うと、腰や肩をくねらせながらジャンプしたり……。でも不思議とすごくカッコよくて、きれいだったんですよね。他のメンバーもときどき一緒にそんなふうに踊ったりするんだけど、二人のようにはいかないの。なかでも最悪だったのは私でしたけど。ソリムやジェジンがほうきを揺らしただけでも、私よりそのほうきのほうが優雅に見えたんじゃないかしら。そんなときはソリムもジェジンもとても自由に見えましたけど、実際には違ったのでしょうね。周りの目を意識していたので。他人の目を引きたい年頃でしたから。ソリムやジェジンの横で踊っていた私たちも同じでした」

「それで？」

「私は人間って、二種類だと思っています。踊りが上手な人間と下手な人間。あるいは優雅な人間とそうでない人間。ある人は生まれつきリズム感があって、手足を動かしただけでサマになって。ある人はいくら踊ってもだめで。ソリムとジェジンは前者でした。私は後者。前者はカッコよく見えますよね。人目を引いて、いつも話題の中心にいる。かといって、彼らがダンスをしているときに人より立派なことを考えたり、人より誠実に生きていたりってわけではないですよね。人より自由でいられるわけでもないですし、さっきも言いましたけど、ただリズム感がいいだけなんですよ。それにそういう人たちって、リズムに敏感なことで損することもあると思うんです。自分のリズムにこだわることができなくなるという点で。そろそろ煙草吸いたくないですか?」

「ソリムの死はショックでした。ショックだけど、私たちは何をどうすればいいかわかりませんでした。お葬式もどこでするのかわからず、行けなかったくらいです。故人をしのんでお酒を飲む、というのもなんだか悪いような気がしてそれもできず、ただ何もなかったかのようにじっとしていました。それでも、銅鑼《どら》や太鼓を叩くとそれが振動して音が出るように、私たちの心も振動していました。あの子のことを好きとか嫌いとか、そういう問題ではありませんでした。言いたいこと、わかります?」

「ええ」

ジヘはうなずくと、煙草の煙をふうっと吐き出した。ジヘにも痛いほどわかる話だった。死亡事件は他の事件とは異なる。たとえ単なる変死事件であっても、担当の警察官は少なくとも丸一日は尾を引く。警察はその死に何の責任もないのにだ。ひどいときは平常に戻るのに何日もかかることもあり、なんともないと思っていた事件の記憶が数カ月後、あるいは数年後に突如なんらかのかたちで心理に影響を及ぼすこともある。

ク・ヒョンスンは言葉を継ぐ。

「あの年頃って、そういうショッキングなことを何度か経験するものなのかもしれません。

初めて聞いたこと、初めて経験することが多いので。恋、バイト、社会、責任、他人……。本で読んだこと、学校で習ったことを初めて体験することになるんだけど、教科書どおりにいくものなんて何ひとつない。そんなふうに驚いて、失望して、傷つきながら大人になっていくものなんでしょうけど。心の太鼓がずっと鳴りやまないんです。ドンドンドンドン。ふと世の中のすべてが偽善に見えて、反吐が出そうになったり、馬鹿馬鹿しくなったりもして。自分自身がそんなふうに見えたりもしていました。ジェジンはいつの間にか、間違ったリズムに乗っていたのではないかしら。その太鼓の音のひとつがソリムの死だったと思うんです。ミン・ソリムの死という太鼓の音によって、ある音は必要以上にくだらない音に、ある音はより重く深刻な音に聞こえるようになってしまったのかも。それは、私たち全員に言えたことでしたけど。

ユ・ジェジンはミン・ソリムのせいで死んだのか。それはノーだと思います。でも、ソリムが死んでいなければ、ジェジンはもっと違う生き方をしていたかもしれません。二十代後半は私もずっとモヤモヤしていました。映画をつくりたいのに、だらだらと学校に通うだけで何もできず。しかもいつも金欠で。そんなときにジェジンのバーに行って彼に会うと、この子は自分とは違うって感じました。私みたいに焦っていないんです。そのときもリズムに乗って踊っていましたが、以前のような優雅さは消えていました。カウンターから出て実際に踊っていたって話ではないですよ。彼の生活がそうだったってこと。学校、卒業、就職という問題を前に、彼なりの対応をしていたってことです。こっちで太鼓の音がしたら反対側に行ってダンスをしては足を滑らせ、あっちで音がするとまた別の方角に行ってステップを踏みってね。行く当てもなく、手当たりしだいにリズムに乗って、自分は自由だ、自由自在に踊りを踊っているって思い込みながら」

ジへとク・ヒョンスンは煙草を吸い終えるとカフェに戻った。ク・ヒョンスンのノートパソコンはそのまま置いてある。隣のテーブルの客は、スマートフォンを置いたままトイレに立ったようだ。治安に対する信頼感がこれほど高い国がほかにあるだろうか、とジへは思う。にもかかわらず、人々が警察に寄せる信頼感はそれほど高くないことに一抹の寂しさを覚える。

席に着いたク・ヒョンスンは「ちょっとすみません」と言うと、バッグから使い切りタイプの人工涙を取り出す。人工涙を点眼し、しばらく目を瞬かせるとティッシュで目の周りを拭きとった。彼女の「ひどいドライアイなんです……」と言い訳するような声は心なしか、くぐもっているようだった。

二十代半ばの頃は、誰もが進む道を拒み、バーでカクテルをつくるユ・ジェジンの姿がカッコよくも見えたと言った。二十代後半になると、それほどカッコよくは映らなかったとも。「もしも三十代半ばまでずっとそのままだったら、きっと笑い者になっていたでしょうね」とク・ヒョンスンは言う。その言葉を口にするときは、さっきよりずっと沈んだ声だった。

「自由って、炭水化物と似たようなものだと思うんです。生きていくためには絶対に必要なもの。それをちゃんと摂らないと、まともに生きていけなくなる。からだと心の新陳代謝が活発な十代、二十代ならさらに切実ですよね。でも、それ自体が重要なわけではないと思うんですよ。自由にしても、炭水化物にしても。それを材料にして、何かをつくりあげないと。自由な暮らしが目標だって言っている人を見ると、人生の目標は炭水化物って言っているように聞こえちゃう。それに、自由にも炭水化物のように適正量があるはず。必要以上に摂取すると、心に脂肪がたまっちゃうんじゃないかしら」


「ひとつだけ自慢してもいいですか?」ク・ヒョンスンが言う。

「もちろん」ジヘが答える。

「読書会の仲間のなかで、二十代の頃に夢見ていたことを実現させたのは、私しかいません。なのに、あのなかでダンスが一番下手だったのも私でした。なんの根拠もないように聞こえるかもしれませんが、私にはそれが偶然ではないように思えるんです。私、全然リズムに乗れなかったんですよ。メンバーのなかでは一番知識もなく、話も一番下手でした。誰よりも貪欲ではありましたけど。だから目の前のことにもうまく対応できず、いつもまずいていました。ミン・ソリムとユ・ジェジンは私と違っていて、まぶしいくらい優雅に映りました。二人は状況把握も早くて、自分が何をすれば無様な姿を周りにさらさずに済むか、本能的にわかっている子たちでした。でも、人は何かを成し遂げるにはその長い過程のなかでつまずくこともありますし、やむをえず無様な格好をさらすときだってあるんです。こんな話、捜査の役に立ちませんよね？」

「いいえ。どうぞ続けてください」

「ビール頼んでもいいかしら」とク・ヒョンスン。

「どうぞ」

「刑事さんもいかがです、おごりますよ」

「いえ、勤務時間中なので……」

ク・ヒョンスンはしばらくメニューをめくると、バドワイザーを注文した。瓶ビールをコップには注がず、そのままごくごくとラッパ飲みする。何年も禁酒していた人間のように一瞬にして半分まで飲んでしまうと、幸せそうに子犬のような笑みを浮かべた。

「さっき、いいことより正しいことをしたいっておっしゃいましたよね。それって、いい話だと思いました。人生に方向性があるってことでしょ。私も自分の行きたい方向があったけど、水の流れが違っていて、私は水泳が得意じゃなかったので、あっぷあっぷするしかなかったんですよね。私だって自分の娘がトーキングバーでバイトしてインディペンデント映画の制作費を稼ぐなんて言ったら、縄でしばってでも止めるでしょうね。映画の制作ではなくて、批評だったらずっと上品でいられたかもしれません。インターネットでシネフィルとして名を挙げていたかもしれないですし。そんな優雅でゆったりとした人生が送れたかも。でも、私は映画がつくりたかったんです。ジタバタしながら耐える、それが一番勇気あることだと思いました。横断歩道に飛び出すよりずっと勇気のいることだって」

「『優雅にゆったりするよりジタバタしながら前に進むほうがましだ』、これって『白い手の白手団《ペクス》』に出てくるセリフですよね？　映画、良かったです」

「どうも。『白い手の白手団』じゃなくて『白い手の青年団』ですけどね。完全にコケちゃったけど。タイトルのせいかしら」

「覚えやすくはなかったかもしれません」ジヘは言い訳するように言う。

「タイトルは私が言い張ったの。それだけは最後まで曲げなかったのに、それがあだになったみたい。制作会社には『チェンジ』にしようって言われたんですが。タイトルにチェンジって、どうもね。昔、男女が入れ替わる『チェンジ』って映画ありましたよね」

「チェンジよりは『白い手の青年団』のほうがずっといいですよ」

ジへがすかさずそう告げると、ク・ヒョンスンは豪放な笑いを見せた。

「なによ、刑事さん、意外と小心なのね。気にしないでください、なにもタイトルでコケたわけじゃないんで。船頭が多すぎて、出来上がる前から嫌な予感がしてたんです。映画って、出資してもらうにはキャストが重要なんですよ。スターが気に入らないって言えば、その部分のシナリオを書きなおさなきゃいけませんし。ただでさえ出資サイドの審査担当者からのダメ出しも多くて。あっちも、それで給料もらってるんだから、直さないわけにいかないんだって言ってましたけど。こっちはこっちで長篇の経験もなく、これがポシャったらいつまたチャンスが巡ってくるかって思うと、言いなりになるしかなくて。映画制作が二度三度ポシャると、金もセンスもない、ただ映画界にいるだけ、になっておしまい。公開前の試写の段階で泣きそうになりました。これは違うって」

ク・ヒョンスンは片手を挙げるとビールをもう一本注文した。こんどはバドワイザーより高い輸入物のビールだった。またもごくごくと呷《あお》り、満足した子犬のような顔になる。

「売れない映画監督がたどる道って決まってるんですよ。第一歩は病院でうつ病の薬をもらってくる。次はあちこちで占ってもらう。最後は改名するって。私もいま改名しようと思っているところなんです」

ク・ヒョンスンは冗談とも本気ともつかない話をした。二〇〇〇年一学期が終わってからのミン・ソリムの足取りは知らないという。そして、自分だけ長々と話をさせられたと軽く不満を表す。ジへの話を聞けなかったというのだ。ク・ヒョンスンにそう言われ、次回は女性刑事ならではのエピソードを聞かせるとしぶしぶ約束した。

ク・ヒョンスンはこのままバーに行って飲もうと誘うが、ジへは断る。ソウル本庁に戻って今日聞いたことをまとめなければならないと言い訳するが、あながち嘘でもない。別れ際にク・ヒョンスンが言った。

「さっき、最近ソリムとジェジンのことをよく考えるって話、しましたよね。じつは映画が公開される前に、憂鬱すぎてカウンセリングを受けたんです。公開しちゃうとかえって気は楽になりました。堕《お》ちるところまで堕ちたっていうか。一番落ち込んだときは、いけない衝動も覚えます。そんなときにソリムとジェジンのことを思い出すんです。あの二人だったら、こういうときどうしただろうか、あの子たちは私みたいなことにはならないだろうな、って。ああいう生き方をしていたら挫折なんてないだろうから。行きたい方向があるからこそ挫折するんです。とくにいまの世の中ではよけいにね。何もかもが不確かな時代。どんな計画を立てても結局は実現しない。私、若い頃は毎月、毎週、一日一日が挫折の連続でした。いまだって、たいして変わりないですけど」

ソウル警察庁の刑事部屋に戻ったジヘは、ク・ヒョンスンに聞いたチュ・ミドゥムとキム・サンウンの番号に電話を入れた。チュ・ミドゥムは出なかった。キム・サンウンは呼び出し音が長い間鳴り続けてから、ようやくつながった。

ジヘが名乗り、二十二年前のミン・ソリム殺害事件を捜査している旨を告げると、相手はしばらく無言のままだった。ジヘは通話が切れたのではないかと思い、確認のためにもう一度声をかけた。

「あの事件の再捜査を？　何か手がかりでも出てきたのですか？」

キム・サンウンが訊き返す。低く、どことなくセクシーな声だった。

「そういうわけではありません。殺人事件の時効がなくなったので、もう一度捜査をやり直すことになりまして」

相手はまたも沈黙する。

「もしもし？」ジヘが呼びかける。

「私、ソリムを殺した犯人を、知っています」キム・サンウンが言う。

「誰です？　なぜそれをご存じなんでしょう」ジヘが問う。

「ドストエフスキーの『白痴』という小説をご存じですか？」

57

アウトラインだけがぼんやり見えている状態だが、愚かとは知りつつも、わたしはいくらか期待を寄せている。単なる希望にすぎないかもしれないが、いずれにしてもかすかな期待を抱いている。

ばかげてはいるが。

そのうちのひとつは、新啓蒙主義の世界観のなかで成長する人々は、悲劇を理解できるようになるかもしれないということである。

啓蒙主義の世界観のなかにいる現代人には悲劇は理解できない。悲劇においては古代人のほうが我々よりずっと優れた専門家であった。彼らは悲劇をありのままに受け入れた。悲しみは悦び同様に人生と世界の重要な構成要素であり、解釈など必要なかった。

中世の人々は古代人には劣る。彼らは悲劇を処罰や逆境として受け止めた。だが彼らには神が存在し、すべては最後の審判の際に正されることになっていた。彼らはそのように悲劇を抱擁することができた。

現代人は悲劇を失敗として、ある時は教訓として、はたまた社会批判として受け止めるにすぎない。幸福、快楽、効用が人生の目的と思い込んでいるからである。現代の読者や観客は悲劇のなかの人物に垣間見える高貴さに気づかず、彼らはなぜ失敗したのかと考える。オセローは嫉妬が問題であり、ハムレットは優柔不断なせいで成功できなかった、という具合に。

新啓蒙主義は幸福ではなく意義を人生の目的とする。そのため意味ある不幸は意味のない幸福よりましだと説く。意義は物語のなかで生まれ、物語は苦痛によってつくられる。だとすると、苦痛によって得られる、不幸のなかでしかつかむことのできない意味についても、新啓蒙主義は説明できるのではないか。

新啓蒙主義は、名誉や侮蔑感についても啓蒙主義とは別の方法でアプローチし、新たに説明することが可能になるかもしれない。

啓蒙主義は生命や自由、幸福の追求について、人間の尊厳という概念でうやむやにしている。それは侵されることのない価値であり、欲求ではなく権利だとして、意味を追求することはあと回しにされている。そのため啓蒙主義では、名誉や業績のために死を選ぶ者や文化を理解できない。承認欲求による闘争は幼稚なもので、恥ずべき行為とみなされる。だが、五つの子どもから八十の老人まで、承認欲求のない人間など存在しない。それは人間の紛れもない本性である。新啓蒙主義では意義を重視し、意味への熱望、より重大な出来事にかかわることへの欲望が自然権に含まれる可能性が高い。

新啓蒙主義での人権に関する規範や刑事司法システムにおいては、意味を侵すことを重罪と見なす可能性もある。人格権のようなその場しのぎの概念ではなく。前近代において名誉とよばれた価値について、より論理的かつ一貫性のある解釈を提示しうるかもしれない。

そこでは、ミン・ソリムがわたしにいかなる攻撃を加えたのか、それにより彼女とわたし、それぞれが受けるべき量刑はどれくらいなのか、新たな評価が下されることになる。

58

「すみません。仕事が長引いてしまって。ずいぶんお待たせしてしまったのでは？」

中背で細身の女性が、脇に草木が生い茂る道を急ぎ足で歩いてくると、ジヘに会釈する。

キム・サンウンのようだ。

急ぎ足ではあるが、体操選手のようにしっかりした足取りだ。服装、ヘアスタイルともに隙がない。アップにした髪から後れ毛ひとつ出ていないことは、容易に想像がつく。毎朝のヘアスプレーの消費量はかなりのものだろう。

「いえいえ。お茶していましたので。ここのコーヒー、安くておいしいですね。こんなところにカフェがあったなんて、知りませ……」

ジヘはあいさつの途中で口ごもる。キム・サンウンの顔に、大きな青黒いあざがあるのを見て驚いたからだった。日差しを浴びて歩いてくるときは木の影だと思ったが、そうではなかった。メイクでも隠しようのない、色の濃いあざが眉間から鼻筋を通り、右頰の真ん中まで続いていた。まるで墨汁でもかけられたかのように。

ジヘは相手のあざに驚くのは失礼だとわかっていながらも、すでに遅かった。キム・サンウンもやはり、ジヘが自分の顔を見て驚いたことに気づいていた。だが何事もなかったかのようにあいさつし、財布から名刺を取り出して差し出す。そこには「国連 持続可能な発展機構 韓国委員会 青年ネットワークチーム長」とあった。

「こんなところにお店があるなんて、知りませんでした」

ジヘはテーブルに携帯電話を置き、あたりを見回しながら言う。だが、キム・サンウンの顔を見ないようにしていると思われてはいけないと、あえて視線を正面に据える。目には驚きや憐憫、いかなる感情も込めないよう努める。

「ええ、明洞《ミョンドン》のど真ん中にこんな屋上庭園があるとは誰も思いませんものね。最初は職員にしか開放されていなかったこともあって」

二人は明洞にあるユネスコ会館屋上のカフェにいた。高層というわけでも、大きくて立派というわけでも、おしゃれなインテリアというわけでもなかったが、居心地のいいカフェだった。何よりも客がほとんどおらず、静かだ。カフェの周りは庭園になっており、ツツジや竹、トマトなどが植わっていて、小さな池もある。

二人はまず、キム・サンウンの仕事に関する話題から始めた。「国連 持続可能な発展機構」とは、ユネスコ韓国委員会の分科のひとつだったが、数年前に独立し、キム・サンウンもその際にユネスコからこちらの所属になったという。ジヘは、ユネスコ韓国委員会の職員の人件費はこのユネスコ会館のテナント料から出ていると聞いて驚く。五十年も前に、当時、低開発国家だった韓国のためにユネスコが建ててくれたビルだという。

「先週は大学生たちを連れて高敞《コチャン》に行ってきました。コロナのせいで二年間中断していましたが、これ以上延期するわけにはいかないと、それで再開したイベントだったので、ずいぶん気を遣いました。そのせいか週末は寝込んでしまって、今日は午後から出勤したんです。うちはフレックスタイム制なので出勤時間は少し遅くてもかまわないんですが、精算の締め切りがあったもので、それで少し遅くなってしまいました」キム・サンウンが言う。

「高敞というと、全羅北道にあるあの？」

「ええ、高敞郡全体が生物圏保存地域《ユネスコエコパーク》に指定されています。行ったことありますか？」

「いいえ、すみません」とジヘはかぶりを振る。

「いえいえ。皆さんそうですよ。高敞郡がどこにあるかも知らず、生物圏保存地域というのが何かも知りません。うちは環境部（国家行政機関／環境省にあたる）の予算で、高敞郡とともに青年フォーラムを開催しているんです。三泊四日の日程で、講演を聞いたり、見学して学生が発表したり。正直、学生たちはイベントになんて興味ないんです。国連関連のフォーラムに参加、って履歴書に一行追加するために来ているようなものです。でも、運営側には厄介な問題がありまして」

「どんな問題ですか？」

「もらった予算でお酒を買うわけにはいきません。飲みたい盛りの学生たちが山の中のユースホステルに四日も閉じ込められて、お酒も出ないとなったら黙っていると思います？空気はいいし、男女の数も合わせてあるし、おいしいごはんを食べさせているっていうのに。いくら禁止事項として注意しても、必ず宿を抜け出して近所のコンビニでお酒を買ってくる子たちがいるんですよ。徹夜で朝まで飲んで、昼間は二日酔いでみんなぐったりしていて。挙句の果てには最終日の夜、飲み足りないからって、ある学生が夜中にまたお酒を買いに出て、転んで骨まで折る始末です」

キム・サンウンはその後も、大学生たちの笑えないエピソードの数々をおもしろおかしく描写した。饒舌で、ジヘも思わず噴き出してしまう。キム・サンウンの低いトーンの声が魅力的だった。

「大学教授の講演料やユースホステルの支払いは少し遅くなってもかまわないんですが、イベント業者には早く振り込んであげないといけないんです。こちらの支払いが遅れると社員の給料も遅れてしまう零細企業が多いもので。その精算があってお待たせしてしまいました」

そう言うと、キム・サンウンはもう一度頭を下げた。顔のあざのせいで話術やマナーにより磨きをかけたのではないか、そんな考えがジヘの脳裏をよぎる。

キム・サンウンは、高敞は海苔が有名で、ユースホステルから海苔を数箱もらってきたのでもらってくれないかとジヘに勧める。

「私、一人暮らしなんです。家ではほとんどごはんを食べませんし。事務所に箱ごといくつもあまっていて……」キム・サンウンが言う。

「私も一人暮らしで、家でごはんをつくって食べることってほとんどないんですよ」とジヘは遠慮した。

ある程度打ち解けたと感じたところで、ジヘは本題に入った。

「ところで、『白痴』という小説はどんな内容なんですか？」

「そうですね、なんて説明すればいいんだろう……。男女の痴情のもつれ。まあよくいって痴情劇ですが、マクチャンドラマ（ドロドロの韓国ドラマ）っていったほうがピンとくるかもしれませんね。三角関係、四角関係がじゃんじゃん出てくるドロドロの。ドストエフスキー小説のなかで、女性の描写が一番多い作品でもあるはずです。主人公はムイシュキンという若い公爵です。とても善良で純粋すぎて、白痴と呼ばれていました。しかし知能が低いわけではなく、ただ傍から見ると、マヌケに思えるほど変わった人物なんです」

キム・サンウンは『白痴』について語り始める。ムイシュキンは小説の初めでは無一文だが、親戚から巨額の遺産を受け取る。若くて美しい二人の娘がそんなムイシュキンを愛するようになるが、一人はナスターシャといい、もう一人はアグラーヤという。

ドストエフスキー作品には情念のあまり半狂乱になる人物がたびたび登場するが、この小説ではナスターシャとアグラーヤがそれに該当する。二人の女性はどちらも美貌の持ち主で、周りの男たちの関心と賛辞を一身に集めるという共通点があり、それ以外にもプライドが高くわがままで支配欲の強いところも似ている。しかし二人の境遇は、天と地ほどの差がある。

ナスターシャはある金持ちの男の情婦である。資産家の男は孤児だったナスターシャを幼い頃から育てる。彼女が十二歳になる頃には将来美人になることを見越し、自分の情婦にすることを密かに決めて貴族の教育を受けさせる。十六歳になると男は自分の別荘に彼女を住まわせ、何年も夏の間の情婦として弄ぶ。ナスターシャはたとえ自分が破滅しようとも、その男に復讐することを望む。資産家の男もそのことを知り、彼女を追い払おうとする。それに反し、アグラーヤは地位の高い将軍の末娘として大切に育てられ、いい夫に巡り会うこと以外にとりたてて心配もない。

「小説の序盤でナスターシャをかけた競りのようなことが行われるんです。資産家はナスターシャに金を出して、将軍の秘書と結婚させようとします。将軍の秘書はナスターシャではなくアグラーヤに片思いしていたのですが、彼はお金につられて資産家の提案を呑みます。と同時に、ナスターシャには彼女を追い回していたストーカーのような男がいて、その男がそれ以上の金をやるからと自分と結婚するよう迫ります。ナスターシャは二人の男から巨額のお金を提示されるという状況です。しかし彼女はどちらにも興味はありません。ナスターシャは人々を呼び集めて、高い金額を提示した男の求婚を受け入れます。そしてその金は自分のものだから自分の好きにさせてもらうと言って、暖炉に放り込んで燃やしてしまうのです。すごく印象的なシーンです。ソリムはとくにそのシーンが好きでした」

ナスターシャが金を燃やしてしまう姿を目撃した人々はショックを受ける。その場は修羅場と化す。ナスターシャは将軍の秘書に燃え盛る紙幣を持っていってもいいと言う。金のために暖炉に飛び込む姿が見たいと言いながら。

人々は将軍の秘書に、プライドなど気にせず暖炉に飛び込むようけしかける。将軍の秘書は誘惑になんとか耐え、その場を出ていこうとするが、途中で気絶する。その場にいた別の男は、自分には腹をすかせた家族が十三人もいると言い、暖炉に入って金を拾うことを許してほしいと哀願する。ムイシュキン公爵はその光景を目の当たりにし、ナスターシャに憐憫を覚えると同時に恋をするのだが……。

「ソリムはナスターシャという人物が大好きでした。ソリムがやっていたくだらないことのうちの多くは、ナスターシャのまねをしていたのだと思います」

「ひょっとして、自分の過ちを告白するゲームもその小説に出てきますか?」

「そうです。『白痴』の序盤に出てくるエピソードです。そのゲームの話、聞いていらっしゃるんですね。実際に小説と同じことが起きました。一人が恥をかかされ、追い出されるという」

『白痴』には、ヒロインが男たちに、車道を渡ってきたら交際してもいいと告げるシーンも出てきますか？」

「ユ・ジェジンのことですね。いいえ、そういうシーンは登場しません。ドストエフスキーの別の小説の『悪霊』に似たようなエピソードがあるにはあります。『悪霊』の主人公であるスタヴローギンは賭けに負けて、精神を病んだ女と結婚します。スタヴローギンは、自分が何をどこまでできるのか実験したがっている男です。その後、彼は自分の妻であるその女をゴロツキに殺害させます」

「ユ・ジェジンさんがミン・ソリムさんを殺したと思っているのはなぜです？」

「私とソリムは仲良しでした。私ほどソリムと正反対の人間もいなかったかもしれませんね。ソリムは女王様のような顔をしていて、私はまったくですし、ソリムはお金持ちの家の娘で、私は父が経営していたクリーニング店が通貨危機の時代につぶれて、家族はバラバラになりました。考試院に入るお金もなくて、下宿屋に住んでいました。下宿は食事付きだったので、そのほうが安上がりだったんです。でも、私とソリムには特別な共通点がひとつありました。どちらも人目を引く外見だったという。街に出るとみんなじろじろ見ます。それって、いつまでたっても慣れないものですね。ソリムもそうだったと思います」

キム・サンウンはそう言うと、笑みを浮かべる。ジヘは何と言っていいかわからず、首だけわずかに縦に振った。

「気にしないでください。日本の太田というお医者さんの名前をとって太田母斑というんです。原因はわかっていないようです。早発型と遅発型、両方あるようですが、私は早発型のほうです。私の場合、ほぼ、治療の効果がないタイプで、何度も治療をしているんですが、ご覧のとおりです。今生は諦めました。おかしいですよね。造物主からすれば、こんなのたいしたミスじゃないのに。食べて、寝て、動いて、考えるにはなんの支障もありません。でも人間にとって、しかも若い女の子にとっては深刻な問題です。若い頃は性格もすごく暗くて、コンプレックスの塊でした。でもそれも吹っ切れました。こう言うとおかしいかもしれませんが、それにはソリムの死も大きく影響しています。この世のすべてを手に入れたかのような子が、あんな死に方をしてしまって。自分は少なくともソリムよりはましなのではないか、元気に生きているのだし、と、そんなふうに思えるようになりました。これって、間違っていると思いますか?」

「いえ、仕方のないことだと思います」

ジヘはそう返事をする。アウシュビッツで生き残ったユダヤ人の手記を思い出した。仲間がガス室に送られる際、「今回もわたしの番ではない」と悦びを感じたという。

「ありがとうございます。そう言ってくださって。じつは、ソリムのことはドストエフスキーの読書サークルに入る前から知っていました。私は記憶力がいいので、前に一般教養の科目で一緒だったことを覚えていたんです。もちろん向こうは覚えていませんでしたが。読書会を始めたときも、ひとつだけ同じ一般教養の授業を受講していました。ソリムとは関心分野が似ていました。私は経営学部なので、一般教養の選択の幅が広くて、文学部の授業をよく受講していたんです。かといってすぐに仲良くなったわけではありませんが。ちょっとしたハプニングがあったんです。ある日の夜、十二時頃だったと思いますが、ソリムからメッセンジャーが届きました。これからちょっと来てくれないかって。お互いの家が近くだということは彼女も知っていたので。そんな時間にそれほど親しくもない同性の友だちを呼ぶって、どういうことだと思います?」

「さあ、何か身の危険を感じていたんですか?」

「ううむ、危険といえば危険ですかね。彼女、洗顔して、綿棒で耳掃除をしていて、綿棒の先が耳の中で折れちゃったんです」

「ソリムさんに、耳の中に入った綿棒の先を取ってほしいって頼まれたのですか？」

「そうなんです。手ぶらで行くのもなんなので、そのビルの一階でお菓子と飲み物を買っていきました。ソリムは笑いながら私を迎えてくれましたが、片方の耳がよく聞こえないって言っていました。救急車を呼ぶとか、救急病院に行くほどではないし、かといってじっとしているのもよくない気がして、次の日の朝、学校で誰かに頼もうか迷っていたところで私を思い出したって。ベッドで膝の上にソリムを寝かせて、ピンセットで取ってあげました。しばらくは二人でお腹を抱えて笑いました。ソリムは私が持っていった飲み物を冷蔵庫に入れて、代わりにビールを持ってきました。部屋の明かりを消すと、滄川洞《チャンチョン》一帯が一望できたのを覚えています。部屋の正面には大きなビルが建っていて視界が遮られていたのですが、その左右に夜景が見えました。右手に滄川洞、左手には楊花《ヤンファ》大橋の辺りが見えました。いまでも鮮明に覚えています。ソリムは明かりを消してロウソクを持ってくると、窓辺に置いて火をつけました。手馴れていたので、私は、いつも誰とこんなムードで過ごしているのかってからかったりして。ソリムが漢江《ハンガン》も見えるって言いながら楊花大橋の方を指さすので見てみると、本当にビルの間からほんのちょっぴり川が見えました。私は『これが漢江ビュー？　不動産屋に向いてるんじゃない？』って皮肉ったりもしました。でもそれは、私に自慢するとか、虚勢を張っていたわけではないんです。あの子はそういうきれいなものを、心から楽しめる子でした」

「それから親しくなったのですか？」

「ええ。先ほど、ソリムに身の危険でもあったのかっておっしゃいましたけど、本当にそういうこともありました。あの子のことを追い回す男子が多かったので。刑事さんは二〇〇〇年というと何歳でした？」

「一九九〇年生まれです。ですから十歳ですね」

一九九〇年生まれ。気が強いと言われる庚午《かのえうま》年の女。ミン・ソリムは未《ひつじ》年だった。

「十回叩いて倒れない木はないってことわざ、聞いたことありますか？　二〇〇〇年というと、まだそんなことが通用した時代でした。いまなら恥ずかしくてできないようなことも、ロマンチックだって言われたり。教室に花束持って現れたり、図書館の前で歌をうたったりする人もいましたから。まだストーカーという言葉もなかったと思います。私の従姉もその数年後にストーカーに悩まされましたが、どう対処していいかわかりませんでした。それが犯罪だという意識もなく、警察に通報したところでまともに取り合ってくれなかったでしょうね。地方にいる親戚に気性が荒くて喧嘩も強いお兄さんがいて、その人がソウルまで来て、ストーカーを追い払ってくれました。けどソリムは一人娘で、お父さんは地方で薬剤師をされていたので」

「ミン・ソリムさんの周りにストーカーがいたんですか？」

「一人や二人じゃなかったんじゃないでしょうか。ストーカーの基準を下げればの話ですが。夜、図書館にいると、ソリムから自分のいる閲覧室まで来てほしいって連絡が来て、家まで一緒に帰ったこともありました。閲覧室の外で男子学生がソリムのことをずっと待っていたんです。数日前にもあとをつけられて、そのときはなんとかまいたって言ってました」

ジヘはその男子を見たか訊いた。キム・サンウンはかぶりを振る。

「ユ・ジェジンさんもそんなストーカーの一人だったんですか？」

「さあ、それはよくわかりません。ユ・ジェジンとは、彼が自殺するまで親しくしていました。彼の働くバーによく行っていたんです」

「『ジューダス・オア・サバス』というバーのことですね？」

「ええ、私たち、付き合ってるとも付き合っていないともいえないような関係でした。いまでいう『サム』ってやつですかね。ユ・ジェジンの執着心が強かったとは思えません。むしろいつも冷静すぎるほどでした。性格が変わったのかもしれませんし、私以外の他の子には執着していたのかもしれませんが」

「なぜユ・ジェジンさんがミン・ソリムさんを殺したと思っているのですか」

「ある日、二人とも酔った状態でソリムについて話をしたことがあるんです。もつれた舌でこんなことを言っていました。自分はムイシュキンだと思っていたのに、ロゴージンだったって。自分が何をしたか知ったら驚くだろうって。それは彼が自殺するひと月ほど前のことでした」

「どういう意味ですか？」

「ロゴージンは、『白痴』でナスターシャに迫っていた男です。金に物をいわせてナスターシャを自分のものにしようとした件《くだん》の男。ナスターシャはロゴージンを愛してはいません。しかし彼女は、自分はムイシュキンにはふさわしくない女だと思うんです。ムイシュキンの名誉を台無しにするって。それで、後半に入ってムイシュキンと結婚の約束をしながらもロゴージンと駆け落ちしてしまいます。ロゴージンも彼女が自分を愛していないことを知っています。ロゴージンはナスターシャがムイシュキンの元へ戻るものと思い込み、彼女をナイフで刺し殺します。左胸の下をナイフで深く刺したにもかかわらず、血はスプーンの半分くらいの量しか流れなかったと描写されています。ロゴージンはそして、臭いがしないように死体の上に防水シートを被せておきます。さらに、その上には布団を。それからムイシュキンを待ちます」

「ムイシュキンを殺すためにですか？」

ジヘが問う。腕はわずかに粟立っていた。『白痴』のそのシーンは、ミン・ソリムの事件現場に酷似していた。

「いいえ。ロゴージンはそこまで悪い人間に描かれてはいません。そもそも、この小説に根っからの悪人は登場しません。ロゴージンは死体のそばで、ただどうしていいかわからないんです。ムイシュキンはそんなロゴージンを抱きしめてあげます。その後人々がやってくると、ロゴージンは倒れて気を失います。ムイシュキンはロゴージンが悲鳴をあげ、うなされるたびに彼に寄り添い手厚く看病しますが、自分は人に何を言われようと返事もせず、周りをまったく意識できなくなります。小説のタイトルのように白痴になってしまったのです」

「キム・サンウンさん、まだほかに何かありますね」

ジヘはそう尋ねる。キム・サンウンは、しばし遠くを望む目になる。

「ユ・ジェジンは自殺する前、『ジューダス・オア・サバス』で寝起きしていました。その店はビルの二階にあって、バーの裏に小さな部屋がありました。その部屋で廃人のような暮らしをしていたんです。午前二時に店を閉めると、私と二人きりでお酒を飲むこともありました。自分はロゴージンだったという話をしたのもそんなときでした。彼はそのバーで自殺したんです。彼の死体を発見したのは、私でした」

59

トロッコ問題が提起されたのは驚くほど最近のことである。十四ページの哲学論文の形式で、一九六七年に『オックスフォード・レビュー』に初めて掲載された。

そもそも、この論文が問わんとしているのは中絶の問題だった。だが、人々はトロッコ問題が投じている問いのほうが、はるかに広範囲にわたっていることに気づいた。

さらなる戦争被害を防ぐために核兵器を使用してもいいものか。多くの人の命を奪う爆弾テロを防ぐためにと、容疑者を拷問するのは許されることなのか。限られた福祉予算をどのように組み、執行の順序をどうするべきか。どれもがトロッコ問題である。

五人の命は一人の命より大切なのか。二人のうち一人だけを救えるという状況で、もう一人は死を免れないとなったとき、どちらを助けるべきか。現実世界では絶えずこうした問題に直面する。そして、アメリカ独立宣言の精神は、この問いに対する回答を示しえない。

その意味で、トロッコ問題は啓蒙主義の倫理の盲点を浮き彫りにしたともいえる。啓蒙主義の倫理は人間や人権について美辞麗句を並べたて賛美しているが、現実問題としての道徳的難題を突き付けられた際にはなんの役にも立たない。我々はいわば「道徳的直観」という言葉で表現される霊長類の本能と、冷酷な功利主義の論理のはざまで曖昧な選択を余儀なくされ、結局は安息を得られない。

一九六七年以降、多くの倫理学者や心理学者、論理学者、法学者、政治学者、社会学者、人類学者、経済学者、神経科学者、進化生物学者がトロッコ問題に取り組み、数多くの論文が発表された。「トロッコ学」という細分化された学術分野が生まれたと、まことしやかにささやかれたほどだ。

予見と意図の差異、直接的意図と婉曲的意図の差異、積極的義務と消極的義務の差異、太った男の権利と絶対主義の義務論、交差性《インターセクショナリティ》、道徳的合理性、脈絡的相互作用、不適切な数々の代案の独立性、二重効果の原理、三重効果の原理……。

さまざまな概念道具が濫立したが、いまだトロッコ学の実質的成果は微々たるものである。人が死ぬことを予想しながらもそれを止めないことと、その人を殺すことには違いがあること、人間の道徳的本能は、その相当部分が旧石器時代の部族生活に起因していることを導き出した程度である。

多くの論証家は自身の理論と概念道具を説明し、反証するためにトロッコ問題の舞台にさまざまなバリエーションを加えた。挙句の果てにはバリエーションがあまりにも非現実的で馬鹿げていて、まともに相手にする気にもなれないものまで登場した。

わたしは最も広く知られるオーソドックスなシナリオを研究し、ついに突破口を見つけた。そのアイデアが新啓蒙主義のひとつの柱となることを願っている。

ブレーキが故障したトロッコが遠くから坂の下に突進中で、その線路の先には五人が縛り付けられており、隣にいる太った男を突き飛ばしたらトロッコを止められる状況で、わたしは男を突き飛ばしてはならないと考える。

それは、太った男が自分の隣にいるからである。また、「トロッコ－線路－縛り付けられた人」というシステムは、わたしから遠く離れているからだ。

わたしは道徳的責任に遠近法を導入することを提案する。

60

「この話は誰にもしたことがありません。ユ・ジェジンの死体を見つけたのは私、という部分ではなく、彼が私にそんな告白をしたことに関してです」

キム・サンウンは言う。

「ユ・ジェジンさんが自分はムイシュキンではなくロゴージンだったとおっしゃったとき、どういう意味か尋ねましたか？」

ジヘが訊く。たしかな物証のようなものを期待していたジヘは、失望の色を見せないよう努める。

「いいえ。すぐに理解できたので。しかもそのときの彼の雰囲気で……確信しました」

「その後、ほかに何かお話は？」

「いいえ、それきり何も。あまりに驚いてしまって。ユ・ジェジンが急に襲ってきたらどうしようと思ったりもしたので。私はそのままそっと店を出て、彼も引き留めようとはしませんでした。でも、それからは彼に連絡したいと思いませんでした」

「そのことを警察には知らせなかったのですか？」

「ええ。先ほども言ったように、このことを話したのはこれが初めてです。警察に通報するべきだったのでしょうか。刑事さんならどうされます？　一番親しい友人に、別の友人を数年前に殺したと告げられたら」

「自首を勧めるのが……正解でしょうね」

キム・サンウンはジヘに笑顔を向けた。その顔は、左右非対称の青黒いあざのせいで、一方の目は完全に閉じ、もう一方の目は開いているように見えた。なんとも形容しがたいウインクを投げかけられたようにも映る。

「ユ・ジェジンはその頃、もうボロボロでした。私も戸惑ってしまって。もう少し時間があれば私も自首を勧めていたかもしれませんが……」

キム・サンウンは言葉を濁す。

「彼が自殺したのはその頃ですか？」

「ひと月ほどたってからです。夜中に彼から電話がかかってきました。二時か三時だったので、電話には出ませんでした。だけど、一度お店に寄ってみようと思いました。彼に会って何かしようというのではありませんでしたが。当時、私は大学院に通っていたんです。授業を終えて、学食で夕食を済ませてから『ジューダス・オア・サバス』に行きました。午後七時頃だったと思います。その時間には開いているはずなのに、その日は閉まっていました。その頃、彼はその店のオーナーのようなものでした。だからおかしいと思って電話をかけてみると、中から着信音は聞こえてくるのに、電話に出ないんです。店の扉は暗証番号を入力すると入れるようになっていたので、思いつくままに番号を押して、ついに見つけました。なんの番号だったと思います？」

ジヘは「ミン・ソリムが死んだ日」と言おうとするが、ただ「わからない」と言って首を左右に振った。

「ソリムが使っていた電話番号の後ろの四桁でした。二十二年もたったというのに、いまだに覚えています。２８８２。とにかくロックが解除されて、中に入りましたが、ひっそりしていました。そのとき、死んでいるかも、そんなふうに直感した気がします」

キム・サンウンは片手であざのあるほうの目を覆う。見えているほうの目は潤んでいる。あざと色白の肌の境界にある皮膚に皺が寄る。

「バーの裏にある部屋は開いていました。部屋の隅には引き出しつきのスチール製のクローゼットがありました。彼は一番下の引き出しにズボン、その上の引き出しにTシャツ、その上は下着、その上には靴下、そんなふうに収納していました。引き出しには穴があって、その引き出しにベルトをかけて首を吊っていたんです。ひざまずいた姿勢で。項垂《うなだ》れて、クローゼットの方を向いて謝罪しているようなかたちでした。顔を見ようとは思いませんでした。ジェジン、ジェジン、と何度かそっと名前を呼んで、近くまで行って足に触れてみました。裸足でしたが、あまりに冷たくて、もう遅いことをすぐに悟りました。事件現場はそのままにしておかなければいけないというのは、犯罪小説や映画を観て聞きかじっていたので、そのままにして部屋を出て、警察に通報しました。警察官が二人来て、写真を撮ったり家族に連絡したりしている間、私はずっとバーにいました。いろいろ訊かれ、電話番号を教えました」

「ショックだったでしょうね」

「冷静を装いはしましたが、気持ちはやっぱり。こんな話をするのは初めてです……。刑事さん、なんだか不思議な才能があるようですね。刑事さんの前だと口をついて出てきてしまうみたい」

「つらかったら今でなくてもかまいませんよ」

「こんな話、何度もさせるおつもりですか？」

キム・サンウンはにっこりすると言葉を継いだ。

「警察から一度連絡を受けました。死体を発見したときの状況を電話で確認すると、それ以上の連絡はありませんでした。その学期はなんとか最後まで通いましたが、次の学期は休学して旅に出ました。ひっそりした所にいるとよくないことを考えてしまいそうで、あえて騒がしい所に行くようにして。ユ・ジェジンの死に顔を見てはいません。横顔も。でも目を閉じると、見てもいないあのときの様子が瞼に浮かんでくるんです。彼がひざまずいて項垂れ、口から出た舌が伸びきっている顔が。そんなの見てもいないのに。首吊りをしたからって、そんなふうに舌は出ないってあとから聞きましたけど、本当ですか？　刑事さんは死体もずいぶん見ているのでしょうね」

「ええ、まあ、仕事ですから……」

「本当なんですか？」

「ケースバイケースでしょうね。首のどこが圧迫されたかによって違います。旅行はどちらに？」ジヘは話をそらした。

「タイです。バンコクに行ったことは？　カオサンロードといって、旅行者が集まる解区のような通りがあります。そこにあるゲストハウスに数カ月間滞在しながら、タイに昔から伝わるマッサージを学びました。五日も習ったら修了証をくれるようなところではなくて、ちゃんとした学校です。マッサージを研究している人たちが留学に来るような、タイ王室公認の伝統医学の学校で。何か打ち込めることが必要で、身につけておいたらいつでも使えそうだと思って習いましたが、他の人の肉体に触れるというのは、私にとっても慰めになりました。人ってそういうものなんですね。人の体温を必要とする。ですから私、マッサージが上手なんです。刑事さんも肩こりがあれば言ってくださいね」

キム・サンウンはそう言うとしばらく口をつぐむが、ふと質問を口にする。訊きたくて訊いているわけではないようだ。

「容疑者が死ぬと、捜査は打ち切りになるんですか？　訴訟条件を欠く、とかで」

「ええ」

「この場合も、では打ち切りに？」

「現場でDNAが見つかっています。まずはユ・ジェジンさんの血液型を調べて、そのDNAと一致するかどうかを確かめる必要があります」ジヘは手短に説明した。

「ジェジンの血液型、いまでもわかるんですか？」

「記録は残っているはずです。病院や軍隊、学校に。大韓赤十字に献血の記録が残っている可能性もありますし」

「それで一致したら？」

「そうですね、その後はどうなるのか。彼のDNAを確保する必要もあるでしょうね。遺族が持っているかもしれませんし……。髪の毛などをずっと持っている人もいるので。もしもユ・ジェジンさんが被疑者になれば捜査は打ち切りになります。訴訟条件を欠くということで」

口ではそう言ったものの、ジヘもいまになってユ・ジェジンのDNAを入手する方法があるのか、内心では不安になる。

ジヘは訴訟条件を欠く場合、それに伴い捜査も終了するという制度にあらためて疑問を感じる。変死事件が起きた際、証言したがらない参考人に刑事たちが説得に使う常套句がある。亡くなった方の恨みを晴らしてやりたいと思わないのか。命は戻ってこなくても、真相は究明してやるべきではないのか。だとしたら、犯人が死のうが死ぬまいが、捜査は続けるべきではないか。

「酔った勢いで自分はムイシュキンではなくロゴージンだったと言ったことと、彼の死は関係しているとお思いですか？」ジヘが問う。

「いえ。ユ・ジェジンはその頃すでに、自暴自棄の状態だったのだと思います。だから私も、彼に対してそれほど罪悪感は感じていません。たしかに『自分はユ・ジェジンに罪悪感を感じていない』ということに気づき、それを認めるまでに時間はかかりましたが。タイに行ったのも、それを受け入れるためだったと思っています。こんな話聞きたいですか？　捜査に役立つとは思えませんが」

「聞かせてください。捜査にかかわりなくてもかまいませんので」とジヘは答える。

「心理学はよく知りませんし、精神分析というものも信用していません。でも、自分が何かを抑えつけていることに気づいてはいました。ユ・ジェジンの死体、見てもいない彼の横顔が頭から離れなかったので。しばらくは、自分が見て見ぬふりをしているのは罪の意識だと思っていました。実際に罪悪感は感じていませんでした。だから、潜在意識では罪悪感を感じているのに、表面的にはそれを否定しているのだと。タイに行って、やっとそうではないことに気づきました。ゲストハウスでひとりで飲んでいたときのことでした。急にユ・ジェジンのことが憎らしくてたまらなくなりました。もしも彼が生きていて自分の前に現れたら、ナイフで刺していたかもしれないくらいに。それは罪悪感なんてものではありませんでした」

「どういう感情だったのですか？」

「裏切られたという気持ちです。そうでなくてもじゅうぶん苦しいのに、さらに苦しませて、自分ひとりあの世で楽になるなんて。それが許せなかった。あ、でも、罪悪感もあったんです。ユ・ジェジンに対してではなく、ミン・ソリムに対してですが」

「ミン・ソリムさんにですか？　なぜでしょう」

「ソリムのことは好きでしたが、憎いと思ったこともありました。すべてを手にしていた子でしたから。自分の環境とつい比べていたんです。顔には大きなあざがあって、男の人と付き合ったこともなく、家族は通貨危機のあおりを受けてバラバラになり、学校に通いながら家庭教師のバイトを掛け持ちで三つもやっていました。だから……」

キム・サンウンはふたたび片手であざのあるほうの目を覆う。こんどは隠しきれない涙が、覆った手の下からあふれ出す。それでも話を続ける。

「他の子たちに言いふらしたんです。ソリムがシニョン劇場の隣のリュミエールビルに住んでいて、そのワンルームの部屋から漢江が見えて、夜景が絶景だって。私のせいで、みんなソリムは大金持ちだと思うようになりました。わざとみんなが誤解するような言い方をしたんです。何ひとつ不自由のないソリムがうらやましくて。私はひねくれていて、まだ子どもだったので。みんなの前でソリムのような人気者と親しいってことを見せつけたい気持ちもあったと思いますし、ソリムに軽い嫌がらせをしてやりたいというのもあって。あんなことになってしまって、怖くもなりました。ひょっとして、ソリムのことを付け回していた男子が、私のせいでソリムの部屋を知ってしまったのではないかって」

キム・サンウンは心地良い声で、静かにそう話した。

「すみません、ミン・ソリムさんの家について、あちらこちらで触れ回ったってことですか？」

「いいえ、そういうわけでは。読書会のメンバーと、あとは同じ授業を取っていた数人にです。でも噂って、どこでどう広がるかわからないですよね。そんなはずはないと思いながらも、心のなかでいつも引っかかっていました。読書会のメンバーか、同じ授業を取っていた人のうちの誰かじゃないかって」

ジへは、その話をした友人の名前を覚えているか尋ねる。キム・サンウンはジへが手帳を取り出すのを見てかぶりを振り、「どうせ犯人は……」と言葉尻を濁した。

「当時もユ・ジェジンさんを疑ったのですか？」

「ソリムが死んだとき、私は『白痴』をまだ読んでいませんでした。読書会では一番最初に『罪と罰』を読んで、次に『地下室の手記』を読みました。その後『悪霊』、『カラマーゾフの兄弟』と続きます。ソリムは『白痴』を読んだと言っていました。ジェジンも彼女がまだ生きていたときに読んでいるはずです。私はあとになって読みました。ソリムが死んで、ジェジンが死ぬ前に。結末を読んだときに、犯人はメンバーのうちの一人かもしれないと思い……。そうでないことを祈るばかりでした。でも、ジェジンにムイシュキンとロゴージンの話を聞かされて……」

キム・サンウンは目を細くして笑ってみせた。その笑顔はまたもウインクをしているように見える。自分の微笑みが人にそんな印象を与えることを、彼女自身も気づいているようだった。

「結局はコントロールの問題だと思うんです。自分をコントロールできない存在というのは、災いをよびます。個人も、社会も。私のいまの仕事もそういうことです。文明の持つ力を自らコントロールしようとしているのです」

キム・サンウンは夢を見ているような声色になった。二十二年前にドストエフスキーを読んでいた延世大学の学生は皆、饒舌な四十代になっていた。難しい小説を読んでいたからなのか、もともと語学センスがあった学生たちが読書会に集まったのか、ジヘは冷ややかな問いを心の中で投げかけた。

その一方で、彼らの気持ちが理解できなくもなかった。彼らは皆、最も感受性豊かな時期に二度も友人の死を経験し、「なぜ?」という問いに直面した。何かしらの答えを見つける必要があったはずだ。そして自分たちの次の世代であり、悲劇と犯罪の専門家であるジヘに解答を示すことで相手の反応をうかがい、認めてもらおうとしているのかもしれない。

ジヘもまた、数多《あまた》の変死事件、経済的弱者を対象にした犯罪、性的犯罪を目の当たりにして「なぜ?」という疑問を抱いてきた。頭ではそんな問いに意味はないとわかっていながらも、潜在意識は問い続けていた。

ジヘの答えは諦めだった。世の中には人を欺いて目先の利益を得ようとするペテン師、自分に有利な状況で弱者を搾取しようとする暴力団、システムの隙をついて無銭乗車をする輩などが一定の割合で必ず存在する。人間社会だけではない。あらゆる有機体の生態系で起こる現象だ。繁殖においてそのような戦略を利用し、自らの遺伝子をまき散らす個体は子孫を増やしていく。

全員が正直でお互いを信頼し合っている人間社会に嘘つきが一人現れたとすると、その嘘つきは圧倒的に有利になる。その人間は大成功を収め、するとその嘘の戦略をまねる模倣犯が現れる。嘘つきが一定数に達すると、ようやくその集団は「進化的に安定した状態」になる。脅迫、窃盗、強盗、性的暴行、殺人にも当てはまる話だ。どの社会においても犯罪者の登場は必然的である。

加えて、警察官は数多くの犯罪者を見ている。救急病棟の医者が腹痛を起こしている患者を診ても動じないように、警察官も犯罪者の存在を当然視し、気にならなくなる。警察を怖がるスリや少額詐欺師、その辺のゴロツキに対しては、クラスのいたずらっ子を見ている担任の先生のような気持ちにもなる。

キム・サンウンは別の角度から事件を見ていたようだ。彼女は話を続けた。

「私にはデマを広める力がありました。でも、その後の責任を負う力はなかった。ユ・ジェジンには他人の家を突き止め、脅かす力がありました。しかし、それが自己をも滅ぼすことに気づいていなかった。私たちのなかで一番自分をコントロールできなかったのは、ソリムだったと思います。あの子は自分の力に酔っていたんです。世の中って、残酷だと思いませんか。外見が優れているというのはとてつもない力です。美人の遺伝子を受け継いで生まれた人間は、十代後半から二十代前半までが一番、その威力を楽しめるときだと思うんです。ところが、その年頃に力をコントロールできる人はほとんどいないようです。多くは自分の持つ力がどれほど大きく、それが他人をどれだけ切実にさせ、あるいは狂おしくさせるか、気がついていない。だから周りの人を傷つけて、自分自身も損をするんです。私は美人の遺伝子を受け継いではいないので、そのことに子どもの頃から気づいていました。どう思います、こういう考え方って」

「同感です。とくに未成年者の犯罪を見ると、そう思いますね。なぜ大人顔負けの罪を犯す力が先に生まれ、大人のように衝動を抑える力はあとになって備わるのか。その順番が逆だったら、この世の中はずっと住みやすかっただろうって」と、ジヘはサンウンの意見に同意する。

「ユネスコの面接を受けるときに、こんな話をしました。人類の文明の課題は統制力だと。私たちの文明では企業、都市、国家、そのどれもが当たり前のように繁栄を目標にしています。もう少し視野を広げてみると、動植物も同じです。平和なやり方で規模を調節したり、それぞれの個体の幸福を追求する種はないようですね。機会さえあれば繁殖して、数を増やすことしか考えていないように見えます。私たちはそれに立ち向かわなければなりません。一見不自然で、思ってもみなかった方向性かもしれませんが、そうでないと持続は不可能です」

「ミン・ソリムさんが自分の力に酔っていたというお話をもう少し具体的に聞かせてもらってもいいですか」

「そうですね、何からお話ししましょうか。自分の力に酔っていたというのは、ソリム自身が言っていたことなんです」キム・サンウンは薄く笑う。

「ミン・ソリムさん本人がですか？」

「ソリムは、自分は高校を卒業するまで太っていたって言っていました。大学入試が終わると、ダイエットして十五キロ以上やせたって。二重の手術をしたとも。そうすると男たちの見る目が変わり、自分も調子に乗って、それまで考えたこともなかったようなことをするようになったって。男たちの視線は麻薬のようだとも言っていました。いつまでも感じていたいって。私は味わったことのない視線です。私は誘惑する力より先に、コントロールする力を身につけました」

キム・サンウンは言う。

61

遠く離れている物体は小さく見える。光は遠ければ遠いほど弱まるが、それは距離の二乗に比例する。

ふたつの物体における引力は遠ければ遠いほど弱まるが、それは距離の二乗に比例する。電荷を帯びたふたつの物体に作用する電磁気力は遠ければ遠いほど弱まるが、それは距離の二乗に比例する。

これは偶然ではない。球の表面積は半径の二乗に比例するという三次元空間の特性のためである。つまり、この宇宙の深い本質である。光の強さ、重力や電磁気力のみならず、他の力やエネルギーも媒質が均質な三次元空間では距離の二乗に反比例して弱まるということだ。

ところで、この法則は物理世界だけでなく、認知世界においてもほぼ同様に適用されているようである。ある出来事が人の心理に与える影響力は、出来事と人の認知的距離に反比例する。

地球の反対側で起きた児童虐待は悲しい。だが、自国で起きた児童虐待事件はそれよりずっと痛ましく感じられる。隣で起きた児童虐待事件にいたっては、自分に責任はなかったかと顧みることすらある。

赤の他人の男の死より、親戚のおじさんの死に影響を受けやすい。父親の死はより影響力が大きい。

見ず知らずの者の成功より、知り合いの成功がより気になる。親しい友人が急に成功すると、嫉妬心が生まれる。

中東で起きた爆弾テロ事件より、飼っていた犬の死のほうが悲しい。

この原理は空間だけでなく、時間軸においても適用できる。人は前日に起きた悲劇に涙を流し、前年に起きた惨事に胸を痛める。だが、数百年前に起きた虐殺に心は揺れない。

ルネッサンス以前、中世の画家は近くにいる人物と遠くにいる人物を同じ大きさで描いた。子どもたちもそんな描き方をする。目に映るものではなく、頭のなかの意識によって世界を語るからである。

中世の画家は、目で見ている風景ではなく、世界を俯瞰する絶対者の視線で描いた。わたしは啓蒙主義の倫理、なかでも功利主義はいまだそのレベルだと見ている。

絶対多数の最大の幸福。そんな目で世の中を見ている人間など一人もいない。ところが、功利主義においては、誰もが大統領や首相、国連の事務総長の目線で世の中を見ることを教え込む。当然ながら、そんなことは誰にもできない。

他人に対する個人の道徳的責任とは、他人を手助けできる個人の力と世界観にかかっている。力、世界観、どちらも距離の影響を受ける。すなわち、他人に対する個人の道徳的責任も距離の影響を受ける。

天から見下ろす場合、自分の隣にいる太った男の命と、遠く線路の先に結びつけられた一人の男の命は等しい。

だが、地上にいる肉体と精神を持つ人間にとって、トロッコ問題はまったくの別物になる。自分の隣にいる男の命に対する責任は、遠くにいる人間の命より重いものになる。

個人は近くにいる人間の苦痛に、より大きな道徳的責任を負う。

遠く離れた星の重力は消えることなく地球に影響を及ぼすように、遠く離れた人々の苦痛にも我々は道徳的責任を負ってはいる。しかしその距離が遠ければ遠いほど、責任は軽くなる。

その減少の比率は階層を考慮し、さまざまな方式によって測られるべきである。それは、新たな道徳規範におけるひとつの礎になるはずである。

62

「先輩はどうして刑事になったんですか？」

「なんだそれ、いきなり……」

ジへの問いに、パク・テウンはあきれたような顔をする。

二人は広津区《クァンジン》のとある商業ビルの二階に来ていた。ビルはA棟とB棟からなり、すべての偶数階にA棟とB棟を結ぶ連絡通路がある。ジへとパクがいるのはその通路の上だ。そばにカフェがあり、テーブルとイスを店の外の通路にも出していて、客はそこにも座れるようになっていた。

多少肌寒い日だったので、屋外のテーブルに座っているのはジへとパク以外にはおらず、おかげで二人は周りを気にすることなく話ができた。「これまでで一番楽な張り込み」とパクは言い、ジへも同感だった。

ユ・ジェジンの血液型は、ミン・ソリムの体から検出された精液と一致しなかった。確かめるのは簡単だった。ユ・ジェジンの解剖鑑定書があったのだ。遺族が解剖を要請していた。自殺者が座ったまま首を吊って死んでいた場合、ほとんどの遺族はそんな姿勢で自殺できることに納得できない。

世の中にはごくごくまれに、体内の血液型と精液の血液型が違う人間もいるようではあるが……。ジヘはユ・ジェジンが犯人ではないと判明したことを、残念に思うべきか安堵するべきか、どっちともつかない気持ちでいた。この事件がそんなかたちで決着することを望んではいなかった。また、それはあくまで自分勝手な考えであることもわかっている。ジヘは犯人を自分の手で捕まえて、処断したかった。

そして、ジヘとパクは広津区の商業ビルに来ることになった。二階に来ているのは、一階にある不動産屋を見張るためだった。会社名は「高手《コス》公認仲介士事務所」であり、社長は一九六八年生まれ、特殊強盗の前科持ちのペ・デヒョン。二人がいる場所からは不動産屋の出入口がよく見える。ペ・デヒョンのDNAを合法的に持ち帰るのが二人の任務だった。

独身女性に接する機会も多いであろう不動産仲介士に特殊強盗の前科があるということに、一抹の不安を覚える。かといって、公権力にできることはないに等しく、何をすべきかも正直わからない。それを判断すること自体、警察の役目ではない。性犯罪者に関しては、裁判所が学校や幼稚園、未成年者関連施設での就業を制限する命令を下すことができる。それは裁判所の役目だ。大企業のなかには、禁固刑以上の刑を受けた者は解雇できるという社内規定を設けているところもある。それは企業の人事部の役目だ。強盗の前科持ちは公認仲介士の試験を受ける資格はない、またはサービス業に従事してはならない、あるいは不特定多数の人が出入りする会社を経営する場合、前科者であることを通知しなければならない、といった法律などない。

「前に、被害者が所属していた読書会のメンバーで、いまは映画監督をやっている人に会ったって報告しましたよね。その監督に訊かれたんです。どうして刑事になったのかって。そういえば、先輩方はどうして刑事になったのかなって思って」

「そうだな、悪い奴を捕まえたくて、だな。悪人捕まえるの、楽しいだろ」

そのとき、高手公認仲介士事務所のドアが開き、夫婦とおぼしき若い男女が出てきた。二人は会話を中断し、何気ない顔で下を見下ろす。ペ・デヒョンは出入口まで来て客を見送るが、外には出てこなかった。

ペ・デヒョンの前科は、書類上は極悪だ。というより、一言では言い難い事件だった。三十三年前、友人とともに、ソウル市恩平区《ウンピョン》にあるスーパーに押し入った。マッコリを一本ずつ飲んで酔った状態で、金づちで錠前を破って店内に侵入した。

ところがその店は、店主の住まいと共用でもあった。目を覚ました店主に、カッターを手にしていたペ・デヒョンは「声をあげたら殺す」と脅した。スーパーに侵入する際も、錠前を叩き潰すときも積極的だった相棒は数日後に自首し、ペ・デヒョンは捜査の末、警察に逮捕された。店主は厳罰を求めた。夜間に二人が凶器を持って侵入した犯罪なので特殊強盗になった。

恩平区は新村から遠くない。ペ・デヒョンは住居侵入を何度も犯しているかもしれない。強盗は強姦や殺人につながることも少なくない。ペ・デヒョンの年齢は国立科学捜査研究院の精液鑑定の結果に当てはまり、容姿もリュミエールビルの男と似ていなくもない。はたしてペ・デヒョンは犯人だろうか。

これまでにおそらく恩赦になっているのだろうが、それでも警察の前科照会システムから記録が消えるわけではない。「前科記録が抹消された」というのは、検察が管理している受刑人名簿と、本籍地の自治体で管理している受刑人名票から消えたことを意味するだけで、警察が保管している犯罪経歴資料からは消えない。だから五十を過ぎたいまも、十九のときに起こした事件のために、他の殺人事件の被疑者候補としてこうして警察に見張られているのだ。

「悪い奴を捕まえるのが楽しいかどうかなんて、どうしてわかったんですか？」ジヘが訊いた。

「俺は義務警察官だった。交番勤務の。まだ治安センターもなかった頃だ。交番の警察官と義務警察官は一緒にパトロールすることになってるだろ。なのに警察官たちはサボろうとして、義警だけに見回り行かせるんだよ。自分たちはパトカーや茶店で暇つぶししてな。義警もネットカフェとかに行ってサボるんだが、俺はそんな所で遊んでるときでも、不審者がいると身分証出させて、指名手配の照会して何度かパクってる。おかげで特別休暇をよくもらったもんさ。中隊のなかでも有名だったぞ」

「義警って犯人逮捕できるんですか？」

「できないのか？　当時はそんなの誰も気にしてなかったからな。とりあえず制服着てるからわかりゃしねえし。それに、現行犯は一般市民でも逮捕できるだろ」

「でも、怖くなかったんですか？　手配中の犯人が刃物でも振り回したらどうするんです」

「それは考えてなかったたな。そばに後輩たちもいたし、指名手配っていってもほとんど詐欺罪だ。本人も手配中なのを知ってるから、警察が近づくと顔がこわばって、身分証見せろって言うとすんなり出してた。まだ照会も無線の時代だったがな。照会中に逃げないようにひっつかまえといて、パトカーが来たら引き渡す。おもしろかったな、そういうの。そういや、一度取っ組み合いになったこともあったたな」

「どんなふうにですか？」

「たいしたことじゃないさ。夜パトロールしてると、グレンジャー（現代自動車の高級セダン）が電信柱にぶつかりやがった。怪我はないか急いで近寄ると、中からスポーツ刈りの坊主五人が一斉に飛び出してきた。どう見ても高校生と盗難車だ。後輩たちに『捕まえろ』って叫んで追いかけたら、そのうちの一人が路地に逃げ込んで、殴りかかってきやがった」

「家出少年ですか？」

「さあな。交番にしょっ引いて、その後どうなったかは知らん。捕まえるときは興奮するけど、そのあとは興味ない。ヨンもたしか経済犯チームにいたことあったな」

「はい」

ジヘは、本当に悪い奴を捕まえたくて経済犯チームからいまの強行犯チームの刑事に志願したことを言おうか逡巡したが、ただ短くそう答えた。

「俺は、経済犯チームにいたときはストレスがたまった。証拠があるのに、平気で嘘をつく奴らいるだろ。自分でも気づかないうちに大声を張りあげて、脅しまがいのことを言ったりもした。『いい加減にしろ。さもなければ逮捕するぞ！』ってな。そしたら六十歳、七十歳にもなるじいさんたちがガタガタ震えて。そういうの見るのも嫌だった。そんなふうにひとつ片付けて送検すると、また別の事件が待ってて。事件は山積みで、そのたびに感情の消耗が激しかった。それで気づいた。俺は体張って犯人捕まえるほうが性に合ってて、デスクワークには向いてないってな。犯人を検挙して送検したら、その後は気にもならないってのが本音だ」

「どうしてです？」

「せっかく苦労して捕まえたのに、まともに処罰される奴はほとんどいないだろ。情状酌量だの、執行猶予だの、減刑だのって。そんなのクソ食らえだ。人権意識を高めるためだっていって裁判官に刑務所体験させるのも、俺には理解できない。だったら犯罪被害体験もさせるべきだろ。減刑して釈放してやるくらいなら、なんのために捕まえるんだ。ときどき、それは裁判官の劣等感や被害者意識から来てるんじゃないかって思うこともある」

「裁判官に被害者意識だなんて」

「強行犯罪を起こす奴らって、低学歴に低所得層の男が多いだろ。それに比べて裁判官はみんな高学歴、高所得じゃないか。それで、犯人に対して罪の意識が生まれるんだよ。自分たちは恵まれた環境で生きてきたって。犯罪者の話を聞いてると、みんなかわいそうに思えてくる。子どもの頃に親に虐待された人間も多い。『わたしは子どもの頃からやさしい言葉をかけてもらったことは一度もありません、ごみ箱をあさって生き延びました』なんて泣きながら供述する人間の話を聞いてたら、俺だって同情するさ。だからって捕まえないわけにはいかないだろ。検事にしても、気の毒だからって起訴しないなんてありえない。だから、裁判官だって厳正に判決を下すべきだ。哀れな人間をいたわり、更生できるようにしてやるのは、更生施設の役割だろ」

ジヘは首肯する。動物園の檻の中にいる肉食動物を見て胸を痛めるのは、都市に暮らす人間しかいない。自然のなかで狼に出くわしたことのある人間は、鉄格子になんの感傷も抱かない。ジヘは、裁判官たちは野放しのままの犯罪者に出くわしたことがないのだと考える。

「先輩は悪い奴らを自分の手で成敗してやりたいと思いませんか？　ハリウッド映画とか観てると、よく刑事が犯人をぶん殴ってるじゃないですか。ああいうの見てて、うらやましいと思ったことありません？」

ジヘはさりげなく刺激する。だが意外にもパクの反応はあっさりしていた。

「俺は、それはないかな」

「そうなんですか？」

「意外って反応だな。そんなに野蛮に見えるか？　俺は極めてジェントルな人間だ」

パクの表情はいたって真剣で、ジヘはあやうく噴き出すところだった。

「先輩、よく目をぎゅっとつぶって開ける仕草するじゃないですか。あれ、すごい怖いですよ。一発食らわしたいところを、ぐっとこらえてるって感じで」

「は？　あれはただ目が乾くからだ。警察が犯人を殴ったら警察とは言えんだろ。バットマンじゃあるまいし。警察は犯人に手を上げないから警察でいられるんだ」

「バットマン、嫌いなんですか？」

「ああ、嫌いだ。あんなのただの自慢じゃないか。金持ちで、本当に街の犯罪率を下げたいと思ってるんなら、あんなお遊びじゃなくて、その金で街中に防犯カメラ設置したほうがよっぽどましだ。自分の金で設置して寄付採納すりゃいいことだろ」

パクの言葉に、ジヘは思わず手を叩いていた。そしてすぐに、拍手の音が一階にまで聞こえはしなかったかと、肩をすぼめた。パクはにたりと笑うと先を続ける。

「金持ちといえば、二、三日前にジソプさんと飲んだんだ」

「オ・ジソプ先輩ですか？」

パクとオ・ジソプが飲んだことが、金持ちとなんの関係があるのか、興味がそそられる。

「ジソプさんは暴力団《マルボー》とフォンパラッチの事件追ってるだろ。けど、掘れば掘るほど、暴力団とはまた別の問題のようだって言うんだ。どうも、それほど大きい組織じゃないらしい。警察にマークもされていないような」

全国の暴力団と組員の情報なら警察の捜査情報システムに載っている。そのシステムに載っていないということは、新生の組織か、犯罪集団とも呼べないほどの小規模のグループで、体系的ではないということだ。警察のシステムに載っているからといって、裁判所が暴力団に指定している組織とも限らない。法的に犯罪集団として認定するには条件がそろっている必要がある。指揮命令系統が明確で、組織の行動綱領のようなものも存在していなければならない。

「でも、被害者は多数存在しますよね。暴力団でなければ、何が問題なんですか？」

「よくよく聞いてみると、問題は通信業界にあるようだ」

「通信業界ですか？」

パクはぎゅっと目をつぶって開けると、話し始める。フォンパラッチは携帯電話の販売店で相談するふりをして不法補助金を要求し、販売店がそれに応じると、その会話を録音して通報する。奴らは組織的に動いて通報するが、その前に販売店を脅して口止め料をかすめ取ることもある。

問題は通報したあとだ。通報者に払う報奨金は通信会社と販売店の双方が金額によって一定の割合で負担することになっている。だが、通信会社はあれこれ言い訳して販売店に押し付けるケースが多い。通信会社には販売契約を破棄する権利があり、販売店にペナルティを科すこともできるので、店側は泣き寝入りするしかない。そもそもフォンパラッチの脅迫が通用するのも、販売店側がペナルティと契約破棄を恐れているからだ。

「しかもその通報ってのは、政府機関が受けるんじゃないんだ。通信サービス業界の連中が独自につくった協会で受理していて、だから販売店や代理店の言い分をまともに聞いてもくれないらしい。店側は理不尽な目に遭っても、直訴するところもないってことだ。だったら法を侵さなけりゃいいって言われればそれまでだが、本社からはノルマが課せられてるから、店側も必死らしい。ノルマ達成して商売を続けるためには補助金に上乗せして客を集めないことにはどうにもならず、そこを犯罪組織に付け込まれたら一巻の終わりってわけだ。フォンパラッチと通信会社の板挟みになった販売店が一番馬鹿を見る、ってのがジソプ先輩の見解だ」

「先輩はどう思います？」

「よくわかんねえ。販売店は法を守れないなら店をたたむべきだろうし、フォンパラッチも法を破ってフォンボーになったら、それを捕まえるのは俺たちの仕事だ。それが原則だろってジソプさんにも言った。すると『だったら通信会社はどうなる』って訊かれた。『原則どおりにしろってのは人権団体がうちらによく言う言葉だろ。おまえはそれにも異議なしってことか？』とも言われた」

「なんて答えたんですか？」

「何も言えなかった。俺はもともと口下手だし。ジソプさんは通信会社を強要罪なんかでパクれないかとも考えたらしい。けどそれも難しいようだ。被害に遭った販売店が協力してくれないかぎりこっちも動けないが、愚痴をこぼすだけで、告訴する店は一軒もないってな。おまえ、どう思う?」

そのシステム自体が間違っているとジヘは思う。それは確かだ。だが、どこからどこまでが誤っているのか、明確には言えない。通信サービス業界が補助金を出して顧客に買わせる販売方法自体が間違っているのか。それとも、通信業界が補助金を出す制度に政府が口を出して、一定の金額以上を出すのは不法だと規定したのが間違いなのか。

「出てきたぞ」

パクが小声で言う。高手公認仲介士事務所からペ・デヒョンが表に出ようとしている。ペは扉に「食事中」というプレートを掲げ、鍵を取り出して施錠した。

二人は席を立った。パクの顔には安堵の色が浮かんでいた。頭の痛い話を中断できるからだろうか。ジヘは、自分はどんな顔をしているのか気になった。


ジヘの狙いはスプーンだった。ペ・デヒョンが使ったもの。箸よりも口の中に入る面積が広いスプーンのほうがDNAを採取しやすい。

ジヘとパクはあらかじめ作戦を練っていた。飲食店まではともにペを尾行し、ペが入った店にはジヘ一人が入ることになっていた。もしも昼食でジヘがペのスプーンの確保に失敗したら、夕食ではパクがペについて店に入ることにしていた。

ペ・デヒョンが使ったスプーンを合法的に得るためには、警察であることを明らかにして店の協力を得るしかない。従業員にバレないようにスプーンを持って出るのは難しくないが、証拠品になりえる物を不法に取得したことになってしまう。だからペと店のオーナーが顔見知りのようであれば、ジヘは動かないつもりだ。店のオーナーがペに「警察がスプーンを持っていった」と告げ口でもしたらややこしくなるからだ。

昼休みの時間になると、商業ビルの通路も混み合ってくる。ジヘとパクはさりげなく人波に呑まれ、ペ・デヒョンのあとを追う。無表情な顔で押し寄せてくる人々を見ながら、ジヘは駆け出しの巡査時代、非番や休暇の際によく覚えた違和感を久しぶりに感じていた。当時は誰を見ても潜在的犯罪者のように思えた。

ペ・デヒョンは一人で食事をするようだった。人を待つ様子はなく、電話をかけることもしなかった。カルグクス屋の前で立ち止まるが、空席がないのを確かめるとふたたび歩き出す。ジヘは、隣で歩いているパクはこんな過程を愉しみ、狩猟と追跡にスリルを感じているのか訊いてみたくなる。ジヘは、パクよりはせっかちなタイプだ。いますぐにでもひっつかまえて、口を開けさせて綿棒を突っ込みたい心境だった。

二人は、ペがビルの外に出ることを望んだ。同じ商店街のオーナー同士は親しい可能性が高い。

ペが入ったのはA棟の商店街の突き当たりにある鶏煮込《タッコムタン》みスープの店だった。ジへはさりげなく中の様子をうかがう。小さな店だ。メニューは鶏煮込みスープ一品だけで、四人掛けのテーブルが六つ、所狭しと並んでいた。片隅の壁際にも長いテーブルがあり、そこには「お一人様はこちらへどうぞ」と書かれていた。

注文を取る店員はいなかった。無人のオーダー端末で注文を済ませ、出てきた食事や食器類は客が自分で運ぶシステムだ。厨房でせわしなくスープをつくっている男が一人で切り盛りしている店らしい。このシステムなら店のオーナーと客が個人的な話をする機会もないはずだ。ジへは実行するという意味を込めて、パクに向かって顎をしゃくってみせた。パクは一、二秒目をつぶると、うなずいてゴーサインを出す。そしてこう告げる。

「うまくいきそうになかったら飯だけ食って出てこい」

ジへは使用説明書を読み、不慣れなオーダー端末でスープをひとつ注文した。食事は五分で出てきた。ジへがトレーを受け取って店内を見ると、空席はひとつだけだった。ペ・デヒョンのすぐ隣の一人用の席だ。ジへは迷わずそっちへ進み、ペ・デヒョンと肩を並べて座った。

ジへの席はペの左側だった。FBIでは被疑者を尾行するときは、できれば右側から追えと教えるそうだ。人は本能的に、左目で見るより右目で見る事物を疑わない傾向にあると。まてよ、反対だったか……?

鶏のスープは絶品だった。出汁がよく出ていて、骨のない身の部分だけが具に使われていた。右側に目をやると、ペ・デヒョンはゆっくり食事をするタイプのようだ。携帯電話を壁に立てかけ、動画を見ながら食べている。モニターを横目でちらっと見ると、どこかのオーケストラの演奏だった。ペはワイヤレスイヤホンを耳に挿していて、そのせいかより違和感を覚えた。

ジヘは複雑な心境になるが、その理由もわかっていた。ペが犯人だと思うと、ゆったりとクラシックを聴く姿に怒りを覚える一方で、若気の至りで前科者になったにすぎず、余罪はないのだと思うと、話し相手もなくひとりでクッパを食べる姿に憐れみを感じたのだ。ペの左ではなく右に座っていたら、そして左目で彼を見ていたら違う気分になっていたのだろうか。

ジヘは犯人に対するパクの姿勢を思った。被疑者を追うのは愉しいが、処罰したいとは思わないというのは、ジヘには不可能なことだった。犯人をウサギやカモのように考え、追跡と捕獲にしか興味のないハンターということなのか。犯人を検挙できずにアルコール依存症にまでなった人が。

ジへの使命感は正義感に起因している。だから相手が無罪だと思うと興味を失い、有罪だと思うと懲らしめてやりたいという気持ちが必ず湧きおこった。

ペ・デヒョンはスープをかなり残して席を立った。トレーを手に返却口に向かうペを、ジヘは目で追った。店のオーナーとペが少しでも知り合いのような雰囲気があれば作戦を実行しないつもりだった。

ペは返却口にトレーを置くと、無言で向き直った。出口に向かう途中、ジヘにちらっと目を向けた。その顔は陰険そうにも、寂しそうにも映る。ジヘはさりげなく視線をはずす。

ジヘは半分も食べていないクッパの載ったトレーを手に、ゆっくりと立ち上がる。ペが置いていったトレーから目を離さないようにして。ジヘは返却口までできるだけゆっくり歩いた。そしてペの姿が見えなくなるのを確認すると、頭を低くして奥の店主を呼んだ。

商売をしている人のほとんどは、警察手帳を見せると驚きつつも、捜査に協力的になる。だが時折、きわめて無礼な対応であからさまに警察に対する反感を呈する者もいる。集会やデモが多い地域の店主たちは、警察手帳や警察の制服を見てもとくに関心を示さない。商店街の公衆トイレを警察に使わせないようにする者たちすらいる。

ジヘは財布から千ウォン札を一枚抜き取った。

「すみません、警察ですが、このスプーン売ってもらえませんか?」

63

遠く離れた物体は小さく見えるばかりでなく、ぼやけて見える。空気が光を遮るので望遠鏡を使っても、遠くの風景は鮮明ではない。埃の多い日はなおさらだ。

それと同様に、我々は遠く離れた場所の状況を正確には知りえない。

自分の隣にいる太った男が生きている人間であることはじゅうぶん確信できる一方、遠く離れた場所からやってくるトロッコのブレーキがまったくきかないほどに故障していることを誰に確信できよう。そのトロッコに第二、第三の安全装置がないとも限らないではないか。

線路に縛り付けられているように見える五人は、本当に生きている人間なのか。精巧につくられたマネキンかもしれないではないか。彼らを縛り付けているロープの結び目がどれだけ固いか、わたしには確かめようがない。

救助隊が来ていないことをいかに確信できよう。渓谷の向こう側にいる人が、太った男の代わりに大木を転がしてトロッコを止めようと努力しているかもしれないではないか。

トロッコと縛られている人々の間に線路の分岐器がないというのは本当なのか。いま見ている光景はすべて映画のセットではないのか。

我々にはわからない。遠く離れた場所の状況を正確に把握できないこともまた、宇宙の奥深い本質に該当する。正確に把握しえない状況について、我々は一定範囲以上の事柄に関しては道徳責任を負わない。いうなれば、トロッコ問題の前提自体が非現実的である。いかなる人間も、そんな状況に直面することはない。

「人は遠い場所の状況を正確には把握できない」という認識は、自治と地域共同体の重要性にも結び付く。近代以降、韓国をはじめ多くの国で、国家と家庭の間にある中間規模の共同体の多くが崩壊した。それは啓蒙主義における倫理の盲点によるところが大きいとわたしは見ている。新啓蒙主義社会では大小さまざまな地域共同体の自治権に関して、より深く議論される。

一方、新啓蒙主義社会では未来の世代をそれほど重視しない。未来はいつだって不確かなものである。一、二年先ではなく、一世代先の未来はあまりに遠い。

当然のことながら、他人に対する責任は、距離の二乗に反比例するといえるほど簡単に片付けられるものではない。認知世界における距離の概念は物理世界の距離とは違い、測定することは難しい。

人間は認知世界において壁をつくるというのが、その理由のひとつである。

釜山から長崎までの距離は二百八十キロ程度だ。釜山からソウルまでは三百二十五キロ。だが、釜山の人々にとっての心理的距離は長崎よりソウルのほうがずっと近い。釜山の人々は長崎で起きた悲劇よりソウルで起きた不幸に心を痛める可能性が高い。ソウルは韓国という想像の共同体に属する都市だが、長崎はそうではない。

もうひとつの理由は、メディアによる歪曲だ。

人間の共感能力は、目で見て耳で聞いたことに左右される。日ごろ見聞きしている対象は、自分の近くにあるように感じるものである。

これはメディア技術が発展する前の前近代では理にかなっていた。しかし、WAN（広域通信網）の発達により、我々の精神は巨大な仮想現実をつくりはじめた。

ソウルから南スーダンの首都、ジュバまでは一万キロあまりだ。だがソウルに住むほとんどの人は、一万一千キロ離れたニューヨークにより親近感を感じている。

ニューヨークとジュバで同時刻に同規模の爆弾テロが発生した場合、ソウルの人々は、ニューヨークの悲劇に関するニュースをより多く見聞きするはずだ。ソウルの人々は、ニューヨークの人々の苦しみに、より共感する可能性が高い。

64

「七百二十から七百五十の間。七百二十ですね。そのように修正します。色は二色ですが、問題ないですか？　ええ、色の確認はしてもらいました。では修正した図面をいまカカオトークでお送りしますので。はい、わかりました。明日は営業しています。ええ、承知しました」

チュ・ミドゥムは頭にワイヤレスヘッドセットを着けて通話しながらマウスをせわしなく動かす。彼の前には大きなモニターが三台並んでいる。チュ・ミドゥムが手を動かすたびに、中央のモニターの中で小さな引き出しの3Dモデルが方々に回転する。引き出しはベージュと赤の二色からなる。

「すみません、すぐに終わりますんで。もうしばらくお待ちください」

通話を終えたチュ・ミドゥムが言う。チュ・ミドゥムは色白で痩身の男だった。縁のある眼鏡をかけ、顎髭をたくわえている。片耳にはピアス。顔は童顔だが髪は細く薄い。礼儀正しく隙のない口調やぴんと伸びた背筋がロボットを思わせる。客への電話の応対もそうだった。

ジヘはかまわないと言い、大きくうなずいてみせた。周りが騒がしく、動作も大きくなってしまった。かんなくずを吸い込む集塵機の騒音は耳が痛いほどだ。家庭用掃除機の二、三倍はありそうだった。

おまけに大型スピーカーからは負けじと最新の洋楽が大音量で流れている。チュが事務所のドアを開けると、ベースの音が振動するように鳴り響いた。彼が事務所のドアを閉めて作業場に行くと音が小さくなり、やがて完全に消えた。

チュ・ミドゥムの「ミドゥム工房」は麻浦区玄水洞《ヒョンス》に位置するビルの地下にあった。一階にコンビニと薬局が入居している五階建ての建物で、工房は地下全体を使っていた。階段を下りるとすぐに木の壁に囲まれた事務所があり、その向かい側に資材室と裁断室というプレートが貼られた個室がある。それ以外のスペースは作業場だった。

ジヘが座っている事務所の壁の一面は大きなガラス窓になっていて、作業場を見渡せた。チュ・ミドゥムは落ち着いた顔で若い従業員と話をしている。指示するというより、何かを教えているような雰囲気だった。その後ろで別の従業員が、かしこまった様子で二人の会話を聞いている。チュ・ミドゥムが話し終えると、聞いていた若い従業員は何かを悟ったような表情を浮かべた。

事務所は小さな部屋のようなつくりになっている。一方には今しがた、チュが座っていた作業用の机があり、その反対側には冷蔵庫と浄水器、コーヒーメーカーにティーバッグのセットが置いてあった。部屋の真ん中には応接テーブルがあり、お茶が飲めるようになっている。それ以外はすべて書棚で、本だらけだった。壁の色は落ち着いていてさわやかな印象のエメラルドグリーンで、家具はどれもシンプルでおしゃれだった。木について何も知らないジヘの目にも高級な木材を使っているのがわかった。

こういうのを北欧スタイルっていうのか？　ジヘは心の中でつぶやき、腰を上げて本棚に収められている本を眺める。書棚のひとつは上から下まで木工とデザインに関する本でぎっしり埋まり、その他の書棚には一般書籍が並んでいた。ジヘは無意識のうちにドストエフスキーの小説を探し、隅の方に『罪と罰』『悪霊』『カラマーゾフの兄弟』があるのを見つけた。『罪と罰』は二巻、『悪霊』と『カラマーゾフの兄弟』は三巻からなるハードカバーだった。『白痴』は見当たらない。

ある一列は詩集で埋まっているのが目に留まった。一列といっても、大きな書棚で詩集は薄いので五十冊はありそうだ。木工を専門にしていて詩が好きで、ピアスはしていても物腰の柔らかい、名門大学数学科出身の四十代の男か。ジヘははかりかねている。これまで接してきたタイプとは異なる。

そのとき、さっきまでチュ・ミドゥムが作業していたパソコンの画面が消え、スクリーンセーバーが表示された。その画像が奇妙だった。三台のモニターにひとつの横長の絵が現れた。棺の中にいる男を描いた作品だ。男はやせ細り、股間に白い布をまとっているだけで、他には何も身につけていない。棺はあまりに男の体にぴったりで、見ているだけでも閉所恐怖症になりそうだった。

ジヘは、その男はイエス・キリストだろうと思うが、とくに根拠はない。その一方で、キリストを描いた絵にしてはあまりに不敬ではないかとも思う。しかも絵のなかの男の死体は目を開いたまま、死んだ魚のような虚ろな眼をしていて、口も無気力そうに開いていた。絵はかなり精巧で、手足の先や顔が青く変色していく様子まで表現されていた。三台のモニターに分かれているため、死体を三等分したようにも見える。

しかし絵のなかの死体にハエやハエの卵は見えず、下腹も腫れていない。ジヘはソウル大法医学教室の教授、チェ・ウノを思い出し、また、オフィスの大型壁掛けテレビに『アキスとガラテアのいる風景』を映し出していたイ・ギオンのことも思い浮かんだ。

ジヘは絵をじっくり観察した。中世の作品のようではあるが、現代の画家が描いたようにも見える。見分けがつかない。

絵を眺めている間に、集塵機の音も音楽の音も消えていた。ジヘはふたたび窓越しに見える作業場に目を向けた。チュ・ミドゥムは従業員と終礼をしているようだ。会社というより学校のような雰囲気だとジヘは感じる。従業員は合わせて四人だが、その視線からチュ・ミドゥムに対する尊敬の念が見て取れる。

従業員の一人が何か質問しているようだった。チュ・ミドゥムは作業台に行き、図を描きながら説明している。他の従業員も皆その図を見ながらうなずく。チュは元の位置に戻って二言三言発言したようだが、何を言ったかは聞き取れなかった。従業員らは「安全、安全、安全！」と掛け声を復唱すると、拍手をして解散した。

「あと十分だけお待ちください。アトリエの片付けをしてきますので」

チュは事務所に入ってくるとジヘに声をかける。

「お邪魔でなければ工房を見学させてもらってもいいですか？　私も木工に興味があるので」

ジヘは見え透いた嘘だと思われないことを願いつつ申し入れた。

「どうぞ」チュが答える。

「この布にはオイルが付いています。原理はよくわからないのですが、オイルをたっぷり含んだ布切れが何枚も重なっていると、火が出ることがあるんです。だから水にじゅうぶん浸して捨てるようにしています」

チュ・ミドゥムは作業台で雑巾のような布切れを集めながら言う。作業台は大きな食卓のような形をしていて、何段かの棚と、底にはキャスターがついていた。作業台の上にはペンキやオイルの缶がいくつかあり、さまざまな工具が散らかっている。電源タップ、スプレー式接着剤、ニッパー、ペンチ、サンダー、ハサミ、カッター、糸のこ、ボンド、電動ドリル、天然木の取っ手、ドライバー、ネジなど。セロハンテープや糊もたくさんあった。作業台の一番下のスペースには折り畳み式のハシゴもある。

「いつもはスタッフが後片付けをしていくんですが、今日は仕事が終わるのが遅くなってしまいまして。すぐ済みますので」

チュは工具を工具箱にしまいながらそう言う。

「不思議ですね。なぜでしょう」ジヘが尋ねる。

「工房で残業するのがそんなに不思議なことですか?」

「あ、いえ、布切れのことです」

ジヘは得意のアイドリングトークを始めていた。

「ああ。さあ、深く考えたことはないので……。熱くなった木くずなんかが空中に舞って、それが落下して発火するんでしょうか。のこぎりで切った直後の木くずはかなり熱いので。アトリエでひとりでに火が付くこともあります。木くずがゆっくり燃えて。エゴマの粉も置いておくと勝手に発火することがあると聞きましたが、同じ原理なのかもしれませんね……」

チュ・ミドゥムはそう言いながら、天井から垂れている太く四角いパイプにつながった大きなビニール袋を指した。その中には細かい木くずが入っていた。集塵機で吸い取った木くずが集められているようだ。

ジヘは天井を見上げ、そこに小さな飾り電球《ペッパーライト》があることに気づいた。クリスマスシーズンに飾っておいたのだろうか。

「手伝いましょうか？　これはここでいいですか？」

作業台にある細長い道具を持ち上げて訊く。長い棒の両端に、中心軸と直角の突起が付いている。金属なので思いのほかずっしりしていた。そんな道具が壁一面に並んでいた。

「ええ、そこで」

「これ……T字ですか？」

ジヘはその道具を壁にかけながら訊く。

「クランプといいます。板などを固定するときに使います。クランプにもいろいろあって、これはクイックグリップクランプといいます。サイズもさまざまです」

「釘や金づちのようなものは見えませんね」ジヘは笑みを浮かべて尋ねた。

「金づちは使いません。金づちを使う工房はほとんどありませんよ。電動ドリルで穴をあけて、ネジで止めます。そのほうがずっとしっかりしているので」チュが説明する。

「数学科を卒業されたと聞いています」

ジへは工具を運びながらそれとなく話題を変えた。

「複数専攻制だったので、数学と経済学を専攻しました。経済学を副専攻にする数学科の学生は多くいます。中途半端に数学を専攻しても就職できないことがほとんどですから。数学を専攻した人間がなぜ工房なんかやってるのか、ですか？」

チュ・ミドゥムが言う。ジへはからかわれているのかと、相手の顔色をうかがう。チュは何を考えているのかつかみどころのない表情を浮かべていた。

「失礼でなければ、聞かせていただけますか」

「失礼だなんて。僕だけじゃなく、工房をやってる人間ならよく訊かれることでしょうね。子どもの頃から工房を持つのが夢だったっていう人は、そうはいないでしょうから。工房のオーナーには一度社会に出て、挫折したり傷ついたりした人が多いように思います。そういうわけで、いつか工房を持ちたいと夢見ている人はけっこう多いでしょうね。カフェと似ているかもしれません」

「社長さんも工房を開く前は別のお仕事をされていたんですか？」

「流通業界にいました。スーパーに勤めてたって言ったほうがいいのかな。本社の人事課に数年いて、その後、監査に異動になりました。若い社員が監査に配属されると、まずは肩肘張ることを教育されます。そうでないと店舗の人たちになめられるので。僕は堅物の上司からマニュアルどおりに教わりました。売り場に行って海産物が入った発泡スチロールの箱の温度を測るんですが、適正温度じゃなかった場合はすべて捨てるように指示することになっていました。するともめるんです。父親くらいの年代の店長が出てきて、僕一人で対応しなければならないときもありました。怒鳴られることもあれば、泣きつかれることもあって……ストレスフルですよ」

チュ・ミドゥムは、自分は傲慢にも冷酷にもなれないと言ったが、ジへの目にもそう見えた。当時、彼は胃潰瘍を患っていたが、自分をマニュアルどおりに指導した上司が胃がんで会社を辞めたのを目の当たりにして、退職を決意したと言った。

「会社を辞めて、しばらくふらふらしていました。その後、必要以上に人に会わなくてもよくて、何か形になるものをつくってみたくて木工を習うことにしました。初歩を学べる工房があるんです。うちも前はやっていました。はじめはそういうところでお金を払って習い、その後は小さなアトリエでごはんだけ食べさせてもらって、ただ働きしながら学んだんです。そのうち自分の店をやるようになっていました。猫の額ほどのアトリエにトラック一台だけで。大きな木板を切断するにはテーブルソーという機械が必要なんですが、資金もないし、作業場は狭くてテーブルソーを置くスペースもありませんでした。だから木板を切断するときは、夜によその工房を使わせてもらったりもしましたよ」

「苦労されたんですね」

「当時は大変だとは思いませんでした。自分の手で物をつくっているというのがただただ不思議でした。楽しくもありましたし」

「いまはそうじゃないんですか？」

「いまは……大きな工房です。スタッフも全部で五人。ソウルにこれほどの工房はほかにないはずです。いまの僕の仕事は事務職と変わりません。皮肉なものです。ここではおもに、従業員の管理とお客さんの相手をしています」

「注文の多いお客さんも多いんでしょうね」ジヘは合いの手を入れる。

「注文が多いから僕たちもやっていけるんです」

チュ・ミドゥムがそれ以上言わなかったので、ジヘは説明を求めた。チュは言うんじゃなかったという顔になる。

「ここへ来るお客さんが何を望んでいるのか、はじめの数年間はよくわかりませんでした。いまでも気づいていない工房も多いと思います。ほとんどが知らないと言ってもいいかもしれません。それは客にも言えることです。自分たちが何を求めてここへ来ているのか、自分でもわかっていないんです」

「何を求めているんですか？」

「工房へ来るお客さんは、物語を求めているんです。自分とかかわりのある、自分だけのストーリーを。家具というのは長い間そばに置いておくものです。毎日のように目にし、肌に触れる。家や車より選択の幅も広い。多くの人がそこに人間的な何か、個人的なタッチが加わることを求めているんです。一時《いっとき》、家具のＤＩＹが流行ったのもそのためです。単に安上がりだからというわけではなく。工房がアフターサービスに追われるのもそのためと言えます」

「アフターサービスをすることって、多いんですか」

「多いですね。ほとんどのお客さんがそれを当然だと思っています。使ってみたら思ったより高かったとか、どこどこが不便だ、そういう不平が多いですね。工房のほうは大変です。うちも例外ではありませんでした。その過程であるとき、客が何を求めているのか見えてきました。わざわざここへ来て家具をオーダーするというのは、自分だけの家具を求めているということです。あれは自分だけの家具で、自分はこういう趣味で、うちはこういう家だからこんな家具にした、って考えたいんですよ。と同時に、自分はどんなものが好みで、自分の家にはどんな家具がふさわしいのか知っている人は多くありません。だから、目に見えるようにしてあげないと。ところが、僕がこの仕事を習いはじめた頃は、グラフィック技術のある工房はほとんどありませんでした。せいぜいA4用紙にペンで描きながらこうしますか、ああしますかって訊くのが関の山で。お客さんの側からすると工房にいいように誘導されているように感じます。単に流行を追っているだけのようでもあり、これでよかったのかと後悔したり」

自分の工房は、最初の設計の段階から客の意見を聞くのだとチュは説明する。3Dグラフィックプログラムを利用して設計し、ドラフトを客に見せ、客の部屋の写真と合成したグラフィックを作成する。彼は設計の段階で、客にできるだけ自分の意見を出してもらうよう誘導するという。

「うちはお客さんの好みを啓発しているんです。それがうちの強みだと思っています。IKEAにはない」

そんな会話を交わすうちに、二人は後片付けを終えていた。チュは事務所に入ると、ジヘにコーヒーを飲むかと訊いた。

「これはイエス様の絵ですか？」ジヘはモニターを指さしながら尋ねた。

「そうです。変わってますよね」

チュ・ミドゥムはそう言うと薄く笑う。

「この絵はこの工房の名前と関連しているんでしょうか？」

「工房名は僕の名前を取ったものですが、この絵とも関連がなくはありません。どちらもキリスト教と関係のあるものですから。ハンス・ホルバインという十六世紀のドイツの画家です。タイトルは『墓の中の死せるキリスト』。ドストエフスキーはこの絵を観ていたく感動したそうです」

「感動するにはちょっと怖い絵ですね」

チュ・ミドゥムとジヘは、事務所の中央にあるテーブルに向かい合わせで座っている。チュがコーヒーメーカーで淹れてくれたコーヒーは濃すぎず香りも良かった。

「それがポイントです。キリストを描いているのに、聖《きよ》らかさのかけらもありませんよね。単なる一人の人間の屍《しかばね》です。そのせいでハンス・ホルバインは無神論者だったのではないかと言う人もいます」とチュが語る。

「ドストエフスキーはたしか、敬虔なキリスト教徒だったのでは？」

「無神論と真っ向から対決しようとしたキリスト教徒でした。だからこそ、この絵にショックを受けたのかもしれません。ドストエフスキーの奥さんが書いた記録が残っていますが、彼は美術館で憑りつかれたように何十分もこの作品を眺めていたそうです。その経験がもとになった作品を残していて、個人的にはそれが彼の最高傑作だと思っています。ドストエフスキー自身もその作品を愛していました。そこにこの『墓の中の死せるキリスト』も出てきます」

『カラマーゾフの兄弟』ですか?」ジヘは推測する。

「いいえ。『白痴』です」チュはまた淡々とした口調に戻っていた。

「一般的にはドストエフスキーの三大長篇といえば『罪と罰』『悪霊』『カラマーゾフの兄弟』で、なかでも最高傑作は『カラマーゾフの兄弟』だと言われていますよね」

ジヘはインターネットで検索して得た、にわか知識を披露した。

「そうです。その三作品はじつは、どれも同じ物語なのです。失敗に終わる無神論者という。しかし『白痴』の主題は正反対です。キリストの失敗です。ドストエフスキーにとってキリストは完璧に美しい人間でした。彼はそんな人間を小説で描きたいと思い、それが『白痴』のムイシュキン公爵です。あまりに善良で周りの人間に白痴とからかわれる人物。そして彼は小説の中で徹底的に失敗します。彼が愛する二人の女性のうち、一人は殺され、もう一人はつまらない男に騙されて結婚します。物語の序盤に、ムイシュキンが村人に虐げられているある貧しい女を救うという感動的なエピソードが出てきますが、結末では誰も救うことができず、本人も正気ではいられなくなります。ハンス・ホルバインの絵を観たドストエフスキーはこんなことを思ったんじゃないでしょうか。失敗するキリストを書こうと。『白痴』にはこの絵に関する記述が何度も出てきます。殺人者の家にこの絵の複製画がかかっているんです。殺人者はこの絵が好きだと言いますが、主人公のムイシュキンはこの絵を見て『せっかくの信仰心も吹っ飛びそうだ』と言います。自殺を決意した別の登場人物も、この絵についてひとしきり話をします」

チュ・ミドゥムは長い説明を終えると、そっとコーヒーを口にした。

「ネタばれ注意でしたね。私も読んでみようと思っていたのですが」ジヘが冗談を言う。

「これは失礼しました」

チュは口先だけで詫びる。冗談とも本気ともつかない。

「本がずいぶんありますね。あのなかに『白痴』もありますか？」

ジヘは本棚を見ながら素知らぬふりをして尋ねる。

「あ、いまは家にあります。まえにもう一度読み返したくなって持ち帰ったんですが、数ページ読んだだけでそのままになっています。最近は分厚い本はなかなか読めなくなってしまって」

「『白痴』を読んだのはいつ頃ですか？　読書会では取り上げられなかったそうですね」

「ええ。たしか二〇〇六年か七年だったと思います。会社を辞めてしばらくぶらぶらしていた時期に。じつは『白痴』を読むまでドストエフスキーはそれほど好きじゃありませんでした」

「そうなんですか？　ドストエフスキーの読書会のメンバーだったのに？」

「ええ、まあ。料理の味というより雰囲気が好きでよく行く店ってありませんか？　僕はその頃、いろんなサークルや学会など、あちこちに顔を出していました。とくに本に関する集まりに興味があって。新村エリアにある延世大、西江《ソガン》大、梨花《イファ》女子大の学生で構成されるインカレサークルにも入っていましたし、詩の朗読サークルにも入っていました。ですが、ドストエフスキーの読書会ほど真剣な集まりはありませんでした」

「僕は一卵性の双子なんです。僕の名はチュ・ミドゥム（チュは主と同音、ミドゥムは信仰・信頼という意味があり、「主を信仰する」という意にもとれる）、弟の名はチュ・ソマン（ソマンは「望み」の意）です。もう一人子どもを産んでいたら、親はチュ・サラン（サランは「愛」の意）と名付けたでしょうね。父は開拓教会（キリスト教系の大きな宗教団体を離れ、個人が設立した教会のこと）の牧師です。そのせいで家族はずいぶん苦労させられました。とくに母は本当に苦労しました」

ジヘは口を挟まず、ただうなずきながら聞いていた。長くなりそうなチュ・ミドゥムの話が途切れないように。

「開拓教会といわれてもよくわかりませんよね。個人経営のフライドチキンの店に似ていると思ってください。開拓教会の牧師たちが集まる開拓教会連合会という団体があるんですが、会員は一万人以上です。会員のほとんどが家賃の安い建物で、数十人ほどの信者を集めて教会を運営し、生活するのもやっとという暮らしを強いられます。家には文字どおり、米一粒ないこともありました。はっきり覚えてはいませんが、父はもともと大きな教会の副牧師だったそうです。ある日突然、お告げだかなんだかを聞いて、開拓教会を開くと言い出したようです。母は敬虔なクリスチャンで従順な性格ではありましたが、開拓教会の牧師の妻として、文句ひとつ言わずに暮らせるほどではありませんでした。母は心から父を憎んでいたはずです。ただ、それを認めて自分の人生を開拓する勇気がなかっただけです。学校が大嫌いなのに、一日も欠かさず出席して、先生の言うこともよく聞くおとなしい学生のようなものです。想像できますか？　なんて不幸な暮らしでしょう」

チュ・ミドゥムは一言一言力強く語るが、「なんて」をことさら強調した。ジヘは相手の言葉に真剣に耳を傾けていることを伝えるために、ゆっくりうなずいてみせ、チュ・ミドゥムは先を続ける。

「おそらく、そんな母の姿が僕たち兄弟にも影響を与えたのだと思います。家族の生活に責任を持てず、妻を幸せにすることもできない父の信仰に、おのずと疑念を抱くようになりました。クリスチャンの家庭に育った僕たち兄弟は、その教理についてよく知っていましたし。双子なので、何かにつけ話し合うことができました。旧約の神はおかしな存在であることに、二人ともまだ小さいうちから気づいていました。リチャード・ドーキンスはヤハウェを『この世のあらゆるフィクションのなかでももっとも不愉快な登場人物』と評していましたが、僕も同感です。神の名を冒瀆した者を石打ちの刑にしろと群衆に訴えるんです。結婚前に純潔を失った女を石打ちの刑にしろとも。それがそんなに嫌なら雷に打たせるなり、自らの手で処罰すればいいことではないですか。この手の話は不愉快ですか？　ひょっとしてキリスト教徒ですか？」

「いいえ、かまいません。母は仏教徒で父と私は無神論者です。友だちと一緒に何度か占いの館に行ったことはありますが」とジへは返事をする。

「旧約聖書によると、占い師も石打ちの刑に処せられます。投石フェチのようです、あのお方は」

チュ・ミドゥムはそう言うと、ロボットのような薄笑いを見せた。

「でも、新約聖書は違うのでは？」ジへは軽く反論した。

「どうでしょう、新約聖書の教えにも従えないのは同じです。規律は全般的にとても厳格で、終末論を擁する新興カルト教団の教祖のようなもんですよ、イエスは。自分の親きょうだいを憎まなければ弟子にしないと言ったり、淫らなことを考えただけでも姦通罪と変わらないとか、持てる物すべてを売り払って貧しい人々に分け与えよと言ってみたり。それに比べれば、頬を打たれたらもう片方の頬を差し出すくらい、なんてことないですよ。父はそんな教えにすべて従おうと努力していました。それで本人も家族も力尽きてしまったんです。僕たち兄弟は新約の教えがどれほど有害かを知りました。なかには感動で胸がいっぱいになるような教えもありますが、そんな教えはいつまでも守れません。むしろ同情心や菜食主義のほうが長続きしますね」

「それで……信仰心はないんですね、チュさんは」

「ありません。こんな名前ですが」

「誤解されることも多いでしょうね」

ジヘは、チュ・ミドゥムはそんな名前なのに無神論者になったのではなく、名前のせいで無神論者になったのではないか、そんなふうにも思う。だがそれは胸にしまっておいた。

「誤解はされますが、いまではそれを愉しむようにしています。しかもいまの仕事はイエスのかつての職業と同じだなんて、こんな皮肉もありませんよ。昔は改名したいと思ったこともありました。しかしこの年になって、そんな必要もないだろうと思っています。それがキリスト教に対する、というか宗教に対する僕の考えです。神の存在にとくに関心はありません。神はいるかもしれないし、いないかもしれない、そのことに神経を使いたいとは思いません。どっちでもいいことです。だからドストエフスキーの三大長篇とよばれる作品にも、それほど共感できませんでした。そこに出てくる無神論者たちは、また別のバージョンの宗教家たちなのです。無神論という新たな信仰に心奪われた……。読んでいると、まったく疲れる人間たちだと思ってしまいます。ところが『白痴』は違いました。三大長篇小説に登場する疲れる人間たちのように、そこにも自殺を決意する、理念的無神論者が一人登場します。しかしムイシュキン公爵は、その人物を自分の家に招いてこう言います。自殺を考えるより、人と木の間で暮らすほうがましだと」

「木ですか？」ジヘが訊き返す。

「そう、木です。その無神論者の少年もなぜ木なのかと尋ねます。僕はそこが肝だと思っています。『白痴』の主人公が自殺しようとする無神論者に、人と人との間で生きるほうがましだとか、神と人の間で暮らすほうがいいと言っていたら、心に響いていなかったでしょうね。しかしムイシュキン公爵は、緑の森と清らかな空気について語ります。それこそが神にかかわるあらゆる問いへの答えだと思うんです。僕は僕なりにいま、人と木の間で暮らしていると思っています」

チュ・ミドゥムはそう言うと、二人の間にあるテーブルをさする。

「こういうお話をドストエフスキーの読書会でもされたこと、あるんですか？」

ジへが訊いた。

「いいえ、読書会で話したことはありません。しかしソリムとは語り合いました。じつは、僕に『白痴』を薦めてくれたのはソリムでした。あの日、ソリムと最後に会った日にです。七月の終わりか八月の初めだったはずです。サマースクールが終わって、その数日後でした」

チュ・ミドゥムの話を聞いていたジへに緊張が走る。ミン・ソリムの最後の十日間について、初の証言が得られるかもしれない。


（下巻に続く）

検察官の遺言

長夜難明

紫《し》金《きん》陳《ちん》

大久保洋子訳

地下鉄の駅で爆弾騒ぎを起こした男のスーツケースから、元検察官・江陽の遺体が発見された。男は敏腕弁護士の張超で教え子だった江陽の殺害を自供するが、初公判で張超は自供を覆し、捜査は振り出しに戻る。再捜査で江陽が十二年前の事件を追っていたことが判明し……。社会派ミステリの傑作登場。解説／菊池篤

制裁

ODJURET

アンデシュ・ルースルンド＆
ベリエ・ヘルストレム
ヘレンハルメ美穂訳

〈「ガラスの鍵」賞受賞作〉凶悪な少女連続殺人犯が護送中に脱走。その報道を目にした作家のフレドリックは驚愕する。この男は今朝、愛娘の通う保育園にいた！ 彼は祈るように我が子のもとへ急ぐが……。悲劇は繰り返されてしまうのか？ 北欧最高の「ガラスの鍵」賞を受賞した〈グレーンス警部〉シリーズ第一作

ハヤカワ文庫

哀惜

The Long Call

アン・クリーヴス
高山真由美訳

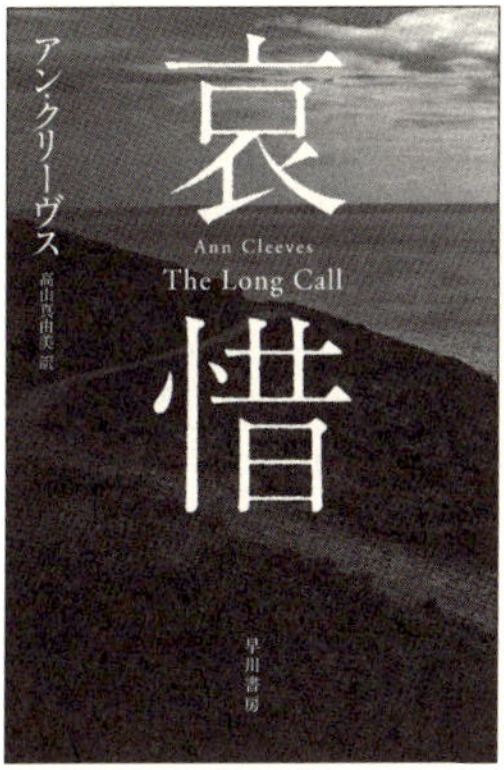

イギリス南部の町ノース・デヴォンで発見された死体。捜査を行うマシュー・ヴェンは、被害者は近頃町へやってきたサイモンという男で、自身の夫が運営する複合施設でボランティアをしていたことを知る。彼を殺したのはいったい何者なのか。英国ミステリの巨匠が贈る端正で緻密な謎解きミステリ。解説／杉江松恋

ハヤカワ文庫

訳者略歴　東京都生，翻訳家　訳書『ボンジュール，トゥール』ハン，『天使たちの都市』チョ　他

監訳者略歴　岡山県倉敷市生，翻訳家，翻訳講師　訳書『派遣者たち』『わたしたちが光の速さで進めないなら』キム（共訳／以上，早川書房刊）他

HM=Hayakawa Mystery
SF=Science Fiction
JA=Japanese Author
NV=Novel
NF=Nonfiction
FT=Fantasy

罰《ばつ》と罪《つみ》
〔上〕

〈HM⑤②④-1〉

二〇二五年一月二十日　印刷
二〇二五年一月二十五日　発行
（定価はカバーに表示してあります）

著者　チャン・ガンミョン
訳者　オ・ファスン
監訳者　カン・バンファ
発行者　早川　浩
発行所　株式会社　早川書房

郵便番号　一〇一 - 〇〇四六
東京都千代田区神田多町二ノ二
電話　〇三 - 三二五二 - 三一一一
振替　〇〇一六〇 - 三 - 四七七九九
https://www.hayakawa-online.co.jp

乱丁・落丁本は小社制作部宛お送り下さい。
送料小社負担にてお取りかえいたします。

印刷・株式会社精興社　製本・株式会社明光社
JASRAC 出2409852-401　Printed and bound in Japan
ISBN978-4-15-186401-8 C0197

本書は活字が大きく読みやすい〈トールサイズ〉です。